rowohlt
POLARIS

THOMAS CHATWIN

VIER SCHAFE UND EIN TODESFALL

KRIMINALROMAN

Rowohlt Polaris

Originalausgabe
Veröffentlicht im Rowohlt Taschenbuch Verlag, Hamburg, Juli 2023

Redaktion Heike Brillmann-Ede
Covergestaltung FAVORITBUERO, München
Coverabbildung Shutterstock
Buchgestaltung und -herstellung Julia Schrader
Satz aus der Le Monde Courrier Std
bei CPI books GmbH, Leck
Druck und Bindung GGP Media GmbH, Pößneck
ISBN 978-3-499-01050-7

Die Rowohlt Verlage haben sich zu einer nachhaltigen Buchproduktion verpflichtet. Gemeinsam mit unseren Partnern und Lieferanten setzen wir uns für eine klimaneutrale Buchproduktion ein, die den Erwerb von Klimazertifikaten zur Kompensation des CO_2-Ausstoßes einschließt.
www.klimaneutralerverlag.de

FSC
www.fsc.org
MIX
Papier | Fördert gute Waldnutzung
FSC® C014496

Prolog

Kate Doyles verstorbenem Großvater Edward zufolge – einem Richter am Londoner High Court – begannen Morde *immer* beängstigend harmlos. Kates Großmutter Emily sah das genauso. Ihrer Meinung nach bestand die Infamie des Bösen gerade darin, sich erst gut zu tarnen und plötzlich aus dem Hinterhalt aufzutauchen. Nicht, dass Grandma schon mal ein Verbrechen miterleben durfte, aber sie hatte eine Menge darüber gelesen – Edwards Gerichtsakten, Kriminalromane, Bücher wie *Die Psyche der Massenmörder* und *Ermitteln leicht gemacht*.

Seltsamerweise hatte keiner der vielen Doyles den bösen Tsunami kommen sehen, als er sich am vierten Juni auf die eigene Familie zubewegte. Auch Kate nicht. Erst später, bei Peggys Herbstfest und nachdem die grausamen Morde aufgeklärt waren, war Kate der verrückte Gedanke gekommen, dass Grandma vielleicht einmal zu oft und zu fröhlich ihren Lieblingssatz von sich gegeben hatte: *Nichts belebt uns wie ein kleiner Mord!*

1.

An diesem vierten Juni sollte nichts schiefgehen, hatte Kate sich geschworen. Für Grandmas fünfundachtzigsten Geburtstag würde wieder das alte Doyle Cottage im Mittelpunkt stehen und Grandma so gefeiert werden, wie sie es verdiente. Ihr Achtzigster vor fünf Jahren war im frischen Schmerz um Grandpas Tod zweitrangig gewesen, zumal seine Richterkollegen am High Court ausgerechnet an diesem Tag ihre würdevolle akademische Trauerfeier für ihn veranstaltet hatten.

Ein letzter Blick aus dem Schlafzimmerfenster zu den Schafen. Dass Davids Farm auf einem grünen Hügel lag, machte sie für Kate besonders liebenswert. David witzelte manchmal darüber, in welcher Weise sie gerne Überblick, Einblick oder Durchblick behielt, aber sie fand, um den Rhythmus von Tieren begreifen zu können, konnte Wissbegier nicht das Schlechteste sein.

Heute graste die Herde anderthalb Meilen entfernt unten am Meer, eine harmonische Gruppe weißer Pünktchen hinter der Düne, nicht zu übersehen in der Weite der grünen kornischen Landschaft. David hatte die Schafe morgens notgedrungen auf die Weide von Ben Jenkins treiben müssen, weil oben die Gatter erneuert werden sollten. Hinter den Tieren glitzerte idyllisch das Meer, die Wellen geschoben vom Ostwind. Weil Jenkins' alter Weidezaun nicht gerade der stabilste war, hatte David darauf bestanden, dass sein Farmnachbar während Grandmas Geburtstagsfeier mindestens zwei Mal nach der Herde schaute. Jenkins hatte es hoch und heilig versprochen. Leider wusste man nie, wann er Durst bekam und die Sache mit einem Besuch im Pub abkürzte. Heute musste David das leider riskieren.

Auch wenn Kate schon vor zwei Jahren zu David gezogen war, staunte sie selbst noch über ihren neuen Stallgeruch als Farmerin. Für ihre Stadtfreunde blieb sie zwar die Intellektuelle, die wegen ihrer großen Liebe aufs Land gezogen war. Aber das war ihr egal. Die große Liebe hieß David Pennymore, und sie hatte ihn vor dreieinhalb Jahren auf der Hochzeit einer Verlagskollegin kennengelernt, wo David als *best man* des Bräutigams fungiert hatte. Er war nur zwei Jahre älter als sie, und es hatte auf Anhieb zwischen ihnen gefunkt. Da David damals noch in Exeter als Polizei-Forensiker gearbeitet hatte, sie aber in London lebte, waren sie beide in den ersten Monaten eifrig und verliebt hin- und hergependelt. Dann hatte David vor drei Jahren völlig überraschend die Schaffarm seines verstorbenen Bruders geerbt. Er hatte nicht lange überlegen müssen, um zu beschließen, selbst Farmer zu werden. Nach vierzehn Jahren als Forensiker war ihm seine Arbeit nicht mehr wirklich befriedigend erschienen, und er sehnte sich nach neuen Herausforderungen. Kate bewunderte, mit welchem Mut und welchem Enthusiasmus David sich auf die neue Herausforderung als Schafzüchter einließ. Da ihr Herz sagte, dass sie mit ihm endlich den Richtigen gefunden hatte, war sie ein halbes Jahr später zu ihm auf die Farm gezogen.

David war den Umzug von London zurück nach Cornwall wert gewesen, zumal der größte Teil von Kates Familie dort lebte. Ihre Artikel für Literaturzeitschriften und Magazine flossen auch in Cornwall aus dem kleinen schwarzen Laptop und ihr *True Crime*-Podcast ließ sich auch auf der Trewistle Farm mit Ideen füttern. Dank ihrer Artikel und eines gut zahlenden Sponsors für ihren erfolgreichen Podcast brauchte sie sich wegen des Ortswechsels keine Sorgen zu machen.

Jetzt, mit zweiundvierzig Jahren, war Kate mitten im Leben angekommen. Besser ging's gar nicht. Grandma hätte ihr auch den Marsch geblasen, wenn es anders gewesen wäre.

Grandma!

Der Tag ihres fünfundachtzigsten Geburtstags war als Highlight der Familie geplant. Entsprechend gut gelaunt trat Kate vor ihren durchschnittlich bestückten Kleiderschrank, klappte die Tür mit dem Spiegel auf und hielt abwechselnd zwei Blusen vor sich. Was sollte sie zum Fest anziehen?

So unkonventionell ihre verrückte Grandma auch war, als ehemalige Tänzerin besaß sie ein festes Credo: Jedes herausragende Ereignis braucht seine Garderobe. Hochzeiten, Geburten, Finanzamtsbesuche. Und ja, sogar Verbrechen. Grandpa persönlich hatte vor fünfundzwanzig Jahren den brutalen Smoking-Mörder von Mayfair als Vorsitzender Richter lebenslang ins Gefängnis gebracht. Früher hatte Kate die Kleidungsfrage für übertrieben abgetan, heute fand sie gelegentliche *Häutungen* gar nicht so dumm.

Draußen vor dem Schlafzimmer herrschte ein Höllenlärm. David rollte ohrenbetäubend laut mit dem Traktor vor und zurück, weil das alte Gatter der Koppel festhing.

Kate trat ans offene Fenster und pfiff schrill auf zwei Fingern. Würzig schlug ihr der Grasgeruch der Schafweide entgegen. Auf einer Farm, so hatte sie schnell kapiert, konnten archaische Kunststücke wie Pfeifen sehr nützlich sein. Schafehüten ohne laute Pfiffe wäre wie Autofahren ohne Lenkrad gewesen.

David hob die Hand und stellte den Motor aus. Tatsächlich waren sie spät dran. Um elf Uhr begann der Sektempfang und pünktlich um 12:30 Uhr das Mittagessen im Doyle Cottage. Und bei Grandma Emily bedeutete pünktlich sehr pünktlich bis überpünktlich.

Um das Geschenk der Enkel hatte sich letzte Woche Informatik-Nerd Morwenna gekümmert, mit zweiundzwanzig Jahren Kates jüngste Cousine und die Tochter von Onkel Brian. Von allen Doyles konnte Mo am unkonventionellsten denken. Verabredet war, dass das Geschenk etwas Ungewöhnliches werden sollte. Bücher, Sektkühler, Schals oder Bilder besaß Grandma mehr als genug. Also, was blieb noch?

Erst vor sieben Tagen hatte Morwenna ihren Einfall telefonisch bei Kate vorgestellt. Alle Doyles kannten Grandmas ausgereifte Krimi-Manie. Seit Jahren durchforstete und studierte sie fasziniert die Berge von echten Kriminalakten, die Grandpa Edward ihr als Richter hinterlassen hatte. Sie sah ihn als ihren Lehrmeister, was Verbrechen, Tod und Hinterlist betraf. Kein Anwalt hätte die Strategien überführter Mörder besser rekonstruieren können als Grandma. Auch die bedrohlich hohen Stapel von Kriminalliteratur in ihrem Cottage kamen nicht von ungefähr.

«Wir schenken ihr was Cooles», hatte Morwenna am Telefon verkündet. «Wir rüsten Grandma mit perfekter Kriminaltechnik aus.»

«Was heißt das?», hatte Kate überrascht gefragt.

«Alles, was Kriminalisten Spaß macht – Nachtsichtgerät, Fingerabdruckbox, Schmauchspurensicherung und einen weißen Schutzanzug für den Tatort. Ich wette, sie lacht sich schief darüber.»

Kate fand die Idee sofort perfekt, sie klang Grandma-gemäß. In Gedanken sahen sie beide, wie Grandma die Sachen stolz ihren Freundinnen vorführte.

«Großartig, Mo! Vergiss nicht, zwei Päckchen Spurengips mit einzupacken.»

«Was soll sie denn damit? Plätzchen backen?»

«Grandma findet Spurengips sinnlich. Wusstest du das nicht? Wenn am Tatort langsam der Schuhabdruck des Mörders ausgegossen wird … In Grandpas Kriminalakten kommt das ständig vor.»

«Na dann.» Morwenna musste kichern. «Lass mich loslegen.» Und so war Morwenna im Internet auf Shoppingtour gegangen.

Was musste man noch über Grandma wissen? Sie war das willensstarke Rückgrat der Doyles. Mit ihrem gesalzenen Humor hätte man kornische Sardinen einlegen können.

Seitdem Kate bewusst war, dass jede und jeder Doyle ein echtes Unikat darstellte, betrachtete sie alle wie eine Sammlung faszinierender Objekte – mit Liebe, wohlmeinendem Spott und Stolz. Allein schon Tante Anne, die behauptete, sich an den Tag ihrer eigenen Geburt erinnern zu können! Leider sei im Kreißsaal ein Fenster offen gewesen, und es hätte wie Hechtsuppe gezogen. Oder Großonkel Nathaniel Doyle, der früher als Fischereiaufseher von Schloss Windsor für die täglichen Regenwurmlieferungen an die Royals verantwortlich gewesen war.

Nach Grandma Emilys letzter Zählung existierten in Cornwall und Devon derzeit fünfundachtzig echte Doyles. Nicht eingerechnet die Angeheirateten. Dass alle so zusammenhielten, war ganz klar ihr Werk. Nach Grandpas Tod hatte sie sich komplett aus London in ihr ländliches Cottage in den kleinen Küstenort Looe zurückgezogen. In Cornwall war sie auch den Kindern und Enkeln wieder näher. Als erste Amtshandlung hatte sie den alten Weinkeller unter dem Cottage angemessen aufstocken lassen, dann die eingeschlafenen Familienfeste wiederbelebt (Punkt eins und zwei hingen für alle Doyles fest zusammen) und schließlich mit Herz und Weisheit das Familienkommando übernommen, so wie früher Grandpa. Jüngere in der Familie wie Morwenna, Oscar oder Poppy fanden Emily sowieso cool, die Älteren bewunderten vor allem ihren scharfen, kämpferischen Freigeist.

In der Pubertät und auch danach hatte Kate trickreich gegen

ihre lebhafte Doyle-Herde rebelliert. Vor allem gegen ihren ruhigen Vater Gilbert. Aber irgendwann war diese Masche ausgereizt gewesen. Welcher Teenager will sich dauernd aus Protest in die falschen Männer verlieben, wenn sich keiner in der Familie darüber ärgert? Wenn Grandma nur zwinkert und sagt: «Haben sie dir schon erzählt, dass ich außer mit Elvis auch mal was mit David Niven hatte?»

Bei der Vorbereitung ihrer legendären Familientreffen legten sich die Doyles mächtig ins Zeug. Anlässe für Feste gab es viele. Wenn es ihr Spaß machte, lud Grandma auch schon mal am World Porridge Day zum Feiern. Ging es dann los, durfte sich die Party fröhlich und voller Doyle'scher Leidenschaft bis in die Morgenstunden entfalten. Als Kates Freund David Pennymore zum ersten Mal die Ehre hatte, von Kate zum Ostertreffen ins Cottage mitgeschleppt zu werden, kam er aus dem Staunen gar nicht mehr heraus.

So ein verrückter Doyle-Tag, wünschte sich Kate, sollte auch Grandmas fünfundachtzigster Geburtstag werden. Denn sie hatte es verdient.

Aber warum sollte das nicht klappen?

Zur Mittagsstunde war das gar nicht so große Cottage aus den 1940er-Jahren proppenvoll mit Doyles. Für Kate klang das kräftige Lachen von Onkel Brian, Großcousine Peggys witzige Beschreibung einer avantgardistischen Couch in ihrem Designerladen oder Morwennas Kichern wie eine Symphonie.

Der äußere Stil des Hauses mit seinem Reetdach, dem schwarzen Fachwerk und dem weißen Putz setzte sich auch innen fort. Zumindest was die Deckenbalken in den Zimmern anging. Der alte Kamin mit der Feuerstelle aus Granit verströmte im Wohnzimmer Ruhe und Charakter. Ausgesprochen gerne hätten die alten Doyles dem Haus auch ein separates Esszimmer abgeluchst, aber da war nichts zu machen. So erstreckte sich jetzt der lange, fein eingedeckte Esstisch mit den vielen Stühlen vor dem Fenster zur Straße. Für den Nachmittag hatte Grandma eine hübsche Tafel im Garten errichten lassen. Sie stand unter der hohen Zeder in der Mitte des Rasens.

Alles war so, wie die Familie es liebte. Natürlich gab es auch unter den Doyles Sorgen, überflüssige Diskussionen oder Empfindlichkeiten. Aber mit viel Glück, hoffte Kate inständig, konnte ihre Art von Familienleben noch für einige Generationen bestehen. Oder wie ihr Vater einmal gesagt hatte: *Im Sommer feiern die Doyles mit dir, im Winter halten sie dich warm.*

Erstaunlicherweise wollte Grandma diesmal nur im engeren Familienkreis feiern, was auch schon einen Haufen Leute ergab. Mehr wollte sie heute nicht sehen. Vier Wochen später stand nämlich schon ihr Sommerfest an. Dem entfernteren Teil der Sippe hatte sie als Trostpreis einfach kleine Ginfläschchen zum Selberfeiern nach Hause geschickt. Auf solche Ideen kam nur sie.

Kate hatte sich geschworen, auf Grandmas Geburtstag kein einziges Mal über ihr neues Leben als Schafzüchterin zu reden. Absolut nicht! Das sollte allein Grandmas Tag werden. Ihren Sektempfang und das viergängige Menü sollte sie wie eine echte *Queen Mum* genießen.

Doch es kam anders.

Am Ende war es Grandma selbst, die mit gewohnt spitzer Zunge die Schleusen zu diesem Thema öffnete. Zu ihrem Festtag hatte sie die weißen Haare elegant frisieren lassen und sich mit einem dunkelgrünen Seidenkleid in Schale geworfen. Für die Arbeit in der Küche hatten die Kinder diesmal die bewährte Hilfe aus dem Dorf engagiert.

Es passierte, als die junge Köchin nach dem Hauptgang *(Chicken Tikka Masala)* die Tafel im Wohnzimmer abgeräumt hatte.

Bis zum Dessert sollte es eine kleine Verschnaufpause geben. Einige standen auf, um sich kurz zu strecken, eine zu rauchen oder vor dem Kamin einen Zwischendrink zu nehmen.

«Eigentlich wollte Myrtle ja Lammkoteletts machen», sagte Grandma, während sie der Köchin fast sehnsüchtig nachblickte. «Ich liebe Lammkoteletts! Die brät sie so was von zart!»

«Grandma!», sagte Morwenna und kicherte. Daraufhin prusteten alle los.

Emilys Blick wanderte unbeeindruckt zu Kate und David. «Was denn? Wir haben es ja gelassen. Dafür mussten nun drei Hühner dran glauben.»

«Danke, Grandma», sagte Kate lächelnd. Sie blieb völlig entspannt. Jeder von ihnen war ausreichend durch den Doyle'schen Humor gestählt.

Doch dann fing es an. Ob Großonkel Francis, Peggy, Kates Vater Gilbert, Tante Anne, ihr Sohn Harvey, Morwenna – alle hatten offensichtlich nur darauf gelauert, neue Geschichten von der Schaffarm zu hören. David stand geduldig lächelnd daneben, überließ Kate die Show und amüsierte sich über die Fragen.

«Wie hieß dein Lieblingslamm noch gleich?», fragte Kates Cousine Peggy.

«Monty», erklärte Kate. «Wir haben ihn teilweise mit der Flasche aufgezogen. Ein kleiner schwarzer Bock.»

«Hör mir auf mit den Böcken!», rief Peggy gut gelaunt vom Kamin herüber, das zweite Glas Gin in der Hand. «Nach zwei Verlobungen und meiner ersten Ehe weiß ich alles über Böcke!»

«Wir reden über Lämmer, Schätzchen», warf Onkel Francis grinsend ein. Alle in der Familie nannten ihn Seine Heiligkeit und waren stolz, dass er es heute möglich gemacht hatte zu erscheinen. Als anglikanischer Bischof sprach er sonst zwar lieber über das Lamm Gottes, aber er war weltlich genug, die Anzüglichkeiten seiner Cousine spaßig zu finden. Wie meistens sah er auch heute ausgesprochen gut aus. Sein weißer Bischofskollar im schwarzen Hemd unter dem grauen Sakko wirkte interessant.

«Was gibt es noch über Schafe zu wissen?», fragte Morwenna. «Außer dass sie fressen, wiederkäuen und eine Milliarde kleiner Köttel hinterlassen.»

Ihr Interesse war echt. Nach eigenem Bekunden hat sie erst einmal in ihrem Leben einen Bauernhof von innen gesehen, und das auch nur, weil sie sich bei Land's End verfahren hatte. Dass Kates Freund die Farm aus heiterem Himmel von seinem Bruder geerbt hatte, faszinierte sie enorm.

«Ein weibliches Schaf heißt Aue, das männliche Bock oder Widder», erklärte ihr Kate. «Und ein Hammel – na ja, schnibbeldischnibb.» Sie machte eine Scherenbewegung mit den Fingern.

«Boah!» Der *Schwere Harvey* verzog angeekelt das Gesicht. Er war zweiunddreißig Jahre alt, wog einhundertdreißig Kilo und stellte sich das Prozedere gerade erkennbar für seine eigenen Teile vor. «Wie gemein!»

Grandma hatte mitgehört. «Keine Angst, das machen sie nur mit dicken Böcken, Harvey!», rief sie hinterlistig, die Dessertteller von Wedgwood in der Hand. Für sie war jeder Doyle über neunzig Kilo eine Zumutung.

Kate machte schnell weiter. «Wusstet ihr, dass Schafe Feinschmecker sind?» Sie sah in die Runde und schob sich ein Macaron in den Mund. «Wirkliche Feinschmecker.»

«Woher will man das nun wieder wissen?», erkundigte sich Harvey. «Füttert man die Viecher mit Kaviar?»

Kate erklärte es ihm so, wie David es ihr damals erklärt hatte. «Man erkennt es daran, dass Schafe selektive Fresser sind, also nur das feinste Futter rupfen und den Rest sehr lange liegen lassen.»

«Oh, das kennen wir auch von deiner Tante Anne», mischte sich Grandma ein. Sie blickte zu ihrer Tochter hinüber. «Keiner mümmelt wie sie.»

«Vielen Dank, Mum», protestierte Anne und unterdrückte ihren Schluckauf nach den aus Frankreich importierten Rübchen. «Jeder weiß, wie viele verschiedene Allergien ich habe.»

Tante Anne war die Schwester von Kates Vater und von Onkel Brian und mit dem schwersten Busen aller Doyles gesegnet. Wegen ihres geräuschvollen Atems wurde sie unter der Hand die *Schnaufende Anne* genannt.

«Darf ich jetzt, liebe Meute?» Onkel Brian klopfte ans Glas, erhob sich und erstickte Annes beleidigten Ton mit seiner beginnenden Geburtstagsrede.

Wie immer wurde seine Rede brillant. Grandma hörte sichtlich gerührt zu. Nur ihr Edward hatte so elegant und geistreich reden können wie ihr jüngster Sohn. Als Professor für Biowissenschaften philosophierte Brian diesmal über Grandmas familiären Ehrentitel Queen Mum, sprach über ihren legendären Weinkeller, witzelte über die vielen Flaschen in der Familie und erklärte mit raffinierten, scheinbar wissenschaftlichen Gedankenschritten, warum Grandma, wenn sie denn ein Champagner wäre, als einzige Champagnersorte der Welt unter dem Namen *Champagne Emily Vintage Brut* erst im fünfundachtzigsten Jahr unnachahmlich reif, wertvoll und einmalig werden würde.

Grandma stand auf, umarmte Brian stürmisch und knickste trotz ihrer dicken Beine wie früher als Tänzerin nach allen Seiten. Keiner wusste so richtig, wo sie damals getanzt hatte, nur dass sie sich «Jane Summer» genannt und unter diesem Namen eines Nachts Elvis kennengelernt hatte. Bis heute ging sie felsenfest davon aus, dass mit ihr *alle* Doyles stolz auf diesen erotischen Ritterschlag durch Elvis Presleys Degen waren.

Gerührt wischte Grandma sich mit Kates Serviette eine Träne aus dem Augenwinkel. «Danke, Kinder! Und jetzt will ich euch schmettern hören! Was singt ihr?»

Solange Queen Mum das Kommando behielt, musste mindestens ein Mal gesungen werden. Heute war klar, was es sein würde.

«Deine Lieblingshymne!», rief Kates Vater gut gelaunt.

Dann legten sie los. Entschlossen stimmten alle ein: *«She's a jolly good fellow, she's a jolly good fellow …»* Für Grandma gehörte das robuste, für ihre Person leicht variierte Lied auf die ewige Freundschaft zu Englands musikalischen Kronjuwelen. Seine Heiligkeit Onkel Francis übernahm souverän die Baritonführung. Seine mächtige klerikale Stimme war sonst nur in der Kathedrale von Truro zu vernehmen. Auch Großcousine Peggys Sopran machte Freude, während Kates Vater Gilbert und Cousin Harvey angestrengt um die Wette röhrten. Jetzt musste auch Kate mit den Tränen kämpfen.

Für jeden von ihnen stellte das Cottage den letzten großen Anker im Meer der familiären Vergangenheit dar. Denn so lebendig, wach und kämpferisch Grandma heute noch vor ihnen stand, so sicher würde irgendwann der Tag kommen, an dem sie ihr gewohntes Kommando abgeben musste. Kate benötigte nur etwas Küchenpsychologie, um zu durchschauen, dass sich hinter Grandmas schwarzem Humor und ihrer Faszination für Mordfälle, also für den Tod anderer, nichts als pure Angst verbarg. Angst, demnächst selbst in der langweiligen Kiste zu liegen. Nicht umsonst hieß ihr Wahlspruch: *Nichts belebt uns wie ein kleiner Mord!*

Während der letzten Strophe war Grandma langsam zu ihrem Geschenketisch gewechselt. Stolz postierte sie sich hinter der glänzenden Metallkiste mit Spurengips, Nachtsichtgerät, Fingerabdruckbox und Schmauchsicherung, ihr Geschenk von den Enkeln, *das* Geschenk überhaupt! Morwenna machte schnell ein Handyfoto. Der Familienchor verklang.

Grandma applaudierte begeistert, die Wangen unter den weißen Haaren von Sekt und Gin gerötet. «Gigantisch, Kinder!

Variieren wir doch meinen Wahlspruch: *Nichts belebt uns wie ein guter Song!*»

Alle lachten. Dann holten sie sich ihre Gläser von der Tafel und verteilten sich wieder plaudernd im Raum.

In diesem Moment klingelte Kates Handy in der Handtasche. Sie zog es heraus und stellte es wegen der vielen Stimmen im Raum sofort laut. Am anderen Ende war Farmnachbar Ben Jenkins. Wie befürchtet rief er vom Pub aus an.

«Feiert ihr noch?» Jenkins klang nach mindestens vier, fünf konsumierten Pint Bier.

«Was gibt's denn?», fragte Kate alarmiert.

«Nur dass ihr's wisst», lallte er ins Telefon. «Ihr habt vier neue Ausreißer! Keine Ahnung, wie sie den Zaun aufgekriegt haben.»

Kate spürte, wie sie blass wurde. Alle im Cottage verstummten, jeder versuchte mitzuhören.

«Was heißt das, Ben? Wo sind diese vier Schafe?»

«Weg, abgehauen! Komisch ist nur das viele Blut im Gras. Sogar auf der Einfahrt vor Carringtons Strandvilla.»

«Blut?», wiederholte Kate schockiert.

Tante Anne trat zu ihr und flüsterte tröstend: «Da hatte bestimmt jemand Nasenbluten! Gott, wie ich das kenne! Ein Liter ist da schnell weg!»

Ohne darauf zu reagieren, reichte Kate ihr Handy stumm an David weiter. Auch seine Gesichtsfarbe hatte sich verändert.

«Ben?», fragte er heiser. «Was genau ist passiert?»

«Dieses Blut macht mir Angst. Das … das verdammte Blut macht mir Angst!»

2.

Angespannt saß Kate während der rasanten Autofahrt neben David auf dem Beifahrersitz. Was war passiert?

Keiner von beiden redete. David machte sich vermutlich Vorwürfe, weil er gegen jede Vernunft Ben Jenkins vertraut hatte. Darüber hinaus schien er die Ruhe zu bewahren. Kate wusste, dass er nicht die Verantwortung für eine Schaffarm tragen könnte, wenn er keine guten Nerven hätte.

Passieren konnte immer etwas, schließlich gehörten zweiundfünfzig Schafe zur Farm. Mal verletzte sich ein Tier bei Rangeleien oder in Dornensträuchern, mal grassierte eine Infektion unter der Herde. Hin und wieder versuchte auch ein Schaf, bei günstiger Gelegenheit auszubüxen. Doch so, wie sich Ben Jenkins angehört hatte, erfasste Kate Angst, dass diesmal ein größeres Unglück geschehen war. Sie hoffte inständig, dass Jenkins im Suff übertrieben hatte, dass nur eines der verschwundenen Tiere eine kleine Verletzung hatte und dass ihnen ansonsten gleich vier fröhliche Ausreißer entgegentraben würden.

«Wir parken ganz unten», sagte David, während sein Pick-up die Landstraße verließ und auf den Weg Richtung Strand einbog. Bis vor ein paar Monaten war das hier ein holperiger Feldweg gewesen, jetzt hatte ihn der neue Anrainer Hugh Carrington auf seine Kosten asphaltieren lassen. *Ganz unten* meinte, dass sie bis vor die Düne fuhren, bei der die Weide endete.

David parkte, und sie stiegen aus. Kate nahm als Lockmittel für die vier Ausflügler eine Tüte Schafsleckerli mit, die sie immer im Handschuhfach bereithielt. Die schwarzen Gesichter der Schafe im Gatter drehten sich alle gleichzeitig in ihre Richtung. Kate glaubte, eine Spur Ironie aus ihren Augen ablesen zu können. *Na, auch schon da?*

Der Wind hatte gedreht und blies jetzt vom Meer über die Wiesen. Es roch nach Salz, Krabben und Seetang, Cornwalls Grundausstattung. Wie an so vielen Tagen an der kornischen Küste verstärkte der hellwolkige Himmel auch heute wieder alles Licht und ließ die Landschaft auf besondere Weise leuchten. Seit ihrer Kindheit empfand Kate diesen Zauber besonders intensiv. Mit ihrer Mutter hatte sie früher bei Sonnenschein begeistert weiße Muscheln gesammelt, in denen man nach einer kornischen Sage das Sonnenlicht aufbewahren konnte.

Es war Wochen her, seit sie zuletzt zum Joggen hier unten gewesen war. Und nur selten verirrten sich Besucher an diese kleine Bucht, wo es ja nicht mal einen Parkplatz gab. Außer der umzäunten Weide von Ben Jenkins, wilden Streifen von Adlerfarn und Wiesen voller alter Apfelbäume war hier nicht viel zu sehen.

Dennoch war der schmale graue Asphaltweg neben der Weide noch nicht ganz zu Ende. Unmittelbar vor der Düne machte er eine scharfe Rechtsbiegung und verlief ab dort parallel zum Meer und zur Düne noch knapp hundert Meter weiter bis zu dem einzigen bebauten Grundstück im Naturschutzgebiet. Dort stand die weiße Strandvilla des Verlegers Hugh Carrington, umgeben von einem hübschen Bauerngarten. Kate konnte das Haus von der Weide aus sehen. Carrington war ein Einsamkeitsfreak, das wusste sie. Er hatte sich aus dem internationalen Verlagsgeschäft zurückgezogen und galt als menschenscheu.

David war an den Weidezaun getreten und wandte sich mit beruhigender Stimme an seine Schafherde, sichtlich erleichtert, dass die achtundvierzig verbliebenen Tiere sich nicht von den vier Ausreißern hatten anstecken lassen.

«Hey, guys!», rief er in lockerem Tonfall. «Ich weiß, ihr hattet Probleme. Was war hier los?»

Ein vielstimmiges aufgeregtes Blöken antwortete ihm. Am lautesten meldete sich der Bock, nachdrücklich und fordernd. Es klang wie: *Ihr solltet jetzt mal einschreiten!*

Der Bock hieß Sinclair, brachte fast hundert Kilogramm auf die Waage und glaubte, seinen Harem gut im Griff zu haben. Ein Irrtum, wie Kate wusste, hinter seinem Rücken machten die Mädels, was sie wollten. Aber sein Job war nun mal der Glaube an die eigenen Hormone. Wenigstens vor seinen großen gerundeten Hörnern zeigte jeder Respekt.

Kate trat neben David an den Zaun. Da graste sie nun, die stolze Herde ihrer *Scottish Blackface*-Schafe. Eine Art, die aus den schottischen Highlands stammte, wie gemacht für Cornwalls sanfte Hügel und moorige Niederungen. Von mittelgroßer Statur und unkompliziert im Wesen, liebten die Tiere ihre Unabhängigkeit. Kate hätte sie alle pausenlos knuddeln können. Rechnete man die vier Ausreißer mit, glaubte man beim Anblick aller zweiundfünfzig Tiere lauter Kopien von Shaun das Schaf vor sich zu sehen, mit schwarzem Kopf, dunklen Strümpfen und flauschigem weißen Fell sowie zweiundfünfzig Paar kluge, verstehende und wissende Augen. Nur das jüngste Lamm, der kleine Monty, war vor drei Monaten mit schwarzem Fell und weißem Gesicht auf die Welt gesprungen. David wusste selbst nicht, ob Monty nur eine Laune der Natur darstellte oder aus einem unbemerkten Fehltritt seiner Mutter stammte.

Nachdem die Schafe mit David kommuniziert hatten, wandten sie sich wieder ihren eigenen Problemen zu. Sie wirkten extrem wachsam, keines fraß.

«Sie wissen was», stellte David besorgt fest. «Lass uns sehen, wer aus der Herde fehlt.» Nach ein paar Sekunden Durchzählen war die Sache klar. «Camilla, Susan, Pearl und Monty sind weg!», konstatierte David. «Das wird wieder Camilla ausgeheckt haben. Wir hätten sie auf der Farm lassen sollen.»

Camilla war ihr klügstes Schaf. Sie hatte wohl wieder einmal ihre Freundinnen zum Unfug angestiftet.

Dass Schafe gerne untereinander Freundschaft schlossen, hatte die Wissenschaft bewiesen, aber die Zusammensetzung jener kleinen Gruppe ließ selbst David staunen.

Dass neben der kräftigen, breitrahmigen Camilla, der verfressenen Susan und der lebhaften Pearl auch der kleine schwarze Monty verschwunden war, war beunruhigend. Pearl hatte ihn Anfang März auf der Weide zur Welt gebracht. So verständlich es war, dass sie ihren Kleinen auf den Ausflug mitgenommen hatte – Kate brach es das Herz. Für ein Lamm wie ihn, gerade erst drei Monate alt, lauerten überall Gefahren. Erst im vergangenen Jahr hatten Füchse und Raben eines der Neugeborenen tödlich verletzt.

Knapp zwanzig Meter vor Kate klaffte das Loch im Zaun, durch das die Schafe entkommen waren. Raffiniert hatten starke Schafshörner den Draht nach oben gebogen.

Auch das war Camillas Werk. Nur sie beherrschte den Trick, ein Stück Drahtzaun auf die Hornspitze zu drehen und dann mit Wucht den Kopf hochzureißen. Kate hätte früher nie gedacht, wie erfinderisch Schafe werden konnten, wenn sie etwas im Schilde führten. Einige schafften es sogar, aus dem Stand aus der Koppel zu springen, wenn es irgendwo etwas Interessanteres zu fressen gab.

Während David eilig mit einer Zange und einem Stück Draht aus dem Kofferraum die Stelle reparierte, machte Kate sich auf die Suche nach den vermissten Tieren.

Schon nach wenigen Metern entdeckte sie, was sie lieber nicht gesehen hätte. Eine Blutlache zwischen dem Strandhafer. Der Anblick schockierte sie, auch wenn sie durch Ben Jenkins' Anruf darauf vorbereitet war. Ein Stück dahinter bemerkte sie weitere Blutflecken – und daneben, wie ein Siegel, ein paar Häuflein frischer Schafsköttel.

Die Spur schien Richtung Villa zu führen.

Während Kate sich der Strandvilla beklommen näherte – erst auf der Düne, dann unten auf dem Asphalt –, bereitete sie sich innerlich darauf vor, gleich ein schwer verletztes Schaf zu finden. Für Sekunden glaubte sie sogar, den metallischen Geruch des Blutes riechen zu können.

Plötzlich war David hinter ihr, wie aus dem Nichts. Gemeinsam begannen sie zu rennen, die letzten Meter an der Düne entlang, immer auf Hugh Carringtons Einfahrt zu.

Und da waren ihre Schafe! Zufrieden wie beste Freundinnen standen die drei Ladys vor der Villa, die schwarzen Mäuler in Carringtons Wildblumenwiese versenkt. Zwischen ihnen knabberte der kleine Monty an einer gefundenen Möhre und blickte nur kurz auf, als wolle er *Hallo!* sagen. Das Dahlienfeld entlang der Hecke war bereits blütenlos.

«Camilla!», rief Kate. «Du kleine Hexe!»

Camilla kümmerte das wenig. Ihre kräftige Gestalt mit dem breiten Rücken, auf dem die Wolle noch dichter und voller als bei anderen Schafen wuchs, drehte sich zu Kate um, als ob sie es unpassend fände, gerade jetzt gestört zu werden. Die anderen beiden Mädels fraßen unbeirrt weiter, vermutlich ahnten sie, dass der Spaß bald zu Ende sein würde. Monty beugte sich auf staksigen Beinen über eine Margerite und rupfte sie liebevoll ab. Kate war erleichtert, dass keines der Tiere eine Verletzung aufwies. Das Fell der erwachsenen Schafe war noch so weiß wie am Morgen.

Ihr Herzschlag beruhigte sich wieder – bis sie David entdeckte, der ein Stück entfernt bewegungslos und offensichtlich schockiert auf den Boden starrte. Zwischen den Ähren des hohen Weidelgrases unter ein paar Apfelbäumen waren nackte Waden und blaue Schuhe zu erkennen.

Was war da los?

Erst als Kate neben David stand, begriff sie das Ausmaß der Katastrophe. Vor ihnen lag der Körper eines etwa sechzigjährigen Mannes. Hugh Carrington! Kate erkannte ihn sofort wieder, auch wenn es nur die Fotos aus der Presse waren, die sie vor Augen hatte. Schaudernd registrierte sie, dass sein hellblaues Hemd mit Blut durchtränkt war. Ihr Blick wanderte an seinem Körper entlang, gewahrte zahlreiche Wunden, auch rechts am Hals und an seiner linken Schulter. Für einen Moment glaubte Kate, dass ihr übel werden würde, konnte das Gefühl aber abschütteln.

«Was … was sind das für Wunden?», fragte sie leise.

«Schusswunden», sagte David.

Kate schluckte. Der Anblick des Toten war nur schwer zu ertragen. «Er … er wurde erschossen … hier, auf seinem Grundstück?»

«Es sieht so aus. Und das dürfte noch nicht allzu lange her sein.»

Sie hatten beide nicht mehr an die Schafe gedacht. Wie aus dem Nichts tauchten Camilla, Susan und Pearl neben ihnen auf und beugten sich gemeinsam über die Leiche. Entsetzt wollte Kate sie verscheuchen, auch David streckte sofort die Arme von sich, um die Tiere wegzudrücken. Doch da richteten sich die Schafe schon wieder auf. Camillas große Augen mit den waagerechten Pupillen wirkten klug und wissend. Dann – als hätten sie genug gesehen – wandten sie sich alle wieder ab und trotteten zurück zu ihren Blumen.

David drehte sich zu Kate um, in der Hand sein Telefon. «Ich rufe jetzt die Polizei», sagte er. «Bringst du die Schafe zurück zur Weide?»

Er strich Kate sanft über die Wange. Sein Mitgefühl für ihre Betroffenheit angesichts des Toten tat ihr gut. Dann schien er Haltung anzunehmen. Konzentriert und entschlossen nahm er erneut den Tatort in den Blick und agierte wieder als der, der er bis vor drei Jahren gewesen war. Die ungeliebte Forensik hatte ihn zurück.

Das Warten auf die Polizei kam Kate endlos vor. Angesichts der vielen schmalen, kurvenreichen und mauergesäumten Landstraßen in Cornwall brauchte zwar alles seine Zeit, aber diesmal hätte Kate den Uhrzeiger am liebsten vorgedreht. Ungeduldig lehnte sie an einem der Apfelbäume und hoffte, dass alles schnell vorüberging. Die vier Schafe befanden sich inzwischen wieder sicher beim Rest der Herde auf Ben Jenkins' Weide.

Immerhin war das *Crime Unit Team* der Polizei bereits auf dem Weg. Normalerweise wären die Ermittler aus Bodmin zuständig gewesen, doch ein Sergeant hatte David am Telefon erklärt, dass heute eine Vertretung aus Plymouth zuständig wäre unter der Leitung einer gewissen Kirstie Scott. Krankmeldungen und Urlaubszeit hätten die Teams stark reduziert. David und Kate ahnten, was das bedeutete. Wenn sie Pech hatten, betrat gleich ein ortsunkundiger Chief Inspector den Tatort.

Während der Wind vom Meer zulegte, wie so oft am Nachmittag, und es merklich kühler wurde, bewegte sich David wie in Zeitlupe durch den Garten. Wo ihm etwas auffiel, blieb er stehen und diktierte eine kurze Beschreibung in sein Handy. In seinen Jahren als Forensiker bei der Polizei in Exeter hatte er viele Leichen in Augenschein nehmen müssen.

Kate war Hugh Carrington nur einmal kurz bei einem Spaziergang begegnet, obwohl seine Villa so nah an der Trewistle Farm lag. Eigentlich hätte er sich damals bei David als neuer Nachbar vorstellen müssen. Nur Kates Vater, Gilbert Doyle, hatte engeren

Kontakt mit dem Verleger gehabt. Als Kunsthistoriker hatte er Carrington dabei beraten, wie der seltene, über hundert Jahre alte Eiskeller im Garten der Villa fachgerecht restauriert werden konnte.

Kate schielte noch einmal zu dem Toten hinüber, gleichermaßen fasziniert und schockiert. Sie produzierte einen Podcast über reale Kriminalfälle, eigentlich müsste sie den Anblick einer Leiche doch aushalten können, oder? Ihr fiel auf, dass Carringtons Kinn wie bei Kirk Douglas gespalten war. Zwei tiefe Falten rechts und links der Nase machten das Gesicht markant.

Aus welchem Grund hatte dieser Mann sterben müssen? Vermutlich war Grandmas Einschätzung richtig, und Morde faszinierten bei aller Grausamkeit stets auch durch ihre verborgenen, düsteren Geheimnisse. Aber einen Ermordeten zu *finden*, das hatte selbst Grandma noch nicht geschafft.

Plötzlich musste Kate wieder an ihr kleines totes Lamm vom vergangenen Frühjahr denken. Für Schafe war der Tod allgegenwärtig, obwohl David ihr geschworen hatte, dass die Tiere seiner Farm, wenn überhaupt, ausschließlich zu Zuchtzwecken weitergegeben wurden. Und doch gab es selbst unter Schafen Verräter, wie Kate wusste. Um die Angst der Tiere vor dem Schlachtermesser zu überwinden, hatte man früher in Frankreich sogenannte Judasschafe ausgebildet. Sie hatten die Aufgabe, ihre ahnungslosen Genossen bis in die Schlachterei und damit in den sicheren Tod zu führen. Der Gedanke daran konnte Kate Tränen in die Augen treiben.

Auf dem Asphalt neben der Düne flackerte Blaulicht auf. Endlich! Es waren zwei Fahrzeuge, ein gelb-blauer Streifenwagen mit zwei Constables und ein Minibus. Während die Constables flott ihre Absperrbänder aus dem Kofferraum holten, wurde die Tür des Busses scheinbar zögerlich aufgeschoben. Sich umblickend, stiegen eine Frau und zwei junge Männer aus. Die Männer trugen bereits die weißen Anzüge der Spurensicherung, während die etwa fünfzigjährige Frau zivil gekleidet war. Ganz offensichtlich handelte es sich bei ihr um die zuständige Ermittlerin.

Sie wirkte sympathisch, wenn auch ein wenig zurückhaltend. Kate gefiel, dass sie es hier mit einer Frau zu tun hatten. Bei ihren Podcast-Interviews waren ihr männliche Detectives begegnet, die eher arrogant aufgetreten waren. Scott wirkte anders. Mit ruhigem Blick schaute sie sich erst mal auf dem Gelände um, als wollte sie sich gleich zu Beginn alle Gegebenheiten einprägen. Sie war mittelgroß und dunkelblond, gekleidet in Jeans, mit einem hellen Pulli und einer dunkelblauen Jacke darüber. Das Sportliche an ihrer Figur ließ Kate vermuten, dass sie oft körperlich trainierte.

David ging der kleinen Truppe entgegen und stellte sich und Kate vor.

Die Beamtin war tatsächlich Detective Chief Inspector Kirstie Scott. Ihre Stimme klang ruhig und sachlich. Obwohl sie zur Polizeieinheit Plymouth gehörte, hatte sie den Namen des ehemaligen Exeter-Kollegen und Forensikers David Pennymore bereits gehört. DCI Scott reichte auch Kate ihre kräftige Hand. «Kate Doyle? Machen Sie diesen Kriminal-Podcast?»

«Ja, seit drei Jahren.»

DCI Scott lächelte. Es war ein freundliches, wenn auch etwas bedecktes Lächeln. «Interessant, was Laien so alles auf die Beine stellen.»

War die Bemerkung Lob oder Kritik?, fragte sich Kate irritiert. Scotts Stimme nach tendierte sie eher dazu, eine kleine Botschaft daraus ablesen zu können: Wer in ungelösten Kriminalfällen stocherte, nahm die Polizei nicht ernst. Also besser Finger weg!

Kirstie Scott ließ Kate stehen und folgte David zu den beiden Spurensicherern. Er hatte von Scotts Worten nichts mitbekommen.

Während sich die vier unterhielten, versuchte Kate, sich ein genaueres Bild von der Ermittlerin zu machen. Sie fand DCI Scott immer noch sympathisch, trotz der kleinen Bemerkung über den Podcast. Das war Scotts gutes Recht. Ihr Blick wirkte aufgeschlossen, aber auch ein klein wenig kämpferisch, als wüsste sie ihre Interessen gut zu verteidigen.

David schilderte der Ermittlerin, wie Kate und er den Ermordeten gefunden hatten. Fragend blickte er die beiden weiß verhüllten Gestalten an. «Wie wollt ihr diese vielen Spuren denn zu zweit sichern?»

«Die Forensik ist derzeit knapp besetzt», mischte sich DCI Scott ein. «Aber wenn wir Glück haben, kommt bald ein zweiter Wagen.»

Kate spürte Davids Fassungslosigkeit angesichts des sehr überschaubaren Ermittlerteams und war dankbar, dass in diesem Moment ihr Handy klingelte.

Es war Grandma.

«Wo bleibt ihr denn, Schätzchen? Die ersten Gäste gehen schon wieder.»

Kate gab sich verhalten. «Wir sind noch beim Strand, Grandma. Es gibt ein paar Probleme.»

«Wenn du schon so anfängst!» Grandma klang verärgert. «Dein kleiner Bock hängt hoffentlich nicht im Zaun und ist jetzt ein Hammel?»

«Nein, Monty geht es gut.»

«Also stammt das Blut von jemand anderem?» Grandmas Stimme wurde wieder freundlicher. «Los, erzähl!»

«Hier beim Strand ist jemand ermordet worden … genau genommen nicht am Strand, sondern in der weißen Villa davor.» Im Hinblick auf Grandmas schlagartig ausgefahrene Antennen beschloss Kate, ihr lieber gleich die Wahrheit zu sagen. «Hugh Carrington ist tot. Der Verleger. Erschossen.»

«Ach du dickes Ei!», stieß Grandma hervor.

«Grandma, bitte reg dich nicht auf. Keiner kannte ihn ja so richtig …», sagte Kate in dem Versuch, sie zu beruhigen.

«Unsinn! Ich kannte ihn!» Grandmas Stimme klang betroffen und gleichzeitig erbost. «Dieser Esel! Schenkt mir einen neuen Computer und lacht, wenn ich ihm da draußen eine Alarmanlage empfehle.»

Kate glaubte ihren Ohren nicht zu trauen.

3.

In Grandma Emilys Jahreskalender, der an der Küchenwand hing, waren Tag und Uhrzeit des Mordes an Hugh Carrington bereits anderthalb Stunden nach dem Auffinden der Leiche in Rot vermerkt:

Exitus Hugh Carrington
4. Juni zw. 13 und 14 Uhr

So was machte sie stets sorgfältig.

Das Wort *Exitus* hatte sie sich aus den Gerichtsakten ihres verstorbenen Mannes angeeignet und benutzte es immer noch gern. Es klang wunderbar. Für sie gehörte es ebenso zu einem interessanten Fall wie die Begriffe *Ermittlungsakte, Materialspuren* oder *Leichenöffnung*. Sie liebte die plastische Sprache der Kriminalisten.

Dass sie Hugh Carringtons Namen im Kalender eintragen musste, betrübte Emily allerdings sehr. Carrington und sie hatten sich zwar erst seit ein paar Wochen persönlich gekannt, aber so viel stand fest: Seine Ausstrahlung war immer *gentlemanlike* gewesen. Der Himmel möge es ihm im Jenseits gemütlich machen.

Genau das hatte Emily vorhin auch zu Kate gesagt. Natürlich war ihre Enkelin entsetzt gewesen, dass Emily das Mordopfer gekannt, der Familie aber kein Sterbenswörtchen mitgeteilt hatte.

Aber manchmal ging es nun mal nicht ohne Geheimnisse. Das sollte auch Kate langsam lernen.

Jeder in der Familie wusste, dass Kate Grandmas Lieblingsenkelin war. Denn Kate war herrlich fantasiereich, nach ihrem Studium in Oxford herrlich klug und dabei herrlich eigenwillig wie die meisten Doyles. Auch dass sie sich in David Pennymore verliebt hatte, gereichte ihr zur Ehre. Einen wie ihn hätte Emily sich früher auch geschnappt, nur das Leben auf der Trewistle Farm und Davids blökende Schafe wären vielleicht nicht ganz nach Emilys Geschmack gewesen.

Inzwischen war es sechzehn Uhr geworden, in Emilys Cottage herrschte wieder Stille, nachdem sich die Geburtstagsgäste rücksichtsvoll verzogen hatten. So gerne die Doyles sonst auch feierten, sie blieben immer Realisten. Ein Mord in nur wenigen Meilen Entfernung war nun mal der Stimmungskiller schlechthin. Außerdem steckten Kate und David nach wie vor am Tatort fest, Brian als Professor hatte an der Uni abends einen Vortrag zu halten, und Peggy war wegen eines Geschäftstermins früher als sonst auf dem Absprung gewesen.

Der Kern der Doyles wohnte zu Emilys Freude nicht weit von ihrem Cottage im pittoresken Fischerort Looe entfernt, fast alle im Umkreis von zwanzig Meilen an Cornwalls Südküste. Kates und Davids Farm lag auf einem Hügel oberhalb von Sealton Beach, während Peggy mit ihrer Familie im Dorf Sealton selbst lebte. Emilys Tochter Anne und ihr Sohn Harvey waren im hübschen Ort Fowey mit seinem Hafen zu Hause, und Kates Vater Gilbert wohnte in Torpoint nahe dem Herrenhaus Mount Edgcumbe. Nur Emilys jüngster Sohn Brian, seine Frau und seine Tochter Morwenna lebten in Plymouth und gehörten damit bereits zur Grafschaft Devon. Aber was waren schon die paar Meilen zwischen ihnen allen, wenn es um die Familienbande ging?

Im Grunde tat es Emily gut, wieder allein zu sein. Allein zu sein, um über die Sache mit Hugh Carrington nachzudenken und ihre Schlussfolgerungen zu ziehen.

Fünf Wochen war das jetzt her. Nein, sechs. Bis dahin kannte Emily den Namen Hugh Carrington vor allem durch zwei große Berichte in der Presse. Erst hatte der Verleger seinen vielfältig verzweigten H. H. Carrington News Verlag im vergangenen Jahr an drei seiner Chefredakteure verkauft, dann war kurz darauf seine komplette Kunstsammlung als Geschenk an die Londoner Tate Gallery gegangen. Emily imponierte auch, dass Carrington sich ausgerechnet hier, im stillen Cornwall, endgültig niederlassen wollte. Wichtigtuerische Menschen taten das eher nicht.

Dann, vor sechs Wochen, hatten Emily und er am Gemüsestand des Supermarktes zufällig nach derselben gigantisch großen Gurke gegriffen. Ihr war sofort klar gewesen, wer da neben ihr stand. Natürlich hatte Carrington die Gurke, charmant lächelnd, Emily überlassen. Dabei war ihr die Bemerkung entschlüpft, dass sie es mit der vermutlich letzten EU-Gurke Englands zu tun hätten, und er hatte schlagfertig darauf geantwortet.

Während sie beide plaudernd und die Einkaufswagen vor sich herschiebend zur Obstabteilung weitergewandert waren, hatte Carrington sich mit einer Verbeugung vorgestellt. Wie sich herausstellte, kannte er Emily Doyles Sohn Gilbert bereits. Dieser hätte, so Carrington, den alten Eiskeller seiner Villa restauriert, was Gilbert später auf Nachfrage seiner Mutter bestätigt hatte.

Von da an begegneten Carrington und Emily sich jeden Freitagvormittag um zehn Uhr am Gemüsestand, ohne dass es dazu eine Verabredung geben musste. Irgendwann hatte sie ihn deshalb ihren *Gemüse-Stalker* genannt. Er hatte kräftig gelacht, das war genau sein Humor. Meist gingen sie nur bis zum Brotshop oder bis zum Süßigkeitenregal zusammen weiter, plauderten ein bisschen und trennten sich dann gut gelaunt.

Emily dachte nach.

Genau genommen war ja nur sie es gewesen, die hin und wieder stolz ein paar Dinge über ihre Familie erzählt hatte, vor allem über ihre Kinder und Enkel. Davon konnte er anscheinend nicht genug hören. Über sein eigenes Leben gab Hugh Carrington dagegen nur wenig preis. Außer, dass er seine Liebe zum Garten neu entdeckt hatte, gerne Muffins aß und Kunst liebte. Darüber hinaus hatten sie einmal über die vielen Wohnungseinbrüche in London gesprochen. Emily hatte ihm geraten, sich in seiner abgelegenen Villa am Strand eine Alarmanlage zuzulegen, vor allem wegen seiner Prominenz. Aber das hielt er für Unsinn. Seine Einfahrt habe er dank eines kleinen Tricks immer gut im Blick, hatte er gemeint. Außerdem wolle er hier auf dem Land nur noch ein ganz normaler Pensionär sein.

«Ich mag den großen Rummel nicht mehr», hatte er Emily gestanden. Seine Bescheidenheit klang glaubhaft. «Sicher, es wird immer Menschen geben, die mir etwas neiden. Aber das kümmert mich nicht. Das Schicksal hat mich zum Glück einiges dazulernen lassen.»

«Dann schenke ich Ihnen einen Hund», hatte Emily mütterlich-streng entschieden.

«Nein danke.» Lachend war Carrington mit zwei Kilo Äpfeln und einer Ananas zur Waage gegangen. «Dafür bin ich nun wieder zu viel unterwegs.»

Das letzte Mal hatten sie sich vor zwei Wochen getroffen. Emily war etwas still gewesen, weil morgens ihr braver alter Computer seinen Geist aufgegeben hatte. Carrington versuchte, sie zu trösten. Diesmal war er nur bis zu den Cornflakes mitgegangen, weil er nachmittags nach Dublin fliegen musste.

Zwei Tage später hatte ein Techniker aus Truro an Emilys Tür geklingelt, um im Auftrag von Mr Carrington einen neuen Computer in ihrem Arbeitszimmer zu installieren. Emily war sprachlos gewesen. Auf der Karte, die dabei lag, wünschte ihr der Verleger viel Vergnügen. Er hatte nur eine Bedingung für sein Geschenk, Emily durfte die Sache nicht an die große Glocke hängen, auch ihrer Familie sollte sie nichts erzählen. Für einen Moment hatte sie gezögert, ob sie das generöse Geschenk überhaupt annehmen sollte. Aber sie wollte Carrington nicht enttäuschen.

Am vergangenen Freitag wollte sie ihm dann im Supermarkt danken. Dafür hatte sie extra einen Apfelkuchen gebacken, den gleichen, den auch der langjährige Präsident des High Courts jedes Jahr zu Ostern von ihr bekam. Doch Hugh Carrington war nicht erschienen.

Warum hatte er das mit dem Computer getan? Und warum war er überhaupt immer so pünktlich an dem Gemüsestand aufgetaucht?

Von Gilbert wusste Emily, dass während der Eishausarbeiten stets eine Haushälterin die Tür der Villa geöffnet hatte. Ging diese Frau denn nicht für ihren vielbeschäftigten Chef einkaufen?

Noch etwas fiel Emily ein. An einem der Freitage hatte sie den Eindruck, dass Carrington von der abgelegenen Getränkeabteilung aus sein Handy auf sie gerichtet hielt und sie fotografierte. Doch dann glaubte sie sich geirrt zu haben. Während ihres zweiten Blicks hatte er nur hastig auf dem Handy rumgetippt.

Was, wenn das alles kein Zufall gewesen war? Was, wenn er sie kennenlernen *wollte*?

Wenn sie dreißig Jahre jünger gewesen wäre, hätte sie sich natürlich geschmeichelt gefühlt. So aber fielen ihr nur zwei schnöde Gründe ein, keiner angenehmer als der andere. Entweder war dieser Mann gerontophil (allein das Wort ließ Emily schaudern). Oder er war aus irgendeinem Grund am Leben der Familie Doyle interessiert.

Denn es gab da noch eine Ungereimtheit. War Hugh Carrington nicht von sich aus wegen der Eishausrenovierung auf Gilbert zugekommen? Obwohl ihr Sohn gar keine entsprechende Firma betrieb, sondern als Kunsthistoriker das berühmte Herrenhaus Mount Edgcumbe sowie einige Museen beriet. Kaum jemandem war bekannt, dass er vor Jahrzehnten als Student an zwei Eishausprojekten in Bristol mitgeforscht hatte. Hatte Carrington davon gewusst? Gilbert jedenfalls hatte sich zwar über seinen Auftrag gewundert, jedoch nicht dezidiert nachfragen wollen.

Emily fühlte ein Kribbeln im Nacken, das Kribbeln der Aufregung. Zu spüren, dass sich irgendetwas Merkwürdiges anbahnte, ließ sie beschwingt werden. Bei allem angebrachten Mitleid mit Carrington, plötzlich stimmte er wieder, ihr Satz – dass nichts so belebend wirkte wie ein kleiner Mord.

Natürlich nur, wenn man nicht selber die Leiche war.

Sie wanderte gut gelaunt von der Küche durch den Flur zu ihrem holzgetäfelten Arbeitszimmer und summte dabei vor sich hin. Der Raum lag an der Gartenseite des Cottage. Zuverlässig knarrten beim Gehen die alten Dielen unter ihren Füßen.

Kaum im Zimmer, öffnete Emily einen der beiden Fensterflügel, ließ die frische Gartenluft einströmen und nahm dann hinter dem ausladenden Schreibtisch Platz. Der neue Computer roch immer noch wie gerade aus der Verpackung geholt.

Früher waren dieser Schreibtisch und die Bücherwände Edwards Welt gewesen, das typische Studierzimmer eines Richters. Jetzt war es Emilys Lieblingsraum im Haus. Hier konnte sie ihren Krimifantasien nachgehen, unter der Messinglampe gemütlich lesen und sich dabei kleine Ingwerplätzchen in den Mund schieben. Bis zu Edwards Tod hatte sich der Zigarrenrauch mit dem Muff zusammengeschnürter Gerichtsakten vermischt. Jetzt roch alles nach Emilys gelben Rosen auf dem Fensterbrett. Edwards Akten befanden sich noch heute in diesem Zimmer, der High Court hatte nie mehr danach gefragt – und sie war glücklich darüber. Zu gern stöberte sie von Zeit zu Zeit in den alten Fällen.

Emily überlegte, wie sie in der Sache Carrington weiter vorgehen wollte. Am besten wäre, wenn sie selbst einen direkten Draht zur Polizei hätte. Die liebe Kate würde ihr vermutlich nur das Nötigste über den Fortgang der Mordermittlungen erzählen wollen, um sie zu schonen. Ihre Enkelin konnte furchtbar rücksichtsvoll sein.

Warum also nicht selbst ein bisschen die Fühler ausstrecken?

Nein, nicht die Fühler, sie war ja keine Schnecke. Die Wochenendausgabe der *Times* hatte die Sache neulich auf den Punkt gebracht. Lesern jenseits der fünfzig wurde empfohlen, sich in Krisen als große Schildkröte mit einem dicken, unverwundbaren Panzer zu fühlen.

Was für eine abstruse Idee, dachte Emily. Aber vielleicht funktioniert sie ja. Also dann, alte Schildkröte – Kopf raus und lostraben.

Sie griff nach ihrem Festnetztelefon und rief die Polizeizentrale an. Dort fragte sie ungeniert nach DCI Scott. Kate hatte den Namen der Ermittlerin mehrfach erwähnt.

«Ich darf Sie leider nicht verbinden, Ma'am», sagte der Sergeant, der Emilys Anruf entgegengenommen hatte, höflich. «DCI Scott befindet sich an einem Tatort.»

«Sie dürfen mich nicht nur verbinden», korrigierte Emily ihn freundlich, «Sie müssen es sogar. Man wartet auf meine Aussage zum Mordfall Carrington.»

«Ach so, alles klar», erwiderte der junge Mann bereitwillig. Es klickte mehrmals, dann meldete sich DCI Kirstie Scott am Apparat. Ihre Stimme klang kräftig. Im Hintergrund hallten Schritte. Es hörte sich an, als befände sich die Ermittlerin gerade in der Villa.

«Ja? Was kann ich für Sie tun?»

«Hier ist Jane Summer.» Emily nutzte ihren früheren Künstlernamen. «Ich bin eine gute Bekannte des ermordeten Hugh Carrington und hätte eine interessante Information für Sie.» Sie versuchte, beim Reden zu lächeln, angeblich spürte man das am anderen Ende der Leitung. «Soll ich loslegen?»

«Moment, Mrs Summer! Wir sind hier mitten bei der Arbeit.» DCI Scott schien sich Mühe geben zu wollen, höflich zu sein, wirkte dennoch ein wenig ungehalten. «Sind Sie sicher, dass wir Ihre Informationen unbedingt jetzt brauchen?»

«Ganz sicher», erwiderte Emily.

«Aha.» Das klang nicht gerade begeistert. «Also bitte, dann … Woher kannten Sie Mr Carrington?»

«Aus der Gemüseabteilung.»

«Aus der … Gemüseabteilung?», fragte DCI Scott ungläubig.

«Ja, bei Tesco. Wir trafen uns dort jeden Freitag. Und ich darf sagen, dass unser Verhältnis äußerst vertrauensvoll war.»

«Ich verstehe.»

Emily spürte, dass DCI Scott insgeheim an ihrem Verstand zweifelte. Vielleicht hätte sie das Telefonat doch anders beginnen sollen. Es wurde Zeit, gleich eine Schippe nachzulegen.

«Wie Sie vielleicht bemerkt haben, besaß Mr Carrington keine Alarmanlage», fuhr Emily fort. «Jedenfalls keine, wie man sie in Villen dieser Größenordnung kennt. Sie wissen, was ich meine, diese Starenkästen an der Wand.»

«Das ist uns nicht entgangen, Mrs Summer.»

«Was er aber vermutlich hatte, war eine versteckte Kamera … irgendwo draußen.»

«Und woher wollen Sie das wissen?»

«Mr Carrington machte so eine Andeutung. Dass er seine Einfahrt auch ohne Alarmanlage jederzeit im Blick hätte. Also könnte es dort irgendwo eine Kamera geben.»

«Und das alles hat er Ihnen beim Gemüse verraten?»

«Nein … Genau genommen standen wir vor den Äpfeln, Carrington liebte Äpfel.» Emily spürte, dass sie sich vor Aufregung ein wenig verhaspelte. «Was ich sagen will, ist … Mr Carrington kam mir alles in allem sehr furchtlos vor. Ein wirklich starker Charakter. Obwohl ein prominenter Mann wie er bestimmt Neider hatte. Ich denke, das könnte auch ein Ansatz für Ihren Profiler sein.»

Kirstie Scott räusperte sich. «Mrs Summer, erstens brauchen wir in diesem Fall keinen Profiler, und zweitens: Wenn hier ein Überwachungssystem existieren würde, hätte es mein Team sicher aufgespürt. Trotzdem, ich danke Ihnen. Wir werden Ihrer Aussage gerne nachgehen.»

Es sollte höflich klingen, doch Emily spürte, dass es nur geheucheltes Interesse war. Offensichtlich musste sie solche Informationen stärker dramatisieren, damit die Polizei ihr zuhörte. Jetzt war es dafür leider zu spät. Aber vielleicht half ein verlockendes Angebot.

«Noch etwas», beeilte sie sich zu sagen. «Wie ich hörte, haben Sie einen kleinen Engpass bei der Forensik. Ich besitze einen kompletten Satz Spurensicherungsmittel. Falls Sie darauf zurückgreifen wollen – gerne.»

«Sie haben *was*?» DCI Scott schien kurz vor der Fassungslosigkeit zu stehen.

«Spurensicherungsmittel», wiederholte Emily geduldig. «Sie wissen schon. Fingerabdruckbox, Gips, Schmauchspurensicherung. Alles noch originalverpackt. Ich könnte es Ihnen für einen Tag leihen.»

DCI Scott holte hörbar tief Luft. «Nein, Mrs Summer. Die Devon & Cornwall Police ist hinreichend ausgerüstet, das muss ein Missverständnis sein. Wenn Sie mich jetzt bitte entschuldigen wollen? Mein Team wartet. Auf Wiedersehen.»

«Schade», sagte Emily, «war ja nur ein freundliches Angebot …»

Doch DCI Scott war schon nicht mehr in der Leitung, zumindest glaubte sie das wohl. In Wirklichkeit konnte Emily gerade noch hören, wie die Ermittlerin im Hintergrund erbost rief: «Wer von euch hat mir diese Verrückte durchgestellt?»

Enttäuscht knallte Emily den Hörer auf. Wenn sie mal in Fahrt war, dann richtig. Sie blickte auf das gerahmte Schwarz-Weiß-Foto ihres Mannes auf dem Schreibtisch und schwor ihm, dass diese arrogante Person garantiert nicht zum letzten Mal von ihr gehört hatte.

Jetzt sollte sie die Doyles kennenlernen!

4.

Zur selben Zeit ging Gilbert Doyle wartend auf der Terrasse der Villa Carrington auf und ab. Er trug zwar noch den beigefarbenen Anzug, den er morgens für den Geburtstag seiner Mutter aus dem Schrank geholt hatte, aber die lästige Krawatte beulte bereits gefaltet die rechte Sakkotasche aus. Es war ein seltsames Gefühl, nach zehn Monaten wieder hier zu stehen.

Er war erst vor einer halben Stunde von seiner Tochter angerufen worden. Kates Stimme hatte dabei wie bei einem Notruf geklungen – DCI Scott und ihr Team suchten dringend nach jemandem, der mit der Villa und dem Grundstück vertraut war. Durch seine Arbeiten am alten Eiskeller – fertiggestellt vor zehn Monaten – war Gilbert für die Ermittler genau der Richtige.

Überhaupt schien die Polizei ein wenig hilflos zu sein, der Fall gestaltete sich offenbar schwierig. In Carringtons Handy waren sämtliche Telefonnummern ebenso verschlüsselt wie sein Kalender. Vermutlich hatte ihm das eine Security-Firma geraten. Auch konnte die Polizei auf die Schnelle keine Verwandten ausfindig machen. Man wusste nur, dass Carringtons geschiedene Ehefrau, Valerie Carrington, und der gemeinsame Sohn auf den Bermudas lebten.

Gilbert hatte bei Kates Anruf zunächst gezögert, dann aber doch zugesagt. Abgesehen davon, dass er selbst von diesem Verbrechen geschockt war, durchschaute er sofort Kates kleinen

Schachzug. Mit ihm am Tatort konnte sie weitere Informationen über den Mord gewinnen und später für ihren erfolgreichen Krimi-Podcast einsetzen. Ein intelligentes Vorgehen, fand Gilbert.

Nachdenklich schaute er sich um. Viel hatte sich nicht verändert, seit er zuletzt hier gewesen war. Vor über einem Jahr hatte er die Renovierung des halb verschütteten Eiskellers im Garten der Villa begonnen und so für mehrere Wochen ein wenig von Carringtons Privatleben mitbekommen. Inzwischen waren die Fensterrahmen frisch gestrichen, und die grauen Terrassenplatten schienen neu zu sein. Ansonsten stand die am Bauhausstil orientierte Villa immer noch wie ein architektonischer Fremdkörper in Cornwalls grüner Landschaft. Die kubistische Form des Gebäudes mit der übertrieben weißen Fassade hatte schon nicht hierher gepasst, als ihr Erbauer, ein Architekt aus Twickenham, die Villa vor zwanzig Jahren auf dem Keller eines abgebrannten Bauernhauses errichten ließ. Später hatte das Haus jahrelang leer gestanden, bis es Hugh Carrington kaufte. Den schönen Bauerngarten hatte er zum Glück erhalten.

Hinter den Obstbäumen war der bunkerartige Eingang des historischen Eiskellers sichtbar, den Gilbert mit zwei Handwerkern wieder zum Leben erweckt hatte. Dort unten lagerten jetzt Carringtons wertvolle Weine.

Durch die Wohnzimmerscheibe beobachtete Gilbert, wie seine Tochter am Esstisch ihr polizeiliches Aussageprotokoll unterschrieb. DCI Scott stand neben ihr, eine Ermittlerin, die Kate am Telefon als *höflich, aber auf Distanz* beschrieben hatte.

Die Terrassentür ging auf, und Kate trat ins Freie. «Hallo, Dad! Danke, dass du gekommen bist.»

Er versuchte zu lächeln. «Ja, und dein Podcast ist auch gerettet.»

Sie gab ihm einen Kuss auf die Wange, das Gesicht ganz blass.

«Ach, Dad, ich glaube, sie brauchen hier wirklich Hilfe. Es ist so brutal. Ich habe so was noch nie gesehen!»

Gilbert legte mitfühlend den Arm um ihre Schulter. «Wo ist denn David?»

Kate zeigte zu Ben Jenkins' Weide, die hinter Carringtons Obstbaumwiese lag. «Er bringt die Herde zurück zur Farm. Hier ist zu viel los, die Tiere waren völlig verschreckt.»

In der Ferne konnte Gilbert sehen, dass David und sein Helfer Ronnie Gray bereits mit dem Umtreiben begonnen hatten. Bellend jagte Ronnies Border Collie hinter den Schafen her. Jetzt mussten die Tiere nur noch den Hügel und ein Stück Heide überwinden, dann winkte schon vertrautes Terrain.

Kate zog einen zusammengefalteten Zettel aus der Tasche, auf dem sie sich Notizen gemacht hatte. «Ich habe mir das Wichtigste notiert. Willst du's hören?»

«Ja, danke, das wäre gut.»

«Wie der Mörder ins Haus kam, weiß die Polizei noch nicht», begann Kate. «Vielleicht hat Carrington ihm selbst die Tür geöffnet. Außerdem war die hintere Tür zum Grillplatz geöffnet, aber nicht aufgebrochen. Der Gerichtsmediziner meint, Carrington muss zwischen 13:00 Uhr und 13:30 Uhr gestorben sein. Ausschlaggebend war der dritte Schuss. Ein Schuss direkt ins Herz.»

«Drei Schüsse? Und das alles hier draußen?»

«Nein, die Polizei sagt, der Mörder muss Carrington zunächst im Bereich zwischen Küche und Flur überrascht haben. Im Flur steckt eine Kugel, aber man sieht nur wenig Blut. Das wird der Streifschuss am Hals gewesen sein, von dem David gesprochen hatte.»

«Wo folgte der zweite Schuss?»

«In der Garage, neben der Einfahrt. Vielleicht wollte Carrington sich dort verstecken. Der Arzt meinte, dass ihm da in die

Schulter geschossen wurde. Danach muss er durch das offene Garagentor nach draußen geflohen sein.»

«Man hat ihn gejagt? Mein Gott, wie grausam!» Gilbert schüttelte den Kopf.

«Ja, wie es scheint, ist er bis zu Jenkins' Weide geflohen. Das war das Blut, das wir gesehen haben. Es war schrecklich, Dad. Ohne David ...» Kate brach ab. Sie schluckte ein paarmal, dann wurde ihre Stimme wieder fester. «Den Schuss ins Herz hat Carrington dann wohl an der Düne bekommen. Von dort hat der Mörder ihn zurück zum Haus geschleift. Vielleicht wollte er verhindern, dass Carrington zu früh gefunden wurde.»

«Habt ihr die Schleifspuren gesehen?»

«Nein.» Kate schüttelte den Kopf. «Dafür sind wir nicht weit genug in die Düne gegangen. Aber die Polizei hat sie entdeckt.»

«Gibt es benutzbare DNA?»

«Das weiß ich nicht.»

«Was sagt die Polizei zur Waffe? Ist das Kaliber schon bekannt?»

«DCI Scott sprach von Kaliber 22.» Kates Stimme wurde leiser. «Mehr konnte ich nicht erfahren. Ich glaube, DCI Scott ist mir gegenüber skeptisch. Sie erwähnte meinen Podcast, und das klang nicht gerade begeistert.»

«Dafür müsste sie dich eigentlich mögen, schließlich könntest du ihr damit durchaus behilflich sein.»

«Tut sie aber nicht.» Kate machte eine kleine Pause. «Ich muss dir noch was erzählen. Über Grandma. Halt dich fest.»

«Über Grandma?»

«Du hörst richtig. DCI Scott hat mich gefragt, ob ich eine Jane Summer kenne. Natürlich habe ich Nein gesagt.»

Dann ließ Kate die Katze aus dem Sack. Hastig berichtete sie, wie Grandma ihr, Kate, am Telefon die wöchentlichen Gemüsetreffen mit Hugh Carrington gestanden hatte. Fassungslos hörte

Gilbert zu. Seine Mutter und Hugh Carrington? Oh Mum, dachte er. Fünfundachtzig Jahre und immer noch querfeldein!

Kate blickte auf die Uhr. «Ich muss jetzt fahren. David braucht drei Ballen Stroh, wenn er mit den Schafen auf die Farm kommt.»

Es waren nur fünf Autominuten bis zur Trewistle Farm, aber Gilbert wusste, dass auf einem Bauernhof alles genauestens durchgeplant wurde.

«Okay», sagte er. «Grüß David von mir. Ich rufe dich später an.»

«Danke.» Kate fischte ihren Autoschlüssel aus der Handtasche und verschwand um die Hausecke.

Gilbert ging zurück zur Terrasse. Genau hier hatte ihn der Verleger damals begrüßt. In grüner Golfhose und weißen Slippers, ein paar Akten in der Hand.

In gewisser Weise konnte Gilbert die Ermittlungsprobleme der Polizei nachvollziehen. Hugh Carrington war auch ihm ein Rätsel geblieben. Meist gab er sich kurz angebunden, Gäste waren nie aufgetaucht. Im Gegenteil, wenn David bei Carrington zu tun hatte, hatte er den Verleger meist am Schreibtisch sitzen sehen, von wo er auch telefonierte. Durch die offene Terrassentür hatte Gilbert ab und an mitbekommen, dass Carrington mit jemandem auf Französisch telefonierte. Manchmal war er auch gut gelaunt mit zwei Gläsern Weißwein im Garten erschienen und hatte sich zu Gilbert und seinen Restaurationsbüchern gesetzt.

Carrington schien ein Einzelgänger gewesen zu sein, zumindest hier in Cornwall. Nachbarn gab es nicht, bis auf Ben Jenkins. Gilbert hatte gehört, dass Jenkins gerade im Pub verhört wurde. Für einen Mörder hielt er ihn nicht.

Hinter Gilbert öffnete sich erneut die Terrassentür. In diesem Moment merkte er, dass ihm der Wind die Haarsträhnen aufstellte. Da Kate ihm neulich geraten hatte, seine angegrauten Haare bloß nicht noch kürzer schneiden zu lassen, weil sein Gesicht mit der *klugen Brille* sonst zu professoral aussähe, ordnete er seine Frisur schnell wieder, bevor er sich zur Terrasse umdrehte. Kates Mutter war seit zwölf Jahren tot, also hörte er in solchen Fällen auf seine Tochter.

Vor ihm erschien DCI Scott. Sie wirkte sehr konzentriert, und Gilbert wusste auf Anhieb, was Kate mit ihrer Charakterisierung der Ermittlerin gemeint hatte: «höflich, aber auf Distanz».

Unter dem Arm trug sie einen schwarzen Laptop, den sie nun auf dem kleinen Kunststofftisch zwischen den beiden Liegen auf der Terrasse abstellte. Dann wandte sie sich an Gilbert. Die Terrassentür ließ sie offen.

«Mr Doyle, nehme ich an?»

«Ja.»

Sie reichte ihm nicht die Hand, sondern nickte nur kurz. «Danke für Ihre Hilfe. Wir werden Sie hoffentlich nicht lange beanspruchen. Aber außer Ihnen scheint es sonst niemanden zu geben, der mit der Villa vertraut ist.»

«Doch, Carringtons Haushälterin, eine Mrs Purse», erklärte ihr Gilbert. «Normalerweise kommt sie zweimal die Woche. Wenn sie nicht hier war, hat sie heute sicher frei.»

«Nein, das hat sie nicht», erklärte ihm DCI Scott. «Mrs Purse liegt seit einer Woche im Krankenhaus. Schwere Lungenentzündung. Vielleicht war das ja ihr Glück.» Sie schaute Gilbert durchdringend an. «Wie gut kennen Sie dieses Haus?»

«Einigermaßen gut.»

Sie musterte Gilbert, in ihren grünen Augen glaubte er eine gesunde Portion Selbstbewusstsein zu erkennen. «Und wie war *Ihr* Verhältnis zu Hugh Carrington, Sir?»

«Bis vor einem Jahr kannte ich ihn gar nicht», erklärte ihr Gilbert. «Bis er mich anrief und mich ohne große Nachfragen damit beauftragte, den Eiskeller zu restaurieren. Ich war selbst ganz überrascht. Anscheinend hatte er meinen Namen aus dem Edgcumbe-Prospekt.»

«Kam er Ihnen wie jemand vor, der tatsächlich still und zurückgezogen leben wollte?»

Gilbert überlegte. «In gewisser Weise schon. Ehrlich gesagt, hatte ich ihn mir kommunikativer vorgestellt. Immerhin war er Verleger und hatte viel mit Menschen zu tun. Auf mich wirkte er wie jemand, der Sorgen hat. Offensichtlich war er auch nicht ganz gesund. Während der Wochen, die ich hier arbeitete, fuhr er mehrfach zu einem Arzt nach Plymouth.»

«Das werden wir klären. Sie sind Kunsthistoriker?»

«Ja. Ich habe in Cambridge studiert und später in London in der National Gallery gearbeitet», bestätigte Gilbert.

Das war zwar nur ein Teil seiner beruflichen Vita, doch der Rest ging die Polizei nichts an. Nur seine Familie wusste, dass er nach seinem Studium für vier Jahre vom britischen Inlands-Geheimdienst MI5 angeworben worden war. Dort hatte er Kunstimporte aus dem Ostblock nachverfolgen müssen, die als Tarnung für Spionage und andere finstere Deals dienten. Komplizierte Verhöre waren sein tägliches Geschäft gewesen. Nach diesen vier Jahren hatte er den Dienst quittiert und war lieber als kunsthistorischer Mitarbeiter an die National Gallery gewechselt, wo man ihn schon bald ins Führungsteam berief. Vor sechs Jahren hatte ihn die Grafschaft Cornwall dann als unabhängigen Kurator für Cornwalls berühmtes Herrenhaus-Museum Mount Edgcumbe und mehrere kleine Museen empfohlen. Freudig hatte er die ehrenvolle Aufgabe übernommen und sich als Kunsthistoriker in Cornwall selbstständig gemacht.

Ein Mitarbeiter der Spurensicherung erschien und sprach Kirstie Scott an: «Chief Inspector, Peter hat etwas gefunden. Wir brauchen Sie an der Einfahrt.»

DCI Scott nickte dem jungen Mann zu, dann sagte sie zu Gilbert: «Gehen Sie schon mal ins Haus, Mr Doyle. Die Spurensicherung ist dort fertig. Und legen Sie Ihr Augenmerk bitte auf das kleine Zimmer mit den Kunstwerken, rechts hinter Carringtons Büro.»

Gespannt betrat Gilbert das Wohnzimmer.

Der Raum war noch so, wie er ihn in Erinnerung hatte. In der Mitte stand eine moderne weiße Sitzecke, die Stirnseite wurde dominiert von einer Schrankwand voller Bücher, und an den Wänden hingen zahlreiche Gemälde und Grafiken. Allerdings, so wusste Gilbert, hing hier nichts Teures, die Millionenwerte hatte Carrington der Tate Gallery geschenkt. Auf den Beistelltischen aus Glas stapelten sich Zeitschriften und Kunstkataloge. Vor dem großen Fenster stand der gläserne Esstisch mit den edlen Stühlen. Nirgendwo gab es Anzeichen von Zerstörung oder Vandalismus. Demnach war der Mörder nur zum Töten gekommen.

Er ging weiter zum Flur, die Treppe in den ersten Stock umrahmten links und rechts zwei hohe Vasen. Die linke Flurhälfte bis zur Küche war mit einem Polizeiband abgesperrt. Gilbert konnte das Einschussloch der ersten Kugel sehen, von dem Kate gesprochen hatte. Daneben, etwa in Schulterhöhe, waren ein paar kleine Blutspritzer an der Wand.

Mit dem beklemmenden Gefühl, das Drama vor sich sehen zu können, ging Gilbert nach rechts weiter und registrierte die offen stehende Tür zu Carringtons Büro. Auch diesen Raum hatte man mit einem Band abgesperrt.

Am rechten Kopfende des Flurs gab es eine weitere Tür. Bei Gilberts Besuchen war sie immer sorgsam verschlossen gewesen, jetzt stand sie sperrangelweit auf. Das musste das Zimmer sein, von dem DCI Scott gesprochen hatte.

Als Gilbert den fensterlosen Raum betrat, glaubte er sich in ein kleines Museum versetzt. Bis auf einen pompösen roten Sessel, der in der Mitte auf dem Holzboden stand, gab es keinerlei Möbel. Stattdessen strahlten Lichtleisten etwa zwei Dutzend verglaste Bilder an, die in gleichmäßigem Abstand über drei Wände verteilt hingen. Gilbert trat näher heran. Als Kunstexperte brauchte er keine zwei Sekunden, um zu erkennen, dass es sich hierbei um alte japanische Tuschezeichnungen und Holzschnitte handelte. Die Bilder mussten ein Vermögen wert sein! Die Beleuchtung an der Decke wirkte ausgeklügelt, das Licht betonte raffiniert ihre Wirkung. Die Luft im Raum wurde durch zwei Schlitze über der Fußleiste klimatisiert. Von dem roten Sessel aus hatte Carrington seine kostbare Sammlung vermutlich von Zeit zu Zeit betrachtet. Das hätte seinem zurückhaltenden Wesen entsprochen.

Was Gilbert sofort auffiel, war, dass offenbar kein Bild fehlte. Entweder hatte der Mörder nichts vom Wert der Sammlung gewusst, oder es hatte ihn nicht interessiert. Damit wurde ein Raubmord immer unwahrscheinlicher.

Er zog sein Handy aus der Tasche, um die drei Wände zu fotografieren, wer weiß, wofür es gut sein konnte. Von drei größeren Tuschezeichnungen machte er Einzelaufnahmen. Als er Schritte im Flur hörte, ließ er das Handy schnell in seinem Sakko verschwinden.

DCI Scott erschien im Türrahmen und wirkte atemlos. «Kommen Sie bitte, Mr Doyle. Wir haben eine Überwachungskamera gefunden.»

Gilbert folgte ihr im Schnellschritt nach draußen. Eigentlich hätte er gerne noch erfahren, ob die Tür zu diesem sonst verschlossenen Raum bereits offen gewesen war, als die Polizei das Haus betreten hatte. Doch das musste warten.

Auf der Terrasse wurden sie von den beiden Männern der Spurensicherung empfangen. DCI Scotts schwarzer Laptop auf dem Tischchen zwischen den Liegen war aufgeklappt.

«Peter hat die Aufnahmen der Kamera schnell überspielt», erklärte die Ermittlerin. «Wenn Sie sich hier zu mir stellen wollen?»

«Wo befand sich die Kamera?», fragte Gilbert.

«In einer Zypresse, dicht neben dem Hauseingang», antwortete Kirstie Scott. «Sehr gut getarnt. Von dort aus hatte das Objektiv vor allem das Gartentor im Blick. Carrington konnte sich vermutlich jederzeit in das System einloggen.»

«Wurde mit der Kamera auch die Garageneinfahrt überwacht? Können wir vielleicht sehen, wie Carrington verletzt aus der Garage rennt und der Mörder ihn verfolgt?»

Diese Frage war wichtig, denn die Garageneinfahrt war von draußen frei zugänglich. Gitterzaun und Hecke begannen erst rechts und links neben der Doppelgarage.

«Dummerweise nicht.» Chief Inspector Scott schnaufte. «Einen Mann wie Carrington hätte ich für cleverer gehalten.»

«Das erstaunt mich auch.» Gilbert stellte sich dicht vor den Laptop.

Schnipsend gab die Ermittlerin ihrem Mitarbeiter ein Zeichen. Offenbar hatte er das Band bereits bis zur fraglichen Stunde vorgespult, denn am oberen Rand stand die exakte Zeit der Aufnahme: 13:02 Uhr. «Und los, Peter.»

Zuerst sah man nur das geschlossene Eingangstor für Besucher, die zu Fuß kamen, sowie einige Meter vom Gitterzaun rechts und links daneben. Sonst nichts. Zu Gilberts Überraschung war das Video in Farbe; er kannte eigentlich nur Aufnahmen, die grau und grobkörnig waren.

Dann tat sich etwas! Auf dem Asphalt, der durch den Zaun zu sehen war, zeigte sich Monty, das schwarze Lamm von Kate und David. Zögernd kam es näher, steckte sein weißes Köpfchen durch den Gitterzaun und spähte neugierig zum Grundstück. Sekunden später hüpfte Monty wie aufgescheucht aus dem Bild und verschwand Richtung Düne.

Jemand musste ihn erschreckt haben!

Schon näherte sich aus dem Hintergrund eine schlanke Gestalt. Sie trat vor das Tor und berührte mit dem rechten Finger die Klingelleiste am Pfosten. Es war eine elegant wirkende blonde Frau, vielleicht Anfang fünfzig. Sie trug eine hellblaue Caprihose und eine gelbe, kurzärmelige Bluse, die nach teurer Seide aussah. Während sie auf das Öffnen wartete, wirkte die Frau nervös und ungeduldig. Einmal rüttelte sie sogar am Tor, als würde sie hoffen, dass sie das Surren nur überhört hatte. Als das Tor dann wirklich aufging, stürmte sie entschlossen auf das Haus zu und damit aus dem Blickwinkel der Kamera.

Das Video zeigte 13:04 Uhr. Danach kam nichts mehr.

Gilbert spürte, wie sein Kreislauf zusammensackte. Die Polizisten sahen ihn vermutlich gerade kreidebleich werden. Zwar hatte er sich noch so weit in der Gewalt, dass er sich aufrecht halten konnte, trotzdem kam ihm sein Körper wie eingefroren vor. Für einen Moment überlegte er, ob er DCI Scott sein plötzliches Erkennen nicht verschweigen sollte, aber dazu war er nicht fähig. Selbst jetzt nicht.

Der Ermittlerin war Gilberts verändertes Verhalten nicht entgangen. Irritiert sprach sie ihn an: «Mr Doyle? Alles okay? Kennen Sie diese Frau?»

Gilbert nickte. «Ja … obwohl … obwohl ich sie dreißig Jahre lang nicht mehr gesehen habe … ich …»

«Wer ist sie?», hakte DCI Scott nach.

Gilbert hatte Mühe, gleichmäßig zu atmen.

«Bitte, Mr Doyle, wer ist diese Frau?»

Er holte tief Luft. «Chloe … Chloe Doyle. Meine Cousine.»

Kirstie Scott blickte ihn stirnrunzelnd an. «Ihre Cousine?» Sie fasste sich wieder und gab ihren Mitarbeitern ein Zeichen. «Zeigt Mr Doyle, was ihr noch gefunden habt.»

Peter zog eine durchsichtige Asservatentüte aus der Tasche

und hielt sie Gilbert hin. Darin befand sich ein blutverschmiertes Handy.

«Das lag im Garten neben dem Grill.»

Gilbert riss sich zusammen und beschloss, Kante zu zeigen. Spekulieren durfte die Polizei, doch mehr war ohne Beweise nicht zulässig. Wo immer Chloe in den vergangenen drei Jahrzehnten auch gelebt hat – sie war stets die Sanftmütigste von ihnen allen gewesen. Er *musste* hier widersprechen.

«Nein! Das traue ich meiner Cousine absolut nicht zu. Es muss eine andere Erklärung geben.»

Scotts Antwort klang unterkühlt: «Ach ja? Wissen Sie, was ich inzwischen glaube, Mr Doyle? Wir haben hier keinen Fall Carrington, sondern in Wirklichkeit einen Fall Doyle.»

In diesem Moment dankte Gilbert dem Himmel, dass sie nicht auch noch wusste, wer Jane Summer war. Er musste sofort Kate anrufen.

5.

Die Farm war eine einzige Oper. Unablässig blökten die Schafe in verschiedenen Tonlagen um die Wette. Wenn Kate sich Mühe gab, konnte sie die Stimmen ihrer vielköpfigen Herde unterscheiden. Camilla zum Beispiel blökte mit tiefer Stimme, Snow mit einem weichen, meckernden Timbre, und Susan versuchte, ihr Blöken auf geradezu lächerlich bettelnde Weise anzubringen. Bock Sinclair als Macho machte es sich wie immer leicht – er drängte sich mit gesenkten Hörnern durch die Menge und beharrte mit tiefer Stimme auf seinem Sonderstatus.

Wie unsortierte Wollknäuel drängelten sich die Auen, die Lämmer und der Bock dicht an dicht auf dem gepflasterten Hof. Nach dem Umtrieb von der Küstenweide hatte David sie hier versammelt, um kurz jedes Tier zu untersuchen, vor allem die Klauen. Notfalls gab es nebenan im Stall noch eine kleine Pediküre. Die Herde kannte den Deal. Erst machte der Chef seine Arbeit, danach durfte sie zurück in die gewohnten Gefilde.

Kate liebte den warmen, stalligen Geruch ihrer Tiere, David ging sowieso meilenweit dafür. Ebenso beruhigend empfanden sie beide den Duft des Heus in der Raute, die Gutmütigkeit der Schafe und das Archaische der festen Wolle, wenn man sie anfasste. Dabei waren David und Kate weit entfernt davon, die Farmarbeit zu romantisieren. Darum ging es nicht. Es ging um die Erkenntnis, dass ihre Sinne etwas Verlorenes wiedergewonnen hatten.

Im Moment bestand Kates Aufgabe darin, die beiden roten Bänder der Hofabsperrung zu lösen. David gab ihr das Startzeichen. Plötzlich drängte sich blitzartig Harriet nach vorne, das älteste Tier im Stall und das Leittier der Herde. Ihr Markenzeichen war eine Narbe im rechten Ohr. Ungeduldig drückte sie ihren schwarzen Kopf gegen Kates Hand, um den Start zu beschleunigen. Amüsiert gehorchte Kate, gab der Aue einen liebevollen Klaps, löste die Bänder und ließ sie fallen.

Der blökende Chor stürmte erleichtert vorwärts, den saftigen Wiesen entgegen. David schickte Kate einen dankbaren Luftkuss zu und rannte mit den Tieren mit.

Es sollte auf die erste der vier Koppeln gehen. David nutzte sie abwechselnd, damit die einzelnen Weiden ergiebig blieben und keine Krankheitserreger auf ihnen entstanden. In Notfällen stand auch noch die Weide von Ben Jenkins zur Verfügung.

Durch seine abgelegene und erhöhte Lage wirkte das weitläufige Gelände der Trewistle Farm wie eine vergessene Welt. Kate hatte sich auf Anhieb in diese Landschaft verliebt. Auf der einen Seite grenzte die Farm an raues, zum Teil steiniges Gelände, das nicht mehr zu Davids Besitz gehörte und auf dem sich mächtige alte Zedern über die Wiesen verteilten. Gegenüber, direkt neben den Weiden von Trewistle, erstreckte sich bis zum Dörfchen Fennelmill die Heide, die seit Langem unter Naturschutz stand. Ganz am Ende des Farmgeländes, wo Koppeln und Heide aufhörten, verlor sich die Natur in einer wilden Moorlandschaft, in der früher sogar Torf gestochen wurde.

Als Kate jetzt vom Hof zum Wohnhaus ging, spürte sie Müdigkeit. Der Tag hatte an ihren Kräften gezerrt. Über ihr kreiste der weiße Kranich, der seit Tagen nebenan im Moor stand. Er brauchte einen festen Platz, und sie brauchte dringend eine Tasse Tee.

Sobald Kate im Flur stand, über sich die massiven dunklen Balken, spürte sie die stille Kraft, die von den dicken Mauern des Farmhauses ausging und die in jedem einzelnen Raum von Cornwalls alter Tugend zu erzählen schien – von der Gabe seiner Menschen, die Stürme der Zeiten ohne Aufregung an sich vorüberziehen zu lassen. Hier, in Englands abgelegenem Südwesten, lebte man noch nach eigenen Regeln. Erst seit Kate nicht mehr in London wohnte, spürte sie wieder, wie sehr der Rhythmus des Lebens mit den Gezeiten des Meeres und den Traditionen der Dörfer verbunden war.

Wie alle klugen Farmer hatten auch die Erbauer der Trewistle Farm vor hundert Jahren praktisch gedacht. Kate fand den Grundriss des Hauses, den Stall und die Nähe der Weiden sehr geschickt geplant. Durch die Lage auf dem Hügel war man abseits des Trubels und doch nah genug an den Küstenstraßen und den umliegenden Orten.

Das Hauptgebäude wie auch der Stall bestanden aus grauem Granit. Die Sprossenfenster und die Haustür hatte David in dem hübschen historischen Blau streichen lassen. Der Stall war rechtwinkelig mit dem Farmhaus verbunden und flankierte den Hof. Überall entlang der Hauswände blühte es. Und natürlich gab es auch einen Garten mit Obstbäumen, Gemüse, Schnittblumen und zwei windfeste Cornwall-Palmen, die Grandma Kate zum Einzug geschenkt hatte.

Vom Flur im Erdgeschoss gingen die geräumige Küche mit dem bäuerlichen Esstisch, das große Wohnzimmer, die Gästetoilette und zwei kleine Kammern ab. Kates ganzer Stolz war der riesige verrauchte Kamin im Wohnzimmer, der auch im Wilden Westen hätte stehen können. Im ersten Stock erstreckten sich ihr geräumiges Schlafzimmer, Davids Büro, das Bad und ein helles Gästezimmer, das Kate liebevoll mit weißen Möbeln und lavendelfarbenen Stoffen eingerichtet hatte.

Sie selbst arbeitete am liebsten im Wohnzimmer an ihrem Schreibtisch vor dem großen Fenster, hinter sich die lederne Sitzecke. Rechts vom Schreibtisch standen zwar hohe Bücherregale, wichtige Recherchematerialien stapelte Kate aber lieber auf dem Boden.

Ja, die Farm war ihr Zuhause geworden. Müde schüttelte sie ihre Schuhe von den Füßen, machte sich in der Küche schnell einen Tee und ging dann barfuß ins Wohnzimmer. Die polizeiliche Vernehmung steckte ihr noch immer in den Knochen. Dazu kam der erregte Anruf ihres Vaters. Er war vollkommen durch den Wind gewesen. Das kurze Video, das Chloe Doyle vor der Villa Carrington zeigte, hatte ihn fassungslos gemacht. Immerhin ging es hier um Mord.

Chloes Auftauchen ähnelte tatsächlich einem Meteoriteneinschlag, so sah es auch Kate. Andererseits war es ein Ereignis, auf das alle in der Familie dreißig Jahre lang gehofft hatten. Als uneheliche Tochter von Grandpas verstorbener Schwester war Chloe die Großcousine von Kate und nur zehn Jahre älter als sie.

Seit Chloe kurz nach ihrem zweiundzwanzigsten Geburtstag völlig überraschend ihr Bündel gepackt und Cornwall für immer verlassen hatte, war sie nie wieder von der Familie gesehen worden. Durch ihre verschlossene Art war sie früher immer die Außenseiterin in der Familie gewesen, dennoch hatten sie alle gerngehabt.

Seit 17:15 Uhr wurde Chloe Doyle nun offiziell als Mörderin gesucht. DCI Scott hatte der Dringlichkeit halber bei der Staatsanwaltschaft erreicht, dass die Fahndung nach ihr ohne die sonst übliche Bestätigungssitzung stattfinden konnte.

Kate hatte ihrem Vater versprochen, alle Familienmitglieder zu informieren. Bis auf Grandma, ihr wollte Gilbert als ältester Sohn die Nachricht von Cousine Chloes Rückkehr lieber persönlich überbringen.

Seiner Tochter hatte Gilbert die Aufgabe der *Koordinatorin* übertragen, doch Kate machte sich nichts vor. In Wirklichkeit übertrug er ihr damit die Verantwortung für ein völlig neues Kapitel Chloe.

Bevor Kate David draußen bei den Schafen zur Hand gegangen war, hatte sie noch schnell eine Rundmail an die Familie losgeschickt, natürlich ohne Grandma. Im Inhalt war sie sachlich und knapp geblieben. Die Familie sollte die Dimension des Mordfalls kennen, aber noch nicht über Chloes Schuld spekulieren.

Kate wollte sich gerade hinsetzen, in der Hand den wärmenden Teebecher, als sie den Anrufbeantworter blinken sah. Sie drückte die Wiederwahl. Die Telefonnummer ihrer jungen Cousine Morwenna hatte aufgeblinkt.

«Hi, Mo», sagte sie. «Ich dachte, ich ruf schnell an, bevor ich deinen Text abhöre.»

Mo klang aufgeregt. «Oh mein Gott! So viel Shit wie heute hatten wir selten in der Familie, oder? Sag ehrlich.»

Im Hintergrund klimperte jemand auf der Gitarre. Vermutlich war Mo in ihrem Studentenheim in Plymouth.

«Reden wir über Chloe?», fragte Kate.

«Ja.»

«Ich würde nicht gleich so schwarzsehen.» Kate bemühte sich, ruhig zu bleiben, sie wollte Morwenna nicht überfordern. «Was weißt du denn über Großcousine Chloe? Du hast sie ja nie selbst erlebt.»

«Stimmt, doch seit zehn Minuten weiß ich eine Menge», erklärte Morwenna. «Auch darüber, wie alle mit ihr umgegangen sind. Onkel Francis hat es mir erzählt.»

«Du hast mit Seiner Heiligkeit telefoniert? Und, was sagt er?»

«Mein Dad, Onkel Francis und dein Dad überlegen gerade, für Chloe einen Anwalt zu engagieren, falls sie es wirklich war. Erst recht natürlich, wenn sie es nicht war.»

«Das klingt sehr vernünftig.»

«Kann ich das Video von ihr schon auf YouTube sehen?»

«Hal-lo! Das Video aus der Villa ist ein Polizei-Indiz, Mo! Das ist geheim!»

«Schade. Immerhin weiß ich jetzt, dass es Onkel Francis war, der Chloe vor dreißig Jahren mit seinem Ford zum Bahnhof gebracht hat. Zum Abschied hat er ihr fünfzig Pfund geschenkt.»

«Das wusste ja nicht mal ich», stellte Kate überrascht fest. Ihre Cousine entpuppte sich als begabte Rechercheurin.

«Kurz vor Weihnachten war damals ihr Arbeitgeber pleitegegangen, dieser Antiquitätenladen in St. Ives», fuhr Mo fort. «Ihr Chef soll sogar Geld unterschlagen haben. Ein Skandal. Chloe wollte gerne nach London, um sich dort einen Job zu suchen, was die liebe Doyle-Familie offenbar für keine gute Idee gehalten hatte. Nach ihrer Auffassung war Chloe viel zu schüchtern für die Hauptstadt. Doch sie wollte unbedingt nach London. Und keiner hat sich je gefragt, ob Chloe vielleicht tatsächlich mal frische Großstadtluft brauchte.»

«Höre ich da eine klitzekleine Kritik?», fragte Kate. In Wirklichkeit war sie schwer beeindruckt. Kate gegenüber hatten die Doyles stets nur vage von *Chloes Flucht* gesprochen. «Was passierte dann?»

«Nichts», sagte Mo. «Dein Vater hat später angeblich mal nach Chloes Telefonnummer geforscht. Ohne Ergebnis. Und Tante Peggy hat geträumt, dass Chloe als zerlumpte Bettlerin unterwegs ist. Aber groß geredet hat wohl keiner über sie.»

«Super, Mo! Du hast echt sauber recherchiert. Und das hat dir alles Seine Heiligkeit erzählt?»

«Als Bischof darf er ja wohl nicht lügen, oder?»

«Nein, sollte man annehmen.»

Morwenna holte hörbar Luft. «Also reden wir hier über ein Geheimnis, Kate. Sehe ich das richtig?»

«Wenn, dann ist das Chloes Geheimnis», antwortete Kate.

«Nur sie weiß, warum sie damals so plötzlich verschwunden ist – und wohin.»

«Darf ich dir noch einen Rat geben?», fragte Morwenna. «Die Sache mit Chloe muss auch Grandma dringend erfahren. Jetzt! Noch heute!»

«Keine Sorge, mein Dad kümmert sich darum. Wahrscheinlich haben sie sogar schon miteinander gesprochen.»

«Fahr auch du zu ihr, Kate! Bitte! Du weißt, wie nah Grandma Chloe stand. Und du hast es ja nicht weit.» Von Morwennas sonstiger Lockerheit war nichts mehr zu spüren. «Außerdem ist immer noch ihr Geburtstag, und sie sitzt allein zu Haus. Mach es, Kate! Grandma braucht uns!»

Mein Gott, dachte Kate beschämt, wie recht sie hat! Warum habe ich nicht selbst daran gedacht? Bewundernd stellte sie fest, dass sich die junge zappelige Morwenna um Längen reifer zeigte, als sie selbst es in diesem Alter gewesen war.

6.

In Peggy Doyles Schlafzimmer fiel das nächtliche Laternenlicht aus dem Garten durch eine silberfarbene Jalousie aufs Doppelbett und malte wegen der schmalen Lamellen helle Streifen. Es war eine teure Jalousie, die Robert im Frühjahr aus Boston mitgebracht hatte. Während sie neben dem Ehebett stand und noch schaute, drehte er sich weiterschnarchend um. Er hat in den vergangenen Wochen wieder zugenommen, konstatierte Peggy. Sie musste unbedingt Roberts Ernährung umstellen, natürlich ohne dass er es merkte. Viel Spinat, Radieschen, alles mit Hautstraffungs-Vitaminen. Sie könnte das Gemüse gut in Smoothies verstecken, die akzeptierte ihr Mann. Nach Peggys ästhetischem Empfinden sollten weder sie noch Robert bei ihrem Äußeren nachlässig werden. Nicht, dass sie selbst ein Kunstwerk wäre, aber wenigstens das *Wollen* musste doch da sein. Wo führte das sonst hin?

Der Arme war erst am frühen Abend nach einer Monsterfahrt aus Glasgow eingetroffen, vier lange Staus und eine Panne. Seit vorgestern hatte er dort als Chefingenieur den Einbau von Rolltreppen in einem Kaufhaus überwacht. Jetzt lag er für ein paar Stunden im Bett, ein zusammengerolltes, muskulöses und derzeit nacktes Paket Mann. In seiner Hälfte der Seidenbettdecke wirkte er wie in einen edlen Kelch gesteckt. Im Laufe des Vormittags musste er dann schon wieder weiter, zu einem Rolltreppenkongress nach Dubai. Ein Leben auf der Rolltreppe, wie Grandma gerne spottete. Im Grunde hatte sie recht.

Robert drehte sich auf den Rücken, wachte aber nicht auf. Soll er ruhig weiterschlafen, dachte Peggy. Sohn Oscar würde er ohnehin erst beim Frühstück sehen, wenn der Neunjährige von seiner ersten Klassenfahrt zurückkam.

Mit dem Blick auf die Jalousie nahm sie sich vor, ihre Assistentin gleich vier Stück von dieser Marke bestellen zu lassen. An den Seitenfenstern ihres Geschäftes brauchte sie neue Blickwinkel auf die ausgestellten Designersofas. Immerhin hatte sie sich im Küstenort Looe mit *Peggy Doyle Interiors* – Cornwalls bester Adresse für Innenreinrichtung – einen Lebenstraum erfüllt. Dass Robert und sie privat hier im Nachbardorf Sealton wohnten, sicherte Peggy den nötigen Abstand zum Beruf.

Sie und Robert liebten sich trotz der vielen Trennungen durchaus noch. Dennoch potenzierte Roberts dauernde Abwesenheit ihre Selbstständigkeit von Mal zu Mal. Peggys Freundinnen nannten das *Freiheit*, für sie selbst hingen durchaus Fragezeichen an dieser Erklärung. Dass sie damals ihren Familiennamen Doyle beibehalten wollte, hatte Robert nicht weiter gestört, ihr zunehmender Erfolg ging jedoch nicht ganz spurlos an ihm vorüber, auch wenn er rührend um sie besorgt war und immer bereit, verlorene Zeit nachzuholen. Dabei hatte sie noch so viel mit ihrer Firma vor. Ohne es an die große Glocke zu hängen, hatte sie ihr Französisch und ihr Italienisch verbessert, um souveräner mit Firmen in Paris und Mailand verhandeln zu können.

Roberts Arm zuckte im Schlaf, als ob er gerade an der Rolltreppe eine Sechskantschraube nachziehen muss. Lächelnd deckte Peggy ihn zu und schlich sich wieder aus dem Zimmer.

Sie stieg die breite Wendeltreppe hinunter ins Wohnzimmer, für sie der schönste und hellste Raum in ihrem modernisierten Altbau aus Viktorianischer Zeit. Obwohl es schon zehn Uhr abends war, trug sie noch immer ihre schicke Kleidung aus dem Geschäft. Heute Morgen hatte sie mal wieder den Hosenanzug-Tag ausgerufen. Mit der Fernbedienung knipste sie die Strahler neben der roten Couch an und setzte sich.

Sie musste immer wieder an Großcousine Chloe denken. Wie Kate war auch Peggy gut mit ihr ausgekommen. Bis Chloe sich quasi über Nacht nach London abgesetzt hatte, war sie der damals vierzehnjährigen Peggy immer noch sehr mädchenhaft vorgekommen, wie eine große Freundin.

Und jetzt war Chloe in Schwierigkeiten! Dass sie endlich zurück in Cornwall war, hätte alle in der Familie glücklich machen können. Aber der Verdacht, dass sie Hugh Carrington umgebracht hatte, warf einen schweren Schatten auf diese Rückkehr. Natürlich glaubte auch Peggy kein Wort davon, doch die polizeiliche Fahndung war nun mal in der Welt.

Chloes Jugend war nicht leicht gewesen. Als uneheliches Kind ihrer alleinerziehenden Mutter Alice Doyle – einer Schwester von Grandpa Edward – hatte sie ihren Vater nie kennenlernen dürfen. Auch wenn sie mit keinem über dieses heikle Thema sprechen wollte (schon gar nicht mit ihrer sehr herben, wenig empathischen Mutter), war der Familie heute klar, dass Chloes ungestillte Sehnsucht nach dem unbekannten Vater eine erhebliche Last für sie gewesen sein musste. Auch die Strenge ihrer Mutter hatte für ihre Entwicklung sicher ein Problem dargestellt. Natürlich hatten die übrigen Doyles alles getan, um die introvertierte Chloe mit Fröhlichkeit anzustecken, sie mitzureißen und zu integrieren. Aber es war nicht leicht gewesen. Selbst wenn sie gelächelt hatte, hatte man in Chloes Wesen etwas Stilles, Unberührbares spüren können.

Wie so oft, wenn sich ein erster Schatten zeigte, war auch in Chloes Leben ein zweiter hinzugekommen.

Chloes Mutter starb an plötzlichem Herzversagen, als ihre Tochter gerade siebzehn wurde. Von da an kümmerte sich Grandma liebevoll um Chloe. Sie war zudem ihr Vormund und sorgte dafür, dass Chloe in der Wohnung ihrer Mutter wohnen bleiben durfte. Auch Chloes Cousine Anne und ihr Cousin Brian unternahmen viel mit ihr, Brian war nur drei Jahre älter, Anne fünf Jahre. Anne hatte damals (man konnte es heute kaum glauben!) einen echten Modefimmel und schleppte die schüchterne Cousine immer wieder zur Familienschneiderin Mrs Penderton, die wunderbar schräge Kleider für die beiden entwarf. Angeblich war die Schneiderin früher Stylistin bei einer Londoner Band gewesen. Das gefiel ihnen natürlich.

Dennoch unterschied sich Chloe erheblich von den anderen jüngeren Doyles. Während sich die übrige Meute sportlich und übermütig zeigte, kannte man Chloe nur lesend und zurückgezogen. Gut, sie hatte eine pummelige Figur, die sich partout nicht strecken wollte. Trotzdem war sie attraktiv, vor allem konnte sie gut tanzen. Erst mit neunzehn, zwanzig blühte Chloe etwas mehr auf, als Brian und Gilbert ihre Cousine auf sommerliche Strandpartys oder in den Kanuklub mitzunehmen begannen …

Peggy stand auf, um sich aus der Küche ein Glas Rotwein zu holen, als sie plötzlich von der Straße das Klirren einer Scheibe hörte. War das die verglaste Tür zu ihrem Lager neben dem Haus? In der ehemaligen Garage bewahrte Peggy übergangsweise Möbel auf, die die aktuelle Ware im Designladen nicht belasten sollten. In ihrer Straße hatte es zwar noch nie Einbrüche gegeben, aber man wusste nie. Immerhin war ihr kleines Lager gut dreißigtausend Pfund wert.

Etwas fiel um. Der Mülleimer!

So schnell sie konnte, schob sie Roberts selbst gebaute Dreifachverriegelung an der Haustür auf und rannte entschlossen nach draußen. Im gelblichen Licht der Straßenlaterne konnte sie zunächst nicht viel erkennen, nur dass der leere runde Mülleimer wie ein Kanonenrohr vor der Gartentür lag.

«Hallo, ist da jemand?!»

Warum sagte sie diesen Blödsinn? Zigmal hatte sie mit Robert über die Idioten gelästert, die so was in Fernsehkrimis riefen, als würde ein Einbrecher höflich darauf antworten. Sie sah sich noch einmal um und bemerkte, dass der rechte Teil der zweiflügeligen Holztür des Lagers nur angelehnt war. Ob das Klirren von innen gekommen war? Gegen jede Vernunft wagte sie sich noch drei Meter vor.

In diesem Moment sprang jemand hinter ihrem Auto hervor, das nur ein Stück entfernt auf der Straße parkte. Es war ein Mann mit schwarzen Haaren. Peggy schrie auf. Sie sah die Gestalt nur für Sekunden, bevor sich der Fremde mit langen Schritten entfernte, auf ein unbebautes Grundstück einbog und dort von der Dunkelheit verschluckt wurde.

Peggy zitterte am ganzen Körper. Was hatte der Mann hier gewollt? Sie streckte den Rücken, atmete tief durch und öffnete die Tür zu ihrem Möbellager. Sie musste wissen, ob was fehlte!

Sie hatte gerade das Licht innen angemacht, als Robert im dunkelblauen Bademantel aus dem Haus eilte.

«Was ist denn hier los?»

Sie erzählte es ihm. Er stöhnte auf.

«Peggylein, da ruft man doch die Polizei!» Er streichelte ihr liebevoll über die Wange. «Bist du okay? Wirklich?»

Sie schwor es ihm. Gemeinsam betraten sie das Lager und schauten nach, was womöglich fehlte. Peggy hatte naturgemäß jedes Möbelstück im Kopf. Aufatmend stellte sie fest, dass alles noch da war. Doch dann wanderte ihr Blick an die rechte Wand, wo sie ihre Fahrräder aufbewahrten. Ihre zwei neuen E-Bikes, Roberts historischen Drahtesel von 1984 und ihr altes Rennrad.

Es fehlte. Entsetzt zeigte Peggy auf die leere Stelle an der weißen Wand, der Dieb hatte das Rennrad offenbar ordentlich abgehängt.

«ES IST WEG! Ich fass es nicht, der Typ hat tatsächlich das Wertloseste von allem mitgenommen!»

«Lass uns noch mal draußen nachsehen», schlug Robert vor. Irgendetwas schien er merkwürdig zu finden.

Peggy folgte ihm zurück auf die Straße. Mit Argusaugen liefen sie eine Weile umher und suchten, doch das Rad war weg.

Robert kratzte sich am Kinn. «Ich fürchte, es waren zwei Diebe, Schatz», erklärte er vorsichtig. «Oder hast du den Mann auf deinem Fahrrad verschwinden sehen?»

So seltsam das Ganze war, Peggy musste zugeben, dass seine Logik überzeugte. Eine andere Erklärung gab es ja auch gar nicht. Die Einbrecher waren zu zweit gekommen und hatten viel mehr vorgehabt.

«Und jetzt?», fragte sie und biss sich auf die Lippen. «Rufen wir doch die Polizei?»

Robert überlegte laut. «Was bringt uns das jetzt noch?» Als Ingenieur glaubte er fest an Statistiken und mathematische Wahrscheinlichkeitsrechnungen. Solche Werte galten nicht nur für Rolltreppen, sondern auch für die Polizeiarbeit. «Uns kostet das den Schlaf, und das Fahndungsergebnis liegt statistisch bei unter dreißig Prozent. Lass dir lieber Stahltüren einbauen.»

Peggy versuchte zu protestieren. «Mein schönes Rennrad.»

Robert legte seinen Arm um ihre Schultern. Durch die Zeitschaltuhr ging im selben Moment das Licht im Lager aus, als sollte das der Schlusspunkt sein.

«Ich schenke dir zum Geburtstag ein neues», schlug er vor. «Mit allen Raffinessen. Wie wär das?»

Peggy nickte zufrieden. Doch, manchmal konnte Robert sehr einfallsreich sein.

7.

Grandmas Wohnstraße schlängelte sich in eine besonders ruhige Nische des hübschen Küstenorts Looe. Tagsüber konnte man von hier aus das Meer sehen, auch die kleine Mündung des *River Looe.* Dort am Fluss lagen die meisten der hübschen Gassen, gesäumt von schmalen weißen Häusern und kleinen Läden. Jetzt, um elf Uhr in der Nacht, wirkte der idyllische Ort, als hätte er sich schlafend dem gleichmäßig rauschenden Meer anvertraut. Hier und da leuchteten Toplichter von Booten im Wasser.

Im Licht der Straßenlaterne fuhr David seinen Wagen auf Grandmas gekieste Parkfläche vor dem Cottage und stellte den Motor aus. Obwohl es schon spät war, wollte Kate nichts davon wissen, dass Grandma vielleicht schon im Bett liegen würde. Sie hatte recht. Alle Fenster waren hell erleuchtet.

David horchte kurz an der Tür. «Warte, sie hört Musik.»

Jetzt konnte auch Kate die überlauten Bässe vernehmen. Grandma hörte offenbar *Amazing Grace* von Elvis Presley, und gerade kam die Stelle am Schluss: *«I once was lost, but now I'm found …»* Jeder in der Familie wusste, dass es sich bei diesem Song um Grandmas und Chloes Lieblingstitel von Elvis handelte. Einmal hatte Kate gesehen, wie Chloe dazu selbstverloren im Flur tanzte. Die tragische Wucht der Musik, so erinnerte sie sich, konnte einen umhauen.

Sie klingelten.

Als Reaktion wurde innen die Musik leiser gedreht. Grandma öffnete die Tür und hatte Tränen in den Augen. Kate erschrak wie ein Kind. Außer bei Beerdigungen hatte niemand Grandma Emily jemals weinen sehen.

«Kommt rein.» Ruppig fuhr Emily sich mit dem Handrücken über die Wangen und rieb die Nässe weg. «Ich nehme an, ihr wollt mit mir über Chloe reden.»

Kate umarmte sie stumm. Grandma wehrte sich nicht, was sie allerdings nicht davon abhielt, David hinter Kates Rücken ein Zeichen zu geben, dass er schon mal ins Wohnzimmer vorgehen sollte.

«Dad hat dich angerufen, nicht?», fragte Kate, während sie die Umarmung wieder löste. Sie musste aufpassen, dass sie nicht ebenfalls heulte.

«Ja, das hat er. Dein Vater tut mir leid. DCI Scott scheint ihn den ganzen Nachmittag in Beschlag genommen zu haben.»

«Das kann ich mir denken.»

«Aber ich bin dieser Frau in die Parade gefahren», sagte Grandma stolz. «Und zwar mächtig!»

«Wie das denn?», wollte David wissen.

Inzwischen hatten alle drei im Wohnzimmer Platz genommen, Grandma saß auf ihrem dunkelgrünen Lieblingssessel, Kate und David auf dem hellen Sofa.

«Ich habe uns allen Alibis gegeben. Per E-Mail. Dagegen kann sie nichts machen. Zwölf Zeugen hier im Cottage auf meinem Fest, und dann kamen um 14:55 Uhr der Anruf von Ben Jenkins und euer Aufbruch. Übrigens habe ich euch noch etwas Luft verschafft. Eigentlich hat Jenkins früher angerufen und ihr seid schon um 14:40 Uhr Richtung Strand abgeschwirrt.»

Kate schüttelte den Kopf. «Du musst bei der Wahrheit bleiben, Grandma. Wir haben doch nichts zu verbergen.»

Grandmas Stimme wurde ungewohnt scharf. «Sie soll Chloe

nicht vorverurteilen! Und euch nicht für ihre Komplizen halten! Das lasse ich nicht zu!»

«Musst du auch nicht, Grandma. Dad hat DCI Scott ja das Gleiche gesagt.»

«Es interessiert sie aber nicht! Ich habe die Stimme dieser Frau gehört. Die Gute wirkt hochgradig überfordert.»

«Was soll sie auch denken bei so vielen Doyles?», meinte Kate. Manchmal musste man bei Grandma liebevoll die Bremse ziehen, damit sie nicht gleich losstürmte. «Erst finden David und ich die Leiche, dann schleppe ich Dad an den Tatort, und am Schluss entdeckt die Polizei noch Chloe.»

Elegant ging Emily über Kates Einwurf hinweg. Ein unbedeutender Windhauch, mehr war das nicht für sie. «Möchtet ihr Plätzchen?»

«Nein, danke.» Kates Blick fiel auf den bunt bezogenen Hocker, der rechts neben der Couch stand. Darauf lag ein großes ledernes Fotoalbum. Offensichtlich hatte Grandma bei ihrer Musik in Erinnerungen geschwelgt. Aufgeschlagen waren zwei Seiten mit Fotos von Chloe und Grandma auf einer Herbstwanderung. Da war Chloe bereits erwachsen gewesen.

Kate legte das Album vor sich auf den Tisch. Sie zeigte auf das Foto oben rechts, das die beiden Wanderinnen mit Rucksack vor einem alten Brunnen zeigte. «Das war bei Land's End, oder? Kurz bevor Chloe ihre Ausbildung in St. Ives begann.»

«Ja.» Emily musste lächeln. «Ein Sturm wie seit Monaten nicht mehr, und wir hatten nicht mal Kopftücher dabei.»

«Nach meiner Erinnerung war Chloe immer sehr still.»

«Still heißt ja nicht dumm.» Emily ordnete ihre Haare. «Chloe mag sehr zurückhaltend gewesen sein, aber sie war intelligent. Gut, vielleicht einen Tick weniger intelligent als dein Vater oder Brian. Dafür konnte sie besser tanzen. Nach der Pleite ihres Chefs in St. Ives hätte ich sie im Management der Plymouth Dance

Academie unterbringen können. Und was macht sie? Rattert mit einem Sparticket nach London.»

«Das Problem, das ihr jetzt als Familie habt, ist ein anderes», mischte David sich ein. «Ihr wisst *nichts mehr* über sie. Denn wer bleibt schon dreißig Jahre lang der- oder dieselbe? Es gibt da viele Fragen: Standen Chloe und Hugh Carrington in geschäftlicher Beziehung? War sie seine Mieterin? War sie auf Jobsuche? War sie aus einem privaten Grund auf ihn wütend? Ihr versteht, was ich meine?»

«Ich bin ja nicht naiv», sagte Emily. «Stille Seelchen wie Chloe sind verletzbar. Natürlich ist theoretisch alles möglich. Aber ich halte sie nicht für eine Mörderin. Ich erinnere mich an einen Einkaufsbummel in Penzance. Die Zeitungen an den Ständen waren an diesem Tag voll von Artikeln über eine Frau, die ihre Schwester erstochen hatte. Chloe weinte, als sie einen dieser Berichte las. Sie meinte, eher würde man doch sich selbst als seine Schwester töten. Sie war sehr sensibel. Außerdem konnte sie kein Blut sehen. Nicht mal ein ausgenommenes Hühnchen.»

«Das beruhigt mich», kommentierte David trocken.

Kate warf ihm einen kurzen amüsierten Blick zu. Sie liebte solche Repliken. «Und wie geht es jetzt weiter, Grandma?», wollte sie wissen.

«Das sollte der Familienrat besprechen», erklärte Emily. «Ich habe vorhin ein Treffen anberaumt. Meine Mail an euch alle mit den Infos dazu ist schon weg. Morgen um elf Uhr, hier im Cottage. Kennwort ORKAN. Das ist ja wohl deutlich genug.»

Oh ja, dachte Kate. ORKAN stellte die höchste Dringlichkeitsstufe für Doyle'sche Familientreffen dar. Grandpa hatte diesen Code eingeführt. Er sollte für jeden Doyle Grund genug sein, alles stehen und liegen zu lassen, um so schnell wie möglich mit dem Rest der Familie zusammenzukommen.

In diesem Moment klingelte Kates Handy. In der Annahme,

dass ihr Vater sich noch einmal meldete, zog sie es hastig aus ihrer Jeans, drückte den grünen Knopf und legte es vor sich auf den Tisch. Grandma zuliebe aktivierte sie die Funktion zum Mithören.

«Dad? Bist du wieder zu Hause?»

Aber es war nicht ihr Vater.

«Kate ... Kate, bist du das? Kate?»

Die panische Frauenstimme, die aus dem Telefon drang, jagte Kate einen Schauer über den Rücken. Auch wenn die Stimme im Laufe der Jahre reifer geworden war, so war es doch eindeutig Chloes.

«Chloe?!» Kate spürte die ungeheure Aufregung in sich. «Ich ... ich hör dich!»

«Gott sei Dank! Ich weiß, dass dein Vater heute in der Villa war, ich hab ihn gesehen. Sag ihm, dass ich Hugh Carrington nichts getan habe. Bitte, es ist wichtig!»

«Natürlich ... aber ... wo bist du? Können wir dir helfen?»

«Nein, nein. Ich muss versteckt bleiben. Es gibt da eine kleine Hütte ... von der weiß keiner ...» Chloe atmete hörbar heftig.

Emily, David und Kate warfen sich Blicke zu.

«Vielleicht noch zwei, drei Tage, bis ich über einige Dinge Klarheit habe», fuhr Chloe aufgeregt fort. «Außerdem könnte ich sowieso nicht nach London zurück ... wegen der Polizeisperren.»

«Warum das alles, wenn du unschuldig bist?»

«Ich hab den Täter gesehen. In der Villa. Mit einer schwarzen Sturmhaube über dem Gesicht. Und ... und er hat mich verfolgt.»

«Weißt du, ob er sich noch in der Nähe der Villa aufhält?» Jetzt war es Kate, die hörbar die Luft einzog.

«Nein, nicht mehr. Aber er sucht mich. Zum Glück kenne ich mich hier gut aus.»

Kate wurde eindringlich. «Chloe, bitte, warum stellst du dich nicht und kooperierst mit der Polizei?»

«Weil ich sicher bin, dass ich den Mann von irgendwoher kenne. Ich muss nur einmal sein Gesicht sehen –» Chloe brach ab.

«Was können wir tun?» Kate bemühte sich, ruhig zu klingen.

«Nichts, ich will euch nicht mit reinziehen. Noch ist mein Versteck sicher, aber auch das kann sich jederzeit ändern.»

Kate fragte sich, was für ein Monster da draußen rumlief, wenn der Mörder jetzt noch Jagd auf Chloe machte.

Grandma hatte bisher nur bewegt zugehört, nun musste sie doch ihren Sessel verlassen und sich erregt über das Handy beugen. Das Gesicht blass, die Lippen noch blasser. Ihre Finger zitterten.

«Chloe, hier spricht Emily. Sollen wir dich irgendwo abholen?»

«Tante Emily!!» Chloe begann, so heftig zu schluchzen, dass sie kaum noch zu verstehen war. «Bitte, Tante Emily! Glaub mir, ich bin unschuldig! Du weißt, ich würde dich nie anlügen!»

«Das weiß ich, Kind.»

«Ich halte nur durch, weil ich euch alle wiedersehen will.» Das Schluchzen schüttelte Chloe hörbar. «Du hast immer gepredigt, dass man sich nie von irgendwas unterkriegen lassen darf. Das hast du doch, oder?»

«Hör zu, Chloe …» Emily suchte verzweifelt nach den richtigen Worten. «… ich will dir nur sagen, dass du jederzeit –»

Chloe unterbrach sie hektisch. «Warte, Tante Emily, da ist noch was. Sag Peggy, dass ich mir ihr Rennrad ausgeliehen habe. Es ging nicht anders, ich muss beweglich sein. Aber selbst vor Peggys Haus ist dieser Mann aufgetaucht und …»

«Woher weißt du, wo Peggy wohnt?», fragte Kate überrascht.

Chloes Stimme nahm für Sekunden einen warmherzigen Klang an. «Ach, Kate! Wenn ihr wüsstet, wie nah ich euch die ganze Zeit war.»

Plötzlich wurde sie wieder hektisch, es klang, als würde neben ihr Papier rascheln. «Ich … ich muss jetzt auflegen, da ist Blaulicht.»

Mit einem scharfen Klick war die Verbindung beendet. Da half auch kein Nachhorchen mehr.

Sorgenvoll blickte Kate zu ihrer Großmutter, die sich schockiert eine Hand vor den Mund hielt. Emotionaler hätte Chloes Rückkehr in ihr Leben nicht ablaufen können.

David nahm Kates Handy vom Couchtisch und inspizierte es kurz. Laut aufstöhnend lehnte er sich zurück. «Mann, war das clever!» Seine Finger hielten das Telefon hoch. «Kennst du die Nummer, Kate?»

Vor Schreck hätte Kate fast Grandmas Schale mit Erdnüssen vom Tisch gefegt. «Das ist ja die Nummer von unserer Farm!»

Grandma schaltete schnell. «Chloe ist bei euch? Dann wäre sie ja …»

Mitten in ihrem Satz klingelte es ein zweites Mal, jetzt auf Emilys tragbarem Telefon. Sie erstarrten alle drei. Kate betete inständig, dass es noch einmal Chloe war.

Hastig nahm Grandma den Hörer in die Hand und schaltete die Mithörfunktion ein. Vor Aufregung klang ihre Stimme ganz heiser. «Chloe? Bist du das?», rief sie. «Bitte, Kind, leg nicht wieder auf!»

«Wieso Chloe?», fragte eine verblüfft klingende weibliche Stimme. «Hier ist Anne.»

Emily verzog enttäuscht das Gesicht, ließ aber keinen Raum für weitere Fragen. «Anne! Was willst du denn noch so spät?»

Ihre Tochter druckste herum. «Ich habe gerade deine Einladungsmail gelesen, Mum. Für morgen, für das Familientreffen …»

«Erzähl mir nicht, dass du nicht kommen kannst.»

Kate und David nickten sich einvernehmlich zu. Sie hatten jetzt Wichtigeres zu tun. Wenn sie Chloe noch auf der Farm antreffen wollten, mussten sie einen Zahn zulegen. Kate gab Grandma ein Abschiedszeichen, dann bewegte sie sich leise mit David Richtung Flur.

«Es geht nicht, Mum», tönte Anne hinter ihnen aus dem Lautsprecher. «Ehrlich nicht! Ich habe einen wichtigen Termin.»

«Was denn für einen Termin? Anne, ich warte!»

«Mein Gott, Mum!», drang Annes Stimme bis in den Hausflur. «Morgen ist meine Darmspiegelung! Ich habe sogar schon das Abführmittel getrunken!»

«Genieß es und verschieb den Termin», befahl Emily ungerührt. «Familie geht vor Darm.»

Als Grandma den Hörer energisch auflegte, schlug Kate die Haustür hinter sich zu. David saß bereits hinter dem Steuer. Kate stieg gerade ein, als Grandma aus dem Haus trat.

«Kate! Ruft bitte an, falls Chloe da ist! Ja?»

«Natürlich, Grandma.»

David startete den Motor und raste los.

8. 

Bei den Kindern hatte sie hoffentlich noch überzeugend geklungen, jetzt, allein in ihrem Cottage, war Emily vollkommen erschöpft. Wenn sie früher als Tänzerin von der Bühne abgegangen war, hatte sich jedes Mal ein ähnliches Gefühl eingestellt. Nur dass sich die Müdigkeit im fortgeschrittenen Alter schon nachmittags anschlich, wenn man sie nicht mit einem Mittagsschläfchen auf später vertrösten konnte.

Sie holte ihr Flanelljäckchen aus dem Flurschrank, zog es über, nahm ihr tragbares Telefon vom Tisch und betrat ihren nächtlichen Garten.

Im Licht der Außenlaterne ging sie über die im Rasen eingelassenen Platten bis zu ihrer Zeder, wo heute Nachmittag noch die Kuchentafel aufgebaut gewesen war. Eigentlich müsste sie die Platten näher zueinander legen lassen, jetzt, wo ihre Schritte kleiner wurden. Aber nach ihrem Tod würden die Kinder das sicher rückgängig machen, deshalb unterließ sie die Aktion. Wichtiger war, dass sie sich in dieser Juninacht überhaupt hier draußen aufhalten konnte.

Der dicke Zedernstamm verbarg laut Baumgutachten mindestens einhundertfünfzig Jahre unter seiner Rinde. Angeblich hatte ihn ein Kapitän gepflanzt, dessen Vater noch mit Darwin um die Welt gesegelt war. Die dreisitzige Bank unter den Ästen war das letztjährige Geschenk der Kinder. Ein netter Platz zum Nachdenken, vor allem wenn ein verkorkster Tag hinter einem lag. Früher hatten sie neben der Zeder auch mal gegrillt, aber den Rauch wollte Emily ihrem tapferen Baum nicht mehr antun. Im Alter musste man zusammenhalten.

Sie setzte sich. Von hier aus konnte sie gut den Nachthimmel und den Zickzackkurs der Fledermäuse beobachten. Mit ihren knochigen Fingern wählte sie eine ihr wohl vertraute Nummer. Nach kurzem Durchklingeln meldete sich eine tiefe männliche Stimme. Sie gehörte Henry Fernsby.

«Bist du das, Emily?»

«Ja. Kate und David waren gerade hier. Plötzlich klingelt das Telefon, und Chloe ist dran. Es hat mich regelrecht aus der Bahn geworfen. Sie ist immer noch auf der Flucht.»

Henry Fernsby blieb ruhig. «Sie will sich noch nicht stellen?»

«Nein. Und ich kann sie sogar verstehen. Ich würde es genauso machen.»

«Kann ich mir denken.» Fernsby lachte leise. «Die kämpferische Matriarchin.»

Emily hatte Henry bereits am frühen Abend in das Problem Chloe eingeweiht. Er und sie telefonierten nicht oft, aber wenn Emily das Gefühl hatte, jemanden in ihrer Altersgruppe zum Reden zu brauchen, dann war Henry da. Er stand zur Verfügung, auch wenn er nach dem Tod seiner Frau unbedingt in London bleiben wollte. Vierzig Jahre lang war er als Psychologe und Gerichtsgutachter Edward Doyles bester Freund gewesen.

«Werdet ihr euch morgen treffen?»

«Ja, dein Rat war gut. Der Gedanke, dass die Familie entscheidet, wie wir weitermachen, hat was gebracht.» Emily überlegte, ob sie das jetzt überhaupt sagen sollte, tat es dann aber. «Trotzdem, mein schlechtes Gewissen bleibt. Chloes Mutter war tot, und ich hätte damals noch mehr für das Mädchen da sein müssen. Fertig. Als sie dann nach London gehen wollte, habe ich sie nicht aufgehalten. Insgeheim war ich froh gewesen, dass ich wegen dieser blöden Sache nicht länger für sie intervenieren musste.»

«Weiß noch jemand davon?»

«Nein. Nur mein schlechtes Gewissen und ich.»

«Selbstbezichtigungen schaden der Seele, Emily. Es war eine andere Zeit.» Tröstend fügte Henry hinzu: «Ich vermute, du hattest genug mit deinen eigenen Kindern zu tun. Edward jedenfalls fand, dass du immer alles perfekt gemanagt hast.»

Zum Glück konnte Henry nicht sehen, wie Emily jetzt das Gesicht verzog. «Ja, das fand er. Ihr Männer denkt gerne simpel. Wenn er Prozesse im High Court hatte, tauchte er tagelang im Gericht unter. Es muss dort ganze Schlafsäle für Richter gegeben haben.»

«Das wüsste ich.»

«Trotzdem vermisse ich ihn. Aber muss ich das dauernd den Kindern auftischen? Wer vertraut einem Firmenchef, der ständig von seinem Vorgänger spricht?»

«Das entscheidest du und niemand sonst.» Henrys Stimme machte eine kleine Pause. «Ich denke, ich weiß jetzt auch, warum du auf Hugh Carringtons Gemüse-Anmache reingefallen bist.»

«Sag es mir.» Sie lächelte.

«Deine Sympathie für diesen Mann ist leicht erklärbar.» Emily sah Henry förmlich schmunzeln. «Man kann es auf dem Carrington-Video im Internet sehen, das jetzt überall rumgeht. Carrington spricht und bewegt sich so wie dein Edward vor dreißig Jahren. Ein Gentleman alter Schule. Ein bisschen flapsig, die gleiche Stimmlage, zehn Eimer Oxford …»

«Ja, vielleicht», gab Emily nachdenklich zu. «Trotzdem muss es einen Grund geben, warum Carrington mit mir in Kontakt treten wollte.»

«Du wirst es herausfinden.»

«Manchmal ist man naiv. Ich sollte mich bei Kate als dummes Schaf bewerben.»

«Schafe sind nicht dumm. Frag deine Enkelin.»

«Wenn du meinst …»

Über Emily entfernte sich rauschend ein großer Vogel aus der Baumkrone.

«Dann wünsche ich dir für morgen viel Glück», schloss Henry. «Lasst bei Chloe Gnade walten – und der Kuchen ist gegessen.»

«Nein, er ist angebrannt», entgegnete Emily. «Aber irgendwas werde ich schon daraus machen.»

9.

Statt wie sonst neben dem Stall zu parken, steuerte David den Wagen in hohem Tempo um die gestapelten Strohballen herum bis vor die Haustür. Dort vollführte er eine Vollbremsung und stellte mit dem Motor auch die Scheinwerfer aus. Das Haus war dunkel, als wäre Chloe nie da gewesen. Versteckte sie sich irgendwo?

Durch den Bewegungsmelder ging die Außenbeleuchtung an. Im Licht der von Mückenresten übersäten Hoflampen sah Kate sofort, dass mit dem Küchenfenster etwas nicht stimmte.

Sie stiegen aus und schauten sich das Fenster aus der Nähe an. Kate hatte es nachmittags gekippt, jetzt hing es weit offen und seltsam schräg nach innen. Zum Glück war die Scheibe heil geblieben. Auf dem Pflaster lagen abgerissene Ranken vom wilden Wein am Haus.

Unbeeindruckt davon, schloss David die Tür auf und machte das Flurlicht an. Kate ging vorsichtig an ihm vorbei und betätigte auch die Schalter für Wohnzimmer und Küche.

«Chloe?», rief sie. «Wir sind allein! Wenn du uns hörst, sag bitte was!»

Im Wohnzimmer knisterte es. Kate erschrak. Erst beim zweiten Knistern wurde ihr klar, dass der alte Balken über dem Kamin gearbeitet hatte. Sie steckte den Kopf in den Raum. Soweit sie das von der Schiebetür aus sehen konnte, stand ihr Schreibtischtelefon ordentlich an seinem Platz. Doch die Seiten der *Times*, die sie morgens gelesen hatte, lagen verstreut auf dem Fußboden.

Kate versuchte es erneut mit Rufen, diesmal in Richtung Treppe, die nach oben führte. «Chloe? Wir wollen dir helfen!»

Nichts. Keine Antwort.

«Ich glaube nicht, dass sie noch hier ist», mischte sich David ein. «Sie brauchte nur einen Ort zum sicheren Telefonieren.»

«Aber woher hatte sie meine Handynummer und unsere Adresse?»

«Irgendwann werden wir es erfahren.»

Sie gingen in die Küche. Tatsächlich hing das Fenster nur noch wie eine steife Fahne über der steinernen Arbeitsplatte. Hier also war Chloe eingestiegen, sie konnten es an den Erdklumpen ablesen, die ihre Besucherin an den Schuhen gehabt haben musste. Sogar tote Ameisen gehörten dazu. Insbesondere auf den Bodenfliesen vor dem Kühlschrank klebten die Überreste von Erde und Ameisen. Dort krabbelten sogar zwei noch lebende Exemplare herum.

«Vielleicht hat sie eine Nachricht für dich hinterlassen», meinte David. Sein Blick galt wie immer der Logik. «Das hätten wir doch auch getan, oder?» Er zeigte auf den Küchenboden. «Ich kümmere mich derweil um den Schmutz hier.»

Angespannt kehrte Kate ins Wohnzimmer zurück. Nicht, dass sie Chloes verzweifelten Worten am Telefon misstraute, aber die Situation hatte etwas Beklemmendes. Chloe könnte sich ja inzwischen in der Gewalt dieses Mannes mit der Sturmhaube befinden, beide irgendwo hier im Haus versteckt.

Unsinn, sie hatte zu viele Krimi-Podcasts produziert.

Kate drehte eine Wohnzimmerrunde an der Couch und am Kamin vorbei und schaute nach, ob die Sitzkissen anders lagen oder sonst etwas verändert worden war. Sie fand nichts Auffälliges. Offensichtlich hatte Chloe nicht einmal gewagt, sich auszuruhen.

Auch auf dem Schreibtisch war nichts auffällig bewegt worden, weder ihr Häuflein Steuerbelege noch die zwei Romane von Zadie Smith, die sie für die *Literary Weekly* rezensieren sollte. Doch dann entdeckte sie den gelben Zettel, der auf dem Telefon klebte. Vorsichtig löste sie ihn und erkannte gerührt, dass Chloe mit Bleistift einen kleinen Elefanten für sie gemalt hatte. Es war der Elefant aus ihrer Kindheit. Seinen Rüssel hatte er bekümmert eingerollt, aus den Augen kullerten runde Tränen. Dieses Bild hatte Chloe immer dann für Kate gezeichnet, wenn diese traurig gewesen war.

Kate riss sich zusammen. Jetzt nur nicht sentimental werden. Beiläufig fiel ihr Blick auf die grüne Harrods-Schachtel hinter dem Telefon. Darin hob sie ihre Visitenkarten auf. Na klar, so war Chloe auch an ihre Handynummer gekommen. Seit Jahrzehnten ließ sich jeder seriöse Doyle Visitenkarten mit der kleinen Eule drucken, die Kates Urgroßvater einst als Weisheitssymbol für seine Anwaltskanzlei erfunden hatte. Kates Tier stellte eine lesende Eule in Dunkelrot dar.

Erst im Umdrehen stach ihr die große, zugeklebte Klarsichthülle neben ihrem Laptop ins Auge. Daran angetackert hing ein weiterer Zettel. In der Hülle selbst befand sich ein weiß lackiertes, schlichtes christliches Holzkreuz, etwa zwanzig Zentimeter hoch. Auffällig waren seine vier gerundeten Enden. Aufgeregt las Kate den von Chloe geschriebenen Text.

Achtung! Dieses Holzkreuz hatte der Mörder in der Villa bei sich, hat es dann aber verloren. Es muss irgendwas bedeuten. Hebt es unbedingt auf, es sind seine Fingerabdrücke dran!

Chloe PS: Möglichst noch nicht der Polizei übergeben!!

Was sollte das? Spielte bei diesem Mord Religion eine Rolle? Oder waren Chloe die Nerven durchgegangen?

Kate schnappte sich die Tüte und kehrte in die Küche zurück. Fast wäre sie gestolpert, als sie über die altmodische Holzschwelle trat. David kniete vor ihr auf dem Boden und schubste vorsichtig mit dem Handfeger den letzten Rest Schmutz in ein sauberes Marmeladenglas. Das Fenster hatte er noch nicht repariert.

«Was machst du da?», fragte Kate erstaunt. Sonst war David nicht so sauberkeitsfanatisch.

Er stand auf. Sein Glas war zur Hälfte mit dem braunen Dreck von den Fliesen gefüllt, auch tote Ameisen lagen darin. Voller Stolz hob er seine Beute in die Höhe. «Interessant, nicht? Das ist Humuserde von Nadel- und Laubbäumen. Also muss Chloe durch einen Wald gelaufen sein. Und Wald gibt es vor allem östlich von Carringtons Haus.»

Eine kluge Interpretation, wie Kate zugeben musste, der Forensiker in ihm war vollständig erwacht. Tatsächlich herrschte westlich und nordwestlich der Carrington-Villa eher ein Mix aus Weideland, Mooren, Feldern und Obstanbau vor, Cornwalls typischste Vegetation. Im Osten dagegen lagen gleich zwei kleine Wälder.

«Mach es nicht noch komplizierter, David», bat Kate. «Mir brummt der Kopf jetzt schon.»

«Trotzdem sollten wir dieses Glas aufheben», schlug er vor. «Vielleicht kann das Chloe irgendwann entlasten.» Er schraubte den Deckel aufs Glas und ließ es im obersten Fach des Eckschrankes verschwinden. «Wer weiß.»

Kate zeigte ihm die rätselhafte Tüte mit dem weißen Kreuz und Chloes Zettel. David hatte ebenso wenig eine Erklärung dafür wie sie. Vielleicht stellte das Kreuz ein Schutzsymbol dar? Oder der Mörder war ein geistesgestörter Fanatiker? Alles war möglich. Sie beschlossen, Chloes Wunsch zu respektieren und das Kreuz erst mal im Haus aufzubewahren. Je nach Situation konnten sie sich später jederzeit anders entscheiden.

Kate lehnte sich erschöpft an Davids Schulter. «Gott, ich fühle mich wie ausgelaugt! Wie haben wir das heute nur überstanden? Der Tag kam mir ewig vor.»

Er legte beide Arme um sie und küsste sie auf die Stirn. Es tat ihr gut. «Du hast Grandmas Gene geerbt», meinte er lächelnd. «Ich bin auf alles gefasst.»

Sie wollte David gerade knuffen, als ein Auto auf den Hof fuhr, ein schwarzer Jeep. Grell spiegelten sich die Autoscheinwerfer auf der Metalltür des Kühlschranks wider. David ließ Kate los und reckte kurz den Kopf zum Fenster. «DCI Scott.»

Noch bevor die Ermittlerin klingeln konnte, waren sie an der Haustür. Kate nahm sich vor, die Polizei auf keinen Fall hereinzulassen, wenn sie nicht unbedingt musste.

«Guten Abend», wünschte Kirstie Scott. Ihre Augen wirkten müde. «Tut mir leid, dass ich noch so spät aufkreuze. Aber wir haben Hinweise, dass sich Chloe Doyle in der Nähe Ihrer Farm aufgehalten hat.»

«Was sind das für Hinweise?», wollte David wissen. Er schien ebenso wenig wie Kate gewillt zu sein, Scott ins Haus zu bitten.

«Die Besatzung eines Streifenwagens hat sie auf einem Fahrrad gesehen. Zwar nur kurz, aber die Kollegen haben sie eindeutig erkannt. Anschließend könnte sie nach hier oben verschwunden sein.» Sie nahm dezidiert Kate in den Blick. «War sie bei Ihnen?»

Kate beschloss, in die Defensive zu gehen, ohne übertrieben lügen zu müssen. «Wie mein Vater schon sagte, Chief Inspector – dreißig Jahre lang hat sie sich weder bei ihm noch beim Rest der Familie gemeldet. Wie gering ist wohl die Wahrscheinlichkeit, dass sie mich hier auf der Farm findet?»

«Ach, eine Frau wie Miss Doyle dürfte einfallsreich genug sein.»

«Was soll das denn heißen?» Davids Ton wurde scharf. «Haben Sie Ihr Urteil bereits gefällt?»

«Sind Sie echt so ahnungslos?», fragte die Ermittlerin skeptisch. Sie machte den Reißverschluss ihres Anoraks auf und zog die farbige Kopie eines Fahndungspapiers aus der linken Innentasche.

«Das hier stammt aus der Scotland-Yard-Akte über Chloe Doyle. Sie wurde uns aus London gemailt. Ich fasse mal nur das Wichtigste zusammen: Seit über zwanzig Jahren handelt Miss Doyle in London mit Kunst und Antiquitäten, zeitweise sogar unter einem Alias-Namen. Offenbar war sie dabei nicht zimperlich.» Mit süffisantem Unterton zählte DCI Scott auf: «Mehrere Zollvergehen in Zusammenhang mit Kunstimporten, mutmaßliche Vermittlung gefälschter Dalís, Bestechung eines Gutachters der Ständigen Kunstkommission, Prozess wegen Falschdeklarierung eines Van Gogh im Auftrag eines italienischen Milliardärs ... Stopp, nein, dieser Prozess wurde nach Zahlung einer hohen Geldstrafe eingestellt. Überhaupt scheint Ihre Verwandte immer glimpflich davongekommen zu sein. Jedenfalls ist keine Vorstrafe eingetragen.»

Kate konnte es nicht glauben. Und sie hatte gedacht, der Abend hätte nichts Aufregendes mehr zu bieten. Sie streckte die Hand nach dem Papier aus. «Darf ich die Liste haben? Ich möchte sie meiner Familie zeigen.»

«Von mir aus.» DCI Scott drückte Kate das Papier in die Hand, zog den Reißverschluss ihrer Windjacke wieder zu und schaute Richtung Stallgebäude. «Was gibt es da drüben? Eine Wohnung?»

Jetzt übernahm David das Antworten. «Nein, unten ist der Stall und oben ein Heuboden. Die meiste Zeit bleiben unsere Schafe aber auf der Weide. Sogar im Winter, wenn wir nicht zu scharfen Frost bekommen.»

«Mir ist kalt. Ich möchte ins Haus zurück», bat Kate.

«Gleich», beschied DCI Scott streng. «Mir ist noch etwas aufgefallen.» Sie ging zum offenen Küchenfenster, stellte sich auf die erhöhte Pflasterkante und inspizierte argwöhnisch den schief hängenden Rahmen mit der Scheibe. «Sieht heftig aus. Was ist da passiert?»

«Falsch geöffnet», antwortete Kate so lässig wie möglich. Es war ja nicht einmal falsch. «Die Fenster sind alt. Ein ungeschicktes Kippen und – zack! So ist das leider auf alten Höfen.»

«Okaay …» Kirstie Scott klang nicht hundert Prozent überzeugt. «Normalerweise sieht so ein Einbruch aus. Sie sollten das schleunigst reparieren lassen.»

«Ich mache das selbst», erwiderte David lächelnd. «Mein Vater war Schreiner in Mevagissey.»

«Ach ja?» Jetzt lächelte auch DCI Scott. Mit einer kleinen Handbewegung verscheuchte sie einen Nachtfalter aus ihren dunkelblonden Haaren. «Meiner war Schreiner in Torquay.» Sie ging zu ihrem Auto und öffnete die Wagentür, dann wandte sie sich ein letztes Mal an Kate. «Danke, Miss Doyle. Für heute werde ich hier keine Durchsuchung veranlassen, Sie haben einiges mitgemacht. Aber morgen werden wir die Suche nach Chloe Doyle ausweiten. Wenn Sie klug sind, machen Sie sich nicht mitschuldig. – Gute Nacht, Mr Pennymore.»

«Gute Nacht, Chief Inspector.»

Wie David es fertigbrachte, so lässig und überzeugend zu wirken, war Kate ein Rätsel. Sogar einen freundlichen Hinweis hatte er noch für die Ermittlerin parat.

«Seien Sie bei den Schlaglöchern vor der zweiten Kurve vorsichtig», riet er ihr.

Kirstie Scott nickte und schlug mit einem festen Ruck die Autotür zu. Dank der Hofbeleuchtung entging Kate nicht, dass auf dem Rücksitz des Wagens schwarze Reitstiefel und eine Tüte mit Würfelzucker lagen. Offensichtlich besaß die Ermittlerin ein Pferd, zumindest schien sie zu reiten. Sekunden später fuhr DCI Scott mit unbewegtem Gesicht in ihrem Jeep vom Hof und kurvte den Weg zur Küste hinunter.

10.

Kate schlug die Augen auf und wusste, dass heute ihr Hegel-Tag war. Nach ihrer küchenpsychologischen Erfahrung funktionierten manche Tage wie Hegels *Qualitätssprung.* Gewohnte Vorgänge gaben ihr bisheriges Sein auf und wurden zu etwas Neuem. So oder wenigstens so ähnlich hatte die Theorie gelautet, die sie während des Studiums aufgeschnappt hatte. Es war eine Vorlesung von Oxfords berühmtestem Philosophen gewesen, aber Kates eigentliches Interesse hatte schon damals der europäischen Literatur gegolten. Sie wusste, dass das Thema philosophisch gesehen noch weitaus komplizierter war, aber in dieser vereinfachten Form klang es für sie nützlicher.

Heute ahnte sie schon beim Aufstehen, dass die nächsten vierundzwanzig Stunden Veränderungen bringen würden. Der ganze bevorstehende Tagesablauf wies darauf hin. Aber zunächst hatte alles wie gewohnt begonnen. Mit Davids plärrendem Musikwecker und dem Morgenblöken auf der Weide.

David hatte diesmal bereits um fünf Uhr in der Früh das Bett verlassen müssen und Kate überredet, noch etwas länger liegen zu bleiben. Er wusste, wie emotional anstrengend der gestrige Tag für sie gewesen war. Außerdem stand ihr heute das große Familientreffen bevor.

Leise hatte er sich im Bad fertig gemacht, war zum Frühstück hinuntergegangen und wollte dann noch nach den Schafen sehen. Gestern Abend hatten Kate und er bei Sinclair, Rosie und Pearl durch Disteln entstandene Verfilzungen im Fell entdeckt, die man besser schnell entfernte. Notfalls drückte man das Schaf kurzerhand auf den Hintern, schnappte sich die Schere und schnitt die Stellen frei. Das kräftige Blöken hinterher nahm man als Dank.

Als Kate eine Stunde später ins Bad kam, fiel ihr Blick als Erstes auf den großen Spiegel über den beiden Waschbecken. Gerührt sah sie, dass David mit ihrem Lippenstift ein riesiges rotes Herz aufs Glas gemalt hatte, darunter zwei kleine wolkenflauschige Schafe, die sich einen Kuss gaben. Es sah total süß aus. Obwohl David in manchen Situationen sehr vernunftbetont sein konnte, fand er immer wieder Gelegenheiten, Kate seine Liebe zu zeigen.

Lächelnd beschloss sie, eine Antwort für ihn zu hinterlassen. Während sich ihr Gesicht und ihre schlafverwuschelten braunen Haare in der Mitte des gemalten Herzes widerspiegelten, griff sie nach dem Lippenstift auf dem Waschbeckenrand und schrieb ein großes DANKE! neben das Schafepaar.

Später in der Küche sah sie David gerade noch in seinem Pick-up vom Hof fahren. Schade, für seinen Auftritt in Bodmins ehrwürdiger Shire Hall hätte sie ihm gerne noch einmal Glück gewünscht. Es war ein wichtiger Termin für ihn. Um 8:00 Uhr sollte er vor Mitgliedern der *National Sheep Association* einen wissenschaftlichen Vortrag über die Kommunikation von Schafen halten. Auch eine weitere Zusammenarbeit mit der Association war geplant.

Seit David vor drei Jahren die Farm übernommen hatte, konnte er sich wieder einen zufriedenen Menschen nennen. Vorher, als Forensiker, war ihm am Schluss nur noch selten ein Tag erfolgreich erschienen. Natürlich lag das an ihm. Schon immer hatte er sich mit Freude an sein Studium in Exeter erinnert. Neben der Chemie war die Verhaltensbiologie sein Schwerpunkt gewesen.

Erst nach seinem glänzenden Masterabschluss über die genetische Diversität von Schafrassen war er durch eine Stellenanzeige auf die Forensik gestoßen. Nachdem er die Trewistle Farm geerbt hatte, war sein erster Schritt gewesen, neue Kontakte zur Verhaltensforschung herzustellen. Simon Bramley, einer seiner alten Kommilitonen, jetzt Professor in Exeter, hatte gerade ein grandioses Buch über die Intelligenz von Schafen veröffentlicht. Er suchte dringend Forschungspartner und kannte Davids Talente nur zu genau. So fand David sich neben seiner Farmtätigkeit plötzlich auch als beliebter Dozent an seiner alten Uni wieder. Sein Lehrfach war die Verhaltensbiologie von Schafen. Laut Simon gab es in England nicht viele wie ihn, die Praxis und Forschung so sinnvoll miteinander verbinden konnten.

Dass David dadurch ein regelmäßiges Einkommen erhielt, machte die Sache noch besser. Es nahm ihm Druck. Wie Kate wusste, warf die Farm nicht viel ab, da David beschlossen hatte, Lämmer oder Auen nur noch zur Weiterzucht zu verkaufen und die Tiere ansonsten regelmäßig scheren zu lassen. Zusätzliches Geld brachten drei verpachtete Wiesen und eine vermietete Scheune unten in Sealton.

Auch wenn David immer bescheiden blieb – vor fünf Wochen war ihm ein verblüffender Beweis gelungen. Neben Professor Simon Bramley und zwei Neurobiologen aus Exeter hatte auch Kate dem Experiment beigewohnt.

Zur Erforschung des Arbeitsgedächtnisses von Schafen sollten zehn Schafe den richtigen Weg durch das Hecken-Labyrinth von Glendurgan Garden wiederfinden. Bramley hatte Glendurgan vorgeschlagen, weil hier Cornwalls größtes Labyrinth zu finden war. Außerdem galt es als besonders kompliziert und lag nur sechzig Meilen entfernt. Ganze Busladungen von Touristen verirrten sich darin.

Dann die Überraschung – neun von Davids zehn wahllos ausgewählten Schafen fanden den Weg nach nur drei Tagen Übung problemlos wieder. Wie selbstverständlich waren sie im Zickzack zum Ziel gezottelt. Dort gab es das geliebte Kraftfutter für sie. Zu den intelligentesten Probanden hatte zu Kates Freude auch die kluge Camilla gehört. Sie war als Erste ins Herz des Labyrinths marschiert, die Mär vom dummen Schaf war eindrucksvoll widerlegt. Laut Professor Bramley schafften diese Gehirnleistung nicht einmal Primaten.

Überhaupt hatte die Wissenschaft viel Interessantes über Schafe entdeckt. Dass sie außerordentlich soziale Wesen sind, dass sie gezielt Entscheidungen treffen, Empfindungen wie Glück, Angst, Trauer oder Wut kennen und sich problemlos fünfzig unterschiedliche Menschengesichter einprägen können. Mehr als er selbst, wie David gerne grinsend bekannte.

Kate drückte David die Daumen, dass er mit seinem Vortrag in Bodmin auch ein paar andere Farmer von seinen Erkenntnissen überzeugen konnte. Sie hatte sogar schon einen Slogan für ihn entwickelt: *Nimm dein Schaf ernst, damit es dich ernst nimmt.*

Kates letzte Nacht war eine Grübelnacht gewesen. Erst war sie durch einen schauderhaften Albtraum aufgewacht, in dem Carringtons Leiche über und über mit grauen Muscheln bedeckt war und sich bewegte. Am Ende hatten sich seine fahlweißen Hände durch die Muscheln geschlängelt und gierig nach Kate gegriffen. Danach konnte sie nur noch halbwach ins Dunkel starren. Jedes Mal, wenn sie glaubte, einen klaren Gedanken über Chloe fassen zu können, entzog er sich ihrem Gehirn wie ein zu dünner Faden und verschwand im Niemandsland der Reflexion.

David und sie hatten gestern noch bis in die späte Nacht diskutiert, sich in Chloe hineinversetzt und sogar durchgespielt, wie es wäre, wenn die Polizei sich *nicht* irren würde und Chloe den Verleger tatsächlich ermordet hätte. Aber passte ihr Verhalten überhaupt zu einer Mörderin?

Mit einer Tasse Tee in der Hand stand Kate am oberen Flurfenster und schaute den Schafen bei ihrem morgendlichen Grasen zu. Zentimeter für Zentimeter zupfte die Herde sich vorwärts, die Hinterteile wie Bollwerke gegen den Wind gestellt. Hier und da landeten Möwen neben ihnen auf der Wiese. Später, etwa gegen Mittag, würden dann auch die Lerchen über der Weide in der Luft stehen.

Plötzlich sehnte sie sich nach der Gesellschaft der Schafe. Nach der tiefen Ruhe der Tiere, dem Lanolingeruch der Wolle, nach dem unschuldigen milchigen Duft der Lämmer an den Zitzen der Mütter. David und sie hatten sich geschworen, ihre Schafe nie zu vermenschlichen. Das war ein klares *No-Go*. Aber Nähe durfte sein.

Das Familientreffen sollte um elf Uhr im Cottage stattfinden. Bis dahin wollte Kate gut vorbereitet sein. Seit gestern Nacht erforderte die neue Situation klare Entscheidungen. Wie gingen sie mit den Vorwürfen von Scotland Yard um? Durften sie Chloe weiterhin bedingungslos vertrauen? Wie wollten sie künftig DCI Scott entgegentreten? Kooperieren oder – das kämpferische Model Grandma – symbolisch alle Kanonen am Doyle'schen Kriegsschiff ausfahren? Vielleicht gab es ja auch etwas dazwischen, und sie konnten DCI Doyles Vertrauen gewinnen.

Wenn die Familie Chloe wirklich helfen wollte, spielten viele Fragen eine Rolle. Zum Beispiel, wie man Chloe finden konnte. Wie ließ sich notfalls auch ohne sie beweisen, dass es den Mörder mit der Sturmhaube tatsächlich gab? Wie klinkte man sich am geschicktesten in die polizeilichen Ermittlungen ein? Von DCI Scott war da eher keine Unterstützung zu erwarten, befürchtete Kate.

Kate holte ihren Laptop aus dem Wohnzimmer und verließ das Haus. Warum nicht die Arbeit mit dem Schafvergnügen verknüpfen?

Ein Stück hinter dem Hof begann die Buchenallee entlang der

vier hintereinander liegenden Koppeln. Da die Tiere gleich auf der ersten Weide grasten, musste Kate keine fünfzig Meter unter den alten Bäumen entlanggehen, um zu ihnen zu kommen. Auf dem Weg waren die Spuren des Anhängers zu sehen, mit dem David und Ronnie gestern die neuen Gatterteile transportiert hatten. Daneben fand sich überall im Sand das Vertraute – die gespaltenen Abdrücke der Schafsklauen, Hunderte kleiner Köttel und angekaute Stöckchen von Ronnies Border Collie.

«Hey! Guten Morgen!», rief Kate so munter wie möglich, während sie sich dem Gatter näherte. Von David hatte sie gelernt, nie verdrießlich zu blicken. Schlechte Laune konnte den Schafen ihren Tag vermiesen. Im Gesichterlesen übertrafen sie den besten Psychologen.

Freundlich blökend antwortete die Herde. Kate öffnete das Tor, bat die Tiere um Besuchserlaubnis und setzte sich zwischen Kleeblüten und Weidelgras mitten unter sie. Camilla und Susan staksten mit neugierigen Schafsnasen zu ihr, um zu prüfen, ob man den Laptop anknabbern konnte. Lachend schob Kate sie weg.

«Nein, nicht essbar. Dafür habe ich euch was anderes mitgebracht.»

Sie zog ihre mitgebrachte Tüte aus der Tasche und verteilte großzügig Apfelstücke. Danach klappte sie den Laptop auf und begann zu arbeiten.

Schon öfter hatte Kate bemerkt, dass sie zwei unterschiedliche Arten von Zeit empfand. Zeit, die in geschlossenen Räumen ihren Lauf nahm, und Zeit, die sie in freier Natur verbrachte. Drinnen, auch an ihrem Schreibtisch, fühlte sie die Zeitstrukturen ihres Alltags viel intensiver, durch Termine, durch Anrufe, sogar durch die Mahlzeiten. Draußen, unter freiem Himmel, wurde sie das meiste davon los. Oft hätte sie nicht sagen können, ob jetzt eine oder drei Stunden vergangen waren. Es war unwichtig, solange sie sich eins mit der Natur fühlen durfte. Schon als Kind hatte sie auf diese Weise ganze Nachmittage auf einer benachbarten Hühnerwiese verträumt.

So war es auch jetzt, mitten unter den Schafen. Als Kate wieder von ihrem Laptop aufblickte, war es bereits nach zehn. Und um elf begann das Familientreffen!

Am Ende betrat sie doch noch pünktlich Grandmas Cottage. Die meisten Familienmitglieder waren bereits da. Kurz nach ihr traf auch David ein. Kate winkte ihm erleichtert zu. Er setzte sich auf den Platz, den sie für ihn freigehalten hatte, und gab ihr einen Kuss auf die Wange.

«Wie war es in Bodmin?», flüsterte sie.

«Sehr gut!», flüsterte David zurück. Er wirkte zufrieden. Demnächst wollte auch die *BBC Cornwall* über die klugen Schafe berichten. Er lachte leise. «Jasper Wesley wollte wissen, ob er ab jetzt für seine Schafe Zeitungen abonnieren muss.»

Kate drückte seine Hand, dann ließ sie die Blicke schweifen.

Die meisten Doyles standen vor der Küche herum, in der Hand kleine Teller, die mit Croissants oder Sandwiches beladen waren. Grandma hatte trotz der frühen Stunde für alle genügend vorbereitet. Dazu holte sich jeder eine Tasse Tee und stellte sie in seiner Nähe ab. Staunend unterhielt man sich über die überraschenden News von gestern Abend, Kate hatte alle rechtzeitig informiert. Chloes Karriere in London verblüffte jeden. Unglaublich, dass «unsere» Chloe mit dermaßen teuren Kunstwerken jonglierte, und dann noch am Rande der Legalität! Nein, sogar über die Legalität hinaus.

Immerhin, auch das erforderte Mut, fand jemand.

Onkel Brian schilderte kauend und mit Krümeln im Vollbart, wie er Chloe, als sie dreizehn war, zum ersten Mal von Van Gogh und seinem martialisch abgeschnittenen Ohr erzählt hatte. Also ging doch Chloes Van-Gogh-Handel gewissermaßen auf ihn zurück, oder?

Morwenna stand im Wohnzimmer neben Grandmas Lieblingssessel und unterhielt sich mit Harvey, der direkt von seiner Firma hergekommen war und noch seinen Handwerker-Blaumann trug. Feixend zeigte sie ihm ein Fun-Video auf ihrem Handy.

«Einwandfrei!» Harvey grinste breit. Das war sein höchstes Lob. Er zog seinen Blaumann am Bauch stramm. «Schick's mir mal für Poppy.» Seine Tochter aus geschiedener Ehe war sechs Jahre alt und liebte Morwennas schräge Videos.

Dann strömten alle ins Wohnzimmer und nahmen Platz. Stühle wurden gerückt, Grandma suchte wie immer ihre Lesebrille.

Großcousine Peggy trat ein, sie war die Letzte. Lächelnd sah sie sich nach einem Stuhl um. Kate bewunderte, wie Peggy es schaffte, immer elegant zu wirken. Nichts, was sie nicht tragen konnte, heute war es eine fliederfarbene Bluse samt kleiner Puschel am Kragen.

«Hallo, Meute!», grüßte sie die Familie.

«Nimm Platz, Peggy», sagte Grandma geduldig. Mit Peggy ging sie nie so ganz hart ins Gericht. Mit der Geschmeidigkeit einer Katze schlängelte Peggy sich zwischen dem Esstisch und den Lehnen der beiden Stühle vorbei, auf denen Harvey und seine Mutter Anne thronten und sich flüsternd unterhielten. Tante Anne wie immer leicht schnaufend.

Grandma wartete lächelnd, bis Peggy sich auf dem Korbstuhl in der Ecke platziert hatte. «Können wir?»

«Alles klar», rief die Familie.

«Mo, bitte das Handy weg!», rief Onkel Brian.

Von ihrem dunkelgrünen Kaminsessel aus hatte Emily alle gut im Blick, genau wie Kate, die neben David und ihrem Vater Gilbert auf der Couch saß. Wie immer lag eine Liste mit den Namen aller Anwesenden auf dem Esstisch aus. Sie waren von Grandma akribisch nach Alter geordnet. Zu Weihnachten nahm sie diese Liste dann in ihren Jahresabschlussbericht über die Familie mit auf.

Emily Doyle
Gilbert Doyle
Anne Doyle-Gilham
Brian Doyle
Peggy Doyle
Kate Doyle
Harvey Doyle-Gilham
Morwenna Doyle
David Pennymore (Gast)
(Bischof Francis Doyle wegen klerikalem Termin entschuldigt)

Da war sie nun versammelt, die Herde der Doyles. Kate hatte sich im Laufe der Zeit für jede und jeden von ihnen einen passenden Schafcharakter ausgedacht. Es war ein hübsches, verblüffend zutreffendes Spiel.

Rechts von Kates Platz auf der Couch saß MORWENNA auf einem Hocker, im Spaghettiträgertop und in löcherigen Jeans. Sie hatte eine Kontaktlinse verloren und trug heute Brille. Die ließ sie zwar ein wenig nerdig erscheinen, machte sie aber durch die Stupsnase und den blonden Pferdeschwanz noch jünger, als sie war. Was wäre Morwenna wohl auf Kates Weide? Ganz klar ein Jährling, schon reif, aber noch lebhaft wie ein Lamm und wagemutiger als die ganze Herde.

Im Sessel neben dem Kamin hatte es sich Morwennas fünfundfünfzigjähriger Vater bequem gemacht, BRIAN DOYLE, Professor für Biowissenschaften in Plymouth, heute im legeren Fischgrätsakko. Kate liebte ihn. Als Biologe war Onkel Brian eine Koryphäe, als Mensch ein bärtiger, humorvoller Lebenskünstler. Von ihm hatte auch Mo ihren Humor geerbt. Brians Frau Florence dagegen trat bei den Doyles nur selten in Erscheinung. Sie war ebenfalls Biologin, aber von der introvertierten Sorte, und nannte sich «Spezialistin für Bestäubung». Das Spötteln der Doyles darüber nahm Brian mit nachsichtigem Grinsen hin. Wäre Onkel Brian ein Schaf, würde er zu den Böcken gehören, die für die Herde neue Weidegründe vorkosteten. Zuverlässig, ohne unnötiges Blöken, hinter Büschen diskret die eine oder andere Aue bespringend und immer auf der Suche nach feinem Futter. Auf diesen Bock war Verlass.

Ganz ähnlich würde Kate auch ihren Vater GILBERT DOYLE beschreiben, nur dass sie in seinem Fall, soweit sie wusste, nach dem schmerzhaften Tod ihrer Mutter die Sache mit den Auen weglassen konnte. Mit seinen dreiundsechzig Jahren suchte ihr Vater *die eine* neue Aue. Zweifellos wäre Gilbert Doyle der Bock mit der größten Weideerfahrung, dem eindrucksvollsten Gehörn und einer, der stets die ganze Herde bewachte.

Gegenüber von Kate, auf zwei herangeholten Stühlen vom Esstisch, erwarteten HARVEY und TANTE ANNE die aufregenden Ereignisse. Wie immer saß Harvey da wie im Kino – erwartungsfroh auf eine interessante Vorstellung wartend. Seine Mutter Anne trug eine grüne Schlabberhose und einen braunen Strickpullover. Vieles nähte sie sich selbst, obwohl sie es auch mit siebenundfünfzig noch nicht besonders gut konnte. Mutter und Sohn waren sich verblüffend ähnlich, beide mit gut genährten Gesichtern, rundlichen Nasen und braunen Haaren.

Tante Anne war zwar Grandmas Tochter, ihre Rundlichkeit stammte jedoch von der stämmigen schottischen Linie der Doyles. Wenn Hypochondrie einen Vornamen hätte, würde sie Anne heißen. Als ehemalige Krankenschwester besaß sie in Truro einen kleinen Laden für Gesundheitsprodukte. Den führte sie durchaus erfolgreich. Verheiratet war sie mit Leo Gilham, einem wahren Schweigekünstler. Auf Familienfesten ließ Leo sich nur selten blicken, es wüsste ja auch keiner, was man mit ihm reden sollte. Dabei war Leo durchaus tüchtig und betrieb eine erfolgreiche Druckerei.

Sohn Harvey war ein ganz anderes Kaliber. Lange hatte ihn seine Mutter verzärtelt, bis er mit siebzehn Jahren Klempner wurde, dem Ruf der schottischen Gene folgte und die tägliche Menge an Pastys, Steaks und Pommes Frites langsam, aber stetig erhöhte. Momentan arbeitete er als Spezialist für Bootspumpen in einer Werft. Herdenmäßig betrachtet wäre Harvey natürlich der kräftigste Jungbock unter den Schafen, aber einer, der Sorgen bereitete. Als Lamm hätte er ewig lange an den Zitzen seiner Mutter gehangen, und als Jungbock fräße er noch, wenn alle anderen längst wiederkäuten. Beim Scheren würde man erstaunt feststellen, wie wenig Wolle und wie viel Fett sein Körper produzierte. Da half nur der strenge Entzug von Zuckerrübenschnitzel und Maissilage. Einen Fresser wie ihn würde man auch öfter entwurmen.

Ähnlich kompliziert läge der Fall bei Tante Anne, wäre sie denn eine Aue. Eigentlich wäre sie ein gutes Mutterschaf, wenn auch nicht gerade das mit dem besten Wollvlies. Vermutlich würde sie als Schaf chronisch unter Pansenübersäuerung, Futterempfindlichkeit und Blähungen leiden. Da halfen nur häufiger Weidegang und mageres Heu.

Unauffällig wanderte Kates Blick zu Großcousine PEGGY. Sie hatte kürzlich ihren vierundvierzigsten Geburtstag gefeiert. Ihr Erfolg als Inneneinrichterin war unbestritten. Nicht nur, dass sie in Cornwalls schönsten Häusern ein- und ausging, sie pflegte auch beste Kontakte zu Hausverwaltungen und Handwerkern. Kate bewunderte Peggys erlesenen Geschmack genauso wie ihren Geschäftssinn. Gelegentlich war auch Peggys neunjähriger Sohn Oscar mit von der Partie, aber nur, wenn auch Harveys sechsjährige Tochter Poppy dabei war. Peggys Ehemann Robert befand sich als Ingenieur meistens auf Reisen. In Kates kleiner Herde wäre Peggys Position eindeutig. Eine Pracht-Aue, großartig in Wolle und Bewegung, gut zu ihrem Lamm und energisch gegenüber den Böcken. Sie bräuchte aber enorm viel Weidefläche.

Bevor David zum ersten Mal mit in diese Runde gekommen war, hatte Kate ihm den engeren Kreis der Familie Doyle als drei überschaubare Ebenen erklärt. Eigentlich war es ganz einfach: Ganz oben thronte als Einzige ihrer Generation nur noch Grandma, wenn man davon absah, dass ihre Halbschwester als Pflegefall in Schottland lebte. Grandmas Ehemann Edward war seit fünf Jahren tot. Auch sein Bruder Alistair, dessen Ehefrau Esther sowie Grandpas Schwester Alice lebten schon lange nicht mehr. Alice war die alleinerziehende Mutter von Chloe gewesen. Diese Generation war also fast ausgestorben.

Von ihr stammte die nächstjüngere Generation ab, die heute Mittfünfziger bis Mittsechziger. Das waren Kates Vater Gilbert mit seinem Bruder Brian und seiner Schwester Anne sowie Chloe und Bischof Francis von Grandpas Geschwisterseite. Sie alle hatten mehr oder weniger ihre Jugend miteinander verbracht. Auch Peggys Mutter Charlotte, die Schwester von Bischof Francis, hatte einmal dazugehört, sie war aber vor zwei Jahren bei einem Autounfall ums Leben gekommen.

Blieb noch die dritte Ebene, Kates Generation. Kate, Harvey und Morwenna waren Grandmas einzige Enkel. Zum Glück verstärkte wenigstens noch Großcousine Peggy diese jüngere Gruppe. Wenn Kate die versammelten Familienexemplare so betrachtete, musste sie Grandmas Kritik an der niedrigen Reproduktionsrate der Doyles leider bestätigen. Oscar und Poppy waren die einzigen jüngeren Kinder weit und breit, Kate selbst hatte ja auch keine. Jedenfalls bisher, denn noch gab sie sich eine Chance. Auch wenn Grandma gerne augenzwinkernd betonte, dass die Doyles normalerweise eher zu den *Frühbrütern* gehörten. Frühere Generationen der Familie hatten sich in diesem Punkt als fleißiger erwiesen, weshalb Queen Mum ihre Treffen auch gerne mit dem Satz beendete: *Habt Sex, Kinder! Von mir aus bestäubt euch auch, Brian. Wir Doyles sind moralisch zur Vermehrung verpflichtet.*

In diesem Augenblick klopfte Queen Mum mit dem Knöchel auf die Armlehne ihres Sessels und holte Kate aus ihren Gedanken zurück. Harvey und seine Mutter flüsterten immer noch miteinander.

«Bitte, Harvey!», mahnte Peggy.

«Wollen wir anfangen?», fragte Grandma laut in die Runde. Ein bisschen erinnerte sie Kate an eine Vorstandvorsitzende. Das charmante kleine Rasseln ihrer Bronchien hörte man nur, wenn sie kräftig Luft holte. Wie jetzt, als sie zu reden begann.

«Eine Info vorweg. Unseren lieben Francis muss ich heute leider entschuldigen. Er ist zum jährlichen Charity-Hummeressen der anglikanischen Bischöfe eingeladen, eine Pflichtveranstaltung.»

«Sie sei ihm gegönnt», murmelte Onkel Brian.

Echt schade, fand Kate, Seine Heiligkeit war eine kluge und richtungsweisende Erscheinung auf Familienfesten. Ihr Vater nannte den Geistlichen gerne *die fromme Stimme der Doyles*.

Grandma fuhr fort. «Mir ist klar, was dieser ...» – sie blickte zu Kate – «... wie nennen wir das, Kate? Weckruf? Was dieser Weckruf für euch bedeutet. Wir Doyles sind bekanntlich sehr beschäftigte Leute. Alle hier hatten heute was Interessantes vor, nehme ich an. Ich zum Beispiel wollte dem Bridgeklub meine Spurensicherungsbox vorführen, Brian müsste, soweit ich weiß, eine Vorlesung halten, und jemand anderes hat eine dringende Inspektion beim Proktologen verschoben.» Kate konnte sehen, wie Tante Anne knallrot wurde. «Also geht davon aus, liebe Familie, dass ich das hier nicht leichtfertig einberufen habe. Ganz und gar nicht. Wir sind mit erschreckenden Vorkommnissen konfrontiert. Es gibt einen Mord, gefährliche Beschuldigungen und polizeiliche Untersuchungen. Das raubt einem den Atem. Trotzdem geht es heute noch um etwas anderes. Nämlich um den *guten Ruf* der Doyles! Lassen wir mal altmodische Begriffe wie

Ansehen oder *Familienehre* weg. Früher, zu meiner Zeit, war man damit schnell bei der Hand. Braucht ihr so was überhaupt noch, Morwenna und Harvey?»

Morwenna schüttelte lächelnd den Kopf.

«Nein, garantiert nicht», beantwortete Grandma ihre Frage selbst. «Beides hat sich überlebt. Darüber hat euer Grandpa sogar mal einen viel zitierten Aufsatz geschrieben. Was wir jedoch auch in Zukunft brauchen, sind unsere Glaubwürdigkeit und unser Zusammenhalt. Darin liegt die wahre Stärke der Doyles. Mein Eindruck ist, DCI Scott will einen Keil zwischen uns treiben. Wie macht sie das? Durch Vorverurteilung, indem sie Chloe an den Pranger stellt. Gilbert gegenüber hat sie gestern sogar von einem *Fall Doyle* gesprochen, als wären wir alle in die Sache verwickelt. Es ist abstrus!» Grandma blickte mit durchgedrücktem Rücken in die Runde. «Also, Kinder, ich bitte um eure Meinungen. Wer macht den Anfang?»

Onkel Brian übernahm als Erster. «Vielen Dank, Mum! Das war ein starkes Plädoyer, wie Pa sagen würde. Vor allem danke, dass du gestern deinen Geburtstag geopfert hast, was nun wirklich kein Mensch gerne macht.» Als Professor hatte er eine feine, in Oxford geschulte Aussprache. «Verlass dich drauf, wir hätten tausendmal lieber mit dir bis in die Nacht gefeiert und höllisch laut gesungen. Gilbert hat garantiert wieder heimlich geübt.» Die anderen mussten schmunzeln, weil Kates Vater als Schüler extrem ehrgeizig gewesen war. «Stattdessen laufen nun ständig diese Horrormeldungen im Cottage ein. Wie könnten wir dich damit allein lassen?»

«Ich denke, das sehen wir alle so», meinte Peggy. Sie wandte sich an die anderen im Raum. «Was sagt die Meute?»

Allgemeine Zustimmung und vereinzeltes Klatschen. Tante Anne und Peggy lobten außerdem Kate, David und Gilbert, die gestern den schwersten Part gehabt hatten.

«Oh ja», bestätigte Grandma. «Das könnt ihr laut sagen! Besonders wegen DCI Scott. Ich hatte übrigens Gelegenheit, selbst am Telefon mit ihr zu sprechen …»

Kates Vater räusperte sich. «Darf ich kurz, Mum?»

«Bitte, Gilbert.» Grandma kapierte. Mit scheinheiliger Miene fügte sie schnell noch hinzu: «Du hast sicher wieder Neuigkeiten.»

Mehr noch als der wissenschaftlich verkopfte Brian war Gilbert durch seine intellektuellen Fähigkeiten das *Gehirn* der Familie. Er brachte die Dinge immer treffend auf den Punkt.

«Ja, es gibt Neuigkeiten. In diesem Augenblick findet die Obduktion von Carringtons Leiche statt. Übrigens in Plymouth statt in Exeter, wo man eigentlich dafür zuständig wäre.»

Grandma runzelte die Stirn. «Warum das denn? Haben sie da keine Leichenplätze frei?»

«DCI Scott vertraut nur ihren eigenen Leuten», erklärte ihr Gilbert. «Und die gehören nun mal zur Polizei Plymouth. Wie auch immer – wenigstens habe ich jetzt Informationen zur Spurenlage. Ein Mitarbeiter von Kirstie Scott hat bestätigt, dass man am Tatort brauchbare DNA gefunden hat. Auch Fingerabdrücke gibt es wohl reichlich.» Er blickte zu David. «Laut David hat die Spurensicherung gestern Wollfäden mitgenommen, die an dem Apfelbaum hingen, unter dem Hugh Carrington lag. Was denkst du, David? Könnten sie von der Sturmhaube stammen, von der Chloe gesprochen hat?»

David nickte bestätigend. «Gut möglich. Auf jeden Fall waren sie schwarz.»

Gilbert schob seine Brille zurecht. «Dann lasst mich zusammenfassen, wo wir im Moment stehen. Die polizeilichen Vorwürfe sind eine Sache, Chloes Darstellung des Verbrechens eine andere. Was also sind die Fakten?» Geschickt machte er eine kleine Pause, um die Wirkung seiner Worte zu verstärken. «Auf unserer

Chloe lastet ein furchtbarer Verdacht. Die Chloe, mit der Anne, Brian, Francis und ich unsere Jugend verbracht haben. Die stille, scheue Chloe, mit der wir damals so viel Mitleid hatten und deren Potenzial von uns offenbar sträflich unterschätzt wurde. Die Chloe, die schließlich mutterseelenallein nach London ging, um sich dort ein neues Leben aufzubauen. Und niemand von uns hatte es damals für nötig gehalten, sie in London zu finden und ihr die Hand zu reichen. Tja, und jetzt das! Alle News, die wir seit gestern über Chloes Rückkehr bekommen konnten, hat Kate an uns alle weitergeleitet. Kate, wie würdest du Chloes Verfassung am Telefon beschreiben?»

Kate suchte nach der treffenden Formulierung. «Sie wirkte … schockiert und gehetzt. Trotzdem schien sie nicht planlos zu sein, wie man von jemandem glauben könnte, der auf der Flucht ist. Bei aller Verzweiflung gab es etwas Kämpferisches an ihr, das Grandma, David und mir imponierte. Das beweist auch ihr Umgang mit dem merkwürdigen kleinen Kreuz, das sie bei uns als Beweisstück deponiert hat.»

Peggy meldete sich zu Wort. «Dieses Kreuz, wie groß ist es?»

«Etwa zwanzig Zentimeter hoch.»

«Findet man so was nicht in Gestecken zu Allerheiligen?»

«Unsinn», mischte sich Tante Anne ein. Peggy bekam wegen ihrer Selbstsicherheit öfter von Anne Kontra. «Da benutzt man Bilder von Märtyrern.»

Geschickt riss Kates Vater die Gesprächsführung wieder an sich. «Gut. Insgesamt können wir also sagen, es erscheint uns glaubhaft, wenn Chloe schwört, sie hätte Carrington nicht ermordet. Die Polizei behauptet das Gegenteil. Analysiert man das Ganze kriminologisch, ergibt sich ein Widerspruch – zugunsten von Chloe. Hätte sie den Mord begangen, würde sie dann den Tatort nicht schnellstens verlassen haben? Das wäre nur logisch, oder? Da taucht man doch lieber in der Metropole London unter, von mir aus auch im Ausland – und bleibt nicht hier im überschaubaren Cornwall.»

«Absolut», warf Brian ein. «Sie hätte längst über alle Berge sein können.»

Gilbert fuhr fort. «Ja, stattdessen bleibt sie hier, versteckt sich und riskiert den Einbruch bei Kate und David. Und warum? Um die Familie wissen zu lassen, wer den Mord in Wirklichkeit begangen hat! Ein maskierter Mann, der ihr jetzt auf der Spur ist. Ich glaube ihr das sofort. David, du meintest gestern, dass derart brutale Spuren wie an der Leiche von Hugh Carrington nur selten von weiblichen Tätern stammen. Richtig?»

«Ja, so sieht das die Forensik», bestätigte David. «Die brutale Hetzjagd auf Carrington spricht für einen Mann als Täter.»

Gilbert wandte sich wieder an die ganze Familie. Seine Stimme wurde eine Spur emotionaler. «Glaubt mir, ich habe eine schlaflose Nacht hinter mir, aber immer wieder lande ich bei derselben Erkenntnis. Wir sind Chloes letzte Hoffnung! Die Einzigen, denen sie vertrauen kann. Wie können wir sie da im Stich lassen?» Er warf einen fragenden Blick in die Runde, der von den meisten mit Nicken quittiert wurde. «Was riskieren wir also, wenn wir versuchen, ihre Unschuld zu beweisen? Beim MI5 nannten wir das *Taktische Beweisführung*.»

Wie in der Schule hob Anne den Finger. «Wie geht denn so was? Ich meine, wie finden wir Chloe, wenn sie gar nicht gefunden werden will?»

«Indem wir ganz vorn anfangen», erklärte Gilbert. «Zum Beispiel bei der Frage, warum sie nach Cornwall zurückgekehrt ist und was sie bei Hugh Carrington wollte.»

«Gott, ist das aufregend», fand Anne. «Wie in einem von Mums Krimis!»

«Es *ist* ein Kriminalfall, Tante Anne!», belehrte Morwenna sie. Mo war selten auf den Mund gefallen.

Peggy mischte sich ein. Der zarte Parfümduft, den Kate wahrnahm, musste von ihr stammen. «Was sagst du dazu, Tante Emily?»

«Für Gilberts Überlegungen würde ich glatt zwölf Kerzen bei unserer Heiligkeit anzünden», stellte Emily begeistert fest. «Ja, Chloe hat Fehler gemacht, aber sie ist und bleibt eine von uns. *Eine Doyle.* Auch ein Apfel mit Druckstellen bleibt ein Apfel, oder? Lasst uns auf die Polizei pfeifen. Wir können Chloes Unschuld auch selbst beweisen!»

Kate musste grinsen. Wenn Grandma in Fahrt geriet, wurde ihre Sprache immer bildhafter.

«Erschlagt mich, aber ich traue Chloe ebenfalls», erklärte Peggy laut. «Okay, ihr Verschwinden vor dreißig Jahren war enttäuschend. Und ich hätte mein Rennrad gerne noch eine Weile behalten. Aber wenn ich ihr damit helfe?» Peggy lächelte. «Wenn Chloe sagt, dass sie unschuldig ist, wird es so sein. Ich kann mich nicht erinnern, dass sie früher auch nur einmal die Unwahrheit gesagt hat.»

«Na ja», ließ sich Harvey vernehmen. «Als Kunsthändlerin offenbar schon …»

«Lass das, Harvey!», ermahnte Grandma ihn. «Es geht um ein Familienmitglied. Wollen wir Chloe nun vertrauen oder nicht? – Brian?»

«Vertrauen.»

«Kate und David?»

«Vertrauen.»

«Mo?»

«Wie blöd wär das denn, wenn wir ihr nicht glauben würden?»

«Ist auch der Rest dafür?», wollte Queen Mum mit strengem Blick zu Harvey und Tante Anne wissen. Sie waren bekanntermaßen die großen Zauderer in der Familie. «Los, Hosen runter!»

Eilig votierten auch diese beiden für absolutes Vertrauen in Chloes Beteuerungen, unschuldig zu sein.

Emily klopfte erneut auf ihre Armlehne. Sie sah äußerst zufrieden aus. «Dann halte ich mit Freude fest, dass die Familie Einigkeit zeigt. Grandpa und seine Geschwister wären stolz auf euch. Ihr kennt ja Grandpas Lieblingssatz bei großen Prozessen: *Wind und Wellen sind immer auf der Seite des besseren Seefahrers.* WIR sind die besseren Seefahrer, liebe Doyles!»

Nachdem alle applaudiert hatten, begann der pragmatische Teil des Treffens. Aus der Küche wurde frischer Tee geholt, auch knusprige Croissants lagen noch im Ofen. Morwenna organisierte Grandma einen Schuss Whisky für den Tee.

Nach und nach machte sich die berühmte Doyle'sche Kampfeslaune breit, gepaart mit der strategischen Vernunft, die jeder aus seinem Beruf mitbrachte. Nach kurzer Besprechung fanden alle, dass Kate die Richtige wäre, um die Ermittlungen der Familie auf den Weg zu bringen. Durch ihren Podcast stand sie der Polizeiarbeit ohnehin am nächsten.

Kate war gut vorbereitet. Ihren kleinen schlauen Laptop hatte sie morgens zwischen den Schafen mit etlichen Ermittlungsstrategien gefüttert. Damit alle gut zuhörten, stand sie beim Reden auf. David zwinkerte ihr aufmunternd zu.

Im Prinzip folgte sie den Gedanken ihres Vaters. Sobald man herausgefunden hatte, warum Chloe sich überhaupt in Cornwall befand und was sie von Carrington wollte, war man einen wichtigen Schritt weiter. Gerade eben war ihr auch eine Idee gekommen, wie sie Chloe schneller finden könnten. Vor allem aber musste jetzt die Arbeit unter den Doyles verteilt werden.

«Ab jetzt muss jeder sein spezielles Know-how einsetzen», erklärte Kate. «Wir müssen unterschiedliche Ermittlungsfelder aufbauen. Mo beherrscht durch ihr Studium die Internetrecherche, Dad ist Kunstexperte, Tante Anne mit ihrem Laden kennt halb Cornwall persönlich, Peggy hat beste Kontakte zu Firmen – so kommt jeder irgendwann zum Einsatz.»

«Ich bin startklar», erklärte Peggy trocken. «Womit fangen wir an?»

«Mit Chloes geheimnisvollem Leben in London. Hatte sie dort Partner? Auch über Hugh Carrington müssten wir viel mehr wissen. Wo finden wir das alles? Im Internet. Also eine Aufgabe für Mo.»

Morwenna bekam leuchtende Augen. «Cool! Kein Problem! Ich bin da in einem Hackerklub. Falls die Jungs mal das Polizeisystem anzapfen sollen …»

Brian streckte seiner Tochter beschwichtigend die Hände entgegen. «Langsam, Mo! Bitte nicht gleich die Kanonen!»

«Lass sie, Brian», meinte Grandma. «Sture Beamte zu ärgern, kann nie schaden.»

«Ist sie nicht großartig?», flüsterte Peggy und warf David einen amüsierten Blick zu.

Kate machte weiter. «Zum Thema Versteck. David und ich vermuten, dass Chloe sich östlich der Carrington-Villa in einem der beiden Wälder versteckt.»

Sie griff in ihre Tasche am Boden, nahm Davids Glas mit der Erde und den toten Ameisen heraus und übergab es an Onkel Brian. «Das hier hatte Chloe bei ihrem Einbruch an den Schuhen oder der Kleidung. Ich verstehe nicht viel von Ameisen, David meinte aber, dass manche Arten nur an bestimmten Plätzen vorkommen. Kannst du daraus Rückschlüsse auf Chloes Versteck im Wald ziehen?»

«Lass mal sehen.» Brian umfasste das Glas, hielt es so dicht vor seine Augen, dass sein Bart es berührte, und betrachtete intensiv die Ameisenleichen. «Interessant», stellte er fest. «*Formica exsecta* – die Große Kerbameise. Kommt in Cornwall nicht oft vor. Sie gehört zur Gattung der Waldameisen.»

«Kannst du rausfinden, wo genau sie lebt?»

«Unsere Biologen haben geografische Listen. Mehr als vier

oder fünf Ameisenhügel von *Formica exsecta* dürfte es in Cornwall kaum geben.» Er grinste. «Interessante Tiere. Ihre Arbeiterinnen verfüttern männliche Larven gerne an ihre Schwestern.»

«Bitte nicht noch mehr Brutalität», bat Kate. Manchmal war es nötig, Onkel Brians Professorenwissen einzuhegen.

Schnell wandte sie sich an Anne. «Nächste Frage: Wer von Chloes früheren Bekannten ist noch aufzutreiben? Blieb vielleicht jemand mit ihr in Kontakt? Wenn das jemand wissen kann, dann du, Tante Anne.»

«Die meisten unserer Freunde von damals sind weggezogen», stellte Anne bedauernd fest. «John de Vere nach Neuseeland, Melissa nach Hongkong, Debbie lebt irgendwo in Schottland. Aber ich könnte mich im Kanuklub umhören, da war Chloe immer gerne.»

Peggy meldete sich wieder zu Wort. Sie blickte abwechselnd zu Grandma und Tante Anne. «Ein paar Straßen von mir entfernt wohnt eure alte Schneiderin. Chloe hat sie sehr gemocht, geradezu geliebt. Sogar ich durfte als Kind ein paarmal mit in Mrs Pendertons Atelier.»

«Mrs Penderton!», riefen Grandma und Anne erfreut und wie aus einem Mund. Ihr Name war in der Familie ewig nicht gefallen. Niemand hatte gewusst, dass die alte Dame noch lebte.

Auch Grandma erinnerte sich sofort daran, dass es zwischen Chloe und der Schneiderin immer eine ganz besondere Nähe gegeben hatte. Vermutlich war Mrs Pendertons lockere Mütterlichkeit das gewesen, was Chloe bei ihrer eigenen Mutter nie kennenlernen durfte. Auch Anne, die ja damals immer mit von der Partie gewesen war, wenn es um neue Kleider ging, stimmte sofort zu: Chloe war Mrs Pendertons absoluter Liebling gewesen. Mit ihr hatte die Schneiderin bei den Anproben besonders viel Geduld gehabt.

Kate versuchte, pragmatisch zu denken. Sie blickte zu Peggy. «Dann solltest du sie befragen, Peggy.»

«Mit Vergnügen.»

«Wir danken dir.» Kate drehte sich zu David um. «Was hast du für uns, David?»

Das Blatt Papier, das dieser für alle sichtbar hochhob, war eine Fotokopie der Obduktionsanordnung der Rechtsmedizin Plymouth. Darunter standen zwei Medizinernamen. «Das hier sind die Namen der beiden Pathologen, die in diesen Minuten die Obduktion vornehmen. Kate und ich sollten gleich anschließend nach Plymouth fahren. Es gibt da jemanden, den ich bereits anzapfen konnte. Er könnte uns etwas über die Obduktion verraten.»

«Würde uns dein *Jemand* auch Infos aus DCI Scotts Team besorgen?», fragte Brian.

«Das müssen wir herausfinden.»

Kates Blick wanderte zu ihrem Vater. «Dad, wo könntest du ermitteln?»

«Mich beschäftigt Carringtons Japan-Sammlung. Vielleicht hatte Chloe sie ihm besorgt, das hätte eine gewisse Logik. Ich könnte einen Spezialisten auftreiben, der sich mit asiatischer Kunst auskennt.»

«Bitte tu das.» Kate nickte dankbar, sie war mit diesem Anfang sehr zufrieden. Dann wandte sie sich noch einmal an die Familie. «Auf jeden Fall müssen wir schnell sein. Wenn die Polizei Chloe erst mal geschnappt hat, kommen wir nur noch über Anwälte an sie heran.» Ihr fiel noch etwas ein. «Wie weiß jeder von uns von den Recherchen der anderen?»

Die Antwort kannte ihr Vater. «Durch Berichte und Dossiers. Sie müssen nicht lang sein, aber stichhaltig und zielführend.» Er kannte sich damit aus. Für Agenten des MI5 war das Schreiben von Dossiers das tägliche Brot gewesen.

«Abgehakt», sagte Onkel Brian stellvertretend für die anderen.

Allein Harvey kauerte etwas missmutig auf seinem Stuhl. Kate sah seine Mimik und reagierte. «Harvey, was ist los?»

«Ich wundere mich nur», antwortete Harvey. Er wirkte eingeschnappt. «Werde ich denn gar nicht gebraucht?»

«Unsinn!» Kate zwinkerte ihm zu. «Auch deine Stunde wird kommen, verlass dich drauf.»

«Wunderbar!», sagte Grandma laut, während sie ihre Lesebrille zusammenklappte. «Schade, dass ich DCI Scott und ihren Kollegen keine E-Mail schicken kann. Jetzt müssen sie sich warm anziehen!»

Alle lachten, jeder stand auf, trank einen letzten Schluck Tee und machte sich wieder locker. Nur Anne blieb still sitzen und hatte Tränchen in den Augen. Kate legte den Laptop auf den Boden, ging zu ihr und beugte sich mitfühlend über sie. «Was ist denn, Tante Anne? Warum weinst du?»

«Ach, nur wegen Chloe», sagte Anne leise. «Weil ich sie vielleicht bald wiedersehe … Und weil sie seit dreißig Jahren einen geliehenen Mixer und silbernes Besteck von mir hat, die ich gerne wiederhätte, bevor die Polizei sie konfisziert …»

Kate war beruhigt. Auf die Emotionen der Doyles konnte man sich immer verlassen.

11.

Seit Wochen war Kate nicht mehr in Plymouth gewesen, obwohl sie von der Farm aus nur eine Stunde mit ihrem Mini Cooper bis zur Stadtmitte brauchte.

Plymouth!

Noch immer verband sie mit der alten Hafenstadt am Meer und an der Mündung des River Tamar etwas Besonderes, etwas Romantisches, das untrennbar mit ihrer Liebe zu David verbunden war. Im ersten Jahr ihrer Beziehung, als Kate begonnen hatte, verliebt zwischen London und Davids Farm hin- und herzupendeln, waren David und sie oft am Wochenende nach Plymouth hinübergefahren und meistens über Nacht geblieben. Liebevoll hatte sich David dort jedes Mal Überraschungen für Kate ausgedacht, Open-Air-Konzerte, ein Auftritt des *Cirque du Soleil* oder Kunstausstellungen. Eng umschlungen waren sie tagsüber durch die alten Gassen geschlendert, hatten sich verliebt vor dem großen Brunnen im Kellogg Park geküsst und abends in versteckten kleinen Restaurants gegessen. Manchmal waren sie auch mit zwei Tüten Fish 'n' Chips zufrieden gewesen und hatten beim Essen auf einer Bank den Straßenmusikern am Quay zugehört. Ihr gemütliches, mit Bullaugen statt der üblichen Fenster versehenes Zimmerchen im Obergeschoss des kleinen Hafenhotels *Captain's View* war ihnen wie eine abgelegene Insel zum Träumen vorgekommen.

Als David jetzt am Hafen parkte, staunte Kate, was sich in den Gassen der Altstadtgegend Barbican getan hatte. Endlich waren auch die Renovierungsarbeiten an den schmutzig grauen Fassaden neben dem gläsernen Bankgebäude beendet worden. In den Straßen dahinter präsentierten sich schmale bunte Häuser, traditionsreiche Pubs, Immobilienbüros, Modeläden und Bars. Normalerweise schlenderte Kate lieber allein an den Läden vorbei, ohne einen Aufpasser, der selbst nichts kaufte, aber diese erstaunten Männerfragen stellte, falls ihr doch mal ein Schnäppchen gelang. Heute drängte die Zeit. Das Einzige, was sie noch geschafft hatten, waren ein paar Minuten am Quay, weil David und sie die umtriebige Atmosphäre von Häfen liebten. Hand in Hand stellten sie sich an eine Anlegestelle und ließen die Armada von Segelyachten, Motorkähnen und Ausflugsbooten auf sich einwirken. Und ja, jeder ihrer Blicke war auch von leiser Sehnsucht begleitet. Dabei wussten sie beide, dass man nicht Schafe züchten und gleichzeitig die Welt umsegeln konnte. Für die nächsten Jahre musste ihnen reichen, die Historie der Dockyards zu kennen und sich daran zu erinnern, wer einst aus dieser Bucht aufgebrochen war – die Pilgerväter, Königliche Schlachtschiffe, Weltumsegler und Millionen von Möwen.

«Da drüben müssen wir rein», sagte David, während sie die belebte Straße überquerten. Vom Hafen wehten Fischgeruch und Frittiergestank herüber. «Clifford wollte einen Tisch für uns reservieren. Vielleicht hat er aber auch Ärger gekriegt und ist gar nicht erst gekommen.»

David wirkte angespannt, weil Clifford und er mit diesem Treffen etwas nicht ganz Koscheres planten. Der ehemalige Kollege aus der Pathologie hatte David zugesagt, heimlich eine Kopie von Hugh Carringtons Obduktionsbericht zu besorgen.

«Er wird ja wohl diskret gewesen sein», meinte Kate und drückte Davids Hand. «Sonst hätte er es sicher nicht gemacht.»

Die Meerluft tat ihr gut. Das Familientreffen hatte sie gefordert. Aber jetzt war die Arbeit verteilt, die Schachfiguren standen auf Position.

Vielleicht konnten sie nun auch Grandma wieder etwas *ruhigstellen*. Sie gab sich zwar eisern, überschätzte ihre Kräfte aber gerne. Heute wollte sie mit Nachbarin Rose einen gemütlichen Nachmittag verbringen. Vermutlich schauten sich die beiden erst einen von Grandmas Lieblings-Thrillern an, dann lästerten sie über Seniorenheime.

In dem Granitgebäude mit den weißen Sprossenfenstern, auf das sie zusteuerten, befand sich die Bahama Fish Bar, direkt an der Waterfront. Der Eingang war mit einem pinkfarbenen Baldachin versehen. Vermutlich sollte der Laden dadurch nobler wirken. In Plymouth waren Kate solche Übertreibungen verdächtig. Ihr schwante auch nichts Gutes, als sie die halb vertrocknete Palme vor der Tür entdeckte.

Freundlich nickend hielt ihnen ein Kellner die Tür auf.

Das Restaurant war nicht sehr groß. Intensiv schlug ihnen der Duft von scharfem karibischem Essen entgegen. Es roch so gut, dass Kate ihre Kritik an der Trockenpalme erst einmal auf Eis legte. Die Einrichtung mit Tischen aus hellblauem Holz und pinkfarbenen Stühlen wirkte authentisch, an der Decke drehte sich ein Teakholz-Ventilator. Die Tische standen eng beieinander, jeder Platz war besetzt. Selbst auf den fünf Hockern vor der Bar saßen Leute, die offenbar auf einen Tisch warteten. Zwei Kellner im Rastalook schleppten große Tabletts mit gegrilltem Fisch und Gemüsereis durchs Lokal. Um noch mehr exotische Atmosphäre zu schaffen, waren die Wände mit karibischen Holzmasken, Bambusleuchten und Fotos von einem türkisfarbenen Meer übersät.

David entdeckte seinen Freund Clifford an einem Tisch am Fenster. Vor ihm stand ein untersetzter Mann im Hawaiihemd und mit hängender schwarzer Hose, der mit der Speisekarte herumwedelte.

«Sind wir zu früh?», fragte David.

«Absolut nicht», antwortete Clifford, ein gemütlich wirkender Mann mit Halbglatze und freundlichen Äuglein. «Setzt euch.» Beengt, wie es war, blieb er sitzen, winkte Kate aber freundlich zu. Sie kannten sich noch nicht. «Hi, ich bin Clifford!»

«Kate.» Kate quetschte sich ihm gegenüber auf einen der beiden leeren Stühle, gefolgt von David.

«Darf ich euch Gordy vorstellen?», fragte Clifford. «Ihm gehört der Laden. Ein echter Bahamese.»

«Madam! Sir!» Gordy machte eine kleine Verbeugung. Sein Hawaiihemd war eigentlich eine Nummer zu groß, aber seine kräftigen behaarten Arme brauchten viel Stoff. Durch den Spitzbart und das lockige Haar wirkte er fröhlich, vielleicht auch ein bisschen schlitzohrig. Er legte die über und über mit Orchideen bedruckte Speisekarte auf den Tisch.

«Wir sprechen gerade über die Obduktion», erklärte Gordy. «Nur noch zwei Fragen, okay? Dann lass ich euch allein.»

Kate sah, wie David die Stirn runzelte. Sie tat es auch. Hatte Clifford diese heikle Sache ernsthaft mit dem Wirt erörtert?

«Leg los», sagte Clifford und griff zum Weißbrot im Körbchen. «Was willst du wissen?»

«Woran ist er nun wirklich gestorben? Du hast so lange drumherum geredet.»

Clifford biss ab. Jetzt erst bemerkte Kate, dass hinter dem Brotkorb bereits ein Weinglas mit Rosé auf ihn wartete. «Fettleber.» Er kaute. «Fettleber und ein viel zu hoher Cholesterinspiegel. Wenn dann noch die Lunge schlappmacht – aus die Maus.»

«Ach du Scheiße», sagte Gordy und zupfte an seinem Bart. «So schnell geht das?»

«Ja, so schnell.»

David öffnete den Mund, um etwas zu fragen, ließ es dann aber. Die Anwesenheit des Wirtes schien ihm nicht geheuer zu sein. Kate war nicht so geduldig, sie wollte es gleich wissen.

«Aber was ist mit den vielen Wunden?», fragte sie, wenn hier schon so direkt ins Thema gesprungen werden sollte.

Clifford sah sie beim Weiterkauen an. «Die Wunden? Klar, die Wunden. Die am Hals stammt von Stacheldraht, die am Bauch von etwas Gröberem und die am Arsch von Zecken. Das Schlimmste ist aber, wie gesagt, seine Fettleber.»

David, hellwach geworden, setzte sich senkrecht hin. «Wovon redet ihr eigentlich?», wollte er wissen.

«Na, von Gordys totem Pudel», erklärte Clifford und spülte mit einem Schluck Rosé nach. «Ich hab ihn mir mal in der Pathologie auf den Tisch gelegt.» Er wendete sich wieder an den Wirt. «Kein Wunder, Gordy, wenn du ihm täglich Rum in den Napf kippst. Außerdem ist das verboten.»

«Auf Cat Island machen das alle so!», jammerte Gordy. «Bei Mensch und Tier! Gegen Krankheiten!»

«Gegen Krankheiten hilft nur *kein* Alkohol, Gordy! Und jetzt spendier uns eine Runde Kokosgarnelen und die Sache ist erledigt.» Clifford lächelte. «Okay?»

«Okay. Und danke, Doc.» Gordy tätschelte den Unterarm des Pathologen, dann widmete er sich Kate und David. «Wein? Saft? Wasser?»

«Wasser», sagten beide gleichzeitig. «Mit Sprudel.»

Gordy verschwand Richtung Küche, nicht ohne einen der Kellner mit einer Propellerbewegung seiner Hände auf Trab zu bringen.

Kaum war der Wirt abgezogen, mussten sie alle über das Missverständnis lachen. Clifford erzählte, dass er schon öfter Haustiere von Freunden oder Verwandten seziert hätte, zuletzt sogar das Meerschweinchen seiner Nichte. Aus reinem Mitleid, was Kate ihm sogar glaubte. Wer so entspannt über Fettleber und Nierenversagen plauderte, musste vollkommen in sich ruhen.

Es war David, der auf ihr eigentliches Thema zurückkam. Während Kate Small Talk liebte, den sie für die essenziellste Form der Kommunikation hielt, sprang der rationale David gerne mit einem Kopfsprung ins Wasser.

«Hast du bei der Obduktion gestern irgendwas herausfinden können?», wollte er wissen. «Damit meine ich nicht die Zecken.»

Clifford zog eine zerknitterte Fotokopie aus der rechten Gesäßtasche. Ein erstaunlicher Platz für ein wichtiges Dokument. «Hier. Hugh Carrington wäre froh gewesen, wenn er nur eine Fettleber gehabt hätte.» Clifford nahm das mehrfach gefaltete Papier wie ein Origamikünstler auseinander und legte es vor sich auf den Tisch. Kate konnte einige der rechtsmedizinischen Kapitelüberschriften lesen, darunter *Inspektion der Halsregion* sowie *Thoraxform und Thoraxverletzungen.*

«Fangen wir mit der Munition an», erklärte der Pathologe. «Zwei der drei Durchschüsse ließen das Kaliber erkennen. Zweiundzwanzig Millimeter, beim Einschuss der übliche Kontusionshof, rot, nach peripher abblassend. Alles andere an den Wunden ist wie erwartet.»

«Zweiundzwanzig Millimeter? Klingt nach einer Smith & Wesson», mutmaßte David.

«Das vermuten wir auch. Trommelrevolver, sechs Schuss.» Clifford schob das Papier mit der flachen Hand zu David hinüber. «Prima, wirst du jetzt denken, also keine Überraschungen. Aber falsch gedacht, Dave! Die Sensation liegt in einer langen sauberen Narbe, die Carrington auf der linken Seite verschönerte.» Er schaute David und Kate fast triumphierend an, als hätte er selbst die Leichenöffnung durchgeführt. «Der Mann hatte eine Nierentransplantation!»

Kate und David brauchten ein paar Sekunden, um die Nachricht zu realisieren.

«Wahnsinn!», entfuhr es Kate. Sie musste sofort an Carringtons Hals-über-Kopf-Verkauf seines Imperiums denken.

«Wann war das?», fragte David.

«Vor zehn Monaten, in Zürich. Die Wunde ist sauber verheilt, die Medikamente gegen die Abstoßung der neuen Niere schien er regelmäßig eingenommen zu haben. Dr. Ransom, der die Leichenöffnung vorgenommen hat, hat sich bereits mit dem Universitätsspital Zürich in Verbindung gesetzt. Er hat mal in der Schweiz studiert. Diese Dinge dürft ihr nun aber wirklich nicht wissen.» Eindringlich musterte er Kate und David.

Sogar Kate wusste um das komplizierte Verfahren, mit dem Mediziner in Ermittlungsfällen ganz offiziell von ihrer Schweigepflicht entbunden werden müssen. Erst recht im Fall einer Transplantation. Trotzdem wagte sie, noch ein bisschen zu bohren. «Kennt man den Namen des Spenders?»

«Ja, es war ein Mann aus London. Ich habe nur kurz seinen Vornamen lesen können, ein Clemens Soundso. Aber bitte!» Clifford legte den Zeigefinger über seine Lippen. «Bringt mich nicht in Schwierigkeiten.»

David nickte und hakte gleichzeitig nach: «Wie würden wir trotzdem an den Namen kommen? Ohne dich dabei zu desavouieren, versteht sich.»

Cliffords Äuglein blitzten, es arbeitete mächtig in ihm. Um ein wenig Zeit zu gewinnen, spielte er erst mit dem Obduktionsbericht auf dem Tisch, dann schürzte er seine Lippen und wandte sich schließlich an Kate.

«Na ja, ich könnte Jenny anrufen, Jenny Crane im Schreibbüro der Pathologie. Weil … Jenny spinnt.»

«Echt?», fragte Kate irritiert. «Warum spinnt sie denn?»

Clifford schüttelte grinsend den Kopf. «Nein, nicht so – sie spinnt Wolle und strickt wie eine Verrückte. Das ist ihr Hobby. Sie ist kornische Strickchampioness.» Sein Gesicht wurde ernst. «Hättet ihr denn Wolle für sie?»

Die Antwort kam von David, er kannte den Vorrat an Vliesen besser als Kate die Anzahl ihrer Schuhe. «Kein Problem. Sag ihr, du könntest fünf Kilo besorgen. Weiß, beste Qualität, trocken gelagert.»

Mein Gott, das klang wie fünf Kilo Heroin, dachte Kate.

«Okay, dann lasst es mich probieren.» Im selben Moment hatte Clifford sein Handy gezückt. Die Sache machte ihm sichtlich Spaß, beim Wählen spitzte er vergnügt den Mund. Kate blickte fragend David an, der amüsiert die Mundwinkel verzog. «Jenny? Der liebe Clifford hier! Kannst du gerade? Oh, das passt gut. Ich hätte dir einen kleinen Tausch vorzuschlagen …»

Geschickt erfand Clifford eine After-Obduktions-Sitzung, auf der er seinem Chef den Namen des Nierenspenders nennen sollte, diesen aber leider vergessen hatte. Weil sein Missgeschick vertraulich bleiben müsste, bot er Jenny als Dankeschön fünf Kilo bester Schafswolle von Freunden an. Zu liefern nächste Woche. Dafür aber Schwamm drüber.

Kate fragte sich beim Zuhören, ob so viel Chuzpe überhaupt gut gehen konnte. Doch Clifford reckte relativ schnell den Daumen nach oben.

«Danke, Sweetheart! Ja, ich warte … und? Mein Gott, natürlich, das war der Name! Gerettet, Jenny, du hast mich gerettet! Die Wolle ist schon unterwegs!»

Als Clifford auflegte, hing Kate förmlich an seinen Lippen, aber noch schwieg er. Und nicht nur das. Genüsslich hob er sein Glas und trank noch einen Schluck.

«Und?», fragte David ungeduldig. «Wie heißt der Nierenspender?»

Clifford stellte sein Weinglas ab und tupfte sich mit der Serviette den Mund ab. «Wie man sich vertun kann, wenn man nicht aufmerksam liest», sagte er. «Es ist kein Mann. Es ist eine Frau.»

«Jetzt sag uns endlich den Namen», drängte David.

«Chloe Doyle.» Erwartungsvoll lächelnd blickte er an David und Kate vorbei dem Kellner entgegen, der gerade mit einer Riesenportion gebräunter Kokosgarnelen am Tisch erschien.

Als Kate den Namen hörte, bekam ihr mühsam zurechtgezimmertes Bild von Chloe erneut einen Sprung. Verstörende Szenen schossen ihr durch den Kopf: Chloe im Krankenhaushemd, Hugh Carrington unter künstlicher Beatmung im OP … Hatte Chloe ihre Niere für Geld gespendet?

Plötzlich hielt sie wieder alles für möglich.

Als sie aufsprang, sich kurz entschuldigte und zum Toilettenraum neben der Bar flüchtete, hörte sie Clifford noch leise David fragen: «Soll ich irgendwas anderes für deine Freundin bestellen?»

12.

«Komm rein, Rose», sagte Emily und hielt ihrer Nachbarin die Tür auf. «Hast du ihn mitgebracht?»

Rose war zwar erst sechsundsiebzig, wirkte aber mit ihrem vielfältig zerknitterten Gesicht gut zehn Jahre älter. So kommt das, wenn man zu geizig ist, sich ordentliche Hautcremes zu gönnen, dachte Emily. Sie selbst hatte immer gut in ihr Aussehen investiert. Auch nach ihrer Bühnenzeit als Tänzerin konnte man sie jede Woche Sport treiben sehen. Für Rose war angeblich schon Minigolf das Äußerste.

Rose hob fröhlich ihre bestickte Stofftasche hoch und schwenkte sie verheißungsvoll hin und her. «Alles hier. Und eine Überraschung hab ich auch dabei.»

«Dann ab ins Badezimmer.» Als gute Gastgeberin wies Emily mit dem Arm den Weg und ließ Rose Cox vorgehen.

Dass ihr Bad von Anfang an viel zu klein gebaut worden war, wusste Emily seit Langem, aber Edward und sie hatten das Thema immer aufgeschoben. Andererseits war die Enge zwischen den beigefarbenen Wandfliesen im fortgeschrittenen Alter auch recht praktisch. Sie musste sich nur einmal umdrehen und fand alles. Das Badezimmerzubehör stand als buntes Arsenal von Packungen, Tiegeln, Tuben und Fläschchen auf dem langen Sims unter dem Waschbeckenspiegel. Andere brauchten dafür schwenkbare Schränkchen, elektrische Medikamentenschubladen und Gott weiß was nicht alles. Emily nicht. Das Einzige, womit sie neuerdings haderte, war ihre gläserne Duschkabine. Was aus ihr geworden war, gefiel ihr gar nicht. Auf Drängen der Familie hatte ihr der Schwere Harvey kürzlich einen seniorengerechten Duschsitz aus weißem Kunststoff an die Fliesen gedübelt. Erst dachte sie, dass das Monstrum ganz praktisch sein könnte, zum Beispiel wenn sie sich aus alter Tänzerinnengewohnheit ihre Beine epilierte. Doch das war eine Fehlkalkulation. Kein vernünftiger Mensch wollte beim Duschen sitzen und mit dem nackten Hinterteil auf Kunststoff festkleben.

Jetzt benutzte sie den Sitz für praktischere Dinge. In einem Wäschekorb mit Löchern an der Seite konnte man wunderbar ein paar Pfund Kartoffeln oder Obst duschen, ohne dafür in der Küchenspüle rumplanschen zu müssen. Sogar ihr Silberbesteck hatte Emily dort schon geputzt.

Und heute hatte sie Rose zum Urnen-Waschen eingeladen. In gewisser Weise war das ein Experiment. Waren Urnen überhaupt wasserdicht? Darüber hatte Emily bisher in keinem Krimi etwas gelesen. Rose tat ihr leid, weil ein Gärtner ihre Urne versehentlich mit Dünger besprüht hatte und sie das Zeug nicht einfach in der Küchenspüle abschrubben wollte. Emily würde nicht behaupten, dass Rose Cox und sie engste Freundinnen waren, doch eine Sache verband sie. In ihrer Straße mit rund zwei Dutzend ansehnlichen Cottages waren sie die einzigen Witwen. Die restlichen alleinstehenden Ehefossile hatten sich längst in Seniorenheimen verkrochen. Während Emily ihren Edward pietätvoll im baumbeschatteten Familiengrab in Truro hatte bestatten lassen, wollte Rose ihren Mann unbedingt zu Hause aufbewahren. Seither thronte Charles Cox in seinem geliebten Gewächshaus und durfte sich an Metalltischen voller roter Begonien erfreuen. Leider kam so auch immer wieder Dünger ans Behältnis.

Als Rose im Bad ihre Tasche auspackte, zauberte sie plötzlich zwei Urnen hervor. Die eine aus verziertem Messing kannte Emily bereits, die graue aus Kunststoff war ihr neu.

«Wer ist das denn?» Eigentlich war nur Mr Cox ausgemacht.

«Meine Schwester», erklärte Rose stolz. «Ein Altersheim in Kanada hat sie mir letzte Woche geschickt.» Sie verzog verärgert den Mund. «Was für eine Bürokratie! Diese Zollformalitäten! Zum Wahnsinnigwerden!»

«Und was soll sie unter meiner Dusche?»

«Ich dachte, eine Grundreinigung wäre nicht schlecht.»

«Ist das wirklich nötig? Die Urne sieht doch ganz neu aus.»

«Hast du schon mal ein Zolllager gesehen, Emily? Ich! Sag! Dir!» Rose weitete vor Ekel ihre Nasenflügel. «Das möchtest du nicht anfassen!»

Manchmal klang Rose wie eine Tröte, jedenfalls wenn sie einzelne Worte betonte. Zu entschuldigen war das nur, weil sie ein unsichtbares Hörgerät trug. Emily winkte die kleine Zumutung mit der zweiten Urne gedanklich durch und öffnete die Schiebetür zu ihrer Dusche, damit die zappelige Rose aufhörte, in der Enge des Badezimmers dauernd mit ihrem Knie an den Toilettenpapierhalter zu stoßen. Die neue Urne hatte bereits zwei Schrammen, musste also tatsächlich schon etwas Lebenserfahrung mitbringen.

«Dann, bitte! Stell die Urnen einfach auf den Sitz», meinte Emily höflich. «Die Dusche hat einen Einhandhebel. Linksrum ist kalt, rechtsrum heiß.»

«Ich glaube, Urnen wäscht man nur lauwarm», meinte Rose, «zu heiß fände ich jetzt geschmacklos.» Mit der Miene einer Heiligen platzierte sie die Kunststoffurne auf dem Handtuchregal, die Urne aus Messing behielt sie in der Hand. Vorsichtig beugte sie sich damit in die Duschkabine vor, um das Wasser anzustellen und trotzdem trockene Füße zu behalten.

«Meinst du, es geht so?»

«Probier's aus.»

Im Flur klingelte das Telefon. Emily hob beim Verlassen des Badezimmers schnell noch die von Rose eigenhändig bestickte Tasche auf und hängte sie zu ihrem Bademantel. Rose liebte Handarbeiten, deshalb hielt Emily es durchaus für möglich, dass sie ihrem Charles für den Gewächshauswinter einen warmen Urnenmantel gehäkelt hatte. Sie lächelte Rose noch einmal aufmunternd zu. «Meine Nagelbürste liegt auf der Seifenablage, falls du so was brauchst.»

«Danke, ich mache sie hinterher auch sauber.»

Auf diese Geste des guten Geschmacks wollte Emily doch schwer hoffen.

Das Klingeln war hartnäckig. Da sie seit gestern immer sofort an Chloe denken musste, sobald jemand anrief, rannte Emily fast zum Telefon. Es lag auf der Ablage unter ihrer grünen Barbourjacke, die wiederum an der Flurgarderobe hing.

«Hallo?» Sie meldete sich nie mit ihrem Namen, das hatte Edward ihr beigebracht.

«Mrs Doyle?»

Was war das denn für eine unangenehme, schmierige Männerstimme?

«Mit wem spreche ich?»

«Das müssen Sie nicht wissen. Ich will Sie heute nur warnen», sagte die Stimme.

Emily spürte eine Gänsehaut auf ihrem betagten Rücken. Der Mann am anderen Ende der Leitung wirkte nicht mehr ganz jung, aber irgendein Klang in seinen Vokalen ließ Emily vermuten, dass er seine Stimme künstlich verändert hatte. Nur ein bisschen, mit einer Tendenz zum Metallischen. Sie wusste, dass es für solche Sachen Apps gab. Wie erwartet, zeigte ihr Telefondisplay auch keine Nummer an.

«Was wird das denn für ein Unsinn?», fragte sie so forsch wie möglich. «Was wollen Sie von mir?»

«Ich möchte Sie warnen, Chloe Doyle zu helfen», sagte der Mann. «Vor mir liegt eine interessante Liste mit Namen aus Ihrer Familie.» Er begann, sie aufzuzählen. «Kate Doyle, Peggy Doyle, Gilbert Doyle … Wir haben alle Adressen und persönlichen Daten. Sobald einer von Ihnen Chloe bei sich aufnimmt, ist er tot. Glauben Sie mir das bitte, das ist keine leere Drohung, Mrs Doyle!»

Emily überwand sich. «Wir haben keinen Kontakt», erklärte sie. «Zu unserem Leidwesen.»

Die Stimme des Mannes wurde schärfer. «Sie lügen! Ich habe Chloe gestern Abend aus der Garage von Peggy Doyle kommen sehen! Sagen Sie ihr, dass wir das Kreuz wiederhaben wollen. Sie soll es bis spätestens übermorgen zwölf Uhr in die Seemannskirche von Port Senn hängen, zu den anderen Kreuzen. Mit einem Zettel, auf dem *Zum Lob Gottes von Familie Doyle* steht.»

«Was soll denn dieser Unsinn?» Emily klang verärgert. Außerdem war sie mutiger geworden, der Mann war schließlich weit weg. «Sind Sie ein Psychopath, oder warum verlangen Sie so einen Blödsinn?»

Der Unbekannte machte eine Pause, die bedrohlich klang. Dann erklärte er verdächtig ruhig: «Das Kreuz steht für ein verlorenes Menschenleben, Mrs Doyle. Damit spaßt man nicht. Gehen Sie jetzt mit dem Telefon an Ihr Küchenfenster.»

«An *mein* Küchenfenster?», wiederholte Emily irritiert. Befand sie sich in einem Kriminalfilm?

«Los, machen Sie», befahl der Mann. «Stellen Sie sich dort ans Fenster und schauen Sie links die Straße hinunter. Am Ende steht ein schwarzer Wagen. Das bin ich.»

Trotz der stimmlichen Verzerrung glaubte Emily, ein leichtes Schleifen in seiner Aussprache zu hören, eine Art winziger Sprachfehler.

Aufgeregt lief sie mit dem Telefon am Ohr vom Flur in die Küche, wobei sie fast über den Staubsauger neben der Küchentür gestolpert wäre. Sie hörte den Anrufer husten, auch dass er den Motor seines Wagens startete. Gegen ihre sonstige Gewohnheit musste Emily schwer atmen, als sie jetzt das Fenster öffnete und sich vorsichtig hinausbeugte. Wie befohlen ließ sie ihren Blick die Straße hinunterwandern.

Der schwarze Sportwagen stand ganz am Ende der Straße in einer Parkbucht, mit den Scheinwerfern zu ihr. Gerade wurde zweimal kurz das Fernlicht betätigt. Wegen der Entfernung konnte Emily den Fahrer nicht erkennen, geschweige denn das Nummernschild seines Wagens. Aber er musste sie gesehen haben, so schnell, wie er reagierte. Möglicherweise benutzte er auch ein Fernglas.

«Glauben Sie mir jetzt?», fragte die Stimme am Telefon spöttisch. «Dann nehmen Sie ernst, was ich Ihnen sage. Ansonsten müsste sich Ihre Familie auf hässliche Begegnungen mit mir einstellen, Mrs Doyle.»

Er hatte kaum den letzten Satz gesprochen, da war das Telefonat beendet, und das Freizeichen hielt Einzug. Mit zutiefst empfundenem Abscheu vor einem solchen Menschen musste Emily zusehen, wie der schwarze Wagen wendete, rechts abbog und dann in der Main Road verschwand.

Wie gelähmt stand sie mit dem Hörer in der Hand da. Wie eine Idiotin, die man vorgeführt hatte. Ihr von Edward übernommenes Wissen über Kriminelle war profund genug, um sie die Brisanz des Anrufs erkennen zu lassen.

Ganz klar, sie hatte gerade mit Hugh Carringtons Mörder telefoniert.

Schaudernd begriff sie, dass die Doyles nach dieser Drohung erst recht in den Mordfall verwickelt waren. Aber wie real war die Gefahr? Wollte der Mörder nur sicher sein, dass Chloe ihr gegenwärtiges Versteck nicht verlassen konnte, bis er sie aufgestöbert hatte? Und warum hatte er einmal von *wir* gesprochen? Das klang ja fast nach Mafia.

Vielleicht war es doch an der Zeit, DCI Scott über diesen und Chloes Anruf zu informieren. Auch wenn Emily dafür über einen sehr, sehr breiten Graben springen müsste …

Der plötzliche spitze Schrei aus ihrem Badezimmer tönte bis in die Küche. Irgendetwas platschte und zischte unter der Dusche.

«Emily! Schnell!», schrie Rose aus dem Hintergrund. «Wie funktioniert denn der blöde Mischer? Charles hat Wasser abgekriegt!»

«Ich komme», rief Emily unbeeindruckt zurück. «Wir stellen ihn zum Trocknen in die Sonne. Trinkst du auf den Schreck einen Gin mit?»

Wenn Rose ahnen würde, welchen Schreck sie damit meinte!

13.

Wie beim Familientreffen verabredet, machte sich Peggy Doyle am Spätnachmittag auf den Weg zu Mrs Penderton. Sie konnte bequem zu Fuß gehen, in der Hand eine Tüte, in der sich Fotos von Chloe verbargen. Das Haus der alten Dame lag am anderen Ende von Sealton in einer abgelegenen Sackgasse, etwa fünfzehn Minuten von Peggys Haus entfernt. Hätte Peggys Nachbarin neulich nicht von einer neunzigjährigen Schneiderin aus dem Dorf erzählt, mit der ihre Tante verwandt war, wäre Peggy nie in den Sinn gekommen, dass Mrs Penderton noch am Leben sein könnte. Dass es das Dörfchen Sealton gewesen war, wohin Anne und Chloe damals immer zu ihren Anproben gefahren waren, hatte Peggy völlig verdrängt.

Ein bisschen aufgeregt hatte sie sich vor zwei Stunden die Telefonnummer der Schneiderin herausgesucht und bei Mrs Penderton angerufen. Die Stimme der Neunzigjährigen hatte immer noch kräftig geklungen. Beim Namen Doyle war sie sofort hellwach gewesen. Als Peggy ihr dann erzählte, dass sie sich mit ihr ein bisschen über Chloe unterhalten wollte, hatte die Schneiderin darauf gedrängt, dass Peggy noch am selben Nachmittag bei ihr vorbeikam.

«Keine Scheu, ich liebe Besuch», hatte Mrs Penderton versichert. «Man muss jetzt nur etwas länger bei mir klingeln.»

Erstaunlicherweise erkannte Peggy das Häuschen der alten

Schneiderin auf Anhieb wieder, als sie davorstand. Wie hatte sie diesen Anblick nur all die Jahre verdrängen können? In der schmalen Gasse standen die ehemaligen Fischerkaten eng beieinander. Überall blühte es, hier und da wuchsen Malven vor der Hauswand, oder Rosen rankten bis zum ersten Stock.

Mrs Pendertons Haus war immer noch dicht mit Efeu bewachsen, selbst die grüne Haustür gab es noch, in deren oberen Teil eine quadratische Bleiverglasung eingelassen war. Hier war die Zeit stehen geblieben. Genau so hatte das Häuschen bereits vor dreißig Jahren ausgesehen.

Peggy drückte den Messing-Klingelknopf, fast ein bisschen aufgeregt.

Kurz darauf erschien Elsie Penderton in der Tür. Sie stützte sich auf einen glatten Stock. Ihr langes bordeauxrotes Samtkleid – bestimmt selbst geschneidert und Jahrzehnte alt – stand in merkwürdigem Gegensatz zu ihrer ungesunden, pergamentartigen Gesichtsfarbe. Das Brillengestell erschien viel zu groß für das längliche Gesicht, und sie mümmelte seltsam beim Reden, als würde sie die Worte vorher in ihrem Mund ausprobieren.

«Peggy Doyle, nicht?»

«Ja, Mrs Penderton.»

«Komm rein, Mädchen.»

Ohne abzuwarten, ob Peggy ihr nicht vielleicht noch die Hand geben wollte, marschierte die alte Dame mit ihrem polierten Stock ins enge Wohnzimmer. Peggy folgte ihr geduldig.

Hier, im Wohnzimmer, kamen auch ihre räumlichen Erinnerungen langsam zurück. Wenn man schon früher den Wohnraum als beengt bezeichnet hätte, müsste man jetzt die Steigerung anwenden. Außer den alten Möbeln standen auch noch allerlei technische Geräte herum. Dinge wie ein Inhalator auf einem Campingtisch, ein monströses Fußmassagegerät unter dem Couchtisch sowie eine große elektrische Lupe auf dem Beistellhocker. Der ausladende Schneidertisch befand sich immer noch an der rechten Wand, nur dass jetzt geschätzte zwei Dutzend ordentlich sortierte Medikamente darauf platziert waren. Wahrscheinlich hatte Mrs Penderton eine Hilfe. Anwesend war aber niemand außer der betagten Schneiderin.

Mrs Penderton nahm auf ihrem elektrisch verstellbaren Ohrensessel Platz und zeigte auf den einsamen Stuhl am Fußende. «Setz dich doch.»

Peggy tat wie geheißen. Wenigstens die gerahmten großformatigen Fotos an der Wand – Schwarz-Weiß-Fotos von eleganten Models, für die Mrs Penderton einst gearbeitet hatte – erinnerten an die Glanzzeit ihrer Schneiderinnenkunst.

«Wie geht es den Doyles?», wollte die alte Dame wissen.

«Gut, ich soll von allen grüßen», versicherte ihr Peggy. Lächelnd fügte sie hinzu: «Grandma Emily ist jetzt fünfundachtzig und hat die Familie noch gut im Griff.»

«Das kann ich mir vorstellen.» Mrs Penderton lachte mit rauer Stimme. «Und die anderen? Anne, Gilbert, Byron …?»

«Onkel Brian», verbesserte Peggy sanft. «Ja, sind alle wohlauf.»

Die Schneiderin blickte Peggy nachdenklich an. «Deinen Namen kenne ich natürlich noch, aber … Du warst ja damals klein.»

«Ich bin auch mehr wegen Chloe hier.»

«Stört es dich, wenn wir Musik dabei hören?», fragte Elsie Penderton und griff schon nach der Fernbedienung.

«Nein, ganz und gar nicht», sagte Peggy lächelnd. Sicherheitshalber stellte sie sich auf schwere Kost wie *La Traviata* oder *Nabucco* ein.

«Dann nehmen wir mal das hier», erklärte Mrs Penderton und drückte zweimal. «Das geht gut mit meinen Ohren.»

Was Peggy dann hörte, haute sie um. Aus zwei Lautsprechern rechts und links auf dem Schneidertisch ertönte ohrenbetäubend der klassische Jazz des Trompeters und Sängers Chet Baker, wild und energetisch. Gerade wollte sie bei aller Begeisterung nachfragen, ob sie die Musik einen Tick leiser stellen durfte, als Mrs Penderton sich zu ihr herüberbeugte und fragte: «Ist es auch laut genug?»

«Oh ja», antwortete Peggy höflich und passte sich den akustischen Gegebenheiten an, indem sie selbst lauter wurde. «Sie mögen Chet Baker, was? Man nannte ihn doch den James Dean der Jazzmusik.»

«Wie?», fragte Mrs Penderton, fast rufend.

«Ob Sie Chet Baker sehr mögen?»

«Ich hab mal seine schwarze Hose gekürzt», rief Mrs Penderton zurück. «Danach waren wir für sechs Wochen ein Paar.»

«Ach, das freut mich für Sie!», antwortete Peggy gequält lächelnd. Etwas anderes fiel ihr in diesem Moment nicht ein. Es war unglaublich. In den ersten Jahrzehnten nach dem Krieg schienen die Musiklegenden von magischer Anziehungskraft für Frauen wie Grandma und Mrs Penderton gewesen zu sein. Um sich zu nehmen, wovon sie träumten, hatten diese Frauen mutig die spießige Moral der englischen Vorkriegszeit über Bord geworfen.

Peggy schmunzelte, dann erinnerte sie sich an den eigentlichen Grund ihres Besuchs. Es war an der Zeit, auf das Wesentliche zu kommen. Auf Chloe. Peggy bückte sich und holte drei Fotos aus ihrer Tüte. Das erste zeigte die junge Chloe bei einem Ball – das weite rote Kleid stammte von Mrs Penderton. Die anderen beiden Fotos waren Alltagsschnappschüsse mit Chloe. Peggy nahm die vergilbten Abzüge wie Spielkarten in die Hand und hielt sie der Schneiderin hin. Dabei sprach sie einmal mehr kräftig gegen Chet Bakers Trompete an.

«Wie Sie am Telefon sagten, erinnern Sie sich noch gut an meine Cousine Chloe. Ich habe Ihnen ein paar Fotos von ihr mitgebracht.»

Elsie Penderton griff danach und betrachtete sie, indem sie sie dicht vor ihre Brillengläser hielt. «Oh, natürlich, das rote Kleid wurde damals für den Ball auf St. Michael's Mount gemacht! Unsere liebe Chloe! Ein stilles Wasser. Ja, das war sie. Und ihr Hinterteil wollte nie mit meinen Schnittmustern übereinstimmen!»

«Sie haben wirklich ein gutes Gedächtnis», lobte Peggy. «Wissen Sie auch noch, ob Chloe sich bei Ihnen gemeldet hat, nachdem sie von hier verschwunden ist? Sie ist ja vor dreißig Jahren nach London gegangen.»

«Wann?», rief Elsie Penderton.

«Vor dreißig Jahren», schrie Peggy zurück. «Hat sie sich danach vielleicht noch einmal bei Ihnen gemeldet?»

Mrs Penderton hatte verstanden und überlegte, ihre Hände unter den schwarzen Rüschen der Ärmel auf der Armlehne lassend. Sie überlegte und überlegte. Oder lauschte sie einfach nur der Trompete? Plötzlich rührte sie sich wieder.

«Greif mal neben dich», befahl sie laut. «Ich denke, da könnte es sein. Links auf dem Telefonbuch, wo der Stapel Postkarten liegt.»

Angespannt drehte Peggy sich zur Seite und entdeckte den Stapel. Es handelte sich um mehrere Postkarten mit winzigen Löchern an allen vier Ecken, als wären sie früher irgendwo angepinnt gewesen. Peggy nahm sie in die Hand und blätterte die bunten Grüße mit Motiven aus aller Welt durch. Die meisten waren Jahrzehnte alt, und die Namen der Absender klangen fremd. Erst als sie die vorletzte, am Rand eingerissene Fotokarte in die Hand nahm und umdrehte, konnte sie Chloes Unterschrift lesen.

Liebe Mrs Penderton,

wie jedes Jahr zu Ihrem Geburtstag meine lieben Glückwünsche. Mir geht es SEHR gut. Umso mehr passe ich auf meine Figur auf und bin sicher, dass Ihre Schnittmuster heute perfekt für mich wären.

Mit schönen Grüßen vom Meer, Chloe Doyle

Es war ein Gruß aus Frankreich, mit vier idyllischen Fotos von einem herrlichen Strand, einem Leuchtturm, einer alten Kirche und einer breiten Avenue. Darüber stand in der Mitte der Karte das Wort BRETAGNE. Dem Poststempel nach war die Karte im Mai vor fünf Jahren abgeschickt worden.

Peggy wandte sich wieder an Mrs Penderton. Die Postkarte hob sie hoch. «Diese Karte ist von Chloe. Hat sie Ihnen regelmäßig zum Geburtstag geschrieben?»

«Immer wahrscheinlich nicht», antwortete Elsie Penderton und hustete kurz. Dabei hielten ihre knochigen Finger ein weißes Spitzentaschentuch vor ihren Mund. «Aber wenn sie geschrieben hat, dann meistens aus Frankreich.»

«Nicht aus London?»

Die Schneiderin dachte erneut nach. «Doch, am Anfang. Aber eine Karte aus London hänge ich mir ja nicht auf. Machst du das? Später kamen dann nur noch Karten aus Frankreich.»

«Dürfte ich diese hier als Erinnerung mitnehmen?», bat Peggy.

«Warum nicht? Auf dem Friedhof lese ich keine Karten mehr.»

«Aber wiedergetroffen haben Sie Chloe nie mehr, oder?», hakte Peggy nach.

«Nein, das wüsste ich. Schon wegen Chloes kräftigem Po!» Mrs Penderton lachte keckernd. «Willst du ein Tässchen Tee? Dabei müsstest du mir allerdings helfen. Jessica, meine Hilfe, lässt das schmutzige Geschirr immer tagelang in der Spüle stehen ...»

Das war der Punkt, an dem Peggy entschied, dass sie genug wusste. Mehr über Chloe war von Mrs Penderton definitiv nicht zu erfahren. Dass Chloe sich außer in London auch oft in Frankreich aufgehalten hatte, war vielleicht kein großer Erkenntnisschritt, aber ein wichtiger. Auf jeden Fall interessant genug, um die Postkarte als Baustein für weitere Ermittlungen zu sehen.

Aus Höflichkeit und weil sie Mrs Pendertons wackeren Kampf gegen das hohe Alter ehrlich bewunderte, blieb Peggy noch weitere fünfzehn Minuten sitzen, um sich dann langsam auszufädeln. Zum Dank ließ sie Elsie Penderton ihre schicke grau-grüne Tüte da, die die Schneiderin gleich bewundert hatte. Darin wollte sie künftig ihre Medikamente aus der Apotheke holen lassen.

Als Peggy das schmale Haus verließ, drehte Mrs Penderton ihren Chet Baker noch eine Spur lauter.

14. 

Es regnete, nicht in Strömen, aber ausreichend. Es war der Regen, auf den alle Farmer gewartet hatten. David war noch draußen auf der Weide unterwegs. Sinclair und die gute alte Harriet hatten sich eine Augenentzündung eingefangen und mussten mit Salbe versorgt werden.

Eigentlich hätte Kate an diesem Abend ihre Vorschläge für die Zeitschrift *Country Hours* einreichen sollen, die einen mehrseitigen Artikel über das Landleben in Cornwall von ihr haben wollte. Im Mittelpunkt der Story sah die Redaktion die lange Tradition englischer Schafherden und ihrer Züchter. David sollte als moderner Vertreter seines Berufsstandes vorgestellt werden.

Natürlich wusste Kate alles über die historische Bedeutung der Schafzucht für England.

Vom frühen Mittelalter bis zum achtzehnten Jahrhundert hatten Abermillionen Schafe Englands oft ärmlichen Alltag geprägt. Vom Gedeihen dieser Herden hing fast alles ab – das Überleben der Höfe, Fleisch und Milch, Webereien und Märkte sowie der europäische Handel mit Wolle und Stoffen. Auch dass der Tuchmacher Thomas Burberry Mitte des neunzehnten Jahrhunderts durch Zufall eine aufregende Entdeckung gemacht hatte, wusste Kate. Er beobachtete, dass die Schäfer unter seinen Kunden regenabweisende Kleidung besaßen. Also nutzte auch er künftig das Lanolinfett für seine Stoffe und erfand den *Gabardine* …

Ganz klar, darüber ließe sich viel erzählen. Doch Kate wusste, dass die Redaktion von *Country Hours* stets mit großem Stab anreiste, dazu gehörten eine Fotografin, eine Stylistin, zwei Assistenten. Mit ihnen allen und ihren Wünschen wäre die Farm für mindestens zwei Tage lahmgelegt. David sah bereits mit Schrecken dem BBC-Team entgegen, das in zwei Wochen kommen wollte, um über die sensationellen Labyrinth-Tests zu berichten. Natürlich, eine Fotostrecke über die Trewistle Farm war verlockend. Aber das Angebot kam zu einem unpassenden Zeitpunkt. Kate beschloss, die Redaktion anzurufen und das Projekt zu verschieben.

David trat durchnässt ins Wohnzimmer, in der Hand die Tube mit der Augensalbe. Kate holte ihm ein großes Handtuch, damit er sich trocken reiben konnte.

Ihr Handy klingelte. Grandma war dran. Aufgeregt schilderte sie Kate den erpresserischen Anruf des Unbekannten. Die Details, vor allem die konkreten Drohungen gegen die Familie, klangen in der Tat entsetzlich. Angesichts von Grandmas Erregung stellte Kate auf Lautsprecher und ließ David mithören. Wenn Grandma außer sich war, dann richtig. Um sie zu beruhigen, führte Kate an, dass es ja bei vielen Kriminalfällen Trittbrettfahrer gäbe.

«Verkauf mich nicht für dumm!», blaffte Grandma. «Ich habe mit dem Mörder geredet. Wie wüsste er sonst von diesem komischen Kreuz?»

David übernahm. «Du hast recht, Emily. Das ist Täterwissen. Kennst du diese Seemannskirche?»

«Jeder kennt sie», erklärte Grandma. «Sie gehört den Katholiken. Eigentlich ist es eher eine Kapelle in den Dünen, aber die Katholiken übertreiben ja gern. Grandpa waberte da zu viel Weihrauch, den hatte er gar nicht gern.»

«Die Kirche wird von Nonnen in Ordnung gehalten», ergänzte Kate. «Ihr Orden betreibt auch das Seemannsheim in Truro. Ich bin selbst nur einmal da gewesen, aber ich erinnere mich, dass es eine ganze Wand voller Kreuze gab, mit denen Leute für Gesundheit beteten oder an Verstorbene erinnerten.»

«Interessant», murmelte David.

«Also, was denkt ihr», fragte Grandma. «Sollen wir DCI Scott informieren? Wenn der Kerl mich erwischt, wär's ja nicht schlimm, aber er hat die ganze Familie bedroht. Ich möchte nicht, dass den Kindern was passiert.»

«Du hast recht», stimmte Kate zu. «Ich würde mich dazu gerne mit Dad beraten. Die Sache hat jetzt eine neue Dimension.»

«Tu das, Kate.» Grandma wirkte müde. «Ihr sollt nur wissen, dass ich sehr ungern mit DCI Scott zusammenarbeiten würde.»

Gerührt von Grandmas Überzeugung, dass die Familie mit all ihren klugen Köpfen bei den Ermittlungen mindestens genauso viel leisten konnte wie die Polizei, wünschte Kate ihrer Großmutter eine Gute Nacht und legte auf. David war der Meinung, dass sie Gilbert auf der Stelle informieren sollten. Die Drohung des Fremden schien ihm mehr als ernst zu sein. Ohne Frage war er derjenige, vor dem Chloe gestern Abend nur in letzter Minute flüchten konnte. Die Entscheidung, Kirstie Scott und ihr Team zu informieren oder nicht, sollte am besten sofort getroffen werden. Das waren sie dem Rest der Familie schuldig.

Mit zwei Telefonaten stöberten sie Kates Vater in einem beliebten Restaurant auf. Dorthin hatte ihn das Denkmalamt eingeladen. Gilbert lief mit dem Telefon in der Hand nach draußen. Dort hörte er sich Grandmas Geschichte an.

«Sie hat recht, das verändert alles», befand er. «Aber ich denke nicht, dass die Tat nur von einem allein geplant wurde. Dafür war sie zu spektakulär.»

«Wer bitte riskiert so viel für ein kleines weißes Kreuz, wie es sicher viele gibt?» Kate sprach laut, das Handy lag immer noch zwischen ihr und David auf dem Wohnzimmertisch. «Vielleicht ist der Mann geisteskrank. Er ist doch nach der Tat davongekommen, was will er mehr?»

David mischte sich ein. «Das muss kein Widerspruch sein. Vielleicht hat er den Falschen erschossen und sein eigentliches Ziel war Chloe.»

Kate und ihr Vater schwiegen betroffen. Daran hatte noch keiner gedacht.

«*À la bonheur*, David», sagte Gilbert voller Respekt. «Das könnte Sinn machen. Ihr sagtet, als Mum ihn nach der Bedeutung des Kreuzes fragte, hätte er davon gesprochen, dass es für einen Toten steht. Denken wir also weiter. Hat vielleicht Chloe diesen Tod verursacht? Trägt sie Schuld an einem Unfall? Hat sich jemand ihretwegen das Leben genommen?»

«Hör auf, Dad!»

«Ist ja gut, Kate», sagte ihr Vater. «Ich hole morgen früh die Tüte mit dem Kreuz ab und bringe sie zu DCI Scott. Damit verfügt sie auch über die DNA des Mörders.»

«Das könnte Chloe entlasten.» Mit seinem Wissen aus der Forensik sah David bereits die nächsten Schritte voraus. «Wenn dann noch den gefundenen Wollfäden diese DNA anhaftet, MUSS man ihr glauben.»

«Und wie erfährt Chloe davon? Ich bleibe dabei, wir müssen sie finden!», beharrte Kate. «Sie hat von einer Hütte gesprochen …»

«Das wird nicht einfach», warf ihr Vater ein.

Auf Kates Laptop ploppte hörbar das Mailprogramm mit einer neuen Nachricht auf. Kate nahm das Handy vom Tisch, marschierte damit zum Schreibtisch und schaute auf den Betreff der Mail. Es war das, was Onkel Brian ihr vor einer Stunde angekündigt hatte: seine wissenschaftliche Analyse der Ameisen und der Walderde, die an Chloes Kleidung gehaftet hatten.

«Ich muss Schluss machen, Dad. Onkel Brians Bericht aus dem Labor ist da.»

«Dann viel Glück», wünschte ihr Gilbert. Er wusste, dass auch er wie alle anderen von Brian informiert werden würde. «Und bis morgen früh.»

Kate legte ihr Handy weg und hatte Mühe, ihre Aufregung zu unterdrücken. Würde der Laborbericht ihnen bei den Ermittlungen weiterhelfen können oder nicht? Vielleicht betrieben sie mit dieser Ameisensache bloß albernen Aktionismus …

David kam zu Kate an den Laptop, legte beruhigend seine Hand auf ihren Rücken und beugte sich mit ihr im Stehen über den Bildschirm. Mit einem ungeduldigen Klick öffnete Kate den Anhang der Mail.

15. 

UNTERSUCHUNG DER EINGEREICHTEN AMEISENPROBE D/219

Prof. Brian Doyle, Institut für Biowissenschaften,
Universität Plymouth

Das mir und meiner Mitarbeiterin Dr. Susan Greve vorliegende Material besteht zu großen Teilen aus äußerst humusgesättigter Erde, in der sich einzelne Überreste der Ameisenart *Formica exsecta*, der Großen Kerbameise, befinden. (Gattung der Waldameisen und dort zur Untergattung der Kerbameisen *Coptoformica* gehörig.)
In den Chitinhüllen der zum Teil zertretenen (o. ä.) Exemplare konnten die bei lebenden Ameisen zumeist hohen Konzentrationen von Trans-trans-Dolichodial und Cis-trans-Iridomyrmecin nicht mehr nachgewiesen werden. Aus diesem Zerfall lässt sich schließen, dass die untersuchten Exemplare zum Zeitpunkt ihrer Einsammlung seit mindestens einer Stunde nicht mehr am Leben waren. Dies wird (s. u.) für die Suche nach dem Siedlungsraum von *Formica exsecta* noch von Bedeutung sein.
Gemäß ihrer Lebensform (Vorkommen gesamtpaläarktisch) fühlt sich die Große Kerbameise in einem Gelände heimisch, das sich als weitgehend offen, teilweise beschattet, mit Magerrasen versorgt oder durch Baumgruppen definiert beschreiben lässt. Für

die Grafschaft Cornwall hat die Forschungsgruppe um Dr. Greve für die Ansiedlung der Großen Kerbameise ausschließlich Waldlichtungen und überschaubare Moorlandschaften ausgemacht.

Zum jetzigen Zeitpunkt (Stand: Zählung 15.05. d. J.) lassen sich in Cornwall nur noch vier der letztjährigen fünf Kolonien von *Formica exsecta* finden. Geografisch geordnet, stellen sich die Kolonien wie folgt dar:

Kolonie A – Newbridge (nahe Land's End)
Kolonie B – Bodelva (nahe Eden Project)
Kolonie C – Temple (Bodmin Moor)
Kolonie D – Pickon Wood (nahe Willsand)

Unter Berücksichtigung einer zu Fuß erreichbaren Radiuslinie rund um die Trewistle Farm kommt bei realistischer Betrachtung nur die Kolonie D (Pickon Wood) als Siedlungsort der untersuchten Ameisenexemplare infrage. Hierbei handelt es sich um ein einzelnes Nest am Waldrand, Höhe ca. 1,30 Meter, unter einem Hochsitz und zwischen zwei Buchen gelegen. Die GPS-Koordinaten können auf Wunsch mitgeteilt werden.

gez. Brian Doyle

16.

Auf dem Parkplatz neben dem schilfigen See des Anglerklubs waren nur wenige Autos abgestellt. Kate parkte ihren Wagen im Schatten einer Birke und stieg aus. In der Luft hing die moorige Feuchtigkeit des Gewässers neben ihr. Angeblich zogen die Angler nur Karpfen aus dem Wasser.

Suchend blickte sie sich um. Onkel Brian wollte direkt aus dem Institut hierherkommen. Den Treffpunkt hatten sie noch gestern Abend vereinbart. Im Schlepptau von zwei Anglern, die mit ihren Gerätschaften auf einen Pick-up zugingen, kam ihr ein Mann entgegen, den sie auf den ersten Blick gar nicht erkannte. Er trug eine zerknautschte dunkelblaue Barbourjacke, Wanderschuhe, einen Rucksack und den typischen grünen Regenhut der Vogelbeobachter. Erst als die Gestalt näher kam, entpuppte sie sich als Onkel Brian. So ländlich hatte Kate ihn noch nie gesehen. Andererseits war er ja Biologe und musste vermutlich öfter als sie durch die Natur streunen. Seine Wanderschuhe jedenfalls sahen reichlich abgewetzt aus.

Fröhlich breitete er die Arme aus, die braunen Augen über dem Bart strahlten. «Gefunden! Ganz ohne Handy! Ist das nicht ein Wunder?»

«Ja, ein echtes Wunder!», antwortete Kate amüsiert und umarmte ihn herzlich. In seiner Gegenwart fühlte sie sich jedes Mal auf Anhieb wohl. Durch die kultivierte Art seiner Jovialität ließ er leicht vergessen, welche Koryphäe er als Wissenschaftler verkörperte. Wenn man ihn abends im groben Wollpullover in seinem Lieblingspub sitzen sah, wo er mit den Arbeitern würfelte, konnte man ihn leicht für einen Mann aus dem Hafen halten.

Kate und er hatten sich hier verabredet, weil der Parkplatz oft von Wanderern frequentiert wurde. So fiel es kaum auf, dass sie jetzt nach Pickon Wood aufbrachen, einem Waldstreifen, der auf einer kleinen Anhöhe lag. Um den Forst zu erreichen, mussten sie lediglich eine Apfelplantage umrunden und am Schluss ein Stück Heide durchqueren.

Seite an Seite stapften sie los.

Nach wenigen Metern zeigte Brian auf einen kaum erkennbaren Pfad. Eigentlich bestand er nur aus zertrampeltem Gras unter einer Gruppe halbhoher Stechpalmen. «Hier entlang», sagte er. «Dann sind wir schneller an der Apfelfarm.»

Vorsichtig schoben sie sich durch das dornige Ilex-Dickicht, die Arme schützend vor ihre Gesichter haltend. Ganz Cornwall war von solchen Abkürzungen durchzogen. Einige hatten sich als Verbindungen zwischen den Gehöften bewährt, andere stammten noch aus der Zeit der Schmuggler. Im achtzehnten Jahrhundert waren jährlich eine halbe Million Gallonen Weinbrand aus Frankreich über diese geheimen Wege transportiert worden.

Während sie dem überwucherten Pfad folgten, dankte Kate ihrem Onkel für sein tolles Dossier und dass er sich mitten in der Woche die Zeit nahm, sie zu begleiten. Sie wusste, dass er dafür einen Termin mit dem Dekan der Universität hatte verschieben müssen.

Brian winkte ab. «Mach dir keine Gedanken. Dein Vater hat mich angerufen, wegen des Drohanrufs bei Grandma. Ich unterstütze eure Strategie. Nur damit du das weißt.»

«Danke.» Kate wich beim Gehen einem überhängenden Ast

aus. «Ist es realistisch, dass Chloe sich drüben im Wald versteckt?»

«Es würde zu ihr passen. Mit zehn, zwölf Jahren war sie in jeder freien Minute mit dem Fahrrad unterwegs. Ich bin sicher, sie kennt noch immer jeden Quadratmeter hier draußen.»

«Das meinte Grandma auch.»

Tatsächlich standen sie schon nach wenigen Minuten vor dem Zaun der Apfelfarm. Von dort mussten sie nur noch ein Stück Heide durchqueren, dahinter erhob sich der Wald.

Onkel Brian ging voran. Ununterbrochen schweifte sein Blick über die Pflanzen rechts und links neben dem Pfad, als wäre er auf der Pirsch nach Neuentdeckungen in der Flora und Fauna. Hin und wieder gab er für Kate erklärende Kommentare ab, zum Beispiel über einen hellblauen Schmetterling, der vermutlich bald in England ausgestorben sein würde. Zum Leidwesen der Wissenschaft gab es nur noch wenige Exemplare.

Nach einer Viertelstunde hatten sie den Waldrand erreicht. Die meisten Bäume waren Eichen. Einen richtigen Weg durch den Wald gab es nicht.

Brian schaute auf sein Handy. Dr. Greve hatte die Koordinaten für den Ameisenhaufen für ihn eingegeben. «Noch ein paar Meter nach Süden.»

Sie stapften weiter durch das hohe Gras, das hier in langen Rispen zwischen den Eichen wuchs. Krächzend warnte ein Eichelhäher die Waldbewohner vor den ungebetenen Besuchern. Als Kate nach drei Minuten den Hochsitz entdeckte, wusste sie, dass sie am Ziel waren. Stolz deutete Onkel Brian auf den braunen Hügel darunter. Das Ameisennest P-25 war erreicht.

Wie im Gutachten beschrieben, war das Nest gut bevölkert, wenn auch inzwischen halb zerstört. Eigentlich sollte der Bau hoch und kegelig sein, was laut Brian auf besonders viele Bewohner schließen ließ. Was sie jetzt sahen, war leider nur noch ein

Rest des ursprünglichen Hügels. Umso mehr wimmelte es von Ameisen, die verzweifelt versuchten, ihrem Nest die alte Form zurückzugeben. In großen Gruppen schleppten sie ihre Reparatursets aus Stöckchen, trockenem Blattwerk und Harzklumpen den Hügel hinauf.

Traurig blickte Brian auf die kraterähnlichen Vertiefungen neben der eingefallenen Spitze. Deutlich waren zwei Fußabdrücke darin zu erkennen.

«Chloe auf der Flucht!», vermutete Kate. «Das würde erklären, warum sie tote Ameisen an der Kleidung hatte.»

«Vermutlich, ja.»

Suchend gingen sie weiter. Etwa fünfzig Meter vor ihnen lag eine kleine Lichtung, dahinter wuchsen fast nur noch Fichten in die Höhe. Brian vermutete, dass man durch den Wechsel der Baumarten beim Aufforsten mehr Schutz für das Wild gewährleisten wollte.

«Wenn ich mich verstecken müsste, würde ich es dort hinten tun», erklärte er und zeigte auf eine Schneise zwischen den Fichten, die tiefer in den Wald zu führen schien. Ein schmaler Transportweg. Bis zur anderen Seite des Wäldchens waren es noch etwa dreihundert Meter. «Es gibt hier verschlossene Hochsitze, sie könnten auch als Versteck dienen.»

Kate stand neben ihm, plötzlich von zwei hellgrünen, nach oben spitz zulaufenden Streifen zwischen den dunklen Fichten abgelenkt. «Da vorne, das Hellgrüne», sagte sie und deutete zur linken Seite der Lichtung. «Könnte das ein Dach sein?»

Onkel Brian folgte ihrem Zeigefinger mit den Augen. «Tatsächlich!»

Gemeinsam näherten sie sich der Stelle. Wie vermutet, zeichnete sich hinter den Zweigen der Fichten ein hellgrün gestrichener Dachgiebel ab. Mit klopfendem Herzen ging diesmal Kate voran. Schließlich stand sie vor einer Art Jagdhütte, gezimmert aus runden Stämmen und über die Jahre grau verwittert. Die Eingangstür nahm die ganze Giebelseite ein. An den beiden Längsseiten der Hütte befanden sich je ein Fenster, die mit grün gestrichenen Läden verschlossen waren.

«Sieht unbewohnt aus.» Kate richtete den Blick auf die verriegelten Fensterläden. Überall wucherte wilde Clematis.

Brian war inzwischen näher an die Tür getreten. Er winkte Kate zu sich, seine Stimme klang leiser als vorher. «Sieh dir das an.»

Kate erschrak. Unterhalb der Türklinke gab es mehrere rote Flecken auf dem silbergrauen Holz. Auch am Türrahmen schimmerte es rötlich. «Ist das Blut?»

«Möglicherweise.» Das Gesicht ihres Onkels war so angespannt, wie Kate ihn lange nicht gesehen hatte. «Geh lieber zur Seite.»

Nicht noch einmal, betete Kate, bitte nicht noch einmal.

Brian zog ein sauberes Papiertuch aus der Hosentasche und öffnete damit vorsichtig die angelehnte Tür. «Wir sind unbewaffnet!», rief er. «Falls du da bist, Chloe – hier ist Brian.»

Aus dem dunklen Inneren der Hütte kam keine Antwort. Brians Hand tastete rechts und links an der Wand entlang nach einem Lichtschalter. Kate hielt das für sehr optimistisch, denn wie sollte es hier im Wald Strom geben? Zu ihrer Überraschung wurde es tatsächlich hell in der Hütte.

«Oh Gott! Wahnsinn!», entfuhr es Brian.

Kate drängte sich an ihm vorbei. Mitten auf dem groben Holzboden lag ein zerbrochener versilberter Rahmen mit einem großen Foto. Sie beugte sich ein wenig nach vorne. Chloe und Hugh Carrington gemeinsam in einem Garten! Sie warf einen Blick zu ihrem Onkel, der ebenso überrascht wirkte. Ein Urlaubsbild, so schien es, Chloe und Hugh trugen T-Shirt, Shorts und Strohhüte. Die zwei Fächerpalmen und die üppig blühenden Blumen hinter ihnen ließen auf einen Garten irgendwo im Süden schließen.

«Das ist es also», sagte Kate tonlos. «Die beiden waren ein Paar.»

«Ja. Und jemand hat ihr Liebesnest verwüstet», ergänzte ihr Onkel.

Die Glassplitter des Bildes hatten sich weit verteilt, selbst unter dem hölzernen Doppelbett, das unter dem linken Fenster stand, blitzten sie auf. Die beiden Bettdecken waren unordentlich aufgetürmt. Vor dem Bett lagen eine zerbrochene Vase mit Trockenblumen, ein Fernglas, aus dem sich ein Okular gelöst hatte, eine Handvoll Muscheln und ein paar Papiere. Sie stammten ganz offensichtlich von dem halbhohen Regal neben dem rechten Fenster, auf dem weitere Papiere sowie Zeitungen und Bücher zu sehen waren.

Kates Blick fiel auf einen der Bettpfosten. Wieder schimmerte es rot. Noch ein Blutfleck? Schaudernd machte sie ihren Onkel darauf aufmerksam.

Brian nickte. «Offensichtlich hat Chloe sich nach ihrer Flucht aus der Villa hier versteckt. Wahrscheinlich hatte sie eine Verletzung. Schlimm kann sie nicht gewesen sein, sonst würden wir hier mehr Blut sehen. Und dann musste sie auch von hier fliehen.»

«So könnte es gewesen sein», bestätigte Kate. Sie fröstelte vor Aufregung und zeigte schockiert auf das Durcheinander im Raum. «Schau dir die Verwüstung an! Dieser Typ scheint auch hier eine regelrechte Treibjagd unternommen zu haben.»

Obwohl es ihr schwerfiel, blickte sie sich weiter um. Die Hütte bestand aus einem einzigen Raum, nur hinten gab es noch eine schmale Tür, die angelehnt war. Auf der anderen Seite des rechten Fensters befand sich ein schlichter Schrank mit weit geöffneter Tür, aus dem der Einbrecher ebenso wahllos Gegenstände gerissen hatte. Anderes hatte er unangetastet gelassen, beispielsweise eine Glasschale mit Sand und auch ein Bündel Briefe. Neben dem Schrank war ein Holzstuhl dicht an die Wand gerückt.

Hier also hatten Chloe und Hugh Carrington sich getroffen. Offenbar heimlich, denn nur ein paar Meilen entfernt stand Carringtons schöne Villa. Aber warum diese Heimlichkeit?

Um sicher zu sein, dass sich im hinteren Teil des Raums niemand versteckt hielt, öffnete Brian mit einem Ruck die kleine Tür. Dahinter lag ein winziges Badezimmer mit Toilette und schmalem Waschbecken. Auf der gläsernen Ablage darüber standen Gläser mit Zahnbürsten und ein Kulturbeutel von Louis Vuitton, wahrscheinlich gehörte er Chloe.

«Warum diese Umstände, um sich zu treffen?», rätselte Kate. «Carrington war doch geschieden.»

Onkel Brian griff nach den Briefen in dem offenen Schrank. Er reichte sie Kate. «Magst du da mal reinschauen? Vielleicht verraten sie uns was. Ich sehe mich inzwischen draußen um.» Er zeigte auf den Stuhl in der Ecke. «Am besten setzt du dich beim Lesen hin, damit wir nicht noch mehr Spuren zertreten.»

Als er die Hütte verließ, griff Kate aufgeregt nach dem oberen der insgesamt sieben Umschläge. Was würde sie jetzt wohl erfahren? Gespannt nahm sie zum Lesen Platz.

Sämtliche Briefe waren an den *Wunderbaren Hugh* oder *Meine geliebte Chloe* adressiert, Briefe ohne Briefmarken, als hätten die Verliebten sich die Briefe selbst überreicht oder durch Freunde zukommen lassen.

Den obersten Brief hatte Chloe mit Datum vom dreiundzwanzigsten April an Hugh geschrieben. Kate erkannte sofort ihre schöne geschwungene Schrift.

Chloe begann mit einer kurzen Information über eine Auktion bei Sothebys, bei der sie eine Zeichnung von Henri Matisse entdeckt hatte, die sie sechs Jahre zuvor selbst nach Schottland vermittelt hatte. Fast amüsiert beschrieb sie, wie wenig ihr diese Auktionen heute noch bedeuteten. Dann nannte sie Hugh auch den Grund dafür.

... es ist, als wäre mein Leben in eine neue Dimension vorgestoßen. Weißt Du, was ich meine? Die Zeit, die wir zusammen verbringen, verändert alles, wirklich alles. London kommt mir plötzlich wie Käfighaltung vor. Manchmal ertappe ich mich dabei, wie ich zu Hause minutenlang wie ein Teenager auf Dein Foto starre und mir unser nächstes gemeinsames Wochenende ausmale (und dann wird es ja meistens noch viel schöner, wie neulich auf den Scillies!!). Vor einem Jahr hätte ich über eine verliebte Frau wie mich nur mitleidig gelächelt. Wenn nur das furchtbare Warten nicht wäre. Warten auf unser nächstes Treffen, warten auf unsere nächsten Untersuchungsergebnisse, warten auf den nächsten Brief von Deiner Frau, warten auf DIESEN EINEN TAG.

Kennst Du das Bild «Die Liebenden II» von René Magritte? Das könnten wir sein. Sie im roten Kleid (Liebe!), er ganz fein mit Krawatte, sie scheinen sich ganz innig küssen zu wollen. Doch ihre Köpfe sind vollständig mit Tüchern umwickelt, sodass sie sich aus geheimnisvollen Gründen gar nicht sehen, sondern nur spüren können. Trotzdem hat diese Nähe etwas so Magisches, dass man eine Gänsehaut bekommt. Weil man ahnt, dass selbst diese Tücher das Wichtigste nicht verstecken können, den Duft der Liebenden, die Form ihrer Münder, Nasen usw. Beide können fest darauf vertrauen, dass der andere einfach da ist und einen festhält. Und schon bald, so hofft man ganz fest, werden sie sich hoffentlich ohne Hindernisse lieben können.

Du hast mich neulich gefragt, wo ich meinen Geburtstag feiern möchte. Das mit dem Flug nach Kreta oder Deine Stockholm-Idee ist alles gar nicht nötig. Ich wünsche mir nur zwei oder drei schöne Tage mit Dir in der Hütte. Ich würde ein paar leckere Sachen von Fortnum & Mason mitbringen und ganz viel Liebe.

Darling, nach allem, was wir beide durchgemacht haben, bin ich jetzt mit Dir der glücklichste Mensch weit und breit. Ich werde Dir ab jetzt noch häufiger schreiben, damit Du auch wirklich an nichts anderes mehr denken kannst. Ist das zu viel verlangt?

In kaum fassbarer tiefer Liebe,

Chloe

Gerührt steckte Kate den Brief in das Kuvert zurück. Nur mit Mühe konnte sie unterdrücken, dass ihr die Tränen kamen, wenn sie daran dachte, dass Chloe ganz offensichtlich ihr halbes Leben gebraucht hatte, um endlich das beschriebene private Glück zu finden. Die unglückliche, stille Chloe.

Was waren das wohl für schwere Zeiten gewesen, die sie durchstehen musste? Bezog sich das nur auf die Nierenspende, oder gab es da noch mehr? Und wem gehörte diese Hütte? Vermutlich hatte Carrington sie – wie auf dem Land üblich – nur per Handschlug von einem Bauern gemietet. Deshalb wusste auch die Polizei nichts von ihr.

Kate zog einen anderen Umschlag aus dem Stapel. In ihm steckte ein Brief von Hugh Carrington. Seine entschlossene, auffallend senkrechte Handschrift drückte Willensstärke aus.

Am Anfang des Briefes berichtete er vom letzten Kontrollbesuch bei seinem Professor in Zürich, dort, wo die Nierentransplantation vorgenommen worden war. In Zukunft, schrieb er erleichtert, konnten sie sich beide an der Universität Plymouth weiterbehandeln lassen. Anschließend sprach er von seiner Villa hier in Cornwall, von den Umbauten, die er vornehmen wollte, sobald Chloe endlich dauerhaft bei ihm wohnte. Was er dann schrieb, ließ Kate die Zeilen vor Überraschung zweimal lesen.

Kennst Du den klugen Satz «Die Zeit verweilt lange genug für denjenigen, der sie nutzen will» (Leonardo da Vinci)? Wir hatten ihn vor zwei Jahren auf die Titelseite einer unserer Zeitschriften gesetzt. Und wie immer, wenn ich von einer Redaktionssitzung zur nächsten gehetzt bin, habe ich ihn kaum richtig durchdacht. Erst heute weiß ich, wie tiefgründig er ist. Zeit ist das größte Universum.
Du glaubst nicht, wie sehr ich jetzt die viele Zeit genieße, die ich mir bei allem nehmen kann. Beim An-Dich-Denken, beim Lesen, beim Pläneschmieden für unser gemeinsames Leben. Jeden Tag mache ich lange Spaziergänge und weiß plötzlich wieder, wie das Meer riecht und wie blühende Rapsfelder aussehen. Sogar hinsichtlich Deiner Tante Emily mache ich die gewünschten konspirativen Fortschritte. Du hattest recht, sie ist eine interessante Lady. So langsam baut sie auch Vertrauen zu mir auf und berichtet nur Gutes von Deiner Familie. Wenn Du am Samstag kommst, erfährst Du das Neueste.
Diesen Brief gebe ich jetzt Lewis Drury mit, der heute ein paar Akten abholt und sehr diskret ist. Und sei bitte weiter vorsichtig. Lord Perry sagte mir gestern am Telefon, dass die «Daily Mail» nach wie vor eine Story über mich plant. Ihr Schweiz-Korrespondent hat uns zusammen in Zürich gesehen.
Ich warte auf Dich wie ein frisch verliebter Student. Wie ich Dir neulich auf dem Boot sagte, kann ich mich in Deiner Gegenwart zum ersten Mal in meinem Leben bedingungslos fallen lassen. Weil ich weiß, Du würdest mich auffangen. Kein Spinnwebennetz von Rücksichten und keine politischen Intrigen mehr in meinem Alltag, keine Tricks, keine privaten Lügen.
Ich bin einfach nur glücklich.

Dein Hugh

Jetzt musste Kate doch weinen. Die Vorstellung, dass diese beiden gereiften Menschen alles hinter sich lassen wollten, um doch noch glücklich werden zu können, und dass der Mord an Carrington diese wunderbare Hoffnung so brutal zunichtegemacht hatte, war tieftraurig. Mehr noch, es war herzzerreißend. Auch die Erkenntnis, dass Carrington offenbar nur auf Wunsch Chloes Kontakt mit Grandma aufgenommen hatte, rührte Kate. So wusste Chloe genau, wie ihre Familie heute lebte. Bestimmt wäre sie später, wenn sie ganz offiziell mit Carrington zusammenleben konnte, selbst bei Grandma aufgetaucht.

Die Hüttentür knarrte, Onkel Brian kam herein. «Nichts Auffälliges. Nur dass das Gras drüben unter der Buche zertrampelt wurde. Als hätte dort jemand länger gewartet ...» Er sah die Tränen in Kates Augen und den Brief in ihrer Hand. Mitfühlend ging er zu ihr und streichelte ihr väterlich über die Schulter. «War es so traurig?»

«Nein», sagte sie leise, «so hoffnungsvoll. Die beiden hatten eine Menge schöner Pläne ...» Kate fasste in ein paar Worten zusammen, was sie besonders berührt hatte. Als sie von Chloes Versuch erzählte, über Hugh Carrington neuen Kontakt zu Grandma aufzunehmen, reagierte auch ihr Onkel überrascht.

«Das müssen wir Grandma erzählen», meinte er. «Es wird sie beruhigen. Sogar sehr.»

Warum Chloe und Carrington sich vor der Welt verstecken mussten, konnten sie sich beide nicht erklären. Carrington war doch längst geschieden ... Was hatte dann dieser eine Satz zu bedeuten?

... warten auf den nächsten Brief von Deiner Frau, warten auf DIESEN EINEN TAG ...

Kate bündelte die Liebesbriefe wieder und legte sie in den Schrank zurück.

«Wir sollten uns auf den Rückweg machen», sagte ihr Onkel. Er klang fürsorglich, was Kate guttat. «Dass Chloe hierher zurückkommt, ist nicht sehr wahrscheinlich.»

«Nein.» Nachdenklich blickte Kate noch einmal auf das Chaos. «Und sicher müssen wir auch hierüber die Polizei informieren.»

«Ich fürchte, ja.»

Vor Kates Augen formierte sich bereits das Bild, wie Polizisten engmaschig das kleine Waldstück nach Chloe und dem Unbekannten durchsuchten.

Als sie wieder draußen standen, flog mit rauschenden Flügeln ein bunter Eichelhäher auf, als hätte er argwöhnisch auf sie gewartet. Krächzend steuerte er die hohen Fichten hinter dem Haus an. Kate gäbe eine Menge dafür zu wissen, was dieser Wächter hier alles beobachtet hatte.

17.

Die Doyle'sche Kommunikationskette funktionierte reibungslos. Es war wie beim Staffellauf, einer gab den Stab an den anderen weiter. Eine knappe Stunde, nachdem seine Tochter und sein Bruder die Waldhütte entdeckt hatten, wusste Gilbert lückenlos über jedes Detail Bescheid. Sie wäre eine vorzügliche Honigbiene, hatte David neulich grinsend über Kate gesagt. Lass sie eine Runde fliegen und sie macht dir den Schwänzeltanz. Damit zeigten erfolgreiche Bienen an, wo und in welcher Entfernung sie fündig geworden waren.

Gilberts morgendliches Treffen mit DCI Scott in Plymouth hatte eine Stunde gedauert. Zu diesem Zeitpunkt hatte er noch nichts von Kates Entdeckung der Waldhütte gewusst. Er hatte Scott die Tüte mit dem geheimnisvollen Kreuz überreicht und über den Drohanruf bei Grandma ausgesagt. Obwohl ihm der kritische Blick der Ermittlerin signalisiert hatte, dass sie *not amused* darüber war, wie spät er hier mit seinen Informationen auftauchte, war es am Ende doch eine freundliche Unterhaltung geworden. Sogar eine Tasse Kaffee und Plätzchen hatte es im Büro der Ermittlerin gegeben. Gilbert hatte die Gelegenheit genutzt, um Kirstie Scott die familiären Zusammenhänge der Doyles zu erklären. Er wollte, dass sie wusste, wie eng vor dreißig, vierzig Jahren das Verhältnis von Gilbert und seinen Geschwistern zu ihrer Cousine gewesen war. Chloe sollte von der Polizei endlich als Mensch und nicht nur als Fahndungsbild wahrgenommen werden.

Nur am Schluss des Gesprächs kniff er. Während der ganzen Unterhaltung hatte er mit sich gekämpft, ob er DCI Scott auch von Chloes Anruf auf Kates Handy erzählen sollte. Die Existenz des weißen Kreuzes hatte er bisher mit der kleinen Lüge erklärt, dass es von Chloe heimlich vor die Haustür der Farm gelegt worden war. Am Ende hatte er es bei dieser Lüge belassen. Indem er der Polizei ihren Anruf verschwieg, verschaffte er Chloe noch für einen Tag Luft …

Jetzt, ein paar Stunden später, stand Gilbert in der Eingangshalle von Mount Edgcumbe und beobachtete, was sich vor ihm auf der majestätisch geschwungenen Treppe tat. Es ging um Geld aus dem Renovierungsfond, verwaltet vom Council Committee, das für das Herrenhaus, den Park und die Gärten von Mount Edgcumbe verantwortlich war und Gilbert als Kurator engagiert hatte. Er selbst nannte Edgcumbe *des Kunsthistorikers Traum*, eine geballtere Ladung Geschichte als hier lasse sich in der Gegend kaum finden.

Bereits die Lage des Parks auf der Halbinsel Rame war atemberaubend. Er ragte auf dreihundertundfünfzig Hektar direkt gegenüber von Plymouth in die Meeresmündung des Flusses Tamar. In der Mitte der Halbinsel thronte das eigentliche Juwel, das romantisch wirkende Herrenhaus. Es war im Tudor-Stil erbaut, mit Erkern, gedrückten Spitzbogenfenstern und vier eindrucksvollen Flankierungstürmen statt der üblichen vier Hausecken. Dass alle vier Ecktürme mit Zinnen versehen waren, gehörte zur Architektur dieser Epoche.

Im Park selbst ließ Cornwalls subtropisches Klima riesige Bäume, seltene Gewächse und endlose Flächen bunter Blüten gedeihen. Gewaltige Mammutbäume gehörten ebenso dazu wie Palmen, Himalayafichten oder Tulpenbäume. Allein der Kamelienpark beherbergte siebzig verschiedene Arten. Es gab Serpentinenwege an den Klippen, geschlängelte Wege durch Wiesen und Wälder sowie aufregende Sichtachsen zur Küste. Die kühle Brise vom Meer machte selbst heiße Sommertage erträglich.

Seit der Erbauung des Herrenhauses im sechzehnten Jahrhundert waren viele Stürme über das Anwesen hinweggefegt, reale wie zeitgeschichtliche. Der Aufstieg der Edgcumbes und Edgcumbe-Piers, die politischen Wetterumschwünge in der Familie, die Bombardierung der Räume durch die Deutschen im Zweiten Weltkrieg – historisch aufzuarbeiten gab es genug.

Mit einer Lupe in der Hand kroch der Restaurator gerade die endlos lange Treppe in der Halle hinauf. Prüfend richtete er seinen Blick auf den pfirsichfarbenen gemusterten Läufer. Gilbert blieb geduldig unten stehen und wartete das Urteil ab. Als der Restaurator die Treppe herunterkam, steckte er seine Lupe wieder ein.

«Und?», fragte Gilbert. «Wie viel muss vom Teppich erneuert werden?» Er sah bereits die immens hohe Rechnung vor Augen.

«Glück gehabt», sagte der Mann im Kittel lächelnd. «Keine Stockflecken. Geben Sie mir drei Tage Zeit für die Säuberung, und Sie haben wieder ein paar Jahre Ruhe.»

«Danke, Ken», sagte Gilbert erleichtert. «Wenn Sie dann noch schnell nach dem Kratzer auf dem Intarsien-Tisch sehen wollen?»

«Gerne.» Ken verschwand durch die Tür nach nebenan ins Esszimmer.

Gilbert war solche Gespräche gewohnt. Mount Edgcumbe gehörte zu den berühmtesten Sehenswürdigkeiten Cornwalls und sollte auch in Zukunft wie ein Juwel glänzen. Durch die Halle und die weitläufigen Gärten trabten monatlich Tausende von Besuchern, die in Schach gehalten werden mussten. Vor allem der riesige Park mit den jahrhundertalten Bäumen zog die Gäste an. Es gab einen Englischen, Französischen und Italienischen Garten, einen Hirschpark, die Orangerie …

Trotz dieser Vielfalt blieb Gilberts Lieblingsbereich die renovierte Halle. Ihre beigefarbenen Wände mit den Ahnengemälden der vielen Sir Edgcumbes mündeten in Höhe des oberen Stockwerks in eine offene Galerie. Das Treppengeländer wie auch alle anderen Hölzer in der Halle waren von der gedeckten Wandfarbe farblich abgesetzt. Im Nachbarraum konnte man den langen Esstisch mit den Stühlen des historischen Esszimmers bewundern. Im oberen Stock befanden sich Räume wie der Living Room, die Bibliothek, der Schreibraum, das Boudoir und die Schlafzimmer.

Es war ein langer Vormittag für Gilbert gewesen. Erst sein Besuch bei DCI Scott, dann hatte er eine Kommission des Historischen Museums aus London zu Gast gehabt.

Sein Handy klingelte. Es war der Rückruf von Georgia Foxley. Er hatte ihr vorhin auf die Mailbox gesprochen.

«Hallo, Georgia. Danke, dass du anrufst.»

«Hi! Da ich sonst nichts von dir höre, muss ich doch würdigen, dass du dich wieder mal meldest.»

Georgias sanfte Stimme klang gerne ein bisschen spöttisch, obwohl sie behauptete, nach ihrer Scheidung vom Labour-Abgeordneten Duncan Eloy nur noch in guter Laune zu schwimmen. Gilbert kannte sie aus seiner Zeit beim MI5. Mit vierundzwanzig Jahren durfte Georgia sich dort «jüngste Kunstexpertin des Geheimdienstes» nennen, viermal hatte sie, zusammen mit Gilbert, bei heiklen Einsätzen tote Briefkästen geleert und als Kunstimporteure getarnte Spione zum Plaudern gebracht. In späteren Jahren – wie Gilbert selbst längst *saubergewaschen* – war sie als Kunstmarkt-Korrespondentin bei der *Financial Times* angestellt. Seit einiger Zeit lebte sie als freie Journalistin in Greenwich.

Gestern hatte Gilbert ihr seine drei Fotos der japanischen Werke aus Hugh Carringtons geheimem Kabinett gemailt. Er brauchte ihre Expertise. Georgias Fachgebiet war die fernöstliche Kunst. Auf ihre Verschwiegenheit konnte er sich ohnehin verlassen.

«Du hast erhalten, was ich dir geschickt habe?»

«Oh ja!» Georgia verbarg ihr Staunen nicht. «So was Exquisites habe ich lange nicht gesehen. Wo hast du das her?»

«Das gehört einem Bekannten», schwindelte Gilbert. «Er hat die Werke im Keller eines Verwandten gefunden und weiß nicht, wie er sie einschätzen soll. Ich konnte ihm nur bedingt helfen, meine Kenntnisse über japanische Kunst stoßen an ihre Grenzen.»

«Dann falle ich gleich mit der Tür ins Haus: Lass die Finger davon, Gilbert! Wir reden über die japanische Muromachi-Zeit im fünfzehnten Jahrhundert. Eine Tuschezeichnung stammt von Sesshū Tōyō, zwei von Shūbun. Ich hab vor Ehrfurcht nicht gewagt, die drei Fotos zu berühren!»

«Ist das wahr?»

«Glaub mir, Kunstwerke wie diese sind seit Jahren nicht mehr zu bekommen. Möglicherweise reden wir hier über Millionenschätze!» Georgias Stimme verbarg nicht, dass sie das Märchen von dem Freund nicht glaubte. «Wer sich das gegriffen hat, muss viele stille Kanäle gehabt haben.»

«Danke, Georgia.» Gilbert machte es wie früher beim MI5, wenn ein Thema zu heiß geworden war. «Ich werde die Informationen weitergeben und mich gegebenenfalls noch mal melden.»

Georgia lachte herzhaft. «Der liebe, höfliche Gilbert! Vergiss es, Darling, die alten Zeiten sind vorbei. Sekunde, ich muss nur schnell meinen Hund rauslassen!»

Gilbert wartete und rätselte inzwischen, wie Hugh Carrington wohl an diese Raritäten gelangt war. Ob Chloe ihm dabei geholfen hatte? Vieles sprach dafür, auch dass die Werke unter der Hand erworben wurden, denn Carrington hatte ja all seine Kunst der Tate Gallery gespendet.

Als Georgia ans Telefon zurückkehrte, schien sie das vorige Thema diskret abgehakt zu haben. «Wie geht's dir sonst, *old boy*? Was tut sich in Cornwall?»

«Ich nehme an, du bist über den Mord an Hugh Carrington informiert», sagte Gilbert. «Wie du dir denken kannst, brodelt es hier vor Gerüchten.»

«Ja, wenn eine Eiche fällt ...» Georgia klang jetzt überraschend unironisch. «Ich habe den Kerl gemocht. Auch wenn er mir damals den Job in seiner Chefredaktion nicht geben wollte.»

Gilbert beschloss, auch gleich auf sein zweites Thema zu kommen. «Was ich dir jetzt erzähle, ist ebenso vertraulich, Georgia. Ich versuche, ein Rätsel zu lösen, und du hast vielleicht die Antwort.»

«Ich bin eine exzellente Sphinx», antwortete die Journalistin. «Schieß los.»

«Unmittelbar nach dem Mord ließ mich die Polizei in Carringtons Haus, weil sie jemanden brauchte, der die Villa kannte», begann Gilbert. «Vor einem Jahr habe ich den historischen Eiskeller für Carrington renoviert.»

«Wie hilfsbereit», sagte Georgia ein wenig spitz. «Als *ich* dich nach meiner Scheidung eingeladen habe, warst du nicht so schnell zur Stelle. Aber vergiss es. Ich kenne ja die Gründe.»

Gilbert wusste, dass sie es nicht böse meinte, und ging nicht weiter darauf ein. Damals war seine Frau gerade erst ein paar Monate unter der Erde gewesen, und er hätte gar nicht die Kraft gehabt, auf Georgias geballtes Selbstmitleid zu reagieren.

«Könnte es sein, dass jemand aus der Medienbranche eine Rechnung mit Hugh Carrington offen hatte?», fragte er. «Angeblich war er ein harter Hund. Ich denke an die Entlassungen oder an den Radiosender, den er erst kaufte und dann bankrottgehen ließ, als er sich nicht rentierte.»

«Ja, hart in der Sache, aber immer fair. Er zahlte großzügige

Abfindungen und hat auch Leute gefördert. Folglich keine Hassfigur. Dafür hatte er früher selbst zu lange unter Verlegern wie Maxwell gelitten. Trotzdem fragen wir uns alle, wie Carrington so plötzlich auf den ganzen Spaß verzichten konnte.»

«Offensichtlich gab es private Gründe», sagte Gilbert. «Vor allem wegen seiner ...» Fast hätte er die Nierentransplantation erwähnt, aber sein Sprachzentrum stellte die Weiche in letzter Sekunde aus angeborener Vorsicht um. «... wegen der Trennung von seiner Frau.»

«Das kann schon sein.» Georgia lachte auf. «Aber Carrington als Rentner auf dem Land! Wie muss ich mir das in Cornwall vorstellen, Gilbert? Morgens Rosen schneiden, nachmittags Krocket, abends Glockenläuten mit Gleichgesinnten?»

«Du hast zu viele alte Filme gesehen», meinte Gilbert amüsiert. «Wir haben hier sogar Internet.»

«Zeig mir die Wirklichkeit, und ich widerrufe», kommentierte Georgia. «Wann soll ich kommen?»

«Ende August veranstaltet Mount Edgcumbe ein Sommerfest. Wenn du Lust hast, lasse ich dich auf die VIP-Liste setzen.» Es war ein spontaner Einfall, aber Gilbert fand, dass er durch sie zusätzliche PR einfahren konnte.

«Ich bin quasi schon da», antwortete Georgia fröhlich. «Noch mehr Fragen? Sonst gehe ich mir jetzt Wanderhosen aus kornischem Ziegenleder kaufen.»

Gilbert wurde noch einmal ernst. «Ja, es gibt noch etwas. Carrington hatte eine neue große Liebe. Sie haben sich nur heimlich getroffen, sogar *sehr* heimlich. Niemand sollte davon wissen. Warum wohl? Ich meine – er war geschieden, die Klatschpresse konnte ihm doch egal sein.»

«Nein, er war noch nicht geschieden», entgegnete Georgia. «Ich weiß es von jemandem aus dem Gericht.»

Gilbert war irritiert. «Aber es hieß, die Scheidung sei bereits im Dezember gewesen. Ich sehe den Artikel im *Mirror* noch vor mir.»

«Das war eine Finte», erklärte Georgia. «Der Scheidungstermin war kurzfristig abgesagt worden, weil beide Parteien mehr Zeit für den Vertrag brauchten und dabei nicht gestört werden wollten. So läuft das wohl, wenn es um Millionen geht.»

«Verstehe.»

Georgia wusste noch mehr. Nach allem, was man aus Carringtons Umfeld hörte, hatte sich seine Frau in den vergangenen Jahren zu einer Egoistin entwickelt, der Hugh nichts mehr recht machen konnte.

«Der Arme», sagte Georgia. «Sie soll geschäumt haben, als sie erfuhr, dass Hugh seine Kunstsammlung vor dem Scheidungstermin an die Tate verschenkt hat. Seitdem liegen ihre Anwälte auf der Lauer. Ein Fehler von Hugh, und sie hätten ihm die Ohren oder sonst was abgeschnitten.»

«Was für ein Drama», stellte Gilbert fest. Tatsächlich wurde ihm damit vieles klar. Die arme Chloe hätte womöglich noch lange das entwürdigende Versteckspiel mitmachen müssen, bevor sie Carrington für sich allein haben konnte.

«Ich könnte noch Stunden mit dir quatschen», verkündete Georgia. «Leider muss ich zum Orthopäden. Zu viel Tennis. Wie fit bist du?»

Es war eine typische Georgia-Frage, direkt und überraschend. Ein Züchter hätte nicht deutlicher nach dem Zustand eines Hengstes fragen können.

«Wenn ich Zeit habe, gehe ich joggen», antwortete Gilbert. «Und gelegentlich spiele ich Golf.»

«Ich freue mich auf dein Fest.» Georgia klang entzückt. «Das könnte nett werden. Vielleicht miete ich mir für ein paar Tage ein Häuschen in der Nähe.»

«Erwarte bloß nicht zu viel», meinte Gilbert vielsagend.

Einerseits gefiel ihm der Gedanke, Georgia nach so vielen Jahren wiederzutreffen, andererseits kannte er ihre verletzliche Seite. Sie war erst entstanden, nachdem Duncan Eloy sie jahrelang mit einer Parlamentssekretärin betrogen hatte. Seitdem verschanzte sie sich bei Männern hinter ihrem frechen Humor. Ihr musste klar sein, dass Gilbert als einer der Wenigen ihre Maske durchschaute. Offensichtlich machte ihn das umso interessanter für sie.

«Ich liebe dein britisches Understatement», verkündete Georgia. «Und jetzt ab an deinen Schreibtisch!»

Lächelnd legte Gilbert den Hörer auf. Seine Gespräche mit Georgia hatten immer einen besonderen Reiz. Dann wurde sein Gesicht wieder ernst. Er erinnerte sich daran, was noch auf seiner Agenda stand. Die Polizei musste dringend über Kates und Brians Entdeckung der Waldhütte informiert werden. Das war mit Kate besprochen und das waren sie DCI Scott auch schuldig. So höflich und geduldig Kirstie Scott sich morgens bei der Übergabe des kleinen weißen Kreuzes gezeigt hatte, so sicher würde sie Gilbert gleich Vorwürfe machen. Mit ihrer Suche nach Chloes Versteck waren die Doyles wieder einmal gewaltig vorgeprescht.

Seufzend wählte Gilbert DCI Scotts Telefonnummer.

18.

Wenn es etwas gab, das Emily Doyle sich nicht nehmen ließ, dann war es die tägliche Lektüre ihrer raschelnden *Times*. Eine kräftige Tasse Tee und die Zeitung dazu. Ihre Enkelin Morwenna wollte sie dazu überreden, das berühmte Blatt nur noch digital zu lesen, aber das passte Emily nicht. Schon allein, weil sie öfter interessante Artikel herausriss, um sie aufzuheben oder an jemanden weiterzugeben. So hatte sie kürzlich ihrer pausbäckigen Metzgerin diskret die Medizinseite mit einem Bericht zum Thema Schlupflider über die Theke geschoben.

Es war windstill, also saß Emily in ihrem Deckchair auf der Terrasse, die Zeitung vor sich auf dem Holztisch. Auf dem Rasen tummelten sich tschilpend die Spatzen. Unter dem Teebecher klemmten die gelesenen Seiten, die Besprechung einer neuen Biografie über die verstorbene Schriftstellerin Hilary Mantel und der Artikel über Poetry Slam in London. Wenn man jetzt jung wäre und wieder in der Hauptstadt, dachte Emily bedauernd …

Besonders die Autoseite verschlang sie mit Interesse. Seit ihrer Jugend war sie eine begeisterte Autofahrerin. Mit großem Respekt blickte sie auf die Ingenieure und Tüftler, die der Welt von Zeit zu Zeit kräftige Tritte in den Hintern versetzten, damit sie sich schneller oder zumindest ein bisschen anders drehte. Einfallsreichtum tat der Menschheit immer gut. *Stillstand ist Rückgang*, lautete Emilys Motto.

Fasziniert las sie den Bericht über die raffinierten Kamerasysteme in Elektroautos. Besonders, dass beim Hupen automatisch die Verkehrssituation aufgezeichnet wurde, gefiel ihr. In Kalifornien hatte die schlaue Kamera sogar einen Gangster gefilmt, der den Fahrer mit vorgehaltener Pistole zum Aussteigen zwingen wollte. Was für eine geniale Technik!

Sie kannte nur zwei Menschen, die bereits E-Autos fuhren, ihren Neffen Craig in Edinburgh und den Sohn von Rose Cox, ihrer Nachbarin. Randolph Cox war Chef eines Baumarktes. Nur deshalb konnte er seiner Mutter so kostengünstig das Haus renovieren. Laut Rose bekam er einen Mitarbeiterrabatt von zwanzig Prozent. Angeblich durfte er auch aussortierte Farbeimer kostenlos mitnehmen. Na ja, rein zufällig war Randolph derjenige, der bestimmte, was aussortiert werden durfte und was nicht …

Emily trank noch einen Schluck Tee und sinnierte über dem Foto von der Front eines Tesla. Dort waren solche Kameras verbaut. Wächtermodus hieß die Funktion, die der Fahrer aktivieren musste, wenn er die Segnungen der Kameras erleben wollte. Nachdenklich stellte Emily ihre Tasse ab.

An dem Tag, als Rose mit ihren beiden Urnen in Emilys Cottage erschienen war, hatte Randolph im Wohnzimmer seiner Mutter gewerkelt. Also musste sein Elektroauto vor dem Haus gestanden haben. Nur wenige Meter von der Stelle entfernt, von wo der Mörder aus seinem Auto mit Emily telefoniert hatte.

Aufgeregt stand sie auf, ging ins Haus und holte ihre Strickjacke aus der Küche. Auch heute war Randolph bei seiner Mutter. Bis Sonntag wollte er mit dem ersten Stock fertig sein.

Drei Minuten später war Emily bereits zu Rose unterwegs.

Jeder Nachbar besaß seine eigene Garage, nur am Anfang der Straße gab es eine Parkbucht für vier Autos. Da sich in der Cox-Garage immer noch der verrostete Ford von Rose' verstorbenem Mann breitmachte, musste sich Randolph, wenn er zu Besuch kam, mit einem Platz in der Parkbucht begnügen. Heute war sein Auto der einzige Wagen dort, ein eleganter silberfarbener Schlitten mit schwarzem Dach.

Emily drückte am Haus von Rose auf die Klingel und wartete.

Drinnen fiel etwas scheppernd um, dann hörte sie Schritte im Flur. Die Tür wurde aufgerissen, und Randolph stand vor ihr. In seiner farbbekleckten Hose, dem schmutzigen Shirt und den weißen Farbspritzern auf der Halbglatze sah er aus wie ein Clown.

«Hallo, Randolph!», grüßte Emily freundlich. Sie kannte ihn schon in Windeln. «Darf ich den Künstler kurz stören?»

Auf Randolphs gutmütigem Gesicht zeigte sich ein Schmunzeln. «Mrs Doyle! Sie wollen sicher zu Mum. Gehen Sie einfach durch, sie ist im Gewächshaus …»

«Nein, ich wollte kurz mit dir sprechen – wenn du einen Moment für mich hast.»

«Bitte.» Randolph zeigte freundlich in den Flur, der mit Folie ausgelegt war und in dem sich Farbeimer, zusammengerollte Teppiche und zur Seite geschobene Stühle drängten. «Wenn Sie über unser kleines Chaos hinwegsehen wollen …»

«Nicht nötig, Randolph, wir können hier draußen bleiben. Ich habe nur ein paar Fragen zu deinem neuen Wagen.»

«Gefällt er Ihnen?», fragte Randolph stolz. «Mum ist inzwischen auch ein Fan.»

«Es geht um die Kameras, die der Wagen hat», erklärte Emily. «Ich hätte da eine ganz spezielle Frage. Dazu muss ich dir etwas erzählen …»

Sie hatte sich genau überlegt, wie viel sie Randolph anvertrauen wollte. Auf keinen Fall durfte er alles wissen. Am unverfänglichsten erschien ihr, wenn sie ihm nur sagte, dass ein Mann bei ihr angerufen hatte, der die Familie Doyle wegen Chloes angeblicher Tat unflätig beschimpft hatte. Durch seine Mutter wusste Randolph ja, wie sehr Emily durch die Sache belastet war.

Randolph hörte mit ernstem Gesicht zu, während er hin und wieder ungläubig den Kopf schüttelte.

«… und weil er die ganze Zeit dort parkte, während er mit mir telefonierte, dachte ich, dass dein Auto ihn vielleicht gefilmt haben könnte», beendete Emily ihren Bericht. «Aber vielleicht hast du diese Funktion ja gar nicht.»

«Natürlich habe ich sie», sagte Randolph. «Eigentlich müsste sie jeder haben. Jetzt, wo die Leute so rücksichtslos werden.» Er griff in den Schlüsselkasten im Flur und zog seinen schwarzen Autoschlüssel heraus. «Lassen Sie uns gleich mal nachsehen. Es wäre mir ein Vergnügen, Ihrem Lümmel das Handwerk zu legen, Mrs Doyle.»

Randolph kam nach draußen, lehnte die Haustür hinter sich an und begleitete Emily entschlossenen Schrittes bis zur Parkbucht. Sein silberfarbener Wagen leuchtete in der Sonne. Als sie näher kamen und die teuren schwarzen Ledersitze sichtbar wurden, lobte Emily die Farbkombination mit dem schwarzen Dach in höchsten Tönen.

«Na ja», meinte Randolph bescheiden. «Sie wissen ja, ich habe ein bisschen was von Dad geerbt …»

Er öffnete für Emily die Beifahrertür, ließ sie dort einsteigen und nahm erst dann auf der anderen Seite hinter dem Steuer Platz. Sein Vater war auch ein so höflicher Mensch gewesen, erinnerte sich Emily.

«Dann wollen wir mal sehen, ob wir fündig werden. Aktiviert ist alles. Sehen Sie hier?»

Er zeigte auf das Symbol für seine Dashcam. Nachdem er ein paarmal mit dem Finger auf dem großen Touchscreen des Autos herumtippt hatte, landete er – ruckzuck – im Programm mit dem Wächtermodus. Blitzschnell erschien eine Liste mit Daten und Uhrzeiten.

«Wann, sagten Sie, war es?», wollte er wissen.

«Gestern Nachmittag, um fünfzehn Uhr», antwortete Emily. «Vielleicht auch kurz danach.»

«Bingo», ertönte es vom Fahrersitz, nachdem Randolph das entsprechende Datum angeklickt hatte. «Da gibt es tatsächlich was um diese Zeit.»

Dann erschien das Bild.

Was sie sahen, war ein schwarzes Sportcoupé von Toyota, das im Schritttempo auf den Tesla zurollte, bis die Kühlerhauben sich fast zu berühren schienen. Es war so, wie Emily es sich vorgestellt hatte. Jeder andere Wagen hätte mit dem Heck zu Randolphs Auto eingeparkt, dieser Fahrer wollte aber unbedingt vom Fahrersitz aus zu Emilys Cottage schauen können. Also näherte er sich dem parkenden Fahrzeug vorwärts. Nur deshalb hatte Randolphs Autokamera die Front des schwarzen Toyota im Blick. Das Kennzeichen ließ sich nur schwer entziffern, weil das Nummernschild mit Dreck beschmiert war. Absichtlich?

«Und?» Randolph schickte Emily einen gespannten Blick. «Ist er das?»

«Warte mal», bat Emily, «ich will mir absolut sicher sein.»

Für Sekunden konnte sie hinter der Windschutzscheibe das Gesicht des Toyota-Fahrers erkennen. Wenn sie sich die Sonnenbrille wegdachte, sah sie einen Mann um die fünfzig, mit schwarzen strähnigen Haaren. Die Haare waren Emily gestern sogar aus der Ferne aufgefallen.

«Er ist es», bestätigte sie mit klopfendem Herzen. «Dafür würde ich mein Haus verwetten!»

Randolph schüttelte angewidert den Kopf. «Mein Gott, was muss das für ein Mensch sein, der so was tut!» Er deutete auf das Autokennzeichen des Toyota. «Scheint eine Nummer aus Devon zu sein. Profis können das sicher rekonstruieren.»

«Garantiert», bestätigte Emily, während ihr Gehirn bereits weiterarbeitete. Die Tatsache, dass es jetzt ein Video von dem Mann gab, war eine Sensation. Endlich war da etwas, mit dem sie DCI Scott verblüffen konnte. Allein der Verdacht, dass dieser Mann etwas mit Chloes Tod zu tun haben könnte, musste der Polizei Beine machen. Da sie Randolph ihre Aufregung nicht zeigen wollte, fragte sie so ruhig wie möglich: «Könntest du das Video für mich sichern?»

«Kein Problem. Ich überspiele es Ihnen auf einen USB-Stick.»

«Fährst du heute nach Plymouth zurück?» Emily hatte gerade eine teuflische Idee.

«Ja.» Randolph begann, in der Mittelkonsole nach einem leeren Stick zu suchen. «Ich streiche noch Mums Bad, dann muss ich wieder zurück.»

«Machen wir einen Deal», schlug Emily lächelnd vor. «Du gibst den Stick bitte bei DCI Kirstie Scott ab, dafür rücke ich meinen Geburtstags-Champagner raus.»

Randolphs Gesicht strahlte. Als bekennender Feinschmecker musste er das Wort *Champagner* nur hören, um in Verzückung zu geraten. «Deal!», sagte er und hielt Emily seine farbbeschmierte Hand hin.

Freudig schlug Emily ein.

Jetzt war DCI Scott am Zug.

19.

Kate war erst seit einer halben Stunde von ihrer Exkursion mit Onkel Brian zurück, als sie den Lärm auf der Weide mitbekam. Irritiert stellte sie den Teekocher weg, den sie gerade mit Wasser füllen wollte, und ging nach draußen zum Gatter.

Das unzertrennliche Schafsquartett Camilla, Pearl, Susan und der kleine Monty machten wieder Rabatz. Was war mit ihnen los? Als Anführerin gebärdete sich einmal mehr Camilla. Unter beleidigtem Blöken stemmte sie sich pausenlos mit den Vorderläufen am Zaun hoch, als würde sie sich darüber ärgern, auf dieser halb abgefressenen Weide stehen zu müssen. Die schmale Pearl hielt sich demonstrativ an ihrer Seite, sozusagen Fell an Fell, blökte ebenfalls ihren Senf dazu und scharrte mit den Hufen. Bei Susan verhielt es sich anders. Sie nutzte ihre kräftigen Hörner als Vorteil. Da sie es mit dem Hochspringen nicht so hatte, begnügte sie sich damit, rundum die anderen Schafe zu ärgern. Das schwarze Wollknäuel Monty ließ sich einfach nur begeistert mitreißen.

Kate beschloss einzugreifen. Im Grunde war es wie bei einer Reisegruppe, drei oder vier mies Gelaunte konnten allen den Tag verderben. Camilla musste unbedingt separiert werden. Entschlossen nahm Kate das speckige Lederhalsband vom Haken an der Gattertür und betrat die Weide. Schnell hatte sie der Rebellin das Halsband umgelegt. Verdächtigerweise schien die schlaue

Camilla nur darauf gewartet zu haben. Ihre Augen sagten: *Meinetwegen, wenn du unbedingt willst.*

Mit dem harmlosen Blick einer Betschwester ließ sie sich von Kate nach draußen auf den Weg führen, im Schlepptau Pearl, Susan und natürlich Monty. Verwundert folgten ihnen die Blicke der anderen schwarzen Schafsgesichter. Sinclair hob den Kopf und blökte protestierend. Was sollte die Sonderbehandlung dieser vier? Als sein übriger Harem ungerührt weitermampfte, gab auch er seinen Protest auf. Das Wiederkäuungsstündchen der Herde stand bevor. Dabei wurde – wie Kate von David gelernt hatte – das grob zermalmte Gras ein weiteres Mal für die ersten drei Mägen vorbereitet, bevor es dann im Labmagen endgültig verdaut wurde.

Eine Menge Arbeit, fand Kate.

Sie führte Camilla auf dem Sandweg fünfzig Meter weiter zur nächsten Umtriebsweide. Morgen wollte David die Herde ohnehin hier grasen lassen. Camillas Genossinnen folgten begeistert. Daneben trabte Monty so ausgelassen den Weg entlang, dass es staubte. Auch Pearl und Susan schien der weiche Boden Spaß zu machen. Der Sand tat ihren Klauen gut.

Kaum hatte Kate die vier Tiere durch den Eingang der zweiten Weide getrieben und das Gatter sorgfältig verschlossen, begann Camilla damit, in Siegerpose herumzulaufen. Auch ihr «Määh» klang plötzlich fröhlicher.

Kate ging ein Licht auf. Natürlich, mit der frischen saftigen Wiese bekam Camilla das, wofür sie das ganze Theater inszeniert hatte – eine eigene Weide. Die anderen drei Tiere schienen ähnlich zufrieden. Da das Gras hier sehr hoch stand, reichten ihnen die Rispen bis an den Bauch. Wo wurde einem das sonst geboten?

Amüsiert kletterte Kate auf das weiße Holztor und ließ die Beine zur Weide baumeln. Camilla hatte also gepokert, sie wollte unbedingt die Erste auf dieser Weide sein. So wie sie und die drei anderen neulich mit dem Ausbüxen interessanteres Futter gesucht und in der Folge eine Leiche entdeckt hatten. Kate nahm sich vor, das Quartett künftig *Die Munteren Vier* zu nennen.

Ihr kam eine Idee. Warum sollte sie nicht mal ein kleines Spiel mit Camilla und den anderen wagen? Das Orakel-Spiel, mit dem sie als Kind die Hühner des Nachbarn befragt hatte. Manchmal ließ sie solchen verrückten Ideen freien Lauf. Wann, wenn nicht hier draußen in der Natur? Keiner sah zu, keiner hörte sie.

Sie griff in ihre Jeanstasche und holte ein paar selbst gemachte Schafsleckerli hervor. Sie bestanden aus Haferflockenteig. Lockend warf sie jedem der vier Schafe ein paar davon ins Gras. Im Nu hatten sich Camilla, Pearl, Susan und Monty vor ihr aufgebaut. Über ihren Wollrücken schwirrten schillernde Käfer.

Kate beschloss, der schlauen Camilla die erste Frage zu stellen. Im Prinzip blökten die Schafe ohnehin pausenlos, wenn sie anwesend war. Aber eine Regel musste es ja geben.

Okay. Blökte Camilla, war das ein klares Ja auf Kates Fragen. Blökte eines der anderen Mädels, galt das als Nein. Monty zählte nicht, er verfügte noch nicht über genügend Lebenserfahrung, fand Kate.

«Erste Frage, Camilla – werden wir Chloe finden?»

Camilla schnappte der trägen Susan schnell noch ein Plätzchen weg und wandte dann ihren rampfnasigen Kopf Kate zu, als hätte sie die Frage nicht richtig verstanden. Ihr schwarzes, vor sich hin mahlendes Maul schien zu sagen: *Was meintest du?*

«Ob wir Chloe finden werden?»

«Määh», antwortete Camilla.

Das war doch schon mal ein guter Anfang.

Kate formulierte ihre zweite Frage. *«Wird der Mörder von Carrington unentdeckt bleiben?»*

Es schien, als würde Camilla erneut antworten wollen. Doch dann übernahm Pearl den Part, die ja zur Nein-Fraktion gehörte.

«Määäh», machte sie, gedehnt und so nachdrücklich, dass Kate vor Erleichterung die Augen schloss. Das hier mochte kindisch sein, aber auch sie glaubte fest an einen erfolgreichen Ausgang ihrer Ermittlungen.

Plötzlich schoss ihr etwas Privates durch den Kopf. Sowohl David als auch sie wünschten sich ein Baby. Jetzt, nachdem sie beide wussten, wie tief und innig sich ihre Liebe entwickelt hatte, erschien es ihnen längst überfällig. Kates Gynäkologin sah keinen Grund, warum es bei ihrer Patientin auch mit Anfang vierzig nicht klappen sollte.

«Werde ich in diesem Jahr schwanger?», fragte Kate in Richtung Camilla. Lächerlich, wie ihr Herz dabei klopfte.

Die Schafe hatten mehrere Büschel Spitzwegerich entdeckt. Begeistert reckte Camilla ihren wolligen Hals danach, aber die sonst so träge Susan war schneller und knabberte munter drauflos. Verärgert begann Camilla, mit ihr zu balgen.

«Was ist, Camilla? Wird es ein Baby geben?»

Camilla hatte schon fünf Lämmer in die Welt gesetzt. Doch die Antwort kam von ganz anderer Seite.

«Määh», antwortete der kleine Monty. *«Määhä!»*

«Danke, Monty, gib dir keine Mühe.» Enttäuscht sprang Kate vom Zaun auf den Sandweg. «Davon verstehst du nichts. Außerdem war's ja nur ein Spiel.»

Wie zur Bestätigung ließ Camilla von Susan ab und wandte ihren dreieckigen Schafskopf wieder Kate zu. Ihre braunen Augen schienen voller Weisheit zu sein.

Unsinn, dachte Kate, voller Weisheit! Ich darf nicht immer so fantasievoll sein. Mit zweiundvierzig bin ich keine Alice im Wunderland. David und sie taten alles, um den Tieren ein schönes erfülltes Schafsleben zu bieten, keines musste zum Metzger, jede Aue konnte liebevoll ihren Nachwuchs aufziehen. Das sollte auch der schlauen Camilla genügen. Außerdem hatte David dafür gesorgt, dass sie als intelligentes Labyrinth-Schaf berühmt geworden war.

«Dann bis morgen», rief Kate den Tieren zu und ging zur Farm zurück.

Camilla blökte so unüberhörbar hinter ihr her, als hätte sie längst durchschaut, dass Kate irgendwann mit neuen Fragen zurückkommen würde.

20.

Peggy saß im Büro ihres Designerladens und sortierte Rechnungen ausländischer Möbellieferanten. Die Tür zum Laden hielt sie meistens offen, so blieb alles in ihrem Blick. Selbst diesen kleinen quadratischen Raum hatte sie sich bequem eingerichtet, mit einem bläulich getönten Glasschreibtisch, zwei schicken Sesseln und beige lackierten Schränken mit Schiebetüren. Sogar eine himbeerfarbene Chaiselongue stand an einer Wand, auch wenn Peggy sich nie im Leben ein Mittagsschläfchen gönnen würde.

Durch den Türspalt beobachtete sie, wie ihre Assistentin einem Londoner Anwalt und seiner Freundin geschickt die Sitzecke aus einer französischen Kollektion schmackhaft machte. Wenn Amanda sich weiterhin so gut anstellte, konnte man ihr bald die Einrichtung kleinerer Häuser anvertrauen.

Auf Peggys Laptop ploppte eine E-Mail von Morwenna auf. Sie betraf alle Familienmitglieder:

BREAKING NEWS

Bitte SOFORT zur Videokonferenz anmelden, habe den GAME CHANGER gefunden!

Mo

Das klang nach etwas Großem.

Dennoch hatte Mo offenbar nicht dazugelernt. Peggy, Grandma und Anne waren ihr kürzlich in die Parade gefahren, weil sie gerne überfallartig Videokonferenzen organisierte, auf die kein Mensch vorbereitet war. Peggy hatte letztes Mal nahezu unfrisiert vor der Kamera gehockt, Anne mit einer albernen grünen Gesichtsmaske. So viel Unattraktives sollte sich nicht wiederholen. Mit ihren zweiundzwanzig Jahren konnte Morwenna sich kaum vorstellen, wie viel Arbeit bei Älteren hinter der perfekten Fassade steckte. Peggys Badezimmerzeiten jedenfalls ließen sich schon lange nicht mehr in Minuten bemessen.

Hastig überprüfte sie im Spiegel ihre Frisur, dann schickte sie Morwenna ein Okay. Eigentlich hätte es heißen müssen: in Gottes Namen!

Ab da ging alles rasend schnell. Fünf Minuten später hatte sich die Familie auf dem Bildschirm eingefunden – Peggy, Kate, David, Anne, Gilbert, Grandma und natürlich Mo. Der Rest der Doyles war nicht erreichbar oder musste aus Termingründen absagen.

«Hi, Doyles!» Morwenna winkte fröhlich in die Kamera. Ihr Videobild lief rechts oben. «Seid ihr startklar?»

«Absolut», antwortete Gilbert und nickte kurz in die Runde. «Hallo, Mum und alle anderen!»

Die Meute grüßte winkend zurück. Kate und David saßen wie ein Sittichpaar dicht aneinandergeschmiegt vor der Kamera, Peggy zurückgelehnt, Anne angespannt nach vorne gebeugt und Grandma wie immer stilvoll aufrecht. Peggy bemerkte amüsiert, dass ihre Tante für den kurzen Bildschirmauftritt in ihre feinste Bluse geschlüpft war und ihre teuren Ohrringe angelegt hatte. Damit war sie bestimmt nicht den ganzen Tag herumgelaufen. Aber wie hatte sie es geschafft, sich in fünf Minuten umzuziehen? Dieses Kunststück beherrschten wahrscheinlich nur ehemalige und noch gelenkige Tänzerinnen.

«Dann legen wir los», begann Mo, heute im blauen Sweater mit viel zu langen Ärmeln. Der Stimme nach schien sie gestern etwas zu lange gefeiert zu haben. «Dad lässt sich entschuldigen. Er hat Prüfungen abzunehmen.»

«Und ich muss noch zu einem Cocktailempfang», kündigte Grandma an. «Also bitte zügig diskutieren.»

Tante Anne beugte sich noch dichter ihrer Kamera entgegen, sodass ihre Augen riesengroß wurden. «Denk an deine Leber, Mum! Wer gibt denn den Empfang?»

«Unsere alte Golfrunde.» Grandma hob stolz den Kopf. «Greg Aberforth ist gestern gestorben. Ihm zu Ehren trinken wir heute alle Cocktails, die er so liebte.»

«Mein Gott, das hat Stil», rief Peggy begeistert aus und warf eine Kusshand in die Kamera. «Ich liebe dich, Tante Emily!»

Während Grandma zufrieden lächelte, ergriff sofort wieder Morwenna das Wort. Offenbar konnte sie es kaum abwarten, ihre geheimnisvolle Entdeckung mit den anderen zu teilen.

«Ja, also, ich war heute wegen Hugh Carrington im Internet», begann sie. «Wie erwartet findet man dort alles, was jemals über ihn und seinen Verlag veröffentlicht wurde. Dazu kommen seine Ehekrise, seine Kunstsammlung, seine Spenden – die Liste ist lang. Plötzlich tauchen Fotos von ihm auf, die ihn privat zeigen. Carrington beim Segeln, beim Tennis, beim Golf. Allein vom Golfspielen findet man knapp hundert Fotos. Tja, und dann ...»

Der Bildschirm teilte sich, und auf der linken Hälfte erschien für alle sichtbar ein großformatiges Foto.

Morwenna holte tief Luft. «... finde ich diesen Treffer hier. Ein Foto aus dem französischen *Saint-Malo Journal*, veröffentlicht vor fünf Jahren. Ein Gruppenbild aller Golfspieler, die am Golfturnier um den St. Malo Cup teilgenommen hatten und abends ein Bankett besuchten.» Morwenna grinste breit und zufrieden.

Auch Peggy beugte sich nun wie alle anderen näher an den

Bildschirm. Die Gruppe auf dem Foto bestand aus einem gemischten Team von Golfspielern, jetzt in festlicher Abendkleidung. Die Herren trugen Smoking oder weiße Dinnerjackets, die Damen elegante Abendkleider. Hugh Carrington, obwohl in hinterster Reihe stehend, war nicht zu übersehen. In seinem cremefarbenen Jackett mit schwarzer Fliege wirkte er äußerst elegant. Ein korpulenter Herr in der Mitte hielt triumphierend den silbernen Cup in die Höhe. Unter dem Foto waren die Namen der Spieler aufgeführt. Es handelte sich um vorwiegend französische Namen, nur Carrington und ein Sir Nicolas Rumsey klangen britisch.

«So», sagte Morwenna mit hörbarer Freude. «Und jetzt seht mal, wer unten rechts steht.»

Wen da alle sahen, war eine dunkelblonde Frau mit klassischer französischer Hochsteckfrisur à la Catherine Deneuve. Ihr silberfarbenes Etuikleid betonte die Figur auf raffinierte Weise. Im Haar steckte eine Art Diadem, sehr schmal, sehr wirkungsvoll. Das lächelnde Gesicht wirkte bezaubernd, wenn auch ein wenig reserviert, als posiere die Dame nur, weil es der Anlass erforderte.

Peggy war die Erste, die lautstark eine Reaktion zeigte. «Das ist ja Chloe!»

Alle begannen durcheinanderzureden. Tatsächlich war es angesichts der vielen Menschen auf dem Foto nicht leicht, sich ein Urteil zu bilden.

«Ich weiß nicht!» Tante Anne stöhnte. «Da steht doch ein ganz anderer Name …»

Sie hatte recht, in der Bildlegende tauchte der Name *Madame Belcourt* auf. War das vielleicht der Name, unter dem Chloe nach ihrem Ärger mit Scotland Yard eine Weile in Frankreich untergetaucht war?

Grandma hatte sich auffallend ruhig verhalten. Kate sprach sie an. «Was meinst du, Grandma? Ist sie es oder ist sie es nicht?»

Emily beugte sich etwas vor. «Mich wundert, dass den Älteren unter euch nichts auffällt. Seht ihr nicht den Leberfleck an ihrem Hals? Den hat sie als Teenager immer zu verstecken versucht.» Sie atmete tief durch. «Glaubt mir, Kinder, sie ist es.»

Stille. Sekundenlang versuchten alle, die Überraschung zu verarbeiten.

«Tja», unterbrach schließlich Kate das lange Schweigen der Doyles. «Ich denke, wir sollten auch dieser Spur folgen. Es könnte sich lohnen.»

Konkret bedeutete es, dass jemand von ihnen in die Bretagne reisen musste. Die Hafenstadt St. Malo lag auf der anderen Seite des Ärmelkanals und war von Plymouth aus gut mit der Autofähre zu erreichen. Wer sollte fahren? Kate war durch die Schafe gebunden, Mo musste am nächsten Tag zwei Klausuren schreiben, Gilbert hatte ein Meeting des Stiftungsrates.

«Mein Harvey wäre perfekt», versuchte es Tante Anne. «Er hatte ein Jahr Französisch in der Schule.»

«Und ich spreche Chinesisch», konterte Grandma. «Bleib bitte auf dem Teppich, Anne. Harvey kommt schon noch zum Einsatz.»

«Wenn ihr wollt, kann ich das übernehmen», bot sich Peggy an. «Ihr wisst ja, dass ich oft in Frankreich bin. Nach St. Malo ist es nur ein Katzensprung, und ich habe morgen keine wichtigen Termine …»

«Wunderbar», fand Gilbert. «Seid ihr einverstanden?»

Zur Bestätigung klopften alle auf ihre Tische.

«Gut.» Peggy schaltete sofort in den Aktionsmodus um. «Dann nehme ich heute die Abendfähre und kann morgen früh loslegen. Allerdings bräuchte ich noch eine gute Tarnung.» Sie wandte sich an Anne. «Könnte Leo mir bis heute Nachmittag Visitenkarten drucken, die aussehen, als wäre ich Rechtsanwältin?»

Morwenna kicherte. So was gefiel ihr.

«Ich denke, das müsste er hinkriegen», meinte Anne.

«Dann drückt mir die Daumen!», wünschte sich Peggy. «Irgendjemand wird Madame Belcourt schon kennen. Zum Beispiel im Golfklub.»

«Viel Glück», riefen Kate und ihr Vater gleichzeitig.

«Danke», sagte Peggy lächelnd. «Aber bitte kein Neid, wenn ich mir drüben auch einen kleinen bretonischen Hummer gönne!»

21.

Kate hatte David ihr albernes Quiz mit den Schafen gebeichtet, doch er fand es gar nicht so albern. Warum sollte sie nicht mit den Tieren kommunizieren und dabei ihre Fantasie benutzen? Dass Camilla als außerordentlich intelligentes Schaf gelten durfte, wussten sie beide.

Auch das war etwas, was Kate an David mochte – sein unkonventionelles Denken. Oder wie er vor dem Weggehen zu ihr kam und sie noch einmal küsste, für ihre gute Idee und aus Liebe. Erst seit sie mit David zusammenlebte, wusste sie, dass zu wirklicher Liebe dieses wunderbare Geflecht von kleinen Gesten und Zärtlichkeiten gehörte, mit denen man sich immer wieder gegenseitig versicherte, wie sehr man den anderen mit allen Sinnen wahrnahm.

Kate hatte sich überlegt, *Literary Weekly* eine kleine Kolumne anzubieten, die *Schafsgespräche* heißen sollte. Sie würde zu Camilla auf die Weide gehen und sich von ihr zu einem fiktiven Frage- und Antwortspiel inspirieren lassen.

«Natürlich sagen Schafe etwas», hatte ihr David versichert. «Aber eben auf ihre Weise. Mit Stimme, Augen, Ohren, Klauen, Körperhaltung.»

«Und wie kann meine Fantasie ahnen, was Camilla mir mitzuteilen hat?»

«Versuch es einfach. Schau Camilla in die Augen und stell

dir vor, sie wäre eine Freundin, der die Stimme weggeblieben ist.»

Das fand Kate überzeugend. «Und soll sie dabei fressen?»

«Unbedingt», hatte Davids Antwort gelautet. «Nur Schafe, die fressen, sind redselig. Es ist, als wenn du einen Kunden ins Restaurant einlädst.»

Das war heute Morgen gewesen. Jetzt stand Kate erneut auf der Weide und wollte ihren ersten Interviewversuch mit Camilla starten.

Seit dem Vormittag grasten alle zweiundfünfzig Schafe auf der saftigen zweiten Weide, nicht nur – wie gestern – Die Munteren Vier. Geschickt lockte Kate die stämmige Camilla aus der übrigen Herde hinter die kleine Absperrung am Ende der Weide. Dafür spendierte sie ihr ein paar Apfelhälften. In der Tüte, die Kate trug, gab es noch mehr davon. Camilla wirkte bestens gelaunt, ihre Augen funkelten tatendurstig. Kates Hand fuhr ihr liebevoll über die Rückenwolle und den Kopf.

«Ich brauche dich kurz», sagte Kate lächelnd. «Nur ein paar Fragen. Können wir?»

Camillas große braune Augen mit den langen Wimpern schienen Zustimmung zu signalisieren, was sie aber nicht davon abhielt, ihren Kopf erneut zu den Apfelhälften zu schieben.

Konzentriert eröffnete Kate das Gespräch. Schließlich war hier vor allem *ihre* Fantasie gefragt. Zwei Ladys im Plausch. Nur dass Camilla dabei ein halber Apfel aus dem Maul schaute – und Kate nicht.

Ihre erste Frage klang noch etwas unbeholfen. *«Ich weiß ja gar nicht, ob du mich überhaupt verstehst»*, eröffnete sie die erhoffte Unterhaltung.

Camillas Augenlider senkten sich ruhig über die waagerechten Schafspupillen.

Was könnte das wohl bedeuten?, fragte sich Kate. Ermunterung? Spürte die intelligente Aue, dass Kates Ansprache nett gemeint war? Kate beschloss, ihrer Fantasie einfach mehr zuzutrauen.

Kate: Gut, dann lege ich jetzt los.

Camilla: Sag ich doch.

Kate: Entschuldigung, ich habe einen blöden Tag hinter mir.

Camilla: So kommst du mir auch vor.

Kate: Ständig ging es um den Tod. Hast du schon überwunden, dass ihr neulich den Toten entdeckt habt?

Camilla: Überwunden? Das kommt von ganz alleine. Muss ich nichts machen. Ein Tag ist vorbei, und der neue Tag ist eine neue Zeit.

Kate: Tut mir leid, dass bei uns gerade so viel los ist.

Camilla: Dauernd ist doch was. Morgens war wieder die Füchsin hier, das kleine Miststück. Ist schon wieder guter Hoffnung. Hat uns Haufen auf die Wiese gelegt.

Kate: Wie schaffst du es, so ruhig zu bleiben? Kann ich das auch lernen? Momentan bin ich furchtbar zappelig.

Camilla: Wundert mich nicht. Deine Weide ist zu groß. Unüberschaubar. Große Weiden kosten Kraft und Nerven.

Kate: Das kann schon sein. Aber ich trage auch Verantwortung für meine Herde.

Camilla: Jeder ist die Herde! Keine Wurzel wässert den Baum allein. Noch ein Stück Apfel bitte! Wie viele Fresser seid ihr eigentlich?

Kate: Sehr viele, doppelt so viele wie ihr, wenn ich alle aus meinem Stall mitrechne.

Camilla: Habt ihr keine guten Böcke?

Kate: Doch, aber Menschen-Auen wollen lieber selbst stark sein.

Camilla: Weißt du, wann du stark bist? Wenn du bei Sonnenaufgang aus dem Gras aufstehst, lostrabst und keinem mehr beweisen willst, dass du stark bist. So machen es die starken Auen. Außerdem bräuchtest du eine dickere Wolle.

Kate: Danke. Willst du damit sagen, dass es eigentlich ganz einfach ist?

Camilla: Ja. Alles ist einfach, wenn man genau hinsieht und sich nicht zu viel dabei denkt.

Kate: Da könnte was dran sein …

Camilla: Darf ich auch eine Frage stellen?

Kate: Aber gerne.

Camilla: Wir haben hier gestern darüber diskutiert. Dürfen Menschen eigentlich Kartoffelschalen fressen?

Kate blickte irritiert auf. Ein Auto fuhr gerade auf den Hof – der schwarze Jeep von DCI Scott. Schade, ausgerechnet jetzt. Selbstverständlich musste sie der Ermittlerin ohne Wenn und Aber zur Verfügung stehen.

«Sorry, Camilla», sagte sie bedauernd und tätschelte der Aue den Kopf. Dann entließ sie das Schaf wieder zu den anderen. Camilla blökte verständnisvoll und durfte als Honorar den Rest der Äpfel behalten.

Kate war nicht unzufrieden mit ihrem Experiment. Aber sie fand, aus Camillas tiefsinnigen Augen hätte sich noch viel mehr ablesen lassen …

Sie verließ die Weide und marschierte Kirstie Scott winkend entgegen. Sobald sie vor ihr stand, reichte Kate ihr die Hand.

«Hallo, Chief Inspector! Gibt es Neuigkeiten?»

«Ja, ich wollte Ihnen etwas erzählen.» Die Ermittlerin, die neulich im Dunkeln hier gewesen war, drehte sich bewundernd Richtung Küste um. Wegen des klaren Wetters war heute die Landschaft unterhalb des Farmhügels gut zu überblicken. Am Strand ließen sich wie winzige Wesen drei galoppierende Reiter erkennen. «Ein schöner Platz!»

«Möchten Sie mit ins Haus kommen?», bot Kate an. «Auf einen Kaffee?»

«Danke, lassen Sie uns ruhig hier draußen bleiben. Ich erwarte einen Anruf vom Chief Constable und muss dann möglicherweise gleich zu ihm.»

Kate kam eine Idee, wie sie das bevorstehende Gespräch auflockern könnte. Dadurch, dass Scott Pferde zu lieben schien, war das Thema Tiere vielleicht ganz hilfreich. David wäre sicher noch geeigneter gewesen, ein bisschen über seinen Alltag mit den Schafen zu berichten, aber er war beim Tierarzt, um Medikamente abzuholen.

«Hätten Sie Lust, sich unsere Herde anzuschauen, während wir reden?», fragte Kate. «Es gibt nicht viele Scottish Blackfaces in der Gegend.»

«Gerne.»

Sie schlenderten unter den Alleebäumen auf die zweite Weide zu. DCI Scott schob die Hände in die Taschen ihres Anoraks. Sie wirkte blass und müde. Kate überspielte ihren Eindruck und erzählte von der Größe der Farm, von der Anzahl der Tiere und dass David das alles von seinem Bruder geerbt hatte. Erst danach kam sie auf den anonymen Anruf bei Grandma zu sprechen.

«Haben Ihre Neuigkeiten damit zu tun, DCI? Mit diesem Mann?»

«Wir fahnden noch nach ihm», erklärte Scott. «Ihre Großmutter konnte überraschenderweise ein kurzes Video beisteuern, das ihn zeigt. Das Kennzeichen des Wagens ist allerdings gestohlen, möglicherweise auch das Auto selbst.»

«Haben Sie schon etwas wegen des weißen Kreuzes unternehmen können?»

«Deshalb bin ich hier. Seit einer Stunde hängt das Kreuz wie gefordert in der Seemannskirche. Natürlich nur eine täuschend ähnliche Kopie, der Täter wird den Unterschied aber nicht bemerken.» Die Ermittlerin tippte sich mit dem Zeigefinger an den Kopf. «Ein Fall von religiösem Wahn, vermutet unser Psychologe.»

«Hm, vielleicht.» Kate glaubte nicht an religiösen Wahn, eher daran, dass das Kreuz eine andere Bedeutung hatte. Trotzdem war sie erleichtert, dass die Polizei so schnell gehandelt hatte. «Das Kreuz in der Kirche zu sehen, wird den Mann besänftigen.»

Hinter ihnen waren die Geräusche des roten Traktors zu hören, mit dem Davids Helfer Ronnie auf dem Hof herumrangierte.

Die Ermittlerin sah Kate an. «Warum habe ich die ganze Zeit den Eindruck, dass Sie mir etwas verheimlichen, Miss Doyle? Was sollte ich noch wissen?»

«Einiges.»

Kirstie Scotts Stimme klang nach einem Friedensangebot, wenigstens einem vorläufigen. Kate nutzte es und fing an, in ruhigem Ton zu erzählen. Während die Blicke der Ermittlerin von Zeit zu Zeit über die Wiesen und Hecken schweiften, hörte sie aufmerksam zu. Kate schilderte, wie ihre Familie nach dem ersten Schock über Chloes Auftauchen einige wichtige Fragen zu stellen begonnen hatte. Zum Beispiel, wie und wo Chloe wohl in den vergangenen dreißig Jahren gelebt hatte? Woher sie Hugh Carrington kannte? Und was sie bei ihm wollte?

«Wir hatten den Eindruck, dass Sie uns diese Fragen nicht beantworten wollten», schloss Kate. «Also fingen wir an, auf eigene Faust zu recherchieren.»

Ohne darauf einzugehen, sagte Scott: «Sie besitzt eine teure Eigentumswohnung an der Themse, auch wenn sie sich dort nicht allzu häufig aufzuhalten scheint. Im Nachbarhaus residierte früher auch ihr Kunsthandel. Wir lassen die Wohnung momentan überwachen, aber natürlich ist Ihre Verwandte dort nicht mehr erschienen.»

«Natürlich nicht …» Kate dachte kurz nach, dann entschloss sie sich, ihre wichtigste Information jetzt doch frei fliegen zu lassen. Vielleicht redete Kirstie Scott dann ebenfalls offener mit ihr. «Dass Chloe sich am Anfang in dieser Waldhütte versteckt hat, wissen Sie inzwischen von meinem Vater. Ich nehme an, da sind bereits alle Spuren gesichert.»

«Ja. Wir warten nur noch auf die Fingerabdrücke von Ihrem Onkel. Ihre haben Sie uns ja neulich in der Villa gegeben.» DCI Scott klang wieder kühler. «Sie hätten mich *sofort* anrufen müssen, Miss Doyle!»

Kate ging darüber hinweg. «Was Sie noch nicht wissen, ist, dass Chloe mich einmal auf meinem Handy angerufen hat, von unserer Farm aus; wir waren nicht zu Hause. Sie war gekommen, um das weiße Kreuz für uns dazulassen.»

«Entschuldigung? Ihr Vater sagte mir, dass das Kreuz vor der Tür des Farmhauses gelegen hätte.»

«So ähnlich war es ja auch.» Kate hob beschwichtigend die Hand. «Bitte, Chief Inspector, ich beichte es ja gerade. Da wir wussten, dass Sie Chloe nicht glaubten und Sie sofort festgenommen hätten, brauchten wir etwas Vorsprung. Immerhin hat Chloe uns eine Beschreibung des Täters gegeben.»

Sie hatten die Weide mit der Schafsherde erreicht und blieben davor stehen. Während die Schafe neugierig zu ihnen herüberschielten, waren Kate und DCI Scott viel zu vertieft in ihr Gespräch, um auf die Tiere zu reagieren.

«Reden Sie weiter.» Kirstie Scott hatte sich offenbar vorgenommen, souverän mit der Situation umzugehen. Sie zog einen kleinen Block aus der Tasche und machte sich Notizen. Über ihrem Kopf schwirrte ein Schmetterling, den sie gedankenlos mit der Hand wegschob.

Kate fuhr fort. «Der Täter war ein Mann, der mit schwarzer Sturmhaube in Carringtons Villa auftauchte. Er wollte auch

Chloe töten, aber sie konnte entkommen. Wir vermuten, dass es derselbe Mann ist, der bei Grandma angerufen hat.»

«Hat sie noch mehr Angaben zu diesem Mann gemacht?»

«Nein, sie war in Panik und hat sich seitdem nicht mehr gemeldet. Aber in der Villa muss es ja DNA-Spuren von ihm geben. Beispielsweise an den schwarzen Wollfäden, die David im Apfelbaum entdeckt hat.»

«Ja, es gibt Spuren von einem Fremden», bestätigte Kirstie Scott. «Und tatsächlich hat man im Dorf auch jemanden gesehen, der kurz vor der Tat von der Landstraße Richtung Villa lief.»

«Das heißt, Chloe ist entlastet?», fragte Kate hoffnungsvoll.

«Nein, Miss Doyle, die Fahndung bleibt bestehen. Chloe und dieser Mann könnten Komplizen sein und sich nach dem Mord zerstritten haben. Solange wir nicht den Grund für die Ermordung von Hugh Carrington kennen, müssen wir alles in Erwägung ziehen.»

«Aber das macht doch keinen Sinn!», widersprach Kate. «Warum sollte Chloe trotz der Gefahr in der Nähe des Tatorts bleiben und versuchen herauszufinden, wer der Mann ist? Sie will damit ihre Unschuld beweisen.»

«Hat sie das behauptet?»

«Ja, und es klang ziemlich verzweifelt.»

«Interessant. Jetzt, da wir wissen, dass Hugh Carrington und Chloe Doyle ein Liebespaar waren, tun sich neue Fragen auf. Seit Tagen versuchen wir, das Leben von Miss Doyle zu durchleuchten, und stoßen ununterbrochen an Wände. Diese Frau scheint ein Chamäleon zu sein! Noch immer ist unklar, wo sie sich in den vergangenen Jahren aufgehalten hat. Selbst Scotland Yard weiß es nicht. Und Sie präsentieren mir – so ganz nebenbei – ein paar neue Fakten. Ich fasse es nicht!» DCI Scott war sichtlich verärgert. Kate konnte es sogar verstehen. Die Polizei versuchte nur, ihre Arbeit zu machen. Wäre DCI Scott am Anfang nicht so abweisend gewesen, hätte man auch viel früher kooperieren können.

In diesem Moment hechelte Ronnies Border Collie an ihnen vorbei und verschwand im Gehölz. Dort zeigte er den Wildkaninchen, wem die Farm gehörte.

«Ist das Ihr Hund?»

«Nein, Duke gehört zu Ronnie, unserem Helfer. Wir werden uns erst später einen eigenen Hütehund zulegen.»

«Kluge Tiere, diese Border Collies. Mein Bruder hatte mal einen.»

Kate machte einen neuen Anfang. «Chief Inspector, würden Sie nicht mithelfen, ein Familienmitglied zu entlasten, wenn Sie von seiner Unschuld überzeugt wären?»

«Aber doch nicht hinter dem Rücken der Polizei!»

«Warum informieren wir uns nicht gegenseitig?», schlug Kate mutig vor und versuchte es mit Humor. «In Cornwall gibt es mehr Doyles als Möwen. Jeder kennt hier jeden. Das öffnet manchmal Türen …»

«Familienmitglieder reagieren in solchen Fällen zu parteiisch», wandte die Ermittlerin ein.

«Aber wollen wir nicht alle dasselbe – den Mörder finden?»

«Also gut, Miss Doyle.» Auch Kirstie Scott schlug jetzt einen versöhnlichen Ton an. «Ich darf Ihnen nicht alles sagen, nur so viel: Möglicherweise ist auch Carringtons Ehefrau in den Fall verwickelt. Sie war doch in England und nicht auf den Bermudas. Anders, als sie zunächst behauptet hatte. Laut Scotland Yard war sie heimlich mit dem Pass ihrer Zwillingsschwester über Irland eingereist. Angeblich soll sie Material gegen Carrington gesammelt haben, um ihn bei der bevorstehenden Scheidung unter Druck zu setzen.»

Während der letzten Worte war DCI Scott dicht an den Zaun der Schafskoppel getreten, als wollte sie damit weiteren Fragen aus dem Weg gehen. Bock Sinclair äugte skeptisch zu der Fremden hinüber. Kate spürte, dass die Ermittlerin vom Aussehen der Schafe mit ihren hübschen schwarzen Gesichtern fasziniert war.

«Wunderbare Tiere», sagte sie.

Hinter ihnen ratterte Ronnie Gray auf seinem Traktor heran, sodass sie beide zur Seite treten mussten, bis er neben dem Gattertor geparkt und den lärmenden Motor ausgestellt hatte. Als er abstieg, trug er einen grauen Salzblock unter dem linken Arm, mit der rechten Hand öffnete er das Tor.

«Sorry, ich will nur den neuen Leckstein bringen», erklärte er und stapfte auf die Schafe zu. Das Tor ließ er einen Spalt offen. Aufgeregt blökend sahen ihm die Tiere entgegen. Sie konnten das Salz kaum erwarten.

Nur Bock Sinclair wandte sich ab und erspähte die offene Gattertür. Mit leicht gesenktem Kopf trabte er darauf zu.

«Achtung, der Bock! Schließt das Tor!», schrie Ronnie.

«Ich halte ihn auf!», rief Kate und versuchte mit ausgebreiteten Armen dem Bock Einhalt zu gebieten. «Langsam, Sinclair!», rief sie mit beruhigender Stimme. «Du willst doch deine Mädels nicht allein lassen.»

Doch ihre guten Worte halfen nicht. Mit einem geschickten Sprung schoss der Bock an Kate und Scott vorbei und trabte erhobenen Hauptes Richtung Farmhaus und Stall, wo er den Heuvorrat aufbewahrt wusste. Wäre DCI Scott nicht mit einem mutigen Satz zur Seite gehechtet, hätte Sinclair sie glatt umwerfen können.

Entsetzt sah Kate die Ermittlerin an. «Entschuldigung, Chief Inspector, so war das nicht gedacht.»

«Alles in Ordnung», antwortete Kirstie Scott lächelnd. Plötzlich wirkte sie ganz locker. «Das war mal ein Erlebnis der anderen Art.»

22.

Mail an: Grandma, Gilbert, Francis, Anne, Brian, Kate, Harvey, Morwenna

RECHERCHEN IN ST. MALO/Frankreich

Bericht von Peggy Doyle

Ablegen der Autofähre Plymouth – Hafen Roscoff/Bretagne.

Ankunft um 8:00 morgens nach einer verdammt windigen Nacht. (Ich hoffe, ihr Doyles wisst das zu schätzen, da ich bekanntlich nicht sehr seetüchtig bin!!) Anschließend Weiterfahrt in meinem Cabrio nach St. Malo, wo ich gegen 10:30 Uhr ankomme. Mein erster Besuch gilt dem Tourismusbüro in seinem futuristischen Bau an der Esplanade Saint-Vincent.

Ich komme mit einer kleinen Liste von sechs Personen, die ich bei meiner Internetsuche nach dem Namen Belcourt in St. Malo und Umgebung gefunden habe. Zwei Handwerker, ein Geistlicher (!?), ein Masseur und zwei Ärzte. Ich erwarte nicht, dass die Tourismusleute bei fünfzigtausend Einwohnern jeden kennen, aber erfahrungsgemäß haben sie gute Kontakte.

Also gehe ich rein, nenne der jungen Frau am Schalter den Namen Belcourt und bekomme lediglich ein Schulterzucken zurück. Aber vielleicht weiß Madame Laurent, die Chefin, etwas mehr. Kurz darauf stöckelt Madame aus dem Büro dahinter heran. Keine Ahnung, wie französische Frauen das schaffen, jeden Tag so perfekt auszusehen.

Madame ist offenbar eine alte Häsin im Umgang mit anreisenden Engländern, denn als Erstes empfiehlt sie mir ein Luxushotel im Belle-Époque-Stil, das Grand Hotel Des Thermes, in dem wir Briten uns angeblich schon seit hundert Jahren wohlfühlen. Ich täusche Begeisterung vor, schiebe diskret meine druckfrische Visitenkarte als Anwältin über den Tresen und behaupte mit leiser Stimme, in St. Malo für einen hochkarätigen Erbfall zu recherchieren. Es gehe um Millionen.

Ihre Stimme wird noch leiser als meine, fast verschwörerisch. «Je comprends. Quel contact dois-je vous faire? Welchen Kontakt soll ich für Sie herstellen?»

Ich ziehe das alte Foto von Chloe aus meiner Handtasche und zeige es Madame Laurent. Falls meine Anfrage hier nicht fruchtet, plane ich insgeheim, zum Golfklub Le Tronchet weiterzufahren, wo das Foto gemacht worden war, das Morwenna gefunden hatte.

Doch zu meinem Glück funkelt in Madame Laurents Augen etwas auf. «Ja, Madame, das ist die Frau von James Belcourt, dem Kunsthändler. Oft hat man die Belcourts allerdings nicht gesehen.»

«Wohnt er nicht mehr hier?», frage ich besorgt. So dicht am Ziel, und schon scheint es eine Einschränkung zu geben.

«Er soll gestorben sein.»

«Oh!» Vor Schreck versagt mein Französisch, und ich rede einfach Englisch weiter. Aber auch das beherrscht Madame Laurent ganz gut. «Wer könnte mir da mehr sagen?»

Madame überlegt. «Am besten fahren Sie in die Avenue John Kennedy zum Château Belcourt», rät sie mir. «Irgendjemand soll da noch wohnen. Verkauft ist es nicht, das wüsste ich. Mein Bruder sitzt im Bauausschuss.»

«Ich danke Ihnen, Madame. Dann mache ich mich mal auf den Weg», sage ich betont harmlos, damit sie jetzt bloß nicht weiterfragt.

Während ich kurz darauf mit einem Hummer-Sandwich in der Hand durch die hübsche Altstadt bummle, kommt mir ein sehr, sehr eng umschlungenes Paar entgegen. Haltet euch fest – es ist Tante Annes spießiger Proktologe Dr. Anderson mit einer seiner Praxisdamen. Dr. Anderson tut, als wenn er mich nicht sieht. Vermutlich sind die beiden für ein *dirty weekend* angereist …

Zurück zum Wesentlichen, wie Tante Emily immer sagt.

Das Château Belcourt liegt direkt am Strand Plage Minihic mit sensationellem Blick Richtung Insel Jersey. Ein richtiges Schloss ist der Bau nicht, aber eine traumhafte weiße Villa mit Türmchen und zwei Anbauten zur Avenue Kennedy. Der Park, der dazugehört, liegt auf der rückwärtigen Wasserseite. Im Garten teure Liegen und Sonnenschirme. Also tatsächlich noch bewohnt.

Mein aufgeregtes Herzklopfen, als ich auf die Klingel drücke, könnt ihr jetzt noch hören. Ein asiatisch aussehender Herr im Golfdress öffnet mir, ein Dr. Yeong, der für Microsoft Frankreich arbeitet, wie er mir erklärt. Wieder trickse ich mit meiner falschen Visitenkarte, und wieder funktioniert es. Yeong verrät mir, dass das Haus jetzt Monsieur Belcourts Erbin gehört, seiner Tochter in Paris. Die Yeongs haben es nur gemietet. Bereitwillig tippt er mir den Namen des Nachlassverwalters von Monsieur Belcourt in mein Handy. Es ist die Kanzlei Arnauld & St. Etienne im benachbarten Dinard.

«Versuchen Sie es dort, Notar Arnauld ist ein sehr wohlwollender Mann», meint Dr. Yeong lächelnd, bevor er sich ein letztes Mal vor mir verbeugt.

Beim Weggehen schaue ich noch einmal auf diesen atemberaubenden Palast und frage mich, mit welchen Geheimnissen unsere liebe Chloe hier wohl als Madame Belcourt gelebt hat. Nicht zu fassen, dass sie sich jetzt in einem Wald verstecken muss. Was für ein schrecklicher Abstieg!

Während der kurzen Autofahrt nach Dinard überquere ich die Rance-Brücke und versuche gedanklich ein Problem zu lösen. Jetzt, da ich gleich einem echten Notar gegenübersitzen werde, kann meine falsche Visitenkarte schnell auffliegen. Welche Kanzlei ist denn mein Arbeitgeber, wenn er fragt? Andererseits wird der Notar mir wohl kaum Auskunft geben, wenn ich einfach nur als Verwandte auftauche.

Aber warum eigentlich nicht? Falls er Chloe persönlich kannte und jemals eine Geburtsurkunde von ihr zu Gesicht bekommen hatte, wird ihn der Name Doyle doch ohnehin hellhörig machen.

Als ich eine halbe Stunde später mit dem altmodischen Fahrstuhl in die vierte Etage eines Bürohauses fahre, wo Arnauld & St. Etienne residieren, steht mein Entschluss fest: Ich werde nur ein kleines bisschen lügen.

Der Besprechungsraum, in den mich eine junge Assistentin führt, wird von einer langen Bücherwand voller juristischer Werke dominiert sowie von zwei großen Botero-Gemälden. Seltsamerweise wirken die prallen und gemütlichen Menschen des kolumbianischen Malers in diesem Moment beruhigend auf mich. Ich setze mich auf die Gästeseite des Tisches in der Mitte, weil auf der anderen Seite ein schwarzer Ledersessel auf den Notar wartet.

Ich traue meinen Augen nicht, als ein alter Herr im hellblauen Anzug und mit weißem Haarkranz durch die Tür tritt, pausbäckig und prall wie die Figuren auf den Gemälden.

«Bonjour, Madame Doyle. Ich bin Frédéric Arnauld. Wir können Englisch sprechen.»

Seine Stimme klingt freundlich wie bei jedem echten Menschenversteher. Während er mir gegenüber Platz nimmt, huscht seine Assistentin in den Raum und stellt noch zwei Fläschchen

Mineralwasser samt Gläsern auf den Tisch. Eine Schale mit After-Eight-Täfelchen steht ohnehin schon da.

«Also, was kann ich für Sie tun? Gerade rief Dr. Yeong an und meinte, Sie seien auf der Suche nach Madame Chloe Belcourt.»

«Genau genommen nach meiner Großcousine Chloe Doyle. Angeblich hat sie lange unter dem Namen Belcourt in St. Malo gelebt. Ja, und nun …» Ich muss mich sehr zu meiner Lüge überwinden. «… nun hat sie von unserem Onkel eine sehr große Summe geerbt und wir können Chloe nirgendwo finden.»

Notar Arnauld neigt bewundernd den Kopf. «Ein Erbe? Die Glückliche! Um wie viel Geld geht es denn, wenn ich fragen darf?»

«Um eine Millionensumme», schwindele ich.

«Auch Immobilien?»

«Oh ja, ein hübsches Landhaus in Cornwall und ein Cottage in Devon», bestätige ich.

Mich muss der Teufel reiten.

Monsieur Arnauld lächelt sanft. «Très impressionnant! Gerade jetzt, wo sie von der britischen Polizei gesucht wird, würde sie das sicher ein bisschen aufmuntern, eh?»

Ich blicke ihn erschrocken an. «Sie wissen davon?»

«Mais bien sûr! Unsere Presse ist voll davon.» Er lehnt sich zurück, offenbar kein bisschen böse. Als gemütlicher Mensch ist er sicher Feinschmecker, und Feinschmecker verstehen etwas vom Leben. «Und jetzt, Madame, erzählen Sie mir bitte, worum es hier wirklich geht.»

Als ich mich entschuldige, winkt er ab.

Umso mehr bemühe ich mich, ihm ganz offen die Wahrheit zu sagen. Dass Chloe sich heimlich bei uns gemeldet hat und dass wir ihr helfen möchten, aber nicht einmal wissen, wie sie die vergangenen dreißig Jahre verbracht hat. Nur, dass sie sich länger in Frankreich aufhielt. Erst als ich von unserer bescheidenen

Spur zum Golfklub in Le Tronchet und zum Château Belcourt in St. Malo erwähne, lächelt der Notar wieder.

«Sagen Sie Ihrer Familie, dass die Recherchearbeit ausgezeichnet war», lobt er. «Tatsächlich hat alles vor ungefähr sieben Jahren in Le Tronchet begonnen. Dort, bei einem Golfturnier, sind die drei sich zum ersten Mal begegnet.»

«Welche drei?», frage ich irritiert.

«Na – Madame Doyle, James Belcourt und Hugh Carrington.»

Ich kann es kaum glauben. Auch James Belcourt war gut mit Hugh Carrington bekannt?

Während Monsieur Arnauld für uns Mineralwasser in die Gläser gießt und mir ein After Eight anbietet, beginnt er zu erzählen. Er berichtet, dass Chloe in jenem Sommer als Kunsthändlerin in die Bretagne gereist war, um bei einer Schlossversteigerung Kunstwerke aus dem siebzehnten Jahrhundert zu ergattern. Danach hatte der Auktionator zu einem Golfturnier nach Le Tronchet eingeladen. Sie spielte das Turnier in einem Flight zusammen mit Hugh Carrington – der in der Nähe ein Ferienhaus besaß – sowie mit dem langjährigen Klubmitglied James Ross Belcourt. Belcourt besaß sowohl die britische als auch die französische Staatsbürgerschaft und lebte in St. Malo. Als Importeur asiatischer Möbel war er sehr wohlhabend geworden.

Monsieur Arnaulds Gesicht wurde ernst. «Tja, und obwohl James Belcourt fünfundzwanzig Jahre älter war als Chloe, verliebte sie sich auf der Stelle in ihn.» Arnauld hob die Arme. «James war eben ein großer Charmeur.»

«Wie muss ich mir diesen Mann vorstellen?», will ich wissen.

Arnauld schürzt die Lippen. «Was soll ich sagen? Stellen Sie sich einen eigenwilligen kleinen Mann wie Onassis vor – nicht sehr groß, sehr kantig … sagt man so? Er beherrschte sechs Sprachen, darunter Chinesisch, hatte eine starke Ausstrahlung und war sehr bestimmend.»

Ich überlege schnell, dass Chloe zu dieser Zeit Mitte vierzig gewesen sein muss, folglich war Belcourt damals bereits siebzig. Wenn wir ehrlich sind, passt es doch durchaus zu unserer lieben Chloe, dass sie sich in eine Vaterfigur verliebte.

«Wurde es eine glückliche Partnerschaft?»

«Glücklich?» Arnauld überlegt. «Ich würde es eher eine vibrierende Beziehung nennen. Im Château gab es große Feste und wunderbare Musikabende, manchmal reisten die beiden nach Singapur oder Peking ... Sie harmonierten durchaus, aber in ihrer Bewunderung für Belcourts Persönlichkeit ließ Chloe sich zu viel von ihm gefallen. Andererseits schätzte er wiederum ihre Kraft.»

«Sie wissen sehr viel über Chloe.»

Der Notar lächelt bescheiden. «Ich war bei vielen dieser Feste dabei.»

«Wann haben die beiden geheiratet?»

«Geheiratet?» Der Anwalt schüttelt den Kopf. «Zu Chloes Unglück leider nie. Sie ist kurz nach jenem Golfspiel bei ihm eingezogen und wurde von allen Madame Belcourt genannt – James wollte das auch so –, beim Thema Heirat verstand er es allerdings glänzend, sie immer wieder hinzuhalten. Sie hätte gerne ein Kind adoptiert, da sie selbst keines bekommen konnte. Aber auch das war mit Belcourt nicht zu machen. Als Chloe nach fünf Jahren immer unzufriedener wurde, erklärte er auf einer Party zu Chloes fünfzigstem Geburtstag: ‹Okay, hiermit verspreche ich, Chloe im nächsten Jahr zu heiraten!› Vier Monate später war er tot. Herzinfarkt.»

«Wie tragisch.»

«Oui!» Monsieur Arnauld nickt. «Zumal Chloe auch in seiner Firma mitgearbeitet hat. Immer wieder hat sie für Belcourt asiatische Kunst importiert. Aus dieser Zeit stammt auch meine Bekanntschaft mit ihr und James. Privat sammle ich nämlich asiatische Elefantenfiguren.»

Angesichts dieser Worte male ich mir in den dunkelsten Farben Chloes schwierige Situation nach Belcourts Tod aus. Wie ist sie damit als Nicht-Witwe umgegangen? Als ich nachfrage, hat der Notar auch darauf eine Antwort, da Chloe seine Kanzlei nach der Beerdigung um Rat gebeten hatte.

«Es war ein großer Schock für sie, dass sie nach den Jahren der Hingabe und der Duldung seiner Launen mit keiner Zeile im Testament erwähnt wurde. Als wäre sie nie da gewesen. Sie liebte das Château Belcourt und hätte gerne noch ein, zwei Jahre dort gewohnt. Aber Belcourts einziges Kind, seine Tochter Ninette Rizzi, die in Paris lebt und alles geerbt hat, war strikt dagegen. Sie hasst Chloe. Chloe wurde gezwungen, das Château innerhalb eines Monats zu verlassen.»

«Und ... und wie ging sie damit um?», frage ich vorsichtig.

Monsieur Arnaulds Gesicht verdüstert sich ein wenig. «Es war furchtbar. Chloe stand regelrecht unter Schock. Sie bekam mitten auf der Avenue Kennedy einen Nervenzusammenbruch, stürzte unglücklich und zog sich mehrere Frakturen zu. Meine Frau, die zufällig gerade in der Boutique gegenüber einkaufte, ließ sie in die Privatklinik eines Freundes bringen und kümmerte sich auch um ihren Auszug. Ich sage Ihnen was, Madame – ich habe in meinem Leben schon viele Häuflein Elend gesehen, aber keines wie Chloe nach diesem Unfall. Ganz ehrlich, wir dachten, sie bringt sich um.»

Als ich weiterfrage, habe ich einen dicken Kloß im Hals. «Danach hat sie Frankreich sicher so schnell wie möglich verlassen?»

«Sie musste sechs Wochen in der Klinik bleiben. Außer uns besuchte sie so gut wie niemand. Sie wissen, wie das mit Cliquen ist, die eine Weile um eine schillernde Figur kreisen und sich danach auflösen. Am Ende blieb Chloe nur ein Mensch treu, der alle zwei Tage mit Blumen in der Hand zu ihr kam – Hugh Carrington.»

«Was machte er so oft in Frankreich? Damals besaß er doch noch seinen Verlag.»

«Das war ja das zweite Drama. Im Herbst davor hatte Carrington von seiner schweren Nierenerkrankung erfahren. Er wusste, dass sich sein Zustand immer mehr verschlimmern würde. So klammerten sich zwei verzweifelte Menschen aneinander. Einmal konnten meine Frau und ich miterleben, wie die beiden sich gegenseitig Mut zusprachen. Glauben Sie mir, uns sind die Tränen gekommen.»

«Was wurde aus Chloe?»

Monsieur Arnaulds Gesicht wird wieder fröhlicher. Jetzt erlaubt er sich sogar, genüsslich in ein Täfelchen After Eight zu beißen.

«Alors, wie durch ein Wunder wurde Chloes Seele wieder gesund. Carrington konnte sie überreden, nach London zurückzukehren und sich dort eine schöne Wohnung an der Themse zu kaufen. Geld hatte sie als Kunsthändlerin genug verdient, jetzt wollte sie nur noch leben und mit Hugh Carrington zusammen sein.»

«Und selbst das wurde schwierig …»

Monsieur Arnauld nickt. «Ich bin untröstlich, dass Chloe nun in diese schreckliche Situation geraten ist. Bitte sagen Sie das auch Ihrer Familie. Nie im Leben hätte sie Hugh Carrington etwas angetan.»

«Danke, Maître.» Ich wusste von Grandpa, dass die französischen Anwälte so vor Gericht angeredet werden, und hatte das Bedürfnis, ihm diese Ehre als Dank zuteilwerden zu lassen.

Arnauld lächelt. «Danke, Frau Kollegin.» Er sieht meinen erstaunten Blick. «Dr. Yeong hat mir von Ihrer hübschen Visitenkarte erzählt. Sie können sie jetzt vernichten.»

Ich werde rot. «Das ist mir wirklich unangenehm …»

«Mais non, das muss es nicht, Madame!» Er steht auf, geleitet mich zur Tür und öffnet sie für mich. Sein freundliches Botero-Gesicht mit den rundlichen Wangen sieht vergnügt aus. «Ich mag kämpferische Frauen.»

Als ich wieder im Auto sitze und zum Hafen Roscoff zurückfahre, damit ich die Fähre um 16:30 Uhr nach Plymouth erreiche, denke ich noch einmal über Arnaulds Schilderung von Chloes Leben in St. Malo nach. Ja, sie hat dort zweifellos ein mondänes Leben geführt. Aber zu welchem Preis?

Mit Chloes Vergangenheit verhält es sich wie mit einer Zwiebel. Man schält und schält und kann doch nicht den Mittelpunkt finden. Jetzt werden wir also ein weiteres neues Bild vor Augen haben. Das Bild einer Frau, die trotz ihrer Erfolge einsam geblieben war und sich insgeheim nach einem Familienleben mit Kind sehnte.

Ich muss pausenlos an sie denken.

23.

Das Echo der Familie auf Peggys ausführlichen und mitreißend geschriebenen Bericht war einhellig: Peggy hatte tolle Arbeit geleistet! In den wenigen Stunden, die sie in St. Malo recherchieren konnte, waren mehr Details über Chloes Vergangenheit zum Vorschein gekommen als in den ganzen vergangenen Tagen. Vor allem Chloes Hoffnungen und Enttäuschungen als «Quasi-Ehefrau» des Monsieur Belcourt berührten jeden. Mit Grandma hatte Kate eine Stunde lang telefonieren müssen, um ihr klarzumachen, dass Chloe ja danach mit Hugh Carrington eine noch viel größere und schönere Liebe erlebt hätte, bis das Verbrechen geschah. Von Onkel Brian war die telefonische Anregung gekommen, dass man jetzt vielleicht doch in London weiterrecherchieren sollte, um mehr über Chloes letzten Aufenthalt dort zu erfahren. Die Adresse ihrer Wohnung an der Themse musste doch herauszufinden sein.

Kate selbst war heute Morgen um acht Uhr nach Sealton hinuntergefahren, hatte an Peggys Haustür geklingelt und ihrer überraschten Großcousine als Dank einen großen Strauß Blumen aus Trewistles Garten vorbeigebracht. Dann waren sie beide noch einmal die aktuellen Erkenntnisse durchgegangen.

Nachdem Chloe ihr Zuhause in St. Malo verloren hatte, war sie offensichtlich nur noch auf ihr neues Leben mit Hugh Carrington in Cornwall fixiert gewesen. London schien keine große Rolle mehr gespielt zu haben. Auch Chloes Sehnsucht nach ihrer Familie musste sehr groß gewesen sein. Umso bedenklicher war, dass sie sich jetzt nicht mehr meldete. Sie musste doch wissen, dass die Familie verzweifelt auf ein weiteres Zeichen von ihr hoffte. War ihr etwas zugestoßen?

Weder Kate noch Peggy mochte daran denken.

Nach der Rückkehr von Peggy arbeitete Kate an ihrer neuen Podcast-Ausgabe weiter. Sie hatte sich tatsächlich dafür entschieden, diesmal den Mordfall Carrington in den Mittelpunkt zu stellen. Dabei benutzte sie ausschließlich die Fakten, die auch der Polizei vorlagen. Vielleicht fanden sich ja neue Zeugen, die etwas in der Nähe der Villa gesehen hatten.

Um Punkt 11:30 Uhr war Kate mit dem Einsprechen und Aufzeichnen ihres Textes fertig. Jetzt benötigte sie dringend eine Pause. Sie streckte sich, ging in die Küche, aß einen Joghurt und blickte nach draußen. Nichts als graue Suppe, überall hatte sich Nebel breitgemacht. In tief hängenden Schwaden trieb er vom Meer den Hügel zur Farm herauf. Im Gegensatz zu den undurchdringlichen Nebelbänken, die Kate Richtung Strand beobachtete, fanden sich auf dem Farmgelände wenigstens ein paar aufgelockerte Stellen.

Kate bekam Mitleid mit der Herde, die den Nebel gar nicht mochte. Schafe waren wetterfühlig. Einige der Mädels schienen zum Beispiel keinen Ostwind zu mögen und standen dann mit nörgelndem *Bääh!* hinter dem Wasserwagen herum. Andere wurden nur bei Nebel unruhig, vielleicht weil sie potenzielle Feinde nicht früh genug erkennen konnten. Kate beschloss, die Tiere mit einem Eimer Möhren zu beruhigen.

Sie holte die Möhren aus der Scheune, wo David heute Vormittag den Heuboden aufräumte. Ronnie Gray hatte ihnen Duke dagelassen, weil er auf die Schnelle einen Arzttermin in Truro ergattert hatte. Während David auf dem Heuboden die Bretter fegte, nutzte unten der Hund die Gelegenheit, aufgeschreckte Mäuse zu jagen.

Als Kate mit dem vollen Eimer zur Weide kam, war der Himmel zwar heller geworden, weit blicken konnte man trotzdem nicht. Von der Küste drang das durchdringende Tuten des Nebelhorns herauf, *the sound of danger*, wie die Seeleute sagten. Seit ihrer Kindheit fröstelte es Kate bei diesem Ton.

Das Verhalten der Schafe war nicht wie sonst, ihre Unruhe fast greifbar. Immer wieder hielten sie ihre Köpfe in die Höhe und sogen die feuchte Luft ein, als würden sie dem grauen Gewaber nicht trauen. Kate drängte sich zwischen sie und kraulte ein paar von ihnen zuredend das Fell. Mehrere kleinere Schafe hatten sich hinter Harriet, dem Leittier, verschanzt, als erwarteten sie, dass die Aue ihnen Schutz bot.

Was beunruhigte sie so?

Kate verteilte die Möhren, verließ die Koppel und ging zurück zur Farm. Bevor sie weiterschrieb, sollte sie David fairerweise für eine halbe Stunde helfen, die Strohballen umzulagern, damit sie mehr Platz für frisches Heu bekamen.

Im Nebel ploppte ein knallendes Geräusch durch die Landschaft. Kate blieb erschrocken stehen und lauschte.

Was war das? Ein Schuss? Genau so hatte es geklungen. Sie hörte einen zweiten, Sekunden später einen dritten. Diesmal war sie sich sicher.

Das Knallen kam eindeutig von der Heide. Die Schüsse klangen dumpf und doch wieder so scharf, dass Kate nicht hätte sagen können, wie weit entfernt sie gefallen waren.

Ihr Puls begann zu rasen. Instinktiv duckte sie sich hinter den grünen Traktoranhänger, den Ronnie Gray gestern am Wegrand hatte stehen gelassen. Angestrengt versuchte sie, mit ihren Augen den Nebel zu durchdringen. Hinter sich hörte sie die Schafe panisch hin- und hertrappeln.

Was ging dort draußen vor?

Ein Jäger konnte es nicht sein, die Heide stand unter Naturschutz. Sofort dachte sie an den Unbekannten und seine Drohungen. Machte er sie jetzt wahr?

Zu ihrer Erleichterung hatte auch David die Schüsse gehört. Mit Duke an der Leine rannte er auf Kate zu. In der anderen Hand hielt er den großen gebogenen Schäferstab, mit dessen Hilfe man wegrennende Schafe an den Läufen zu sich heranziehen konnte. Kate verließ ihre Deckung und lief ihm entgegen. Sie bemerkte sofort, dass auch er nervös war.

«Alles okay?», fragte er, den Blick Richtung Heide gerichtet, von der nur Teile im Nebel zu sehen waren.

«Ja.» Kate wollte ihm lieber nicht zeigen, wie aufgeregt sie war. Das machte die Situation auch nicht besser.

«Am besten gehst du ins Haus», sagte David, während er mit dem Hund an der Leine auf den Graspfad zur Heide einbog. «Das wäre mir lieber.»

«Nein, das werde ich nicht tun.» Demonstrativ blieb Kate an seiner Seite. «Es könnte der Typ sein, der uns alle bedroht. Ich will nicht, dass er dich allein sieht.» Sie holte tief Luft. «Wie weit ist der Schütze entfernt?»

«Ich schätze, die Schüsse kamen aus hundert, maximal hundertfünfzig Meter Entfernung.»

Kate vertraute darauf, dass er eine solche Einschätzung durch seinen früheren Kriminaljob ziemlich genau vornehmen konnte. Etwa hundertfünfzig Meter vor ihnen befand sich das Restgebäude eines verlassenen Gehöftes. Schon vor Jahrzehnten war es von der Farmerfamilie Wellesby aufgegeben worden. Nur das Hauptgebäude erhob sich noch aus der Heide, mit löchrigem, von Schlingpflanzen überwuchertem Dach, leeren Fensteröffnungen und armdicken Rissen im grauen Putz. Hier und da gab es sogar Löcher in der Mauer. Innen fand man nichts mehr außer verfaulte Böden, Vogelnester und Spinnweben. Nachdem die Heide vor zwanzig Jahren unter Naturschutz gestellt worden war, hatte das zuständige Amt sofort ein Abrissverbot für das Gemäuer erlassen. So verfiel es von Jahr zu Jahr mehr. Da es in der Heide keine offiziellen Wege gab, verirrten sich zum Glück nur selten Leute dorthin.

«Also gut.» David fasste nach Kates Hand und drückte sie. Dann beugte er sich über Duke. Als ausgebildeter Hütehund war er an viele unterschiedliche Kommandos gewohnt. «Duke – still!» Sofort spitzte der Border Collie die Ohren und nahm eine wachsame Haltung an.

Zu dritt zogen sie los, vorsichtig und leise, bis zu der kleinen Erhebung vor ihnen. Von dort aus würden sie etwas weiter blicken können, sofern der Nebel es zuließ. In der feuchten Luft fühlten sich Kates Finger klamm an, während sie in der Rechten verkrampft ihr Handy bereithielt, um notfalls Hilfe holen zu können.

Als sie oben ankamen, entdeckten sie den Schützen sofort, der Nebel war jetzt viel weniger dicht. Vor dem zerfallenen Gehöft stand ein Mann, sein Gesicht unter einer schwarzen Sturmhaube verborgen. Viel konnte man nicht erkennen, nur dass er sehr stämmig war. In seiner Rechten trug er eine Handwaffe, die er auf die Ruine richtete. Kate wusste, dass der Mörder von Hugh Carrington einen Revolver benutzt hatte. War das die Waffe? Noch blieben sie und David unentdeckt, der Fremde war mit dem Beobachten der Ruine beschäftigt. Nervös machte er immer wieder Schritte nach rechts und nach links, wahrscheinlich suchte er nach einem besseren Standort für den Blick in das Gebäude. War er dabei, die Ruine zu stürmen?

«Ich gehe davon aus, dass Chloe sich in dem Haus aufhält.» Davids Stimme klang gedämpft. «Gab es das Gehöft schon zu ihrer Kindheit?»

«Ja», flüsterte Kate. «Alle Doyles kennen es. Wir haben hier oft verbotenerweise gespielt.»

David schüttelte den Kopf. «Dass wir nicht früher darauf gekommen sind. Sie befand sich die ganze Zeit in unserer Nähe!»

Er zog Kate hinter einen Lorbeerstrauch in Deckung.

«Also ist das der Mann, der Chloe verfolgt. Er muss es sein», sagte er leise. «Ruf die Polizei an, danach werden wir keine Zeit mehr haben.»

Wie Kate von den Schafen gelernt hatte, musste man sich immer so drehen, dass der Wind aus der Richtung des Feindes blies, wenn man unbemerkt bleiben wollte. Sie stellte sich hinter David, rief die Polizeistation in Looe an und beschrieb, so ruhig es ging, die Situation.

Jetzt bloß nicht die Nerven verlieren!, hämmerte sie sich ununterbrochen ein.

Als das Gespräch beendet war, zog David sie wieder zu sich herunter, damit sie leise ihr weiteres Vorgehen besprechen konnten. Keine Hektik an ihm, kein unruhiger Blick, nur planvolle Konzentration. Wie schaffte er das nur? Entwickelten diese Kriminalmenschen im Laufe der Jahre andere Arten von Nerven?

Der Unbekannte hatte sich der Ruine inzwischen bis auf wenige Meter genähert. Plötzlich flatterte im leeren Fenster des oberen Stockwerks ein Tuch im Wind. Hatte Chloe es dort hingehängt? Warum? Der Mann zielte und schoss ein viertes und fünftes Mal, bis das Tuch zu Boden fiel. Das war das Einzige, was passierte. Kein Schrei ertönte, niemand zeigte sich. War das Tuch ein Ablenkungsmanöver von Chloe gewesen?

Wie unwirklich, dachte Kate. Noch hatte der Maskierte David und Kate nicht entdeckt. Trotzdem schien David zu befürchten, dass ihnen die Zeit – und damit ihr Überraschungsmoment – davonlief, wenn sie zu lange abwarteten.

«Wir werden jetzt mit Duke laut schreiend auf ihn zustürmen», erklärte er Kate seinen Plan. «Wenn es tatsächlich die sechsschüssige Smith & Wesson ist, die er in der Villa benutzt hat, hat er nur noch eine Patrone im Lauf. Die wird er nicht auf diese Entfernung hin verballern wollen.»

«Wie beruhigend», sagte Kate ironisch, auch um sich selbst Mut zu machen.

«Unser Lärm wird ihn verunsichern.» David erhob sich aus seiner Deckung. «Nach ein paar Metern bleibst du hinter mir und tust so, als ob du telefonierst. Lass ihn das Handy deutlich sehen, damit er weiß, dass ihm nicht viel Zeit bleibt, um zu flüchten.»

«Okay, das klingt vernünftig …» In dieser Situation hätte Kate fast alles abgenickt, was ihr David als Profi vorschlug.

David beugte sich über den Hund. Aus Vorsicht ließ er ihn angeleint. «Duke – gib Laut!»

Der Border Collie sprang auf und fing an, wie wild zu bellen. Wer ihn nicht kannte, musste Angst bekommen. Im selben Moment stürmte David auch schon mit ihm los, den Hügel hinab und auf das Gehöft zu. Laut brüllend und mit ängstigender Bedrohlichkeit hielt er den langen Schäferstab in die Höhe. Solche Überraschungsmomente trainierte auch die Polizei, wie Kate wusste. Aus ganzer Kraft mitbrüllend, lief sie wie verabredet neben David her, ihr Telefon am Ohr. Einmal wäre sie fast in den Wurzeln des Heidekrauts hängen geblieben, nur ein mutiger Schritt nach vorn rettete sie. Zu brüllen fiel Kate nicht schwer. Ihre Wut über die Taten dieses Mannes musste heraus. Jetzt zweifelte sie erst recht nicht mehr daran, dass Davids Vorgehen richtig war und sie zusammen mit Dukes rasendem Gebell den Eindruck eines furchtlosen Trios verbreiteten.

Der Fremde starrte ihnen ungläubig entgegen, sie hatten ihn überrumpelt. Er schien zu überlegen, wie er reagieren sollte. Für einen Moment sah es so aus, als ob er seine Waffe anheben und auf sie zielen wollte. Doch er tat es nicht. Stattdessen passierte das, was David erhofft hatte. Mit einer plötzlichen Drehung setzte er sich in Bewegung und flüchtete. Kate erinnerte sich, dass es am Ende der Heide einen kleinen Parkplatz gab. Sie zweifelte nicht daran, dass der Täter genau dahin unterwegs war.

David ließ ihn ziehen und bewegte sich jetzt langsamer auf das verfallene Gehöft zu, das Terrain vor der Ruine abschätzend. Kate blieb weiter dicht an seiner Seite. David erklärte ihr, was er vorhatte. Falls Chloe sich tatsächlich in der Ruine versteckte, mussten sie sie herausholen, bevor der Mörder es sich anders überlegte. Wie lange hatte sie dort wohl gehaust?

Kate hoffte inständig, dass ihnen genug Zeit blieb. Die Polizei hatte zwar versprochen, sofort einen Wagen zu schicken, aber der Schütze konnte vorher wieder zurückkommen.

Duke bellte ununterbrochen weiter und zerrte mit aller Kraft an der Leine, die Nase am Boden, als hätte er eine wichtige Spur aufgenommen. David hatte alle Mühe, ihn zu halten. Kate ahnte, wohin Duke wollte. «Er will zu dem Dickicht dort drüben.» Vor ihnen erhob sich ein breiter Streifen mit Ginsterbüschen. Er lag auf ihrem Weg zur Ruine. Kate vermutete, dass sich dort die schwarzrote Füchsin verbarg, die vor zwei Tagen am helllichten Tag auf den Hof gekommen war.

Als sie das Dickicht erreicht hatten, verstummte Dukes Gebell. Stattdessen schnüffelte er wie wild unter den Zweigen des Ginsters herum. Plötzlich hörte Kate ein Geräusch. Sie hätte gar nicht definieren können, wonach es klang, nur dass es etwas Lebendes, Atmendes war, das sich in nächster Nähe verbarg. Auch David hatte es gehört und nahm den Hund vorsorglich fester an die Leine. Dann sahen sie, dass sich die Ginsterzweige bewegten.

Kate war die Erste, die erkannte, dass es nicht die Füchsin war. Stattdessen blickte sie auf einen nackten Arm, einen von Dornen zerkratzten Frauenarm. Und auf den verdreckten Stoff einer gelben Seidenbluse.

Kate bückte sich hastig und schob die Ginsterzweige beiseite. David befahl dem Hund, ein Stück entfernt sitzen zu bleiben, und eilte ihr zu Hilfe.

Auf dem Boden lag eine Frau, zusammengekrümmt und bewegungslos. Chloe! Sie lebte! Offenbar hatte sie sich hier in Todesangst versteckt. Kate hätte sie auch erkannt, wenn sie nicht auf ihr Wiederauftauchen vorbereitet gewesen wäre, trotz Chloes Blässe und trotz des Zitterns, das ihren ganzen Körper erfasste.

Während David die Zweige von Chloes Gesicht fernhielt, kniete sich Kate auf den Boden und versuchte, sie anzusprechen. Doch Chloe starrte nur erschöpft zurück.

«Chloe, kannst du mich hören? Ich bin es, Kate. Und das ist David, mein Freund.»

Chloe nickte unmerklich.

«Bist du verletzt?»

Chloe schüttelte den Kopf. Nur langsam, ganz langsam schien sie zu begreifen, dass sie in Sicherheit war.

Erleichtert strich ihr Kate eine Haarsträhne aus der Stirn, dann nickte sie David zu. «Wir werden dich jetzt vorsichtig hochheben und zu unserer Farm tragen.»

Zaghaft flackerte in Chloes stummem Blick ein Flämmchen Dankbarkeit auf.

24.

Wieder einmal hatte die Spurensicherung der Polizei eine Menge zu tun. Zwischen Schafweide und dem verfallenen Gehöft suchten die Spezialisten jeden Quadratmeter nach Spuren ab. Wie David unter der Hand von einem jungen Constable erfuhr, waren die Forensiker vor der Ruine besonders fündig geworden. Hier war der Täter offenbar längere Zeit herumgeschlichen, nachdem er herausgefunden hatte, wo Chloe sich versteckte. Vermutlich hatte er sie am Tag zuvor auf dem Fahrrad Richtung Heide strampeln sehen. Das Rennrad selbst, von Chloe in einem Gebüsch verborgen, war von ihm vollständig demoliert worden. Wahrscheinlich hatte er sie so an weiteren Bewegungen hindern wollen.

Chloe stand im Vorfeld ihrer Vernehmung unter Hausarrest. Währenddessen wurde nach dem Täter und seinem schwarzen Auto mit einem Polizeihubschrauber gesucht. Knatternd donnerte er im Tiefflug über die Küstenstraße und über den Wald. Detective Chief Inspector Scott hatte ihr vorübergehendes Quartier in einer mobilen Kommandozentrale aufgeschlagen, einem blauen Polizei-Kleinbus. Er parkte gegenüber dem Stall auf dem Hof der Trewistle Farm. In dem Wagen gab es einen festmontierten Tisch, Schränke und Sitzmöglichkeiten. Hier mussten David und Kate nacheinander ihre Aussagen machen.

Zuerst war David dran. Als er fertig war und den Kleinbus verließ, um noch einmal den Forensikern zur Verfügung zu stehen, kam Kate an die Reihe.

Während der Vernehmung hatte sie den Eindruck, dass die Ermittlerin diesmal geduldiger mit ihr umging, als wäre sie erleichtert, dass der Fall Chloe Doyle mit Kates und Davids Hilfe in ein neues Stadium getreten war. Dennoch war die Vernehmung eine Tortur. Gegen den Willen ihrer Erinnerung musste Kate noch einmal das Erlebte durchgehen – die langen schrecklichen Minuten auf der Heide, die brutale Gestalt mit der Waffe in der Hand, Chloes heftiges Zittern …

Schließlich war auch das überstanden. Kate durfte zu Chloe zurückgehen, die oben im Gästezimmer der Farm auf ihre Vernehmung wartete. Als Kate aufstand, um den Kleinbus zu verlassen, erhob sich auch DCI Scott.

«Miss Doyle, noch etwas … Wir wissen, was Sie durchgemacht haben. Falls Sie und Mr Pennymore Hilfe benötigen – unser Psychologischer Dienst ist rund um die Uhr besetzt.»

Überrascht davon, dass die Ermittlerin sich auch von dieser Seite zeigen konnte, bemühte Kate sich um ein freundliches Lächeln.

«Danke, Chief Inspektor, ich glaube, wir schaffen das auch so. Aber bieten Sie das bitte auch Chloe an.»

Kirstie Scott nickte. «Selbstverständlich.»

David hatte Chloe auf den Ablauf der nächsten Stunden vorbereitet. Immerhin galt sie nach wie vor als Hauptverdächtige. Sein Rat war auch gewesen, von Kates Vater einen Anwalt organisieren zu lassen, der ihr bei den Vernehmungen zur Seite stehen konnte. Chloe hatte sofort zugestimmt. Nach einem kurzen Telefonat mit dem unendlich erleichterten Gilbert wurde die Sache in die Wege geleitet.

Alles in allem schien es Chloe schrittweise besser zu gehen. Überraschenderweise entdeckte Kate Grandmas eiserne *Saat der*

Contenance in ihr wieder, wie Grandpa es formuliert hatte. Sich nicht gehen lassen, Zähne zusammenbeißen, notfalls kämpfen. Interessanterweise hatte Grandma das nur ihren Enkelinnen und Nichten antrainiert. Sie wird schon gewusst haben, warum, dachte Kate.

Entsprechend dickschädelig wollte Chloe auf keinen Fall zur Untersuchung in eine Klinik gebracht werden. Da war nichts zu machen. Also ließ Kate Dr. Birch auf die Farm kommen, einen befreundeten Internisten aus Looe. Er war entsetzt, wie dehydriert und geschwächt die Patientin wirkte, und hängte sie sofort an den mitgebrachten Tropf. Chloes Risswunde am Arm sah zum Glück schlimmer aus, als sie war, der Arzt musste sie nicht einmal nähen. Sicherheitshalber schrieb er noch ein paar Medikamente für die nächsten Tage auf.

Gebettet auf der bequemen Liege in Kates Gästezimmer, ließ Chloe alles geduldig über sich ergehen, obwohl sie es hasste, schwächlich im Bett zu liegen, wie Dr. Birch von ihr hören musste. Sie wünschte sich nur, dass Kate ihr Gesellschaft leistete. Vorher hatte Kate ihr schon beim Duschen geholfen und ihr ein weißes T-Shirt und eine leichte graue Baumwollhose herausgelegt.

Chloes Augen wirkten müde, immerhin konnte sie schon wieder lächeln. Ihre halblangen dunkelblonden Haare zeigten am Ansatz verräterische Grautöne. Sie hatte das typische Doyle-Gesicht mit den breiten Wangen, das immer leicht trotzig wirkte.

«Dein wunderbarer David hat mir schon erzählt, was ihr für mich getan habt», sagte Chloe, während der Tropf weiterlief. Ihr Kopf lag bequem und etwas erhöht auf zwei übereinandergelegten Kissen. «Die Meute scheint noch gut zu funktionieren.»

«Ja, das tut sie», antwortete Kate lächelnd. «Dank Grandma hätten wir auch keine andere Wahl.» Kate hatte sich vorgenommen, zum jetzigen Zeitpunkt mit keinem Wort das Verbrechen in der Villa zu erwähnen. Nicht, bevor Chloe ihre Aussage bei DCI Scott gemacht hatte.

«Tut mir leid, dass ihr meinetwegen so viel Ärger hattet», sagte Chloe. «Die Dinge, die ich heimlich von der Farm mitgenommen habe, ersetze ich euch natürlich …»

«Was meinst du damit?», fragte Kate irritiert.

Chloes Augenfältchen verrieten, dass sie eigentlich lachen wollte, stattdessen verzog sie nur den Mund. Dadurch ähnelte sie Grandma, wenn diese den anderen einen Streich gespielt hatte. «Ah, war ich so gut? Ich wäre nicht über die Runden gekommen, wenn ich nicht jeden Tag etwas Essbares aus eurem Vorratskeller unter der Scheune stibitzt hätte.»

Kate konnte es nicht glauben. Da war Chloe jeden Tag zum Greifen nah gewesen – und sie hatten nichts bemerkt!

«Wenn es dir geholfen hat», sagte sie lächelnd. «Es ist sowieso ein Wunder, wie du immer wieder durch die Maschen geschlüpft bist.»

«Ach, Kate.» In Chloes blauen Augen blitzte etwas auf. «Wenn man Hunger hat, wird man erfinderisch. Das habe ich in meinen ersten Jahren in London gelernt.»

«Das kann ich mir denken.» Kate wäre sich schäbig vorgekommen, wenn sie nicht andeuten würde, dass sie über Chloes Vergangenheit Bescheid wusste. «Du musst wissen, dass wir mit vereinten Kräften über dein Leben recherchiert haben. Alle Doyles haben mitgeholfen. Wir mussten das tun. Keiner von uns wusste etwas über dich.»

«Ja, natürlich. Und was habt ihr herausgefunden?»

«Einiges. Über deine Geschäfte als Kunsthändlerin, deine Zeit in St. Malo, deine Beziehung zu Hugh Carrington … Onkel Brian und ich haben sogar eure Hütte im Wald entdeckt. Aber wenn wir das nicht getan hätten …»

Chloe hob abwehrend ihren rechten Arm, der dünne Schlauch vom Tropf an ihrer Hand hob sich mit. «Nein, nein, das war toll von euch. Ihr hättet sowieso bald alles erfahren. Ich wollte nur abwarten, bis Hugh und ich verheiratet waren …» In ihre Augen stiegen Tränen. «Wir … wir hatten uns schon ausgemalt, wie wir es anstellen. Hugh wollte für einen ganzen Tag den Park von Mount Edgcumbe mieten und dort ein festliches Picknick geben. Nur für euch. Und dann wäre ich dort erschienen! Hugh liebte solche Sachen …»

Plötzlich musste auch Kate weinen. Sie schluckte. «Ich … Wir wissen, wie sehr du Hugh Carrington geliebt hast. Dad und Grandma hatten ihn ja kennengelernt. Beide fanden ihn sehr sympathisch … immer ein Gentleman.» Kate grinste, um die Situation wieder aufzulockern. «Grandma hat ihn ihren *Gemüse-Stalker* genannt.»

«Hugh hat das nur für mich getan. Durch ihn wusste ich auch, dass du jetzt auf dieser Farm lebst.» Chloe nahm Kates Hand. Sie wurde seltsam ernst. «Kate … ich habe in meinem Leben eine Menge Fehler gemacht, *Chloe-Mist*, wie dein Großvater sagte, wenn er mich am Ohr zog. Aber mein schlimmster Fehler war, dass ich damals nach der Sache in St. Ives weggelaufen bin.»

«Welche Sache?», fragte Kate. «Für die Pleite deines Chefs konntest du doch nichts.»

Chloe blickte sie überrascht an. «Du weißt es wirklich nicht?»

«Was soll ich wissen?»

Chloe ließ Kates Hand los, ihre Finger strichen über die Bettdecke. «Also gut, gehen wir dreißig Jahre zurück. Mr Chichester von *Chichester Antiques* in St. Ives hatte mich als Lehrmädchen genommen, was eine tolle Chance für mich war. Bei ihm habe ich alles für später gelernt. Du weißt, ich war schüchtern, aber in seinem Laden fühlte ich mich in meinem Element. Bis ich merkte, dass der gute Chichester beim Wareneinkauf Rechnungen fälschte, um Steuern zu sparen. Er war ganz aufgeregt, als ich es rauskriegte. Also bot er mir an, künftig daran mitzuverdienen. Und ich machte *mit*. Bald bekam ich sogar Spaß an der Sache – mein Gott, mit Anfang zwanzig und einem echten Geheimnis … Irgendwann fingen wir an, mittelalterliche italienische Putten zu fälschen, die Chichester teuer verkaufen konnte. Tja, und dann stand die Steuerfahndung im Laden. Chichester wurde in Untersuchungshaft gesteckt, ich durfte gehen.»

«Und wie kam Grandma ins Spiel?», wollte Kate wissen.

«Du weißt, meine Mutter war damals schon tot und Grandma war an ihre Stelle getreten. Ich beichtete ihr alles. Es war, als würde ich aufs Schafott gehen. Du kennst Grandma, wenn sie eisig wird. Vor allem sollte Grandpa, der ja noch als Richter arbeitete, nichts davon erfahren. Ihre größte Sorge war, dass Chichester mich im Prozess hineinreiten würde, was meine Zukunft ruiniert hätte. Also nahm sie über einen Bekannten Kontakt mit Chichester und seiner Frau auf und bot ihnen zwanzigtausend Pfund, wenn mein Name unerwähnt blieb. Und so wurde es gemacht. Chichester bekam ein Jahr auf Bewährung, ich war frei.» Chloe ließ sich nach hinten auf ihre Kissen fallen. «Natürlich war ich nur juristisch frei, nicht in meinem Kopf. Ich schämte mich fürchterlich.»

«Und deshalb bist du über Nacht verschwunden?», vermutete Kate. «Wobei ich annehme, dass Grandma dich nicht wirklich aufhalten wollte?»

«Nein, aber das kann ich ihr nicht übelnehmen.»

«Danke, dass du es mir erzählt hast.» Kate lächelte aufmunternd. «Und damit haken wir das dann auch ab. Wir wollen dich so, wie du jetzt bist.»

«Mein Gott, Kate! Du bist noch genauso herzlich wie als kleines Mädchen.» Chloe wirkte tief berührt. «Von allen Doyle-Kindern warst du am fröhlichsten. Und so verrückt nach Tieren! Einmal, als du vier oder fünf warst, mussten wir dich aus Mr Mallorys Kuhstall holen, wo du dich im Futtertrog versteckt hattest.»

Kate musste lachen. «Ich kann mich vage erinnern ...»

«Und, hast du noch mehr Fragen?»

«Ja, wenn ich darf ... Wie hast du es geschafft, dich so lange zu verstecken? Magst du darüber reden?»

«Kein Problem. Das werde ich jetzt wohl noch öfter müssen», antwortete Chloe. Sie schaute nachdenklich an die Decke, als würden dort die vergangenen Tage festkleben. «Ich hatte viel Glück ... Am Anfang fühlte ich mich noch in Hughs Jagdhütte sicher, doch dann hat mich dieser Mann gefunden. Keine Ahnung, wie er das angestellt hat ... Danach blieb mir nur noch die Wellesby-Ruine. Die kannte ich schon als Kind, außerdem war ich so in der Nähe eurer Farm.» Chloe lachte leise auf. «Nur wenige wissen, dass es in der Ruine einen kleinen Kellerraum gibt, unter einer verrosteten Eisenplatte neben dem Küchenkamin, die den Zugang verdeckt. Darunter hielt ich mich versteckt.»

Kate erschauerte. «Du bist echt mutig! Dein Verfolger hat sich übrigens auch bei uns gemeldet. Bei Grandma am Telefon. Er wollte das weiße Kreuz zurückhaben.» Kate beschloss, Chloe nichts davon zu erzählen, dass die Familie das Kreuz bereits der Polizei übergeben hatte. «Was ist mit diesem Kreuz? Warum ist es so wichtig?»

«Ich weiß es nicht.» Sichtlich erschöpft strich sich Chloe eine Haarsträhne aus der Stirn. «Er hatte es in der Hand, während er ... während er auf Hugh geschossen hat. Irgendwann hat er es verloren, ich glaube, als Hugh weggelaufen ist und ich mich versteckt habe ... Ich habe es aufgehoben und mitgenommen, ganz instinktiv ... Da mussten doch seine Fingerabdrücke drauf sein ...»

Erneut standen Tränen in Chloes Augen. Es war schrecklich, sie so leiden zu sehen. Trotzdem hatte Kate das Gefühl, noch eine

Frage stellen zu müssen. «Du kennst die Bedeutung des Kreuzes also nicht?»

Chloe schüttelte den Kopf. «Nein.»

«Ah, dein Tropf ist durch», stellte Kate mit einem Blick auf den Infusionsständer fest. Chloe wirkte immer noch so erschöpft, dass Kate beschloss, ihr etwas Ruhe zu gönnen.

«Könnte ich bitte ein Glas Saft haben?», fragte Chloe.

«Natürlich, ich hole es dir, du brauchst jetzt Kalorien.»

Kate entfernte die Kanüle und klebte ein Pflaster auf die Stelle. Dr. Birch hatte das ihr überlassen, weil er wusste, dass sie eine Ausbildung als Sanitäterin für die Seenotrettung besaß. Nachdem sie auch noch den Infusionsständer in die Ecke gerollt hatte, ging sie nach unten in die Küche, um eine Flasche Kirschsaft zu holen.

Zwischen Haustür und Küche stand ein älterer kräftiger Zweimeter-Mann im Flur, im beigefarbenen Sommeranzug und mit weißem Sporthemd. Seine hünenhafte Figur war der perfekte Resonanzboden für eine der wohlklingendsten Bassstimmen, die Kate je gehört hatte.

«Das kann ja nur Miss Kate sein!», rief er ihr erfreut entgegen. «Ich bin Alan Dumfield, ein Freund Ihres Vaters. Gemeinsam wollen wir unsere gute Chloe hier rausholen.» Er reichte Kate seine Visitenkarte. Der Name Alan Peter Dumfield über der Kanzleiadresse war in schnörkellosem Marineblau gehalten.

«Sie sind der Anwalt?», fragte Kate überrascht.

«Na ja», meinte Mr Dumfield heiter. «Das, was nach zwanzig Jahren bei Gericht von mir übrig ist …»

«Danke, dass Sie so schnell kommen konnten», sagte Kate erleichtert. So verblüffend sie diesen jovialen, riesenhaften Mann im ersten Moment auch fand, sie fasste sofort Vertrauen zu ihm. Und er schien Humor zu haben. «Habe ich das richtig verstanden? Sie kennen Chloe?»

«Ja, wir waren zusammen im Kanuklub. Chloe war damals sechzehn und weigerte sich standhaft, jemals wieder mit mir in einem Boot zu sitzen, nachdem wir zweimal gekentert waren.»

«Na dann, auf gute Zusammenarbeit!», wünschte Kate amüsiert. Nach den letzten schrecklichen Stunden tat es ihr gut, mit jemandem sprechen zu können, der Hoffnung vermittelte. «Ihre *standhafte* Chloe liegt oben im Gästezimmer. Sie ist natürlich erschöpft und müde ...»

«Das glaube ich, Ihr Vater hat die Ereignisse kurz umrissen. Trotzdem sollte ich möglichst schnell mit ihr sprechen. Ist Chief Inspector Scott noch nicht hier?»

«Doch, sie ist draußen und wird Chloe sicher gleich vernehmen. Kennen Sie Kirstie Scott bereits?»

«Ja!» Dumfield grinste verschmitzt. «Wir hatten bereits das Vergnügen. Warme Gefühle wird sie nicht für mich hegen, fürchte ich.»

Kate lächelte, dann entschuldigte sie sich, um den Saft aus dem Kühlschrank zu holen, damit Chloe wieder zu Kräften kam.

Währenddessen blickte Dumfield sich bewundernd um. «Eine schöne Farm», sagte er laut. «Chloe kann froh sein, dass sie hier sein darf statt in U-Haft.»

«Dann sorgen Sie bitte dafür, dass das auch so bleibt», rief Kate. «Wir Doyles sind nämlich alle von ihrer Unschuld überzeugt.»

«Keine Sorge, ich bin gerüstet. Hauptsache, Chloe macht mit.»

Kate kehrte mit Saft und Gläsern zurück, und zusammen stiegen sie die Treppe nach oben. Plötzlich hielt Alan Dumfield inne und klopfte mit einem Handknöchel gegen den Balken über seinem Kopf. «Bring uns Glück, altes Haus! Wir können es brauchen.»

Es war eine Geste, die Kate gefiel.

Die Behutsamkeit, mit der Alan Dumfield zwei Minuten später seinen hünenhaften Körper ins Gästezimmer schob, fast auf Zehenspitzen, hatte etwas Rührendes. Erst blieb er noch zögernd unter dem Türrahmen stehen, dann tapste er vorsichtig auf die dösende Chloe zu.

«Chloe?», flüsterte er.

Langsam öffnete sie die Augen – und starrte ihn an. «Dummie? Bist du das?»

Er nickte strahlend. «Ja.»

«Alan Dumfield! Was machst du denn hier?» Chloe strich sich über das Gesicht, als wollte sie die Müdigkeit vertreiben.

«Ich soll dich als Anwalt aus dem Schlamassel ziehen. Gilbert hat mich engagiert und mir schon alles erzählt.»

«Du liebe Zeit.» Chloe rutschte auf der Liege ein Stück nach oben und richtete sich auf. «Da habe ich dich also schon wieder im Boot.»

«Sozusagen. Ja.» Dumfield lächelte ihr zu. «Nur dass wir beide jetzt hoffentlich besser paddeln können.»

Unten auf dem Hof konnte man DCI Scotts Stimme vernehmen, sie gab ihrem Sergeant Anweisungen.

«Es geht gleich los», sagte Kate. «DCI Scott scheint im Anmarsch zu sein.»

«Okay.» Von einer Sekunde zur anderen war Dumfield wieder ganz Anwalt. «Dann zählt jetzt jede Minute.»

Geschäftig zog er einen Schreibblock und ein Diktiergerät aus der Tasche und platzierte beides auf dem Tisch vor dem Fenster. Auf Bitten der Polizei standen dort schon drei Stühle, hier sollte die Vernehmung stattfinden.

Wie Dumfield schob auch Chloe sofort alles Private beiseite und wurde schlagartig wachsam. «Gibst du mir noch Anweisungen, wie ich mich zu verhalten habe?», fragte sie. «Und darf ich ganz offen schildern, was in der Villa geschehen ist? Ich meine, auch was meine Beziehung mit Hugh betrifft?»

«Natürlich», antwortete Dumfield mit seiner tiefen Stimme. «Sag in allem die Wahrheit. Lügen rächen sich. Trotzdem wird DCI Scott dir ein paar Fallen stellen wollen. Sobald ich auffällig aus dem Fenster schaue, behauptest du, dich nicht mehr erinnern zu können. Vor allem – scheue dich nicht, emotional zu werden. Du hast jeden Grund dazu!»

Kate hatte das Zwiegespräch mit Dumfield und Chloe schweigend, aber aufmerksam verfolgt. Sie war voller Bewunderung für Chloes Haltung. Doch plötzlich schien Chloe unsicher zu werden.

«Wird sie nicht trotzdem beantragen, dass ich in Untersuchungshaft komme?»

«Das wird sie.» Der Anwalt nickte ihr aufmunternd zu. «Aber ich habe einen Deal im Sinn.»

In diesem Moment wurde energisch an die Tür des Gästezimmers geklopft.

«Ja bitte?», rief Kate.

«Ich bin es. DCI Scott.»

«Einen Augenblick bitte, Chief Inspector!» Kate schaute zu Dumfield und Chloe.

«Ist sie halbwegs erträglich?», fragte Chloe leise, während sie aufstand. Sie hatte schon vorher angekündigt, dass sie unter keinen Umständen als halbe Leiche auf der Liege vernommen werden wollte. Womöglich musste sie dann doch noch ins Krankenhaus.

«Sie wirkt ein bisschen … streng», antwortete Kate. «Aber eigentlich ist sie ganz fair.»

Sie reichte Chloe ihren beigefarbenen Bademantel, ein Geschenk von David zum Geburtstag. Chloe schlüpfte hinein, band den Gürtel zu und trat an den Tisch, wo Alan Dumfield sie bereits erwartete. Höflich zog er einen der Stühle für sie zurück, damit sie Platz nehmen konnte.

«Da ist noch etwas», sagte er. «Gilbert hat mir auch von deinen *Eskapaden* in London erzählt. Sie könnten noch eine Rolle spielen.»

«Kein Problem.» Chloe setzte sich. «Ich bin vorbereitet.»

«Fertig?» Kate schickte ein aufmunterndes Lächeln an den Tisch.

«Wir lassen bitten», antwortete Dumfield.

Kate öffnete die Tür, und Kirstie Scott trat ein.

«Guten Tag», grüßte sie. Sie nahm kurz Chloe in den Blick, dann versteinerte sich ihr Gesicht.

Alan Dumfield neigte dezent den Kopf. «Guten Tag, Chief Inspector. Ich habe die Ehre, Miss Doyle als Anwalt vertreten zu dürfen. Geht es Ihnen gut?»

Kate beobachtete, wie Kirstie Scott versuchte, ihre Fassung zu bewahren. Vermutlich war sie davon ausgegangen, Chloe in der ersten Runde allein vernehmen zu können. Möglicherweise waren Dumfield und sie auch schon einmal bei einem Fall aneinandergeraten. Doch sie reagierte schnell. Noch bevor sie Platz nahm, zog sie ein offizielles Papier aus ihrer Jackentasche.

«Das trifft sich gut, Herr Anwalt», sagte sie. «Ich komme gerade vom Staatsanwalt.» Dünn lächelnd reichte sie Dumfield das Dokument. «Dies ist die vorsorgliche Anordnung der Untersuchungshaft. Nehmen Sie nur, es ist Ihr Exemplar.»

25.

DCI Scott kam erst nach zwei Stunden wieder die Treppe herunter. Mit ihren Unterlagen unterm Arm ging sie schweigend durch den Flur nach draußen und klickte dort mit der Fernbedienung ihr Auto auf. Ganz in Gedanken hatte sie die Haustür offen gelassen, so konnte Kate sie vom Wohnzimmer aus für einen Moment beobachten. Während die Ermittlerin sich mit undurchschaubarer Miene hinter dem Steuer anschnallte und wegfuhr, stapften erneut Füße die Holztreppe herunter.

Es war Alan Dumfield, gut gelaunt und tatkräftig. Stundenlange Verhandlungen gehörten für ein erfahrenes Zirkuspferd wie ihn sicherlich zum Alltag. Kate ging dem Anwalt entgegen.

«Wie geht es Chloe? Wie hat sie sich geschlagen?»

«Sie ist ein Wunder an Disziplin», sagte der Anwalt mit einem Hauch Bewunderung in der Stimme. «Anders hätte sie die vergangenen Tage auch nicht durchstehen können.»

Dumfield bat um ein Glas Wasser und begleitete Kate in die Küche. Während sie ihm das Wasser eingoss, kam er auf ihre Frage zurück.

«Die Ereignisse in Carringtons Villa müssen entsetzlich gewesen sein. Chloe hat alles hautnah miterlebt. Der Mann mit der Sturmhaube war unbemerkt durch die Hintertür ins Haus gekommen. Von Anfang an trug er die Waffe in der Hand. Carrington und Chloe saßen gerade am Küchentisch bei einem Cappuccino. Chloe war vorher auf der Düne spazieren gegangen und hatte ihren Hausschlüssel vergessen, deshalb hatte Carrington ihr die Tür öffnen müssen. Als der Mann plötzlich in die Küche stürmte, richtete er den Revolver sofort auf Chloe – nicht auf Carrington, das ist ein wichtiges Detail! Dabei zog er dieses weiße Kreuz aus der Tasche, von dem Gilbert mir ein Foto gemailt hat. Was nur bedeuten kann, dass Chloe im Anblick des Kreuzes sterben sollte. Das schien ihm wichtig zu sein. Geredet hat er kein Wort.»

«Mein Gott!» Kate schüttelte den Kopf. «Daran, dass der Anschlag Chloe gelten sollte, hat am Anfang keiner von uns gedacht.»

«Das hat auch DCI Scott schockiert.»

«Wie konnte Chloe entkommen?»

«Carrington stürzte sich wütend auf den Täter», fuhr Dumfield fort. «Dabei erwischte ihn der erste Schuss, der Streifschuss am Arm. Während er verzweifelt versuchte, dem Mann die Waffe abzunehmen, rief er Chloe zu, sie solle durch den Hintereingang in die Obstfelder flüchten. Als sie aus der Küche rannte, lag das kleine Kreuz auf dem Boden. Sie steckte es geistesgegenwärtig ein – und floh.»

«Also hat Hugh Carrington ihr das Leben gerettet.» Schaudernd dachte Kate an die Schusswunden des Verlegers. «Komplett anders, als die Polizei und wir vermutet haben …»

«Ja, ein mutiger Mann. Den Rest der Geschichte kennt die Spurensicherung besser als Chloe. In seiner Wut, dass ihm Chloe entkommen konnte, hat der Täter Carrington brutal hingerichtet.»

Kate war unfähig, weiterzusprechen. Stattdessen ging sie ins Wohnzimmer zum Kaminsims, wo sie das Foto aus der Waldhütte hingestellt hatte. Das Bild, das Chloe und Hugh Carrington als Liebende zeigte. Alan Dumfield folgte ihr. Kate nahm das Foto in die Hand und streckte es dem Anwalt entgegen.

«Sollte Chloe deshalb sterben? Weil sie … weil sie den falschen Mann liebte?», fragte sie stockend. «Ich hoffe, DCI Scott hat Ihnen erzählt, dass die Polizei auch Carringtons Frau verdächtigt … Der Mann könnte ein Auftragskiller sein.»

Dumfield nickte. «Ja, das hat sie. Bisher konnte die Polizei Mrs Carrington aber nichts nachweisen.»

Kate sah Dumfield voller Respekt an. «Ich kann nur staunen, wie schnell Sie sich in diesen Fall eingearbeitet haben, Mr Dumfield. Danke! Auch im Namen meiner Familie.»

«Es ist mir eine Freude.»

Kate durchzuckte ein neuer Gedanke. «Könnte der Täter vielleicht eine Verbindung zu Chloes Vergangenheit haben?», dachte sie laut. «Ist es jemand, den sie mal betrogen hat? Wen hat sie enttäuscht? Wer könnte von ihrem Tod profitieren?»

Kate ging dabei durch den Kopf, was Peggy in Frankreich herausgefunden hatte. Dass Chloes langjähriger Partner James Belcourt im großen Stil für illegale Kunstimporte aus Asien verantwortlich gewesen war. Auch Chloe soll in diese Geschäfte verwickelt gewesen sein.

«Nein, es kann nicht um Betrug gehen.» Dumfield schüttelte energisch den Kopf. «Chloe hat mir hoch und heilig geschworen, diesbezüglich seit Jahren vollkommen mit sich im Reinen zu sein.» Er räusperte sich. «Tut mir leid, Kate, dass ich Ihnen all diese schrecklichen Details erzählen musste. Aber ich habe einen Plan, für den ich Sie und Ihre Familie gewinnen möchte.»

«Sie müssen sich nicht entschuldigen. Wir sind dankbar, dass Sie den Fall übernommen haben. Wird Chloe denn die U-Haft erspart bleiben?»

Der Anwalt nickte. «Ja. Ich konnte DCI Scott überzeugen, dass keine Fluchtgefahr besteht. Im Gegenteil, Chloe braucht jetzt jeden Schutz. Wenn der Mörder nicht gefasst wird, wird er möglicherweise erneut zuschlagen.»

«Und wie könnte dieser Schutz aussehen? Soll sie hier bei uns bleiben?»

«Darüber möchte ich erst reden, wenn ich mit dem Staatsanwalt gesprochen habe. Ich treffe ihn in einer Stunde.» Dumfield machte eine kleine Pause. «Es ist ein gewagter Plan, Kate. Einer, den so noch niemand in Cornwall und Devon versucht hat.»

Unwillkürlich musste Kate lächeln. «Sind Sie Schachspieler?»

«Gott, ja», sagte Dumfield bescheiden. «Die eine oder andere kleine Meisterschaft ...» Er blickte auf seine Uhr. «Ich sollte jetzt fahren und die nötigen Anträge vorbereiten. Der Staatsanwalt will mich im Beach Club treffen. Danach melde ich mich wieder.»

Natürlich hatte Kate sofort alle Doyles über Chloes glückliche Rettung informiert und betont, dass es ihr gut ging. Die Erleichterung war überall groß, jeder wollte mit der Geretteten telefonieren. Doch Chloe hatte sich gewünscht, heute nur mit Grandma und Gilbert sprechen zu dürfen, mehr hätte sie emotional überfordert. Sie ließ die Familie aber von Herzen grüßen.

Mit Kate war abgesprochen, dass Chloe beide Telefonate ungestört im Gästezimmer führen konnte. Nach so vielen Jahren des Schweigens war das verständlich. Vor allem für Grandma und Chloe mussten sich die Türen zueinander erst wieder öffnen. Vermutlich gab es auf beiden Seiten eine Menge Schuldgefühle und unausgesprochene Fragen.

Dass das Telefonat dann fast eine Dreiviertelstunde dauerte, freute Kate sehr. Nein, es erleichterte sie.

Einmal konnte sie nicht widerstehen und hielt ihre Ohren kurz ins Treppenhaus. Nur, um beruhigt zu sein, dass es keinen Streit gab. Chloe schluchzte gerade laut auf, als würde sie sich bei Grandma etwas von der Seele reden. Es war gedämpft durch die verschlossene Gästezimmertür zu hören. Kurz darauf klang ihre

Stimme wieder fröhlicher. Garantiert hatte Grandma ihr Mut zugesprochen, garniert mit dem ihr eigenen Humor.

Auch für ihr Telefongespräch mit Kates Vater blieb Chloe in ihrem Zimmerkokon. Um Chloes Verhältnis zu Gilbert war Kate nicht bang, sie wusste, dass die beiden sich von jeher prächtig verstanden hatten. Jetzt wollte sich Chloe bei ihm auch für den furchtlosen Anwalt Dumfield bedanken.

Als sie mit dem Telefonieren fertig war, kam Chloe geradezu beschwingt von oben herunter. Noch im Bademantel, aber bereits nach Eau de Toilette duftend. Kate hatte es ihr ins Bad gestellt. Es brauchte nicht viel, um aus Chloe wieder eine Dame zu machen. Ihre Haltung, die sorgfältig frisierten Haare, ihr Gang – im Grunde war sie immer noch Madame Belcourt. Dass ein weltläufiger Mann wie Hugh Carrington sich in sie verliebt hatte, war nur zu verständlich.

«Ich soll dich von deinem Dad grüßen», sagte Chloe. «Er meinte, Alan Dumfield hätte sogar schon zwei Abgeordnete vor dem Gefängnis bewahrt.»

«Na dann.» Kate grinste. «Das war sicher besonders schwer.»

«Oh ja!» Chloe lächelte leicht. Sie trat zu Kate und umarmte sie voller Inbrunst. «Noch mal, danke! Ohne euch würde ich jetzt …» Sie brach ab.

«Was hat Dumfield denn nun vor?», fragte Kate, um Chloe ein wenig abzulenken. «Er wollte es mir nicht verraten.»

«Ich soll darüber nicht reden», antwortete Chloe ausweichend. «Er wird es euch sagen, sobald er darf.»

Noch bevor Kate reagieren konnte, erklang Davids Stimme. «Achtung! Besuch für Chloe!» Als er amüsiert im Wohnzimmer erschien, trottete das Schaf Bridget neben ihm her. In ihrer weißen Wolle hingen noch Strohreste. Nach Bridgets Geburt hatte die Mutter Schwierigkeiten beim Säugen gehabt, sodass David das Lamm mit der Flasche aufziehen musste. Aus diesem Grund hatte Bridget eine besondere Anhänglichkeit zu ihm entwickelt. Er hatte sie sogar schon zweimal in Schulen mitgenommen, wo er Kindern etwas über seine Arbeit erzählte.

Neugierig schnuppernd, spazierte Bridget jetzt am Kamin vorbei und direkt auf Chloe zu.

«Darf ich vorstellen», sagte Kate. «Bridget.»

«Mein Gott, ist die süß!» Chloe bückte sich und streckte begeistert die Hand aus. «Na komm, du hübsches Wollknäuel. Ich tu dir nichts!»

Das Schaf war menschlichen Rummel gewohnt. Ohne zu zögern, stellte es sich neben Chloe und ließ sich wie ein Hund kraulen, den Kopf mit den großen Schafsaugen genüsslich hochgestreckt. Kate schaute David an und zwinkerte ihm zu. Sie ahnte, dass er Bridget extra für Chloe mitgebracht hatte, sozusagen aus therapeutischen Gründen.

«Lass dir Zeit, Chloe», sagte David lächelnd. «Bridget liebt es, gestreichelt zu werden.»

«Sie fühlt sich so gut an.» Chloe strahlte. Vorsichtig verließ ihre Hand den Schafsrücken und wanderte zum Bauch hinunter. «Besonders hier!»

«Das liegt am Lanolin im Fell … Es macht eine Babyhaut», bestätigte Kate.

«Ja», sagte Chloe und richtete sich wieder auf. Ihre Augen wirkten traurig. «Wie bei einem Baby.»

Kate hätte sich auf die Zunge beißen können. Der Notar in St. Malo hatte Peggy doch erzählt, dass Chloe keine eigenen Kinder bekommen konnte!

Vom Hof war ein Motorengeräusch zu hören, das gleich darauf erstarb. Zwei Minuten später betrat Dumfield mit schnellen Schritten das Wohnzimmer. In der Hand hielt er ein Schreiben der Staatsanwaltschaft.

Noch bevor Kate den Anwalt und David miteinander bekannt

machen konnte, rief Chloe mit angehaltenem Atem: «Und? Was sagt der Staatsanwalt?»

«Wir machen es!» Alan Dumfields Miene verriet Anspannung. «Auch DCI Scott ist einverstanden.»

«WAS macht ihr?», fragte David. Er hatte bisher nichts von Gesprächen und vermeintlichen Plänen mitbekommen.

Kate übernahm eine schnelle Vorstellung. Die beiden Männer reichten einander die Hand. Danach hielt Dumfield den Brief des Staatsanwalts hoch. «Wir bringen Chloe unter die Erde.» Er grinste von einem Ohr bis zum anderen. «Gras drüber und fertig.»

Die weitere Erklärung lieferte Chloe selbst. «Hört zu. Ich werde heute Nacht sterben – morgen wird man in den Zeitungen meine Todesanzeige lesen.»

Während David sie ungläubig anschaute, ließ sich Kate vor Schreck auf den Sessel fallen. «Was … was heißt das? Ich meine … wie soll das gehen?»

«Der Mörder soll Chloe für tot halten», erklärte Dumfield. «Wir möchten, dass er aufgibt und Chloe wenigstens in den nächsten Tagen vor ihm sicher ist. DCI Scott will die Zeit nutzen, um mit allen Kräften nach ihm zu fahnden. Die Polizei glaubt, einen neuen Anhaltspunkt gefunden zu haben.»

«Welchen?», fragte David.

«In Devon wurde der Besitzer des schwarzen Sportwagens ausfindig gemacht, er konnte den Mann genau beschreiben. Bis zum Abend soll auch ein Phantombild von ihm vorliegen.»

«Warum gibt man Chloe nicht einfach Personenschutz?», wollte David wissen.

«Ginge es nur um Chloe, wäre das eine Lösung. Da aber alle Doyles bedroht wurden, sieht sich die Polizei überfordert. Sie hat schlichtweg nicht genügend Beamte.»

«Ich verstehe.» David kannte das Problem der zusammengekürzten Polizeietats.

«Und wo soll sich Chloe so lange aufhalten?», fragte Kate, die sich langsam wieder fing.

«Der Staatsanwaltschaft liegt eine Anfrage von Scotland Yard vor. Für uns ist das wie ein Gottesgeschenk. Man möchte Chloe in London vernehmen. Es geht um ein paar spektakuläre Fälle von Kunstfälschungen. *Nicht* um Chloes Fälle, um es klar zu sagen! Aber sie könnte die Hintermänner kennen.»

Kate wandte sich irritiert an ihre Großcousine. «Willst du da wirklich zustimmen?»

Chloe zeigte sich gelassen. «Mach dir keine Sorgen, ich habe längst eine reine Weste, aber natürlich kenne ich das Milieu.»

Auch Dumfield zeigte sich überzeugt, dass es die richtige Entscheidung war. «Man möchte Chloes Expertise über die Fälscherszene. Morgen früh wird sie gut bewacht für mehrere Tage nach London fahren. So ist sie aus der Schusslinie – und der Mörder hoffentlich bald gefasst.»

David blickte den Anwalt fragend an. «Und was ist mit heute Nacht? Wird DCI Scott die Farm bewachen lassen?»

«Ja, auch das ist Teil meines Deals.»

«Wo soll die Nachricht über Chloes Tod denn erscheinen?», hakte Kate nach. «Und wer sorgt dafür?»

«Ich arbeite mit der Agentur Pandora & Olsen zusammen», sagte Dumfield. «Diese Leute sind brillant. *The Cornish Times*, *Cornwall Live*, zwei weitere Lokalzeitungen, das Internet – jeder wird berichten. Laut Pressestelle der Polizei ist Chloe nach der Schießerei ihren Verletzungen erlegen.»

Kate fiel es schwer, sich an den Gedanken einer solchen Meldung zu gewöhnen. Andererseits spürte sie, dass Chloe das Ganze sehr gelassen nahm. Im Gegenteil, sie schien sogar Vergnügen dabei zu empfinden. Mein Gott, ja, dachte Kate, was war denn so schlimm an einer gefakten Todesanzeige? Hatten nicht alle Doyles ein Faible für schwarzen Humor und Makabres?

«Ist die Anzeige schon aufgesetzt?», wollte David wissen.

«Oh ja!» Chloe strahlte fast, während sie einen Zettel aus der rechten Bademanteltasche fischte. Sie räusperte sich, dann las sie den kurzen Text vor:

Wir trauern um

Chloe Mathilde Doyle

Nach einem aufregenden Leben kehrte sie nach Cornwall zurück. Kunst war ihr Glück, das Glück die schwerste Kunst. Der Tod nahm ihr beides.

Segel weiter, Vogel der Muse!

Emily Doyle
Gilbert Doyle und Familie
Prof. Brian Doyle und Familie
Anne Doyle und Familie
Peggy Doyle und Familie

26.

Noch in der Nacht hatte Kate alle Familienmitglieder per Mail über Chloes *Abgang mit Paukenschlag* informiert, wie Dumfield es formuliert hatte. Kein Doyle sollte morgens unvorbereitet seine Zeitung aufschlagen. Vor allem nicht Grandma, die Kate sogar noch angerufen und in allen Details vorbereitet hatte.

Um Punkt acht Uhr am nächsten Morgen wurde Chloe dann von der Farm abgeholt. Es war eine schwarze Limousine mit Londoner Kennzeichen, die vorfuhr. Neben dem Fahrer saß ein bewaffneter Beamter in Zivil. Als Chloe das Haus verließ und wie eine VIP-Lady mit aufgesetzter Sonnenbrille im Fond einstieg, wirkte sie blass. Kate wusste, dass sie kaum geschlafen hatte. Jedem von ihnen war klar, dass Chloe jetzt in einem *safe house* untergebracht würde, ohne Kontakt zur Familie. Dennoch versuchte Chloe, tapfer zu lächeln. In der Reisetasche, die Kate ihr mitgegeben hatte, lagen Kleidungsstücke, die Chloe sich im Kleiderschrank hatte aussuchen dürfen.

Der Fahrer verstaute die Tasche im Kofferraum neben einem schwarzen Lederkoffer, auf dem in roten Buchstaben *Alarm-Set* zu lesen war, und stieg dann selbst ein.

Als die Limousine vom Hof fuhr, winkten Kate und David den verdunkelten Autoscheiben hinterher, ohne sehen zu können, ob auch Chloe winkte. Jetzt war nur noch zu hoffen, dass ihre Vernehmung in London zu einem guten Ende führte.

Gemeinsam kehrten sie zurück ins Haus. Als Kate nichts ahnend das Wohnzimmer betrat, überraschte David sie mit der Nachricht, dass er hinter ihrem Rücken die längst überfällige Videokonferenz mit der Familie organisiert hatte. Eine Frühstückskonferenz, sozusagen. Er war sichtlich stolz darauf. Kate musste sich nur noch vor ihren Laptop setzen und warten, bis alle auf dem Bildschirm versammelt waren. Gerührt nahm sie sein noch stoppeliges Gesicht in die Hände und gab ihm einen zärtlichen Kuss.

Die Erste, die auf dem Bildschirm erschien, war Morwenna. Ihre Haare sahen noch ungekämmt aus, dafür grinste sie umso breiter.

«Hi! Seid ihr startklar?»

Kate winkte. «Aber ja!»

Sie und David hatten sich vor der Kamera des Laptops zusammen auf den Bürostuhl gequetscht. Innerhalb von Sekunden erschienen auch alle anderen vor ihren Augen: Grandma, Onkel Brian, Tante Anne, Peggy und Kates Vater Gilbert. Grandma winkte nur kurz. Harvey hatte sich bei David entschuldigt, er war auf einem Lehrgang über Bootspumpen.

«Guten Morgen allerseits», wünschte Kates Vater in die Runde und wandte sich sogleich an seine Tochter. «Wie sieht's aus, Kate? Ist Chloe gut weggekommen?»

«Ja, vor einer Viertelstunde. Scotland Yard hat sie unter Bewachung abgeholt.»

«Wie ging's ihr heute?», erkundigte sich Peggy. «Ist sie wieder wohlauf und guten Mutes?»

«Ich denke, ja. Natürlich hat sie schlecht geschlafen, aber sie ist hoffnungsvoll.»

«Wie war sie so?»

«Vor allem herzlich.» Kate versuchte, ihre gestrigen Empfindungen in zwei, drei Sätze zu fassen. «Obwohl ich noch ein Kind war, als Chloe wegging, habe ich sie sofort wiedererkannt. Ich war selbst überrascht. Klar, sie ist inzwischen eine andere geworden, gereifter, selbstbewusster. Aber sie ist immer noch stolz, zur Familie zu gehören.»

«Das war auch mein Eindruck, als wir telefonierten», bestätigte Gilbert.

Auch Morwenna wollte etwas wissen. «Und psychisch? Wie geht es ihr da? Das muss doch der Horror für sie gewesen sein?»

«Ja, Mo. Was sie durchgemacht hat, wünscht man niemandem.» Kate versuchte, das heikle Thema kleinzuhalten. «Aber Chloe ist sehr diszipliniert. Sie will auf keinen Fall schwach erscheinen ...»

«Von wem sie das wohl hat!», rief Brian lächelnd dazwischen. Jeder wusste, wer gemeint war.

Grandma reagierte sofort. «Falls du mich meinst, mein Sohn, haben wir ihr damals nicht alle ein bisschen was mitgegeben? Aber egal, Chloe ist zurück und nicht mehr in Gefahr. Nur das zählt. Dafür sollten wir vor allem David und Kate danken.» Sie warf einen Luftkuss in Richtung Bildschirm. «Ich umarme euch, Kinder! Gut, dass euch nichts dabei passiert ist!»

Alle nickten und klopften zustimmend auf ihre Tische. Tante Annes Kamera wackelte beim Klopfen ein bisschen, und Kate konnte sehen, dass ihre Tante vor ihrem fertig gedeckten Frühstückstisch samt einem Teller mit Rührei saß.

Morwenna beugte sich etwas vor. «Ist das wahr, dass der Typ rumgeballert hat und auf euch schießen wollte?»

David antwortete. «Er hat fünf Schüsse Richtung Ruine abgegeben. Dann hatte er nur noch eine Kugel übrig und ist abgehauen.»

«Und wieder hat er diese Maske getragen?»

«Ja», bestätigte David. «Wir nehmen an, dass Chloe ihn kennt und dass er es deshalb tut.»

«Oh Mann!» Mo schüttelte schockiert den Kopf. «Dann könnte der Killer sie ja weiterverfolgen!»

«Richtig», sagte David. «Deshalb hätte es auch nicht geholfen, Chloe einfach nur ein paar Tage zu verstecken.»

Brian ergriff das Wort. «Versteh mich nicht falsch, David – der Plan von Alan Dumfield ist clever. Aber das hat Konsequenzen. Chloe ist nicht nur für den Mörder tot, sondern für alle, die sie kennen. Auch wenn sie hier nicht mehr lebte, ihr Name ist vielen Einheimischen noch ein Begriff. Wie lange wollen wir das durchhalten? Irgendwann kommt sie ja aus London zurück. Was wird dann?»

«Die Polizei glaubt, den Mann bis dahin gefasst zu haben. Auch aus meiner Sicht ist die Spurenlage nicht schlecht», antwortete David.

«Und wenn er nicht gefasst wird?»

«Dann bekommt Chloe eine neue Identität», mischte sich Gilbert ein. Kate wusste von ihrem Vater, dass er beim Geheimdienst öfter mit solchen Fällen zu tun hatte. «Aber das wollen wir nicht hoffen.»

Grandma verzog das Gesicht. «Mir reicht, dass ich seit dem frühen Morgen Anrufe bekomme.» Sie imitierte fremde Stimmen. *«Die arme Chloe! Ich hab's gerade in der Zeitung gelesen, wie ist sie denn gestorben?* Die Krönung war Vikar Brenton auf meinem Anrufbeantworter. Er will wissen, wann wir die Beisetzung planen.»

Mo versuchte es mit schwarzem Humor. «Vertröste ihn einfach, Grandma. Sag ihm, die Urne käme erst im Herbst.»

«Wenn schon, dann zu Weihnachten», reagierte Grandma trocken. «Sonst gibt er keine Ruhe.»

«Meint ihr, mir geht's anders?», fragte Tante Anne und schnäuzte sich dabei die Nase. «Seit sieben Uhr steht mein Telefon nicht still. Jeder hat die Todesanzeige gesehen.»

«Macht's wie ich», schlug Onkel Brian vor, «stellt eure Telefone ab. Ich habe noch nie so ruhig gefrühstückt.»

Kates Vater schien zu spüren, dass dieses Thema besser beendet wurde. «Brian hat recht», stimmte er seinem Bruder zu. «Sehen wir die Sache entspannt. Hatten wir Doyles nicht schon größere Herausforderungen?»

«Du sagst es, Gilbert!» Peggy deutete Applaus an. «Ich würde gerne noch etwas von Kate wissen. Wusste Chloe, woher das weiße Kreuz stammt?»

«Nein.» Kate schüttelte den Kopf. «Es bleibt auch ihr ein Rätsel. Sie hat es nie zuvor gesehen.»

«Aber ich!» Die Wortmeldung kam noch einmal von Grandma. Kerzengerade aufgerichtet, schaute sie in die Kamera.

«Du, Mum?», fragte Gilbert erstaunt.

«Ja. Heute Nacht ist mir etwas eingefallen. Ich weiß zwar nicht, wo ich es gesehen habe, aber es hing an einer gelben Wand. Unter dem weißen Kreuz gab es eine Fotografie mit Segelschiffen. Lasst mir noch Zeit, vielleicht fällt mir auch der Rest ein.»

«Natürlich, Mum.»

Kate nahm den Erinnerungsfetzen ihrer Großmutter sehr ernst. Ihr Gedächtnis war phänomenal, sie wusste noch von Ereignissen, die andere seit Jahrzehnten vergessen haben. Vielleicht bekam diese ominöse gelbe Wand ja noch eine Bedeutung …

Tante Anne hob wie in der Schule den Finger. Kate sah, wie Mo unruhig auf ihre grüne Plastikarmbanduhr schielte. David hatte gesagt, dass sie gleich zu einer Vorlesung musste.

«Ja, Tante Anne?»

«Es geht noch mal um Chloes Tod.» Jetzt hatte sich auch wieder Annes berühmtes Schnaufen eingestellt. «Ich habe dazu eine Idee.»

«Inwiefern?», fragte Kate.

«Ich finde, wir sollten Chloe eine angemessene Beerdigung

ausrichten. Ein schöner Sarg, ein kleiner Gedenkgottesdienst, das würde die Sache erst glaubhaft machen.»

«Das meinst du doch nicht ernst, Anne?» Es war ihr Bruder Gilbert, der sich empört einmischte. «Du willst doch nicht ernsthaft einen leeren Sarg über den Friedhof tragen lassen?»

«Falls du an die Kosten denkst, das wäre gar nicht so schlimm», redete Anne unbeirrt weiter. «Percy Wiseman von *Wiseman Bestattungen* hat mir gerade einen kleinen Kostenvoranschlag geschickt. Heller Kiefernsarg, sechs große Leuchter, Blumenschmuck für die Kirche und das Grab.»

«Mein Gott!» Grandma stöhnte hörbar. «Sie kapiert's nicht.»

«Tante Anne!», griff Kate ein, bevor das Ganze noch eskalierte. «Chloes Tod war nur für die Presse inszeniert! Das hast du Wiseman doch hoffentlich nicht verraten?»

«Natürlich nicht! Das würde ich Percy erst ganz am Schluss anvertrauen. Er ist absolut zuverlässig. Wir haben zusammen die Schulbank gedrückt.»

Kate schwante etwas. Zwei Geschäftsleute, die so enge Buddys waren, sollten einen skeptisch werden lassen. «Könnte es sein, dass Wiseman dir eine kleine Provision angeboten hat?», hakte sie nach. «Sag uns bitte die Wahrheit!»

«Mein Gott, ja ...» Anne druckste herum und wurde rot. «Es wäre keine richtige Provision, aber Percy würde ein halbes Jahr lang täglich Bio-Snacks für seine Mitarbeiter bei mir kaufen. Ich denke, das wäre auch in Chloes Sinn.»

«In Chloes Sinn?» Grandma fasste sich mit beiden Händen an den Kopf. «Herr, schenke ihr Durchblick!»

Ihren Gesichtern nach wollten auch die anderen nicht glauben, was sie da gerade gehört hatten. Das war typisch für Anne – voller Naivität stapfte sie in jedes verfügbare Fettnäpfchen. Es war nicht so, dass sie gierig war, sie wollte nur eine tüchtige Geschäftsfrau sein.

«Ich dachte, wenn wir mit Wiseman …»

«Nein und nochmals nein, Anne!» Gilbert übernahm es, seiner Schwester die Leviten zu lesen. «Was für eine egoistische Idee! Chloe ist immer noch in Lebensgefahr. Ist dir das nicht klar?»

«Entschuldigung! Das … das habe ich dann wohl falsch eingeschätzt.»

«Ja, das hast du!»

Beschämt tat Anne so, als müsste sie vor sich auf dem Tisch und damit unter dem Bildrand etwas sortieren. Sie konnte nicht ahnen, dass nicht nur Kate mitbekommen hatte, dass dort nur Frühstücksutensilien herumstanden.

Grandma beendete die peinliche Situation mit einem ihrer Theatersprüche. Laut und bewusst fröhlich rief sie in die Runde: «Wie sagte Shakespeare? *Auf Dinge, die nicht mehr zu ändern sind, muss auch kein Blick zurück mehr fallen!* – Wann gibt's denn endlich mal wieder ein schönes Fest?»

Das war das Kommando, den Streit zu beenden. Alle lehnten sich erleichtert zurück.

«Brian wäre dran», erklärte Gilbert heiter. «Mit seinem Geburtstags-Picknick!»

Onkel Brian schmunzelte. «Versprochen ist versprochen», sagte er. «Ihr könnt den achten Juli reservieren.»

«Bravo!», rief Peggy und hob demonstrativ den Daumen in die Kamera.

«Und Anne muss fünfzig Brätlinge dafür liefern», bemerkte Grandma trocken. «Mit Trauerflor von Percy Wiseman.»

Erst prustete Mo vor Lachen los, dann Kate und ihr Vater, schließlich fielen alle mit ein, einschließlich der erlösten Anne.

Das Doyle'sche Miteinander war wiederhergestellt.

27.

Die Sache ließ Grandma Emily keine Ruhe. Den ganzen Vormittag über musste sie an dieses Bild des weißen Kreuzes auf einer gelben Wand denken. Es war nachts in ihrem Kopf aufgetaucht, kurz vor Morgengrauen. Danach hatte sie nicht mehr weiterschlafen können.

Doch soviel sie auch grübelte, mehr wollte sich in ihrem Gehirn nicht einstellen. Sie hatte jemandem einen Besuch abgestattet, so viel wusste sie noch. Aber wer war dieser Jemand gewesen?

Irgendwann hatte sie die Nase voll vom Grübeln. Nachdenken war gut, zupacken war besser. Es half nichts, sie musste an den Ort, an dem es vermutlich mehr kleine christliche Kreuze gab als an jedem anderen Fleck Cornwalls – zur Seemannskirche von Port Senn. Vielleicht bekam sie dort Inspiration.

Gleich nach ihrem Mittagsschläfchen nahm Emily die Barbourjacke vom Flurhaken, schnappte sich ihre Handtasche und marschierte in die Garage. Dort stand ihr betagter grüner Jaguar. Emily fuhr ihn immer noch selbst, zum Beispiel freitags zum Supermarkt. Jetzt durfte das gute Stück noch einmal auf längerer Strecke zeigen, was in ihm steckte.

Die katholische Seemannskirche befand sich an Cornwalls Nordküste in der Nähe von Newquay, gut vierzig Meilen entfernt. Bis dorthin stand Emily eine einstündige Fahrt bevor. Sie freute sich darauf. Ein Elektroauto zu besitzen, wäre sicher auch nicht das Schlechteste, dachte sie, aber an das angenehme Brummen des schweren Motors war sie nun einmal gewohnt.

Darüber, dass sich in der Seemannskirche auch die Kopie des Kreuzes befand, das Chloe der Familie ausgehändigt hatte, wollte Emily lieber nicht nachdenken. Es hing da ja nur durch widerliche Erpressung. Wichtiger war ihr zu erfahren, ob es dort noch mehr solcher weißer Kreuze gab und ob die Nonnen ihre Bedeutung kannten. Wenn jemand etwas darüber wusste, dann die Schwestern.

Eine Viertelstunde später rollte Emily auf der Landstraße dahin. Der CD-Player im Auto funktionierte noch, so konnte sie beim Fahren laut ihren geliebten Puccini hören. Sie genoss die Autofahrt, es war wie früher, als Edward und sie an den Wochenenden kleine Touren unternommen hatten. Obwohl sie Cornwalls sanfte Südküste am Ärmelkanal bevorzugte, fand sie auch die Atlantikseite sehr reizvoll. Hier wirkte alles wilder – die steilen Klippen über der Gischt, die weiten Strände voller Schwemmgut, die starken Gezeiten von Ebbe und Flut.

Als sie entlang heckengesäumter Wiesen und uralter Mauern an Pencarrow House vorbeifuhr, musste Emily wehmütig daran denken, wie sie dort einmal mit den Kindern das Georgianische Herrenhaus mit seinen fünfzig Zimmern besichtigt hatte. Anschließend war der elfjährige Gilbert im Park in einen Tümpel gefallen.

Tempi passati.

Hinter Pencarrow wurde die Landschaft etwas rauer. Jetzt, in Küstennähe, waren auch wieder Möwenschwärme auf den Feldern zu entdecken.

Die Fahrt endete auf einem kleinen Parkplatz, der in einer Senke lag und von windschiefen Kiefern umstanden war. Der Bäume wegen konnte man von hier aus nur das bemooste Schieferdach der Kirche erspähen. Eigentlich handelte es sich bei ihr mehr um eine Kapelle, trotzdem sprach jeder respektvoll von einer Kirche. Rechts vom Parkplatz versteckte sich hinter Hecken ein geduckt liegendes Haus aus groben Granitsteinen. Dort hielten sich nach Emilys Erinnerung immer ein oder zwei Nonnen auf, um die Kapelle in Schuss zu halten und Besuchern mit spiritueller Hilfe beizustehen. Das Hauptkonvent der Schwestern befand sich in Truro.

Als Emily auf die Seemannskirche zustapfte, war sie heilfroh, ihre wetterfeste Barbourjacke angezogen zu haben. Der Wind blies ihr mit einer Kraft entgegen, die unglaublich war. Auf den Klippen, in zwanzig Metern Höhe über dem aufgewühlten Meer, konnte man sich alle Stürme der Welt vorstellen. Unterhalb der Klippen überspülten die Wogen tosend die Felsen im Wasser.

Das hölzerne Kirchlein mit dem verwitterten Satteldach war wirklich nicht groß. Es war gebaut aus Schwemmholz, das die Dorfbewohner von Port Senn vor Jahrzehnten am Strand gesammelt hatten. Die vernarbten Balken und Bretter, aus denen das kleine Gotteshaus dann von den Fischern zusammengenagelt worden war, verliehen ihm eine besonders authentische Aura. Der Giebel und der Eingang darunter, furchtlos dem Atlantik zugewandt, schienen dem Besucher Mut machen zu wollen: *Fürchte das Meer nicht!*

Emily öffnete die quietschende Eichentür und trat ein. Es war ein Schritt in die Stille, nur das ferne Rauschen des Meeres blieb als Hintergrund. Das Innere der Kirche war nicht größer als bei anderen Gotteshäusern der Altarraum, trotzdem versuchten die hohen Holzwände mit den vier Kirchenfenstern im oberen Drittel, eine gewisse Erhabenheit zu vermitteln. Der Lichteinfall im Raum wirkte beruhigend mild. Überall unter der Decke baumelte symbolträchtiges maritimes Zubehör – alte Taue, zwei lange Ruder, ein altes aufgespanntes Segel, zwei Hummerkörbe und Netze.

Es gab nur zwei kurze Reihen mit Bänken und ausreichend

Platz um die Bänke herum – das war's dann auch schon. Mehr Raum gab es nicht. Ein paar Schritte vor der ersten Bank erhob sich der Altar aus dem grauen Granit der Gegend, dekoriert mit einer Blumenschale und einer hölzernen Statue des gekreuzigten Jesus. Rechts vom Altar stand unter einem Ölbildnis von *Maria mit dem Kind* ein Metalltisch, auf dem flackernde Fürbitten-Kerzen brannten. Am eindrucksvollsten aber blieben die vielen aufgehängten kleinen Kreuze, keines höher als zwanzig oder dreißig Zentimeter. Alle Wände waren voll davon, selbst die an der Türseite. Unter den Kreuzen hatten die Gläubigen handgeschriebene Zettel mit ihren Gebetsanliegen ins Holz der Wand gepinnt. Manche Kreuze waren schwarz, manche braun, nur zwei hatten eine weiße Farbe. Beunruhigt registrierte Emily, dass das Kreuz der Doyles nicht dabei war.

Sie trat näher an die fremden weißen Kreuze heran und machte eine verblüffende Entdeckung. Beide Kreuze hatten die gleichen abgerundeten Enden wie das Kreuz, das Chloe gefunden hatte. Als hätten sie eine gemeinsame Herkunft. Die Familiennamen unter den fremden Kreuzen sagten Emily jedoch nichts.

Suchend zog sie weiter an den Wänden vorbei. Hier und da fanden sich zum Dank für eine Gesundung auch selbst gemalte Bilder. Sehr oft kam die Jungfrau Maria darauf vor. Edward, der mehr von Religionen verstanden hatte als Emily, hatte ihr einmal erklärt, dass einst gestrandete irische Fischer den Katholizismus im Dorf Port Senn verbreitet hatten.

Emily hatte die rechte Wand des Kirchenraumes erreicht. Dort, unterhalb des Fensters, entdeckte sie endlich auch *ihr* Kreuz. Wie vom Erpresser gefordert, war direkt darunter ein schmaler weißer Zettel mit Computerschrift angebracht:

Zum Lob Gottes von Familie Doyle

Emily spürte, wie ihr Blutdruck steigen wollte, als sie diesen erzwungenen Text las. Nein, jetzt nicht aufregen, versuchte sie sich zu beruhigen. Ich bin ja hier, um weiter Licht in die Sache zu bringen …

Zu manchen Zeiten drängten sich hier die Touristen, jetzt hatte Emily eine ruhige Stunde erwischt. Außer ihr befanden sich nur drei Menschen in der Kapelle, ein im Gebet versunkenes Paar in der vordersten Bankreihe und eine Nonne, die gerade die Blumen auf dem Altar erneuerte. Sie wandte den Besuchern den Rücken zu. Ihr grauer Habit mit der weißen Kopfhaube und dem schwarzen Schleier verriet Emily, dass sie es hier nicht mit einer Novizin zu tun hatte, sonst hätte die Nonne einen weißen Schleier getragen. Auch das hatte der kluge Edward ihr einmal erklärt.

Plötzlich tippte ihr jemand von hinten auf die Schulter. Erschrocken drehte Emily sich um – und blickte in das grinsende Gesicht von Morwenna.

«Hi, Grandma! Na, fromm geworden?»

«Mo!» Ihre Enkelin stand in einem T-Shirt und einem kurzen Röckchen da. Erfreut zog Emily sie an sich. «Was machst du denn hier, Kind?»

Morwenna gab ihr lachend einen Kuss. «Ich bin dir gefolgt.»

«Woher wusstest du, dass ich herfahre?»

«Du hast mittags Dad davon erzählt. Dann musste ich nur noch rechnen. Abfahrt nach dem Mittagsschlaf, Vollgas auf der Landstraße – macht Ankunft um fünfzehn Uhr.»

«Ich mag clevere Enkelinnen», sagte Emily amüsiert.

Mit tadelndem Blick schaute der betende Mann zu ihnen herüber. Emily zog Mo nach hinten in die Ecke neben der Eingangstür. Dort unterhielten sie sich flüsternd weiter. Mo verriet, dass ihr Dad der Meinung gewesen war, dass Grandma besser eine Partnerin haben sollte, wenn sie hier oben an der Nordküste ermittelte. Außerdem hatte Morwenna die Seemannskirche schon immer mal sehen wollen.

Emily gab ihr einen liebevollen Klaps auf den Po. «Lügnerin», meinte sie lächelnd. «Ihr misstraut nur meinen Fahrkünsten.»

«Überhaupt nicht, Grandma.»

Letztlich war es Emily egal. Ihre Freude darüber, dass sie Mo mal wieder für sich alleine haben konnte, überwog.

«Und, worum geht's hier?», wollte Morwenna wissen und blickte sich interessiert um. «Was für eine ungewöhnliche Kapelle!»

Selbst das hat sie schnell begriffen, dachte Emily stolz, dass das hier eigentlich nur eine Kapelle ist.

Leise beschrieb sie ihrer Enkelin, warum sie hergekommen war und woher die Seemannskirche ihren Ruhm hatte. Danach zeigte sie ihr die drei weißen Kreuze. Morwenna positionierte sich erst vor dem Kreuz der Doyles und musterte es ausgiebig, dann wechselte sie zu den beiden fremden Kreuzen hinüber.

«Du hast recht», stellte sie erstaunt fest. «Die sehen aus wie Drillinge!»

Emily nickte zufrieden. «Gut, dann sollten wir jetzt die Nonne danach fragen.» Ohne zu zögern, ging sie mit Mo im Schlepptau auf die Nonne zu.

«Entschuldigung, Schwester, dürfen wir Sie etwas zu den Kreuzen fragen?»

Die Nonne legte die Blumenschale aus der Hand und drehte sich zu Emily um. Ihr freundliches Gesicht, in dem Emily eine etwa dreißigjährige Frau zu erkennen glaubte, lächelte bereitwillig. «Aber gerne. Möchten Sie selbst ein Kreuz aufhängen?»

Emily öffnete den Mund, um ihre Antwort mit *Himmel, nein!* zu beginnen. Dann kriegte sie gerade noch die Kurve, als ihr einfiel, dass Nonnen in sprachlichen Dingen etwas penibel sein sollen. Schnell sagte sie: «Nein, nein – wir fragen uns nur, welche Bedeutung die einzelnen Kreuze haben.»

«Oh, das ist verschieden.» Die Stimme der Nonne klang kräftig. Unterhalb ihres schmalen Habitkragens stand klein aufgestickt ihr Name: Schwester Agnes. «Sie kennen sicher den Spruch: *Jeder hat sein Kreuz zu tragen.* So ist es auch mit diesen Kreuzen. Mit ihnen laden unglückliche Menschen ihre Last ab. Jeder auf seine Weise.» Sie zwinkerte Emily und Morwenna zu. «Und es hilft. Glauben Sie mir.»

«Das wollen wir doch schwer hoffen!», entfuhr es Mo spontan und fröhlich. Sie zeigte auf die Wände. «Toll hier, wir sind echt beeindruckt!»

Verblüfft stellte Emily fest, dass Schwester Agnes Morwennas frische Art zu mögen schien, denn sie antwortete hörbar amüsiert: «Ja, wir strengen uns bei den Wundern an.» Sie wandte sich wieder an Emily. «Womit kann ich Ihnen genau helfen?»

Emily versuchte, ihre zweite Frage zu präzisieren. «Ich würde zu gerne wissen, ob die Farben der Kreuze eine Bedeutung haben?»

«Keine religiöse, falls Sie das vermuten. Viele Kreuze haben über Jahrzehnte in den Wohnungen der Familien gehangen, bevor sie hierhergebracht wurden. So kam vor ein paar Wochen ein Bauer aus Padstow zu uns, der für seine schwer kranke Frau beten wollte. Er hielt ein kleines, ziemlich grobes Birkenholzkreuz in den Händen. Seine Eltern hatten es sich während des Krieges im Luftschutzbunker zusammengenagelt. Sehen Sie, es hängt da oben.»

Sie zeigte an die Wand hinter den Kerzen. Auch unter dem Birkenholzkreuz war ein handbeschriebener Zettel angepinnt. Mit dem Blick darauf war Morwenna ernst geworden. Die Spiritualität der Gläubigen schien sie zu berühren.

«Geht es immer um Krankheiten bei diesen Botschaften?», wollte sie wissen.

Die Nonne nickte. «Meistens. Aber die Gebetsanliegen sind

vielfältig. Wir hatten auch schon Kinder, die um die Wiederkehr des verschwundenen Blindenhundes ihrer Mutter flehten.»

Emily beschloss, nicht länger um den heißen Brei herumzureden. Schwester Agnes schien eine verständige Gesprächspartnerin zu sein. «Uns beschäftigen die weißen Kreuze», begann sie vorsichtig. «Die sieht man hier nicht oft. Sie scheinen alle die gleiche Herkunft zu haben. Wie ist das möglich?»

«Ah, Sie meinen wegen der Rundungen?» Die Nonne lächelte bewundernd. «Gut beobachtet! Das ist noch keinem unserer Besucher aufgefallen.»

«Dabei ist es doch so offensichtlich», bestätigte Morwenna.

«Ja, eigentlich schon.» Die Stimme von Schwester Agnes wurde sachlich. «Ich vermute, dass alle drei Kreuze aus Plymouth stammen, aus der Werkstatt von Blake Matthews. Eigentlich stellt Matthews nur schwere Altarkreuze her, aber für die Krankenzimmer des Plymouth Hospital hat er vor Jahren diese gerundeten Kreuze kreiert. Das unschuldige Weiß soll den Menschen Hoffnung geben. Kein schlechter Ansatz, finde ich.»

«Nein … ich meine, doch … das ist ein guter Ansatz!»

In Emilys Gehirn schien sich gerade eine Schleuse zu öffnen. Schlagartig hatte sie wieder die gelbe Wand, das gerahmte Foto und das gerundete Kreuz vor Augen. Doch jetzt war das Bild in ihrem Kopf plötzlich komplett. Im Metallbett unter dem weißen Kreuz sah sie blass und mit geschlossenen Augen ihre Freundin Evelyn Landon liegen, an Schläuchen und künstlich beatmet. Emily hatte Evelyn vor fünf Jahren nach ihrem schweren Autounfall im Plymouth Hospital besucht.

Dort also war ihr das ungewöhnliche weiße Kreuz aufgefallen. Wie hatte sie das nur vergessen können?

«Ist alles in Ordnung?» Schwester Agnes blickte Emily prüfend an. «Wollen Sie sich hinsetzen? Die Luft hier ist manchmal stickig, wir können leider nur eines der Fenster öffnen …»

Morwenna griff nach Emilys Arm. «Willst du an die frische Luft, Grandma?»

«Danke, alles okay», bekräftigte Emily, während sie sich wieder straffte. Tatsächlich war sie durch die einsetzende Erinnerung etwas aus dem Konzept gebracht worden. Damit Mo und die Nonne sie nicht für schwächelnd hielten, fügte sie schnell hinzu: «Ich musste nur an eine liebe Freundin denken, die im Krankenhaus in Plymouth unter einem solchen Kreuz gelegen hat. Es war nach einem Verkehrsunfall.»

«Und? Geht es ihr wieder gut?», fragte Schwester Agnes.

«Sie hat es leider nicht überlebt.»

«Das tut mir leid!» Es klang nach echter Anteilnahme. «Hat man der Familie später das Kreuz mitgegeben?»

«Das weiß ich nicht.» Die Frage irritierte Emily. «Ist das denn üblich?»

«Ja, wenn es von den Hinterbliebenen gewünscht wird. Etwa dann, wenn der oder die Verstorbene sehr gläubig war. Oder wenn es sich um einen besonders jungen Menschen handelte. Dann bietet der Krankenhausgeistliche der Familie an, das weiße Unschuldskreuz zu segnen und aufs Grab zu legen.»

«Machen viele Familien davon Gebrauch?», wollte Morwenna wissen.

«Leider nicht, laut Vikar Shrewsbury, der das Krankenhaus betreut, sind es nur wenige.»

«Ich verstehe.» In Wirklichkeit hatte Emily alle Mühe, die Information einzuordnen. Was bedeutete das alles für die Historie ihres weißen Kreuzes?

Mos Gedanken schienen bereits einen Schritt weiter zu sein. «Klingt aufschlussreich», flüsterte sie ihrer Großmutter ins Ohr. «Das gibt uns einen Ansatz.»

Das ältere Paar aus der vordersten Bankreihe erhob sich und steuerte auf die Nonne zu. Jetzt erst bemerkte Emily, dass der

Mann ein kleines braunes Holzkreuz in den Händen hielt. Offensichtlich sollte es hier aufgehängt werden. Schwester Agnes sah den Mann an, nickte ihm aufmunternd zu und wandte sich bedauernd an Emily und Mo. «Wenn Sie mich jetzt bitte entschuldigen würden? Dieses Ehepaar braucht meinen Beistand.»

«Gehen Sie nur, Schwester. Und haben Sie vielen Dank!»

Emily hakte sich bei Mo unter und führte sie an den brennenden Kerzen vorbei bis zur hintersten Bank. Dort nahmen sie beide Platz. Direkt über ihnen hingen die alten Hummerkörbe, sogar das Seegras hatten die Fischer am Netzgeflecht belassen. Von draußen drangen die gedämpften Geräusche der Küste in den Raum, das entfernte Meeresrauschen und die rufenden Möwen auf dem Dach. Angesichts des halblauten Tons, in dem sich Schwester Agnes und das Ehepaar vor dem Altar austauschten, sah Emily keinen Grund, jetzt schon mit Morwenna vor die Tür zu gehen, um sich erst dort zu unterhalten. Ihr gefiel die authentische Atmosphäre der Seemannskirche. Sie konnten ja leise sprechen.

«Das Plymouth Hospital ist also der Schlüssel», flüsterte Mo, während sie die drei Gesangsbücher zwischen sich und Emily vom Sitz nahm und rechts von sich ablegte. «Eine coole Idee, diese Kreuze! Sie sehen so freundlich aus.»

«Im Grab interessiert das keinen mehr», meinte Emily trocken. «Lass uns lieber darüber nachdenken, was die Sache für unseren Fall bedeutet.»

«Na ja.» In Mos Augen entstand ein kleines Leuchten. «Wenn die weißen Kreuze ausschließlich von diesem Krankenhaus ausgegeben wurden – und das auch nur an Hinterbliebene –, führt das doch zwangsläufig zur nächsten Erkenntnis. Da Chloes Verfolger so ein Theater um das Kreuz gemacht hat, muss er –»

Mit triumphierendem Unterton fiel ihr Emily ins Wort: «Muss er dort entweder selbst einen Menschen verloren haben – oder sein Auftraggeber!»

«Du sagst es, Grandma!» Morwenna verzog den Mund. «Und was machen wir jetzt mit unserem Wissen?»

Lächelnd strich Emily ihrer Enkelin über die Wange. «Wir nehmen in Gedanken die Akte zum *Mordfall Mockingham* von 1982 zur Hand, Mo. Dein Grandpa hatte damals den Gerichtsvorsitz. Phil Mockingham war ein Doppelmörder. Er konnte nur gefunden und überführt werden, weil Scotland Yard seine echte Adresse aus der Patientenliste einer Privatklinik gefischt hatte.»

Mit einem Grinsen zeigte Morwenna, dass ihr gerade ein Licht aufging. «Du meinst, wir fragen das Krankenhaus, wem es diese Kreuze in den letzten Jahren mitgegeben hat?»

«Den Krankenhausgeistlichen, denn er ist die Quelle.»

Morwenna legte den Arm um ihre Großmutter, zog sie fest an sich und gab ihr einen dicken Kuss auf die Wange. «Genial, Grandma! Und so was hast du alles aus Grandpas Akten?»

Emily schaute ihre Enkelin verschmitzt von der Seite an. «Aus fast perfekten Morden kann man eine Menge lernen.» Sie stemmte sich vom Sitz hoch, griff nach ihrer Handtasche und streckte Morwenna lächelnd ihre Hand hin. «So, Schätzchen, und jetzt fahren wir nach Newquay an den Strand und essen dort wie früher ein großes Eis!»

28.

Am Tag nach Chloes Abreise hätte Kate dringend Davids Nähe gebraucht, seine wunderbare Ruhe, seine Berührungen. Noch immer spürte sie die Auswirkungen dessen, was sie vorgestern an Schrecklichem erlebt hatte. Davids Fähigkeit, sie in solchen Situationen wieder aufzurichten, tat ihr unendlich gut.

Außerdem wollte sie David mit dem antiquarischen Bildband überraschen, den sie im Internet für ihn erstanden hatte und der heute Morgen mit der Post gekommen war. Die Fotos des Buches erzählten über die Wanderungen der großen Schafsherden Europas. Der Bildband war Kates Dank für Davids Hilfe bei den Vorbereitungen für die drei *Schafs-Kurse*, die sie in den vergangenen Monaten erfolgreich beim Züchterverband absolviert hatte. Dabei war es um Zuchtwissen, Pflege und medizinische Versorgung der Tiere gegangen. Kates großes Ziel war es, selbst einmal den Züchterstatus des Verbandes zu erhalten.

Ausgerechnet heute, da sie ihn so dringend an ihrer Seite brauchte, hatte David für ein Symposium zur Uni nach Exeter fahren müssen. Dort sollte er vor Biologie-Doktoranden über seine Forschungsergebnisse berichten. Abzusagen war unmöglich gewesen. Wenn David dann noch mit den Studenten ein Bier trinken ging, kehrte er sicher erst spätabends heim.

Obwohl Kate eine innere Unruhe spürte, die sie zu zerreißen drohte, zwang sie sich zur Arbeit. Pflichtbewusst hatte sie sich seitenweise die ersten Hörerkommentare zu ihrer True-Crime-Ausgabe über den Mord in der Villa ausgedruckt. Ein halbes Dutzend Leute wollten an verschiedenen Plätzen den Mann mit der Sturmhaube gesehen haben. Zwei Hausfrauen behaupteten, sie hätten Hugh Carrington nur eine Stunde vor dem Mord zusammen mit einem Mann neben der Landstraße nach Looe stehen sehen. Tatsächlich hatte die Polizei einen Wanderer ausfindig machen können, der Carrington um diese Uhrzeit nach dem Weg gefragt hatte. Also nichts Neues. Die Podcast-Fahndung schien ein kompletter Schuss in den Ofen zu werden.

Um kurz vor halb fünf Uhr nachmittags rief die Polizei an, am Apparat war eine ältere Polizistin namens Dawson. Überraschenderweise war es diesmal die Polizeistation in Truro. Atemlos hörte Kate zu, wie die Beamtin sie darüber informierte, dass man in Truro den Wagen des mutmaßlichen Carrington-Mörders sichergestellt hatte.

«Gott sei Dank!», rief Kate erleichtert. «Ich nehme an, Sie wissen jetzt auch, wer der Mann ist?»

Die Stimme der Beamtin klang, als ob sie Irin wäre. Sie besaß noch den schnarrenden Ton der früheren Constable-Jahrgänge. «Das dürfen wir Ihnen nur persönlich sagen, Ma'am. Aber stellen Sie sich auf eine Überraschung ein. Bitte seien Sie pünktlich um 18:00 Uhr hier. Detective Chief Inspector Scott ist informiert, und der Chief Constable wird ebenfalls anwesend sein.»

«Könnte ich vorher noch kurz mit DCI Scott sprechen?»

«Nein, das geht leider nicht. Bitte kommen Sie einfach zu uns auf die Wache.» Constable Dawsons Stimme ließ keine Widerrede zu.

«Gut, ich werde gleich losfahren.»

Kate legte auf und rannte nach oben, um sich umzuziehen. Bis Truro würde sie eine gute Stunde brauchen, wenn der Berufsverkehr nicht allzu stark war. Ihre Nerven lagen jetzt schon blank.

Wie würde es erst sein, wenn sie in Anwesenheit von DCI Scott Näheres zum Täter erfahren würde?

Als Kate den Hügel von der Farm herunterfuhr und unten an der Baustellenampel zwei Minuten warten musste, fiel ihr ein Pärchen auf, das auf der anderen Seite der Heide wanderte. Es war wie die Momentaufnahme einer Idylle. Beide, Mann und Frau, trugen blaue Rucksäcke und schritten kräftig aus. Ob sie jung oder alt waren, konnte Kate nicht erkennen, zudem trugen die beiden Hüte. Wo wanderten sie wohl hin? Vielleicht bis zum Pub in Coy Sands? Wehmütig musste Kate daran denken, dass David und sie schon seit Wochen in keinem Pub mehr gewesen waren.

Die Baustellenampel sprang auf Grün. Im Schritttempo fuhr Kate weiter. Plötzlich fiel ihr wieder ein, was Grandma und Morwenna gestern in der Seemannskirche herausfinden konnten. Sie musste unwillkürlich lächeln. Wer hatte schon so einfallsreiche Verwandte? Dass die gerundeten weißen Kreuze nur im Plymouth Hospital vorkamen, war eine wichtige Erkenntnis. Sofort nach Grandmas Anruf bei ihr hatte Kate den Krankenhausgeistlichen kontaktiert, einen Vikar Shrewsbury. Zu Kates Enttäuschung verweigerte er jede Auskunft über die von ihm verteilten Kreuze. Er wirkte sehr stur. Kate sollte bei der Krankenhausverwaltung einen schriftlichen Antrag stellen. Sie nahm sich vor, die Sache in Truro mit DCI Scott zu besprechen.

Im Zentrum von Truro parkte sie direkt vor Pydar House, dem Polizeigebäude hinter den Victoria Gardens. Hastig lief sie in das Gebäude. Im Flur wurde sie von einem Polizisten aufgehalten. Sie nannte ihren Namen und erwähnte das Zauberwort DCI Scott. «Auch der Chief Constable erwartet mich», ergänzte sie. «Es geht um den Carrington-Mord.»

Die hohe Stirn des Polizisten runzelte sich. «Wer hat Sie denn angerufen?»

«Constable Jane Dawson», sagte Kate. «Vor einer Stunde.»

«Jane Dawson?» Der Polizist schüttelte den Kopf. «Gibt es bei uns nicht, Ma'am.» Hinter ihm stieg ein älterer Kollege die Treppe herunter. Der Polizist drehte sich zu ihm um. «Chef? Der Chief Constable ist doch nicht hier, oder?»

«Nein», bestätigte der Vorgesetzte und kam näher. Auf seinem Namensschild stand der Name *DI Broad*. «Sollte er?»

Kate wurde in ein Vernehmungszimmer verfrachtet und musste ihre Geschichte erzählen. Neben DI Broad war auch der Polizist aus dem Flur dabei. Kate kam sich vor wie eine Verdächtige. Kopfschüttelnd hörte Broad sich die Details an und tippte gleichzeitig auf die Tastatur eines Computers, um die internen Informationen zum Fall Carrington aufzurufen.

«Tut mir leid, Miss Doyle. Da hat sich wohl jemand einen Scherz erlaubt.»

«Einen Scherz?» Verärgert stand Kate auf und tigerte hin und her. «Ahnen Sie eigentlich, was unsere Familie in den letzten Tagen durchgemacht hat? Ich erwarte, dass Sie alles tun, um diese Anruferin zu finden.»

Detective Inspector Broad streckte die Hand aus. «Geben Sie mir mal Ihr Handy.»

Das tat Kate, und Broad warf einen Blick darauf.

«Anonym. Sieht nach einem Prepaid-Handy aus.» Er stand auf. «Ich lasse den Kollegen in Plymouth einen Bericht zukommen. Passiert so was noch einmal, wenden Sie sich bitte direkt an DCI Scott. Okay?»

Es war sein abhakendes *Okay?*, das Kate begreifen ließ, warum man sie hier so behandelte. Natürlich. Eigentlich wäre die Dienststelle Truro für den Mordfall Carrington zuständig gewesen. DCI Scott, die nur aufgrund der Personalknappheit der Devon & Cornwall Police den Fall an sich ziehen konnte, stand hier wahrscheinlich im Ruf der … Wilderei.

Kate fuhr auf der Schnellstraße zurück und fühlte sich wie erschlagen. Warum dieser falsche Anruf? Wieso war jetzt plötzlich eine Frau im Spiel? Als sie die Farm erreichte, stieg gerade David aus dem Auto. Erleichtert, dass er da war, parkte sie direkt neben ihm und sprang aus ihrem Mini Cooper.

«Was ist los?», fragte David erschrocken. Er musste sie nur ansehen, um zu wissen, dass etwas nicht stimmte. Ihre Mimik spiegelte Müdigkeit, ihre Köperhaltung Anspannung.

Sie fing an zu erzählen. Kopfschüttelnd hörte er sich alles an.

«Das tut mir leid», tröstete er sie und nahm sie fest in den Arm. Es tat ihr gut. «Ich vermute, sie haben dich aus reinem Neid auf DCI Scott abblitzen lassen.» Seine Stimme wurde fester. «Diese Sturköpfe! Ich werde nachher den Chief Constable anrufen.»

Sein Blick wanderte Richtung Weide und wurde plötzlich starr. Ungläubig zeigte er zum Gatter der zweiten Weide, die man vom Hof noch gut einsehen konnte. «Unsere Schafe sind weg!»

Jetzt sah es auch Kate. Das Gatter stand weit offen, von der Herde war kein einziges Tier zu sehen.

Wie auf Kommando rannten sie los. Je näher sie kamen, desto deutlicher wurde, dass die Schafe mit Absicht freigelassen worden waren. Vor dem Gatter lag ein langer Stock, mit dem man sie offenbar von der Weide gescheucht hatte. Weder auf dem Farmgelände noch auf der Heide gab es eine Spur von den Tieren. Wohin hatten sie sich in ihrer Panik geflüchtet?

Kate und David liefen an der dritten und vierten Weide vorbei und näherten sich dem verwilderten Moorgebiet. David war sicher, dass die Schafe sich nicht einzeln verteilt hatten, sondern als Herde zusammengeblieben waren. Also konnten sie sich nur auf die moorigen Feuchtwiesen zurückgezogen haben.

Es war Kate, die dort die ersten Schafe entdeckte. Sie grasten zwischen hohen Seggengräsern und Sumpfbärlapp. Davor stand, nervös witternd, Sinclair, der Bock.

Rechts von Sinclair gab es eine Gruppe Pappeln, umgeben von dichtem Gebüsch. Kate machte die unverwechselbare Gestalt von Camilla aus. Warum war sie hierhin geflüchtet, entfernt von der Herde und von Sinclair?

David stapfte über den Matschboden zu einem der Lämmer. Er zog es von einer sumpfigen Stelle weg, dann folgte er Kate, die Camillas Namen rief. Die Aue blickte sich kurz um, danach ging sie vorsichtig einige Schritte weiter. Kate hatte den Eindruck, dass Camilla unruhig wirkte und unentwegt in eine Richtung starrte.

Irritiert blickte Kate zu David. «Lass uns nachsehen, was da los ist.»

David nickte.

Nebeneinander hergehend, näherten sie sich dem Schaf. David klopfte Camilla auf die Flanke und wollte beruhigend auf sie einreden, als sein Blick weiterwanderte und an einem halbhohen Faulbaum hängen blieb. Ein blauer Rucksack blitzte hervor. Er trat näher heran. Vor dem Baum lag ein Mann. Bewegungslos. Sein Blut hatte sich über das Moos verteilt, sein blutgetränktes Hemd zeigte ein breites Einschussloch über dem Bauch. Eine zweite Wunde gab es im Schädel. Der Mann war tot.

Nach dem ersten Schock wagte sich auch Kate näher heran und zwang sich, den Toten genau anzusehen. Er wirkte stämmig, hatte schwarze, ungepflegte Haare … Er ist es, erkannte sie aufgeregt. Er ist es!

Nach einem Blick auf Kate hatte auch David begriffen, wen sie da vor sich sahen. «Ja, ich denke, das ist der Mann, der Carrington umgebracht hat.»

«Ich habe ihn heute über die Heide gehen sehen. Zusammen mit einer Frau. Auf meinem Weg nach Truro. Ich musste unten an der Ampel warten. Sie trugen beide blaue Rucksäcke … David, was ist hier passiert?»

David schaute den Toten intensiver an, auch er konnte nur

spekulieren. «Er hat eindeutig Schussverletzungen. Aber von einer Waffe ist nichts zu sehen.» Er bückte sich, um den Boden in Augenschein zu nehmen, als Kate ihn anstieß.

«Da liegt was im Gras.»

David erhob sich, trat vorsichtig einen halben Schritt zurück und drehte sich zu der Stelle hin. Es waren zwei messingfarbene Patronen, glänzend neu und unbenutzt. Offenbar hatte der Schütze sie verloren.

«Das sind Randpatronen, Kaliber 22», sagte David leise. «Sie könnten zu der Smith & Wesson passen, von der wir schon wissen.»

Ein Stück dahinter entdeckten sie Schuhabdrücke im Morast. Sie waren nicht besonders groß und ohne tiefes Profil. Nach allem, was David ihr für den Podcast über Forensik beigebracht hatte, war sogar Kate klar, dass es sich um die Abdrücke eines Frauenschuhs handeln musste.

David fasste Kates Gedanken in Worte: «Hier haben sich definitiv nicht mehr als zwei Personen bewegt. Der Tote und eine Frau, die Schuhabdrücke sind nicht sehr tief. Sieht so aus, dass nur deine Wandersfrau geschossen haben kann.»

«Du meinst … sie ist die Mörderin?»

«Ja», sagte David, «die Mörderin des Mörders.»

Er zwängte sich durch die Büsche zu einer freien Stelle vor den Bäumen, wo der Handyempfang besser war. Von dort aus rief er DCI Scott an.

29.

Da die Dunkelheit nur vom Licht des schwachen Halbmondes erhellt wurde, hatte DCI Scott gleich nach ihrer Besichtigung des Tatorts vier Suchscheinwerfer und einen transportablen Generator angefordert. Bis weit nach Mitternacht konnte man ihn brummen hören, während die Männer und Frauen der Spurensicherung in ihren Schutzanzügen jeden Quadratmeter rund um den Toten absuchten. Die unruhig blökenden Schafe hatte David in den Stall getrieben und diesen gut verschlossen. Die Anwesenheit der vielen fremden Menschen machte die Tiere nervös. Kate hatte dafür gesorgt, dass die Ermittler in der Küche genügend heißen Tee und Mineralwasser vorfanden, wenn sie eine kurze Pause benötigten.

DCI Scott überwachte den größten Teil der Spurensuche mit zusammengekniffenem Mund und von der hintersten Weide aus. Auf dem Weg davor parkte mit aufgeklappter Kofferraumtür ein blauer Fordkombi der Polizei, in dem die gefundenen Beweisstücke in grauen Wannen verstaut wurden – der blaue Rucksack des Toten, diverse Gipsabdrücke von den Schuhsohlen auf dem Boden und einiges mehr. Grandma hätte ihren Spaß gehabt.

Nachdem man irgendwann den Toten abgeholt hatte, kam DCI Scott zu Kate und David in die Küche. Müde griff sie sich einen der Kekse, die Kate den Beamten hingestellt hatte, und goss sich schweigend einen Becher Tee ein.

Während Kirstie Scott mit dem Löffel in ihrem Tee herumrührte, schien sie zu überlegen, wie viel sie schon preisgeben durfte. Dass sie bereits mehr über den Toten wusste, hatte Kate mitbekommen, als einer der Constables seiner Chefin etwas von einer Wohnungsdurchsuchung zugeraunt hatte.

Schließlich durchbrach Scott die Stille. «Wir wissen jetzt, wer der Mann ist. Er heißt Dan Chapman, wohnhaft in Truro. Haben Sie schon mal von ihm gehört?»

«Nein.» Kate blickte zu David. «Du?»

«Nein.»

«Ich lasse gerade seine Wohnung durchsuchen», erläuterte die Ermittlerin. «Chapman lebte von Gelegenheitsjobs, vor allem in den Häfen. Er ist achtundvierzig Jahre alt, unverheiratet und bisher nur durch Schlägereien auffällig geworden. Keine Vorstrafen.»

Kate sah wieder das Bild vor sich, wie der Mann, also Chapman, und die unbekannte Frau über die Heide wanderten. «Wenn es Chapman und diese Frau waren, die ich mit ihren Rucksäcken gesehen habe, dann müsste Chapman ja einvernehmlich mit seiner Mörderin zur Farm gekommen sein. Oder?»

«Ja, scheint so», bestätigte DCI Scott. «Nachdem die Frau Sie durch den Telefonanruf nach Truro gelockt hatte. Möglicherweise wollten die beiden die Farm in Brand setzen. Wir haben Streichhölzer und ein Fläschchen Reinigungsbenzin in Chapmans Rucksack gefunden. Vielleicht sind sie vorher in Streit geraten.»

«Oh Mann!» David fuhr sich über den abendlichen Stoppelbart. «Ich darf nicht daran denken.»

«Was war denn noch in seinem Rucksack?», hakte Kate nach.

«Ein Pullover und ein paar Fotos. Von Ihnen, von Ihrem Vater und von Mrs Peggy Doyle. Können Sie sich nicht doch genauer an die Frau erinnern? War sie jung, alt ...?»

Kate überlegte. «Ich kann es beim besten Willen nicht sagen. Ehrlicherweise habe ich mehr auf den Mann geachtet.»

DCI Scott zog ein Foto aus der Tasche. «Könnte es diese Frau gewesen sein? Das ist Valerie Carrington, die Ehefrau von Hugh Carrington.»

Kate schaute sich das Bild an. «Nein, auf keinen Fall. Das ist sie nicht.» Es fiel ihr leicht, den Kopf zu schütteln. Valerie Carrington schien eine hoch gewachsene, sportliche Frau mit langen Beinen zu sein. Die Frau mit dem Rucksack war maximal mittelgroß gewesen.

David hatte die ganze Zeit geschwiegen und mit seinem Handy gespielt. Jetzt mischte er sich zum ersten Mal ein. «Ich nehme an, Sie haben die Patronen im Schnelltest überprüfen lassen», sagte er an Kirstie Scott gewandt. «Gibt es Fingerabdrücke?»

«Ja. An beiden Patronen die Abdrücke ein und derselben Person, vermutlich von einer Frau. Auch der Schuhabdruck ist weiblich.»

«Die Frau könnte Chapmans Auftraggeberin gewesen sein», überlegte David. «Nach den Todesanzeigen musste sie ja davon ausgehen, dass Chloe nicht mehr am Leben ist. Damit hatte sie ihr Ziel erreicht. Also hat sie Chapman hergelockt, um ihn uns als Leiche zu präsentieren. Nach dem Motto: Hier ist der gesuchte Mörder, der Fall ist abgeschlossen. Solche Täter setzen darauf, dass nach dem Mörder eines Mörders weniger intensiv gesucht wird.»

Kate schaute ihn überrascht an. «Stimmt das denn?»

«Natürlich nicht. Aber Mörder haben ja kein Rechtsbewusstsein.»

DCI Scott warf einen Blick auf ihre Armbanduhr. «Es tut mir leid, ich muss zurück nach Plymouth», sagte sie. Offensichtlich störte es sie, dass David so intensiv mitdachte. «Wir sollten jetzt nicht spekulieren. Ich melde mich, sobald wir mehr wissen. Danke für den Tee und den Keks.» Mit kurzem Nicken verschwand sie nach draußen.

«Ärgere dich nicht», sagte Kate tröstend zu David. Sie sah ihm an, dass er sauer war, weil Scott ihn so unhöflich abgefertigt hatte.

«Du hast recht.» David zwinkerte ihr zu, zog seine Jacke aus und krempelte seine Hemdärmel auf. «Dann los, DI Doyle – an den Computer! Zeit für eine Rundmail an die Familie! Wer von der Meute kennt Dan Chapman? Ich wette, da findet sich jemand!»

30.

Als Klempner war Harvey ein Frühaufsteher, deshalb wunderte es Kate nicht, dass er morgens um 7:10 Uhr bei ihr anrief.

«Kann man dich schon stören?», fragte er und schluckte noch schnell etwas herunter. Wahrscheinlich eines der fünf Croissants, mit denen er jeden Morgen seine Körperfülle aufrüstete. «Ich hätte da was für euch.»

«Wir stehen doch immer früh auf», sagte Kate so locker wie möglich. «Besonders, wenn bei uns Leichen rumliegen.»

«Das ist echt ein Ding!» Harvey pustete heftig ins Telefon. «Und dann auch noch Chapman!»

«Du kennst ihn?»

«Ja, ich hab ihm sogar mal eigenhändig was auf die Nase gegeben.» Harvey rief jemandem etwas zu. «Da unter den Kran, Bill! Direkt ans Hafenbecken!»

Kate hätte eigentlich wissen müssen, dass in der Werft, in der Harvey als Bootspumpenspezialist und Hafenmeister arbeitete, schon viel los war. Als er sich wieder meldete, stellte sie ihm ihre brennendste Frage: «Bist du sicher, dass er der Mann ist, der hier auf der Farm erschossen wurde?»

«Ziemlich sicher. Bis April hat er bei uns gejobbt. Du hast geschrieben, er lebt in Truro. Genau da hat mein Dan Chapman auch gewohnt. Auch dass er sich gerne prügelte, wusste ich. Mann, war das ein Loser!»

«Was hat er bei euch gemacht?»

«Lackierarbeiten, aber er war ein fauler Hund. Ständig gab es Ärger mit Schiffseignern. Als er auch noch unsere Schwäne quälte, habe ich ihn rausgeworfen.»

«Das ist ja furchtbar!» Schwäne waren in Cornwalls Häfen geliebte Wesen. «Was hat er denn gemacht?»

«Mit Dartpfeilen auf sie geschossen», sagte Harvey angewidert. «Das Schilf war voller Blut, und er verspeiste seelenruhig ein Sandwich. Danach durfte er sich bei uns nicht mehr blicken lassen. Hatte er immer noch so strähnige Haare?»

«Ja», bestätigte Kate.

«Dann ist er es, eindeutig. Ich rieche es förmlich. Ich war mal bei ihm zu Hause. Seine Bude war das reinste Schrottlager.»

«Gab es da sonst was Auffälliges? Ich meine, hingen da vielleicht Waffen herum oder martialische Bilder?»

Harvey überlegte kurz. «Nein. Vor einer Wand stapelten sich alte Kupferrohre. Er handelte damit, Kupfer ist ja wertvoll. Und es gab zwei gerahmte Schwarz-Weiß-Fotos, das weiß ich noch.»

«Was war auf den Fotos zu sehen?»

«Auf einem er als Baby mit seiner Mutter, so jedenfalls hat er es mir erklärt. Das andere zeigte ihn mit achtzehn oder neunzehn Jahren, zusammen mit einer Krankenschwester. Sie trug ein altmodisches Schwesternhäubchen.»

«Vielleicht war er länger in einer Klinik», sagte Kate nachdenklich. «Hattest du den Eindruck, dass er irgendwie an unserer Familie interessiert war?»

«Nein, bestimmt nicht. Das Einzige, was er draufhatte, war, nach Geld zu fragen. Für Geld hätte er sicher alles getan.»

«Genau so stelle ich ihn mir vor. Die Polizei hat bei ihm fünfzigtausend Pfund gefunden. Das könnte das Geld für den Auftragsmord an Chloe sein. Aber, Harvey, das darfst du keinem sagen. Ich verrate dir da gerade ein Ermittlungsgeheimnis!»

«Hand drauf!», schwor Harvey. Vor ihrem geistigen Auge sah Kate seine Pranke liebevoll gegen ihre Finger klatschen. «Willst du trotzdem, dass ich weiterforsche?»

«Was bietet sich denn an? Kennst du Freunde von ihm?»

Harvey lachte auf. «Freunde? Machst du Witze? Er brachte mal eine Tussi aus Penzance mit, die war mehr auf Speed als Speedy Gonzales. Aber ich wüsste was anderes!»

«Sag's mir.»

«Gibt's dafür Spesen?» Jeder in der Familie wusste, dass Harvey geizig war und nichts umsonst tat. Das war das Gen der schottischen Doyles, behauptete Grandma gerne. «Peggy habt ihr ja sogar eine Schiffsreise nach Frankreich spendiert.»

«Unsinn», korrigierte ihn Kate. «Die hat sie selber bezahlt.» Sie überlegte schnell. Was könnte sie ihm anbieten? Am besten etwas Essbares. «Also gut, ich übernehme die Biere und dein Essen. Außerdem hat David Tickets für das *Food Festival* in Looe», schlug sie vor. «Ich könnte dir meins abtreten.»

«Da sag ich doch nicht Nein.» Harvey klang hoch zufrieden. Im Gegenzug kam er auch gleich mit einem konkreten Vorschlag. «Also, Chapman hatte einen Stammplatz im Kings Head in Truro. Da könnte ich mich heute Abend unauffällig umhören.»

«Die Betonung liegt auf ‹unauffällig›, Harvey! Ansonsten ist das eine prima Idee!»

«Hast du mich jemals auffällig gesehen?»

Für einen Moment dachte Kate, dass ihr Cousin ernsthaft dachte, er sei jemand, dessen Körperfülle in einem Pub unbemerkt bliebe. Aber dann lachte Harvey mit donnernder Stimme los.

«Hey, ein Scherz, Katie! Ich werde mich im Pub dünnmachen!»

Kate ließ ihm seinen Spaß. Harvey Doyle mochte äußerlich wie ein Bulldozer wirken, doch er hatte sein Herz am rechten Fleck. In seinem Fall gleich neben dem Magen. Sie konnte sich auf eine saftige Spesenrechnung vorbereiten.

31.

Am 10.06.um 23:19 schrieb plummerharveydoyle@klst-port.uk.co:

RECHERCHE IM PUB «KINGS HEAD» (TRURO)

Bericht von Harvey Doyle: an alle Doyles

(Spesenrechnung für zwei Gläser Lager, drei Stout, ein Schinkensandwich und ein Pasty, siehe Anhang)

Ich betrete den Pub um 18:17 Uhr. Das letzte Mal war ich, glaube ich, vor sechs Wochen hier. Wie immer ist es proppenvoll, man findet kaum einen Platz an der Bar. Aber Jasmin (die Frau des Wirts, quirlig wie Quecksilber) gibt mir den Zweiertisch hinten beim Dartbrett. Und ihr ahnt nicht, wer da im kleinen Nebenzimmer rechts von mir Platz genommen hat? Ein Sergeant von der Polizei. Es ist der Raum, wo immer die Vereine tagen. Auf dem Tisch, den sonst nur der DJ benutzen darf, hat der Sergeant seinen Laptop und ein Diktiergerät aufgebaut. Er sieht ein bisschen unglücklich aus, weil er laut Jasmin die Gäste nach Dan Chapman befragen soll, aber keiner so richtig mit der Sprache rausrücken will. Polizisten sind in diesem Viertel nicht sehr beliebt. Auch Jasmin hat ihm nur das Wichtigste erzählt, weil die Polizei den Pub schon mehrfach wegen Ruhestörung abgemahnt hat.

Ich trinke erst mal mein übliches Lager, dann bestelle ich ein zweites und strecke langsam meine Fühler aus. Jasmin flüstert mir zu, dass Caleb McEvans am Nebentisch ein ziemlicher Buddy von Chapman war. Caleb arbeitet in einem Fitnessstudio in St. Austell. Nebenbei handelt er mit Uhren aus der Türkei. Ich hab vor Jahren mal eine bei ihm gekauft, die war zwar Mist, aber seitdem haut er mir immer vor Freude auf die Schulter.

Ich lasse Caleb auf meine Kosten ein Guinness an seinen Tisch bringen und winke ihm zu. Die Nummer funktioniert immer. Er steht auf, nimmt sein Bier und kommt zu mir an den Tisch.

Hey, Harvey, sagt er, na – auch mal hier? Und dann setzt er sich.

Ja, auch mal hier, sag ich, obwohl es blöd ist. Aber so muss man mit Caleb reden.

Wir reden über dies und das, vor allem will er wissen, wie es bei mir in der Firma läuft. Dann fragt er mich, ob ich mir nächste Woche mal seinen kaputten Heizboiler ansehen kann. Ich verspreche es ihm. Was soll ich sonst machen? Wahrscheinlich kriege ich am Ende eine türkische Uhr dafür.

Dann reden wir endlich über Dan Chapman. Caleb nennt ihn Chappy. Seiner Meinung nach war Chapman eine arme Sau, weil seine Mutter ihn früher rumgeschubst hat. Vater unbekannt. Sie war Stripperin in einer Bar in Plymouth, wo er abends allein in der Garderobe spielen musste. Damals waren ja – wie ihr vielleicht noch wisst – wegen der geschlossenen Zinnminen irrsinnig viele Leute in Cornwall arbeitslos. Dagegen war Strippen im Hafen noch eine sichere Geldquelle. Chappy blieb in diesen Jahren sehr einsam und war bis vierzehn der größte Bettnässer weit und weit.

Der Clou ist, dass Chapman damals noch gar nicht Chapman hieß, sondern Hicks. Dan Hicks.

Ich frage Caleb, woher er das so genau weiß.

Ich war zusammen mit Hicks bei der Marine, sagt Caleb. Mit achtzehn. Leider ist Hicks dort hochkantig rausgeflogen, weil er einen Offizier verprügelt und ihm sämtliche Zähne ausgeschlagen hat.

Das klingt gruselig, aber ich lasse mir natürlich nix anmerken.

War er auch mal länger in einer Klinik?, frage ich. Ich hätte bei ihm zu Hause dieses Foto mit einer Krankenschwester gesehen.

Quatsch, sagt Caleb. Hicks hat nach der Marine für ein Jahr als Pfleger im St. Thomas Hospital in Truro gearbeitet. Seine Tante hat für die Stelle gesorgt, sie war dort Schwester.

Ja, und dann erzählt Caleb, was noch passiert ist.

Nach einem Jahr ist Hicks Tante gestorben, und er bekam eine neue Chefin. Mit der konnte er gar nicht, die hat schnell gemerkt, dass er eine sadistische Ader hatte. Danach war er erst mal arbeitslos und fing an, illegale Sachen zu machen, meistens kleine Schmuggel von Hafen zu Hafen. Aber er wurde nie erwischt.

Seine Mutter hatte inzwischen geheiratet, einen Mr Chapman, der Vertreter für orthopädische Schuhe war und ein kleines Haus besaß. Damit Hicks das später erben konnte, ließ er sich von seinem Stiefvater adoptieren und hieß ab da Chapman.

Doch als hätte er nicht schon genug Scheiße erlebt, brannte irgendwann das Haus samt Mutter und Stiefvater ab, weil die beiden nachts im Schlafzimmer Gras geraucht hatten. Er erhielt ein paar Tausend Pfund von der Versicherung, aber das war's auch schon.

Ich bestelle Caleb McEvans und mir noch ein Stout. Dann frage ich vorsichtig weiter. Caleb schöpft keinen Verdacht, seine Erinnerungen rollen wie die schönsten Brecher bei Windstärke zehn. Und wie lange hat das Geld gehalten?, will ich wissen.

Ach, du kennst ja Chapman, sagt Caleb, nicht länger als ein halbes Jahr. Dann war er wieder pleite.

Wahrscheinlich hätte er wirklich mal in Behandlung gehört, sage ich.

Ja, wahrscheinlich, meint Caleb. Aber wer weiß, wie wir heute wären, wenn wir als Kinder gesehen hätten, wie fremde Männer unserer Mutter Zehn-Pfund-Scheine zwischen die Titten stecken.

Dann frage ich Caleb noch, ob Chapman/Hicks derzeit eine Freundin hatte.

Nix, sagt Caleb, er hatte mal 'ne ganz junge, aber die war voll auf Drogen und hat ihm nur Ärger gemacht. Danach hatte er erst mal genug von Frauen.

Tja, sag ich, und jetzt ist er tot. Wer tut wohl so was?

Ich sag's ungern, meint Caleb, aber er wird wohl wieder was Krummes gedreht haben. Hatte sich gerade einen neuen Wagen bestellt.

Ich glaube, nicht richtig zu hören, aber in diesem Moment trinkt Caleb sein Bier aus und steht auf.

Wann kommste wegen dem Boiler vorbei?, fragt er.

Nächste Woche, sage ich.

Wenn da nicht gerade Chappys Beerdigung ist, geht das in Ordnung, sagt Caleb. Dann winkt er und geht.

Im Nebenzimmer packt der Sergeant gerade seinen Kram zusammen. Jasmin kommt bei mir vorbei und flüstert spöttisch: Der Bulle ziehe wieder Leine, weil keiner mit ihm reden wolle. Nicht mal ein Bier habe der Idiot den Leuten ausgegeben.

Der Pub leert sich langsam, die meisten Gäste müssen morgen früh auf den Beinen sein. So wie ich.

Ich finde, meine Ausbeute kann sich sehen lassen. Dass Dan Chapman früher Hicks hieß und in Truro in der Klinik gearbeitet hat, ist doch eine ziemliche Überraschung. Jetzt müsste ich eigentlich gleich Mum nach Hicks fragen, weil Mum früher als Krankenschwester im St. Thomas Hospital tätig war, aber das werde ich schön sein lassen. Das müsst ihr anderen Doyles übernehmen. Mum redet ja nicht gerne über ihre Zeit in der Klinik, weil sie sich damals so über die eingebildeten Ärzte aufgeregt hatte. Deswegen schicke ich ihr meinen Bericht auch erst morgen, wenn's euch recht ist. Ihr kennt sie ja. Nicht, dass Mum bockig wird und niemandem mehr über diese Zeit Auskunft geben will.

Das war's dann von mir.

Bye bye, Harvey

32.

Am nächsten Tag glühten erneut die Telefone der Familie. Jedem Doyle war klar, was Harveys Erkenntnisse über Dan Chapman/Hicks bedeuteten. Möglicherweise hatten sie jetzt endlich das Bindeglied zwischen dem Mörder und der Familie entdeckt, nach dem sie die ganze Zeit so verzweifelt gesucht hatten. Da Tante Anne damals als Krankenschwester im St. Thomas Hospital gearbeitet hatte, *musste* sie den jungen Dan Hicks gekannt haben. So groß war die Klinikbelegschaft in Truro auch nicht. Dabei war jedem klar, dass Annes Jahre am Hospital zur schwierigsten Zeit ihres Lebens gehörten. Ihre damals noch junge Ehe drohte zu zerbrechen, weil Leo nicht mit ihren Nachtschichten klarkam. Erst als Anne später ihren Gesundheitsladen eröffnete, löste sich die Ehekrise in Luft auf.

Anne auf das Thema Klinik anzusprechen, war also heikel.

Wie so oft bei komplizierten Familienfragen fasste sich am Ende Kate ein Herz. Sie hatte die Mordermittlungen vorangetrieben und geholfen, Chloe zu retten – da konnte sie ruhig auch noch in dieses Wespennest greifen. Ihre Idee war, einfach zu Anne ins Geschäft zu fahren und ihre Tante mit dem Namen Hicks zu konfrontieren.

Doch die lebenserfahrene Peggy hatte einen viel besseren Plan. Da sie fand, dass Kate in den vergangenen Tagen genug mitgemacht hatte, bot sie an, mit von der Partie zu sein. Die Idee mit dem Besuch im Bioladen fand sie allerdings fantasielos. Anne musste vor dem Gespräch unbedingt lockergemacht werden, damit man mit ihr halbwegs entspannt über ihre Krankenhauszeit reden konnte. Also ließ Kate Peggy freie Hand. Was dabei herauskam, war ein gemeinsames Treffen um elf Uhr in Jims Strandbar.

Ursprünglich ein umgebauter hölzerner Verkaufswagen auf Rädern, stand das Fahrzeug heute als hellblaue Bar mit langer Theke im Sand einer kleinen Bucht. Vor der Theke gab es Barhocker, aber auch ein paar Tische und Stühle. Wenn die Sonne schien, schimmerte das Meer türkisfarben. Barkeeper Jim, der lange in Puerto Rico gelebt hatte, beflügelte die Karibikfantasien seiner Gäste zusätzlich mit einem Strohhut auf dem Kopf.

Peggy und Kate waren als Erste eingetroffen und hatten sich sofort den abgelegensten Tisch unter einer Palme gekrallt. Kate fiel auf, dass Peggy eine neue schicke Clutch unter dem Arm trug. Dann erschien auch Tante Anne, im gelb-roten Blumenmusterkleid. Flugs bestellte Peggy für alle Jims erfrischenden Sommerdrink, eine Wassermelonen-Bowle.

Die ersten Minuten plauderten sie über den Plan der Gemeinde, Jims Bar nächstes Jahr in eine andere Bucht umzusiedeln. Peggy hatte zu Kates Vergnügen bereits eine Petition dagegen in Umlauf gebracht.

Peggy sog an ihrem Strohhalm. Dann preschte sie unvermittelt los, indem sie Anne fragte: «Hat Harvey dir eigentlich schon erzählt, was er gestern Abend über Dan Chapman herausgefunden hat?»

«Nein, noch nicht», sagte Anne, «aber er will mir seinen Bericht schicken.» Sie nahm ebenfalls einen kräftigen Schluck und blickte aufs Meer. «Gott, ist das ein herrlicher Platz!»

«Dann halte dich jetzt fest», fuhr Peggy fort. «Chapman – also unser Mörder – hieß früher Hicks, bevor er von seinem Stiefvater adoptiert wurde. Und er war Krankenpfleger im St. Thomas Hospital.» Sie blickte Anne an, als würde sie gar nichts Besonderes erzählt haben. «Dann kennt ihr euch doch sicher, oder?»

«Hicks? Gott ja, Hicks ... so ein schmaler Dunkelhaariger. Seine Tante war mal OP-Schwester, soweit ich mich erinnere. Ist dann aber pensioniert worden.» Anne setzte erschrocken ihr Glas ab, als würde ihr erst jetzt klar werden, über wen sie da sprach. «Du meinst ... der ist Hugh Carringtons Mörder?»

«Ja», mischte Kate sich ein. «Was uns natürlich brennend interessiert, ist, *wie* gut *du* Hicks kanntest. Ich meine, habt ihr euch damals öfter unterhalten? Wie viel könnte er aus dieser Zeit über unsere Familie wissen?»

Tante Anne lehnte sich beleidigt zurück. «Na, das habt ihr ja schön eingefädelt! Soll das hier ein Verhör werden? Natürlich sehe ich diesen sadistischen Kerl noch vor mir, zu uns Schwestern war er ja frech genug. Aber dass ihr ernsthaft glaubt, ich hätte mit so einem über Familiendetails geredet, ist der Gipfel!»

Peggy strich ihr über den Arm. «Mal langsam, Anne, wir fragen dich ja nur, was du von ihm weißt. Und was heißt das – er war sadistisch?»

«Sadistisch heißt sadistisch, oder?» Annes Wangen färbten sich rot. Vor Aufregung fing sie an zu schnaufen, laut und hörbar. «Bei der Pflege hat er Leute unnötig leiden lassen. Manchmal hat er zu feste, schmerzhafte Verbände angelegt und gleich wieder abgerissen. Einmal habe ich ihn dabei erwischt, wie er einer Frischoperierten nur ein Viertel des nötigen Schmerzmittels verabreichen wollte. Frauen hatten besonders unter ihm zu leiden. Als ich ihn dann zur Rede stellte, drohte er, mich bei seiner Tante anzuschwärzen. Schließlich musste er gehen. Ein Oberarzt hatte darauf bestanden – und Hicks hasste uns alle.»

«Das würde auch seinen Hass auf die Doyle-Familie erklären», meinte Kate. «Selbst wenn es ein Auftragsmord war, er muss ja dafür bereit gewesen sein.»

Peggy nahm ihr Glas und stieß es versöhnlich gegen den Drink von Tante Anne. «Siehst du, Anne, nur das wollten wir von dir hören. Schließlich bist du die Einzige, die Hicks persönlich gekannt hat …»

«Nein», sagte Anne bockig, «Chloe hat ihn ja auch gekannt.»

Kate und Peggy starrten sie ungläubig an und fragten gleichzeitig: «Chloe?»

Tante Anne hielt sich erschrocken die Hand vor den Mund. «Entschuldigung! Das ist mir jetzt so rausgerutscht! Das dürft ihr auf keinen Fall Chloe erzählen, versprecht es mir!»

Weder Kate noch Peggy ließen sich darauf ein. Stattdessen hakte Kate nach, allerdings so sanft wie möglich: «Was heißt das, Tante Anne? War Chloe denn Patientin im St. Thomas Hospital?»

Hektisch griff Anne nach ihrem Glas und nahm drei kräftige Strohhalmzüge von ihrer Bowle. Ihre Augen spiegelten die Unruhe wider, in die sie sich gerade gestürzt hatte. Mit solchen Situationen fertigzuwerden, fiel ihr schwer. Von Grandma zur absoluten Loyalität erzogen, zog sie Schuldkomplexe an wie ein Magnet. Ihre Finger zitterten.

«Das ist ja alles lange her … es war im Oktober vor …» Sie überlegte kurz. «… vor achtundzwanzig Jahren. Genau, vor achtundzwanzig Jahren. Zu der Zeit arbeitete ich noch im St. Thomas. An einem Wochenende rief mich Chloe aus London an. Ich war total baff. Seit zwei Jahren hatte keiner was von ihr gehört, und dann will sie ausgerechnet mich sprechen.»

«Sie war krank, stimmt's?», vermutete Peggy. «Und du solltest keinem davon erzählen, damit wir uns keine Sorgen machen.»

Tante Anne schüttelte traurig den Kopf. «Nein, sie war nicht krank. Sie war schwanger.»

«Ach du liebe Scheiße!», entfuhr es Peggy. «Da war Chloe gerade mal vierundzwanzig.»

Anne nickte. «Ja. Sie jobbte damals wohl bei verschiedenen Firmen, auch bei einer Künstleragentur. Jedenfalls, das Kind war von einem Schauspieler, den die Agentur vertrat.»

«Und was wollte sie von dir?» Kate war verwirrt, aber eigentlich konnte sie sich die Antwort denken.

«Sie wollte das Kind bei uns wegmachen lassen. St. Thomas gehörte zu den Kliniken, die so etwas taten und die Chloe von ihrem Londoner Arzt empfohlen worden waren. Außerdem arbeitete ich dort, und sie dachte, ich könnte ihr helfen.» Anne fing an zu weinen. «Chloe war so unglücklich! Sie hatte rausgefunden, dass ihr Schauspieler heimlich harte Drogen nahm, und wollte nichts mehr mit ihm zu tun haben. Hätte ich sie da wegschicken sollen?»

Peggy nahm Annes Hände und streichelte sie. «Natürlich nicht, Anne. Man kann solche Situationen nur aus ihrer Zeit heraus verstehen. Und sicher warst du froh, überhaupt wieder von deiner Cousine gehört zu haben.»

Anne nickte stumm und wischte sich ein paar Tränen ab.

«Was passierte dann?», fragte Kate und schlug einen vorsichtigen Ton an.

«Ich machte für Chloe einen Termin bei Dr. Barnes, dem Chef der Gynäkologie. Barnes war ein ganz Netter. Und weil Chloe schon in der elften Woche war, durfte sie sofort kommen.»

Sie sei sehr erschrocken gewesen, als sie Chloe im Krankenhaus wiedersah, so Anne. Seit Chloes abrupter Flucht waren erst zwei Jahre vergangen, doch sie war ganz blass und abgemagert und wollte kaum über ihr neues Leben sprechen. Anne akzeptierte es, obwohl es ihr lieber gewesen wäre, Chloe hätte sich wenigstens bei Grandma gemeldet. Grandma wäre die Letzte gewesen, die ihr Vorwürfe gemacht hätte. Aber nein, Chloe verdonnerte Anne zum strikten Schweigen.

«Hat Dr. Barnes die Abtreibung selbst vorgenommen?», wollte Kate wissen. Ihres Wissens war der Arzt vor einigen Jahren verstorben.

«Nein, dazu kam es nicht», erklärte ihr Anne. «Pippa Barnes – Dr. Barnes Frau – arbeitete ebenfalls auf der Gynäkologischen Station und war dort die Leitende Schwester. Sie und ich haben an diesem Tag lange mit Chloe geredet. Pippa war sehr religiös und wollte, dass Chloe wenigstens ein paar Tage nachdenkt, bevor sie sich für die Abtreibung entscheidet. Sie hat Chloe die Adresse eines Pfarrers gegeben, mit dem sie zuvor unter vier Augen reden sollte.»

«Kennst du seinen Namen?», hakte Peggy nach.

«Nein. Ich weiß nicht mal, ob Chloe wirklich bei ihm war. Ihr müsst wissen, dass sie furchtbar wankelmütig wirkte …» Tante Anne machte eine Pause. «Tja, am nächsten Tag war sie verschwunden. Pippa Barnes hatte sie erzählt, sie wollte ans Meer fahren, um alles in Ruhe zu überdenken. Sie hatte ja noch Zeit bis zur letzten Frist für die Abtreibung.»

«Und du hast nie wieder was von ihr gehört?»

«Nein, nie wieder. Ich nehme an, sie hat die Sache dann in einer anderen Klinik durchgezogen.»

Kate und Peggy schauten sich an. Was für eine Geschichte! Wie viel Schmerz musste Chloe durchlebt haben …

«Von mir aus dürft ihr jetzt auch Chloe selbst danach fragen», bot Anne an. «Sie wird noch wissen, wie sie Hicks zur Rede gestellt hat, nachdem er dreimal beim Blutabzapfen danebenstach und nur spöttisch grinste.»

«Ist das wahr?» Angewidert schüttelte Peggy den Kopf. «Unglaublich, das alles. Leider werden wir Chloe bei Scotland Yard nicht erreichen können, sie darf ja keinen Kontakt haben.»

«Trotzdem», rief Kate aus, «genau hier liegt der Schlüssel! Chloe hätte Chapman in der Villa garantiert wiedererkannt, deshalb trug er die Sturmhaube. Seine Wut auf die Doyles muss groß gewesen sein.» Sie wandte sich an Anne. «Hast du noch Kontakt zu Pippa Barnes?»

«Nein. Aber ich weiß, wo sie wohnt, und habe noch ihre Telefonnummer, wenn sie die nicht gewechselt hat.»

«Gut, dann werde ich sie anrufen. Wir sollten wissen, wie es mit Chloes Schwangerschaft weitergegangen ist.»

«Du liebe Zeit», staunte Tante Anne. «Du kannst aber hartnäckig sein!»

Peggy setzte ihre Sonnenbrille auf und erklärte: «Das machen ihre Schafe, Anne. Schafe machen wachsam.»

33.

Ein paar Hundert Meter vor der Küste tuckerte in langsamer Fahrt ein Krabbenkutter vorbei. Seine Netzausleger waren bereits ausgeklappt. Fasziniert beobachtete Kate vom Strand aus, wie das Schiff die Netze im Meer versenkte.

Eigentlich tun wir Doyles gerade dasselbe, dachte Kate. Wir ziehen Netze über den Boden eines tiefen Gewässers namens Chloe. Was würde bei ihrer Suche wohl noch alles zum Vorschein kommen? Dass Chloe sich ausgerechnet jetzt in einem perfekt abgeschirmten Versteck von Scotland Yard aufhielt, machte die Umstände noch komplizierter. Selbst über DCI Scott war kein Kontakt zu ihr möglich.

Kate war noch an den Strand vor Jims Bar gegangen. Es war nur ein schmales Strandstück voller grauer Steine, aber am Ufer konnte man gut barfuß tapsen.

Sie beschloss, Pippa Barnes sofort anzurufen. Wenn Mrs Barnes etwas zu erzählen hatte, dann wollte sie es jetzt hören. Falls nicht, musste das Thema Abtreibung warten, bis Chloe aus London zurück war und sich selbst dazu äußern konnte. Falls sie es denn überhaupt wollte. Gespannt wählte Kate die Nummer, die Tante Anne ihr gegeben hatte.

«Hallo?»

«Mrs Barnes? Hier ist Kate Doyle. Ich bin eine Nichte von Anne Doyle, die früher eine Kollegin von Ihnen war.»

«Oh, das ist ja eine Überraschung! Natürlich kenne ich Ihren Namen.»

Wie sich herausstellte, hatte Kate Glück, dass sie heute anrief. Mrs Barnes war dabei, ihren Koffer für die anglikanische Gebetswoche in Canterbury zu packen, die sie jedes Jahr besuchte. Der Stimme nach hätte man Pippa Barnes auf Anfang fünfzig schätzen können, aber Kate wusste von Anne, dass sie bereits vierundsechzig war und schon vor sieben Jahren ihre Arbeit im Krankenhaus aufgegeben hatte. Es war die Zeit, in der ihr Mann gegen seinen Leberkrebs gekämpft und diesen Kampf schließlich verloren hatte. Seitdem hatte sie es nicht fertiggebracht, die Gynäkologie wieder zu betreten.

Wie Kate ebenfalls in der ersten Minute ihres Telefonats erfuhr, hatte auch Pippa Barnes die Anzeigen und Artikel gelesen, mit denen Chloes Tod gemeldet worden war. Als Kate erzählte, was ihr von Tante Anne anvertraut worden war und dass ihr Anne grünes Licht gegeben hatte, mit Mrs Barnes offen über Chloes Schwangerschaft zu reden, wurde die Stimme der ehemaligen Krankenschwester sofort mitfühlend. Warmherzig sprach sie Kate ihr Beileid aus.

«Ich habe Miss Chloe zwar nur kurz kennenlernen dürfen, aber ich habe sie noch gut vor Augen», erinnerte sie sich. «Mein Mann sagte nach der ersten Untersuchung: *Was für ein scheues junges Wesen!*»

«Das war sie damals wohl», stimmte ihr Kate zu. «Aber dann hat sie doch eine Menge aus ihrem Leben gemacht.»

«Ja, die Anzeigen klangen so», fand auch Mrs Barnes. «Woran ist das arme Ding letztlich gestorben? In *Cornwall Today* war zu lesen, dass es mit diesem Mörder zu tun hatte.»

«Sie hatte Verletzungen und war geschwächt», erklärte ihr Kate so allgemein wie möglich. «Aber lassen wir das Thema lieber.» Auch über Dan Chapman wollte sie ganz bewusst nicht mit Mrs Barnes reden. «Es geht um etwas anderes. Wir versuchen gerade, Chloes Jahre in London etwas zu erhellen. So kamen wir auch auf ihre ungewollte Schwangerschaft. Tante Anne meinte, Sie wüssten vielleicht, warum Chloe damals so Hals über Kopf die Klinik wieder verlassen hat. Wollte sie die Abtreibung nicht mehr? Oder hatten Sie und Ihr Mann Bedenken?»

Mrs Barnes überlegte einen Moment. Immerhin lief die Frage auf ein ethisches Thema hinaus. Schließlich sagte sie: «Also gut. Miss Chloe und mein Mann sind ja tot, ich denke, ich darf mit Ihnen offen reden ... Ich will nicht verhehlen, dass mein Mann und ich zur Abtreibung unterschiedliche Meinungen vertraten. Für ihn als Mediziner war das körperliche und seelische Wohl der Frau entscheidend. Für mich zählte auch, ob wir wirklich alles getan hatten, um Gottes Plan für ein neues Leben zu unterstützen. Aber natürlich habe ich seine Haltung akzeptiert.» Sie merkte, dass sie den ersten Teil der Frage noch gar nicht beantwortet hatte. «Ach so, ja ... Ob Chloe die Abtreibung nicht mehr wollte? Schwer zu sagen. Nachdem Anne und ich mit ihr in der Cafeteria geredet hatten, bekam sie plötzlich Zweifel. Sie tat mir so leid und war furchtbar nervös.»

«Selbst Anne konnte sie nicht beruhigen?»

«Nein.»

«Und so ließ das Krankenhaus Chloe wieder gehen? Wo wollte sie denn hin?»

«Nach Sussex, ans Meer. Um nachzudenken. Jemand hatte ihr die Adresse einer kleinen Pension gegeben. Obwohl sie sich das Zimmer dort eigentlich gar nicht leisten konnte. Sie hatte nämlich Geldsorgen.» Pippa Barnes stellte irgendetwas Klirrendes ab. Offensichtlich befand sie sich gerade in ihrer Küche. «Chloe hatte es nur meinem Mann gebeichtet, nicht mal Anne. Es rührte ihn sehr. Deshalb haben wir ihr vor der Abreise noch schnell hundert Pfund zugesteckt.»

«Das war sehr großzügig von Ihnen.»

«Na ja …» Kate konnte sich Chloes Stolz sehr gut vorstellen. Nachdem Grandma sie vor einem Diebstahlsprozess gerettet hatte, wollte sie unter keinen Umständen noch tiefer in der Schuld der Familie stehen. Der Ehrgeiz, künftig alle Probleme selbst zu meistern, musste in ihren ersten Londoner Jahren erwacht sein.

Beim Stichwort Abreise fiel Kate wieder der Geistliche ein, den Anne in Zusammenhang mit Chloes Abtreibungswunsch erwähnt hatte. «Noch eine Frage, Mrs Barnes. Anne sprach von einem Geistlichen, mit dem Sie Chloe damals zusammenbringen wollten. Jemand, der sie beraten sollte …»

Pippa Barnes schien zu überlegen, denn sie zögerte mit der Antwort. Kate durchzuckte der Gedanke, dass sie sich an diesen Namen womöglich gar nicht mehr erinnern wollte. Eine Schwangerschaftsberatung durch die Kirche konnte ja nur bedeuten, dass Mrs Barnes eher ihre eigene Position als die ihres Mannes zum Thema Abbruch bei Chloe durchsetzen wollte. Dann antwortete sie aber doch.

«Ja, ich gab ihr die Adresse eines anglikanischen Pfarrers in Truro», erklärte sie. «Er hatte Erfahrung mit diesem Thema. An Chloes Zögern war etwas, das mir sagte, dass sie jemanden brauchte, der ihr ohne Zeitdruck zuhören konnte. – Sekunde.» Mrs Barnes nieste zweimal laut. «Entschuldigung, vor meinem Küchenfenster blüht der Jasmin, und ich bin in diesem Jahr furchtbar empfindlich …»

«Bei mir sind es die Birken», tröstete Kate sie. «Lassen Sie sich Zeit.»

«Nein, nein, fragen Sie ruhig weiter.»

«Wissen Sie noch den Namen des Geistlichen?»

«Himmel, das ist alles so lange her … Er war schon damals ziemlich alt, vermutlich wird er gar nicht mehr leben.»

«Das könnte natürlich sein.» Kate erkannte, dass sie nicht

mehr weiterkam. «Aber vielleicht gelingt es mir ja, ihn zu finden ...»

«Wecken Sie keine schlafenden Hunde, Miss Doyle.» Mrs Barnes Stimme klang jetzt unwilliger. «Dieser Mann hat vielen Frauen Ratschläge gegeben, manchmal sogar gegen die Regeln der Kirche. Und Chloe – Gott habe sie selig – ist nicht mehr unter uns. Was bringt das also noch?»

«Ich werde darüber nachdenken», antwortete Kate höflich, während sie bereits ihren nächsten Schritt plante. «Haben Sie vielen Dank für Ihre Offenheit, Mrs Barnes. Ich werde Anne davon berichten.»

«Machen Sie das, Miss Doyle. Übrigens höre ich öfter Ihren Podcast.»

«Wirklich?» Das erstaunte Kate, die Mehrheit ihrer Hörer waren jüngere Leute.

«Er ist ausgezeichnet. Nur etwas weniger Gewalt wäre gut.»

«Das ist das Leben, Mrs Barnes», sagte Kate. «Das Schicksal ist nicht immer rücksichtsvoll.»

«Oh ja, da sagen Sie was!», stimmte Pippa Barnes ihr traurig zu.

Mit einem Gruß an Anne beendete sie das Gespräch. Die Art, wie sie den Hörer auflegte, wirkte abrupt. Kate bekam das beklemmende Gefühl, dass sie gerade einen peinlichen Fehler begangen hatte. Vermutlich erinnerte ihr kleiner Exkurs über das Schicksal Mrs Barnes sofort an den Tod ihres Mannes. Dr. Barnes hatte laut Anne am Schluss sehr leiden müssen.

Der sichelförmige Strand vor Kate war wunderbar menschenleer. Erfahrungsgemäß würde er sich erst spätnachmittags mit Liegestühlen und Schirmen füllen, wenn die Leute nach dem Job schwimmen gingen und anschließend bei Jim einen Sundowner schlürften.

Kate beschloss, noch hierzubleiben, das Telefonat mit Pippa

Barnes sacken zu lassen und die Strandruhe zu genießen. Am hinteren Teil der Bucht erhob sich wie ein grauer Walrücken ein glatt gespülter Felsblock aus dem Sand. Sie stapfte dorthin, fühlte mit der flachen Hand nach einer trockenen Stelle und setzte sich. Der Felsen war durch die Sonne warm und gerade so hoch, dass Kate bequem ihre Beine baumeln lassen konnte.

In Gedanken ging sie noch einmal das Telefonat durch. War Chloes geplante Abtreibung wirklich für den Mordfall Carrington von Bedeutung? Durchaus, befand Kate, denn immerhin waren Chloe und Dan Chapman in der Klinik in Kontakt gekommen. Die Abtreibung hatte Chloe offenbar später tatsächlich durchführen lassen, in welchem Krankenhaus auch immer. Denn Peggy hatte bei ihrer Recherche in St. Malo erfahren, dass Chloe bei Freunden ihre Kinderlosigkeit beklagt hatte.

Aber das musste ja nicht unbedingt stimmen. Jetzt, da deutlich wurde, dass es in Chloes Leben viele Ungereimtheiten gab, durfte man getrost auch infrage stellen, ob sie tatsächlich nie Mutter geworden war. Vielleicht gab es noch mehr Querverbindungen zu Dan Chapman. Auch wenn Kate sich nicht im Entferntesten vorstellen konnte, wie die ausgesehen haben könnten. Andererseits war Cornwall klein, in den Dörfern kannte jeder jeden. Ein kornisches Sprichwort lautete: *Morgens pinkelt der Hund in Penzance, abends in Truro.*

Jetzt konnte Kate nur noch eines tun.

Seine Heiligkeit – Onkel Francis – musste ran. Als Bischof von Truro hatte er garantiert Möglichkeiten, nach dem unbekannten Priester suchen zu lassen, zu dem Pippa Barnes die hilflose Chloe geschickt hatte. Kate zweifelte nicht daran, dass Mrs Barnes den Namen des Geistlichen noch sehr genau wusste. Sie wollte ihn nur nicht verraten.

Kates Telefon summte. Ihr Vater rief an.

«Es gibt Neuigkeiten von Scotland Yard», legte er sofort los.

«Patrick Milliband hat mich angerufen.» Milliband war ein alter Freund aus den MI5-Jahren. Heute koordinierte er im Innenministerium die Geheimdienste, das wusste Kate.

«Geht es um Chloe?»

«Nein, um Valerie Carrington. Es wird keinen Haftbefehl geben. Sie hat zugegeben, in der Mordnacht mit einem Lover in einem Hotel in Mayfair gewesen zu sein.»

«Sieh mal an! Und Chloe musste sich mit Hugh verstecken.»

«Sie soll tablettensüchtig sein. Auf jeden Fall hat sie nichts mit dem Mord zu tun.»

Kate beschloss, ihrem Vater auch von *ihren* Neuigkeiten zu erzählen.

Schweigend hörte er zu. Gilbert Doyle war nicht leicht aus dem Konzept zu bringen, aber Kate konnte an seiner Stimme hören, wie sehr ihrem Vater dieser Teil von Chloes Vergangenheit an die Nieren ging. Er war niemand, der leichtfertig Begriffe wie *Schuldgefühle* oder *Mitleid* in den Mund nahm – dafür pochte er viel zu sehr auf die Selbstverantwortung jedes Menschen. Doch jetzt erlebte sie ihn sehr emotional.

«Arme Chloe», sagte er mit müder Stimme. «So viel ist damals passiert, von dem wir nicht wussten.» Er seufzte hörbar. «Ärgerlich, dass wir nicht mit Chloe selbst reden können! Sie kennt ja alle Antworten.»

«Und wenn wir uns doch an Scotland Yard wenden?»

«Keine Chance. Selbst Milliband sind die Hände gebunden. Heute ist die französische Polizei im Yard. Chloe soll über ihren Kunsthandel mit James Belcourt aussagen.»

Kate überlegte. Dann sollten sie jetzt doch der Spur des unbekannten Geistlichen nachgehen. Sie erzählte ihrem Vater auch davon.

«Weißt du, wo Onkel Francis gerade steckt?», fragte sie. «Ist er in seiner Diözese Truro?»

«Ja. Wir gehen heute Abend zusammen essen. Ich könnte mit ihm über den Pfarrer reden. Vielleicht kennt er ihn.»

«Das wäre gut», sagte Kate erleichtert. Unter den Cousins hatte ihr Vater das engste Verhältnis zu Seiner Heiligkeit. «Dieser Geistliche muss etwas wissen! Wenn er überhaupt noch lebt …»

«Keine Angst», meinte ihr Vater trocken. «Die Kirche bringt selbst Tote zum Reden. Verlass dich drauf!»

34.

Zu den besonderen Eigenschaften von Bischof Francis Doyle gehörte die Fähigkeit, seine kirchlichen Entscheidungen so auf die Diözese wirken zu lassen, als seien sie nach guter Überlegung alternativlos. Sein scharfer Geist und seine Gabe, wirklich zuhören zu können, hatten schon auf der Universität jeden beeindruckt. Anders als Rom ermöglichte es die Anglikanische Kirche ihren Amtsträgern, sich fest im wirklichen Leben zu verankern. Francis hätte auch heiraten können, hatte es aber nicht getan. Dass er – nach guter Doyle-Art – die Dinge stets mit Effizienz und mit einer gewissen Eleganz anging, machte ihn bei seinen Pfarrern beliebt. Gut, er war auch ein geschickter Taktierer. Aber wenn man ihn bei der Ehre packte, konnte man mit Francis Pferde ... na ja, zumindest leihen.

Ein Sekretär hatte Gilbert gebeten, auf dem schicken Ledersofa vor der bischöflichen Büchersammlung Platz zu nehmen. Der Bischof müsste jeden Moment eintreffen.

Beeindruckt ließ Gilbert seine Blicke durch den Raum schweifen. Hinter dem Schreibtisch Seiner Heiligkeit schien die Morgensonne durch ein Fenster mit hellblauer und gelber Bleiverglasung. Das Licht wirkte wie ein göttlicher Segen. Links vom Fenster hing ein metergroßes geschnitztes Bildnis von Jesus am Kreuz, das Francis von seinem Vorgänger geerbt hatte. Es war mit bunten Opalen aus Indien besetzt. Wie Gilbert wusste, fand sein

Cousin es kitschig. Aber um niemanden vor den Kopf zu stoßen, musste er warten, bis er es mit der nächsten Renovierung in den Keller verbannen konnte.

Die beeindruckende Büchersammlung in den Regalen barg alte Folianten und moderne Schriften. Die Regale füllten zwei der hohen und an der Decke mit Stuck versehenen Wände und bildeten einen interessanten Gegensatz zu dem modernen Mobiliar im Raum. Außer dem Sofa gehörten zwei beigefarbene Sideboards und ein extravaganter Kubus, der als Aktenablage diente, dazu. Auch der Teppich mit buntem Rombenmuster wirkte relativ neu.

Seine Heiligkeit hatte gestern beim Abendessen schockiert zugehört, als Gilbert ihm Chloes Alleingang vor achtundzwanzig Jahren schilderte. Danach hatte er sofort der Suche nach dem alten Pfarrer zugestimmt. Im Übrigen fanden sie beide, dass Anne die Familie damals hätte informieren müssen. Aber die liebe Anne hatte sich immer gerne vor schwierigen Entscheidungen gedrückt …

Im Flur gab es Schritte. Die Tür ging auf, und ein altes faltiges Männlein in schwarzer Soutane betrat den Raum. Seine schütteren weißen Haare waren sorgfältig gekämmt, was aber nicht die dunklen Altersflecke auf seiner Kopfhaut verdecken konnte. Gilbert schätzte ihn auf mindestens neunzig. Ihm folgte Bischof Francis, gut zwei Köpfe größer und stolz lächelnd, als würde er ein Überraschungsgeschenk vorführen. Vermutlich war es gar nicht so leicht gewesen, den alten Mann unter den Pensionisten der Diözese aufzutreiben.

Gilbert war immer wieder erstaunt, wie sehr ihm sein Cousin Francis ähnelte. Sie besaßen beide die kräftige Doyle'sche Nase. Gestern Abend im Restaurant war Francis sehr schlicht mit schwarzem Anzug, schwarzem Hemd und dem üblichen weißen Kollar am Hals erschienen. Jetzt hatte er sich formeller gekleidet.

Unter dem schwarzen Sakko leuchtete ein Kollarhemd in Scharlachrot, um seinen Hals hing das bischöfliche Brustkreuz.

Mit ruhiger, aber kräftiger Stimme wandte sich Francis an Gilbert, der sich vom Sofa erhoben hatte. «Darf ich dich mit Father Henry bekannt machen? Father Henry, mein Cousin Gilbert Doyle!»

«Gott sei mit Ihnen», krächzte der betagte Pfarrer. Sein Lächeln gab dem faltigen Gesicht etwas Warmherziges. Sie schüttelten einander die Hände.

«Ich danke Ihnen, dass Sie die Mühe auf sich genommen haben herzukommen», sagte Gilbert. «Ich weiß, Sie leben in St. Clement.» Das Dorf war knapp drei Meilen entfernt.

«Kein Problem», antwortete der Geistliche und ließ sich neben Gilbert auf das Sofa plumpsen. «Mit dem E-Bike ist das schnell erledigt.»

«Alle Achtung!»

Während der Bischof auf dem Sessel gegenüber Platz nahm, erklärte er amüsiert: «Father Henry ist ein Tausendsassa, musst du wissen. Er züchtet auch Hühner. Sie haben alle Namen mit biblischen Anspielungen. Wie heißt noch Ihr Hahn, Father?»

«Hosianna.» Father Henry grinste zufrieden. «Er ist ein Schreihals vor dem Herrn.»

«So soll es sein», sagte Francis und nahm einen kleinen Zettel vom Couchtisch, auf dem er sich etwas notiert hatte. Damit kam er bereits zur Sache. Gilbert wusste, dass sein Bischofstag streng getaktet war. «Wenn's recht ist, möchte ich zunächst zusammenfassen, warum wir überhaupt zusammengekommen sind. Father Henry weiß noch nicht viel über die Sache.»

Mit der Geduld des hohen Alters nickte der Pfarrer und lehnte sich entspannt auf dem Sofa zurück. Am Kinn hatte er eine jener Warzen, die Hautärzte bei einem Mann seiner Generation lieber in Ruhe ließen. «Ich höre, Herr Bischof.»

Mit ein paar klugen Worten beschrieb Francis die Zeit und die Umstände, in denen das alles damals stattgefunden hatte. Da er zu den Kirchenmännern gehörte, die jede Überheblichkeit gegenüber gefallenen Engeln – wie es damals hieß – für unangebracht hielten, beschrieb er geschickt das moralische Dilemma, das seine Cousine Chloe in die Verzweiflung getrieben hatte. Gilbert hatte ihm auch den Namen von Pippa Barnes aufgeschrieben, der dem pensionierten Geistlichen bestimmt noch etwas sagte.

Father Henry hatte beim Zuhören kurz die Augen geschlossen, um sich besser konzentrieren zu können. Als er sie jetzt wieder öffnete, weil der Bischof mit seinem kleinen Vortrag fertig war, zeigten seine Augen eine neue Lebendigkeit.

«Ja», sagte er. «Chloe Doyle sehe ich noch gut vor mir. Ein Mädchen aus London. Und natürlich kenne ich auch Pippa Barnes. Sie hatte mich vorgewarnt, dass die Patientin sehr dünn sein würde und viel weinte. Deshalb hatte ich eine Flasche Sanddornsaft für sie dabei.»

«Das wissen Sie noch alles?» Gilbert musste staunen.

Der Priester schmunzelte. «Ich habe noch schnell in mein Tagebuch gelinst, nachdem der Bischof am Telefon den Namen Chloe Doyle erwähnte.»

«Also war sie tatsächlich bei Ihnen?», hakte Gilbert nach, voller Bewunderung für die Persönlichkeit neben ihm auf dem Sofa. «Hat Pippa Barnes sie begleitet?»

Father Henry schüttelte den Kopf. «Nein, wir trafen uns in einem Café in Truro. Dann gingen wir am Fluss spazieren. Das habe ich mit allen gemacht, die meinen Rat brauchten. Im Pfarrhaus reden sie nicht offen genug.»

Francis mischte sich ein. «Über wie viele Jahre haben Sie Frauen in Not diese Hilfe angeboten, Father? Wollten meine Vorgänger das, oder kam das von Ihnen selbst? Damit wir uns richtig verstehen – ich bewundere so viel Engagement. In Ihrer Gemeinde mit der damaligen hohen Arbeitslosigkeit hatten Sie sicher genug zu tun.»

«Oh ja, das ist wohl wahr!»

Die Stimme des Pfarrers krächzte erneut. Gilbert vermutete, dass er früher eine chronische Stimmbandentzündung gehabt hatte.

«Ich fing damit in den Sechzigerjahren an, als ledige Mütter noch Hexenjagden ausgesetzt waren.»

«Und Chloe?», wollte Gilbert wissen. «Hatten Sie den Eindruck, dass sie ihr Kind eigentlich bekommen wollte, aber Angst vor den Konsequenzen hatte?»

«Nein.» Father Henry schien nicht zu zweifeln. «Wenn ich etwas weiß, dann das: Sie wollte das Kind auf keinen Fall kriegen. Eigentlich war es nur Pippa Barnes zu verdanken, dass ich die Chance bekam, mit Miss Chloe zu reden. Aber ich merkte schnell, dass sie einer ethischen Diskussion nicht folgen wollte. Sie war ziemlich stur.»

Der Sekretär kam vom Flur in den Raum zurück und hielt dem Bischof kommentarlos eine aufgeklappte Unterschriftenmappe hin. Seine Heiligkeit überflog ein Blatt Papier und setzte dann routinemäßig Namenskürzel samt Kreuz darunter. Während der Sekretär wieder lautlos nach draußen verschwand, wandte Francis sich erneut an Father Henry. «Ich verstehe das nicht. Was wollte Chloe bei Ihnen, wenn sie so genau wusste, dass sie das Kind auf keinen Fall wollte?»

Der alte Pfarrer hob die Hände. «Nun, es ging um etwas, was Mrs Barnes den Frauen schon öfter als Alternative vorgeschlagen hatte – das Kind zur Adoption freizugeben.»

Gilbert brauchte ein paar Sekunden, um die Antwort zu verkraften, auch Francis blickte alarmiert. Dann wurde der Bischof auffallend akademisch.

«Father Henry, seien Sie gewiss, dass mir klar ist, wie sehr der Vorschlag der Adoptionsfreigabe mit den ethischen Regeln unserer Kirche in Einklang steht – ganz gleich, wie vielschichtig wir das heutzutage diskutieren … Aber Sie sollten uns jetzt offen sagen, wozu Ihre Beratung damals geführt hat. Ist Chloe auf Mrs Barnes' – und ich vermute auch Ihren – Vorschlag eingegangen? Wollte sie ihr Kind zur Adoption freigeben?»

Francis hielt den Atem an. Gespannt sah er zu, wie Father Henry sich aufsetzte, seine Hände faltete und den Kopf hob.

«Ja, das wollte sie.» In seiner krächzenden Stimme lag Stolz. «Wir haben das Kind retten können. Ich konnte Miss Chloe überzeugen, dass ein Leben ohne die leibliche Mutter durchaus ein glückliches Leben sein kann, vorausgesetzt, man findet die passenden Eltern. Gemeinsam riefen wir bei Mrs Barnes an, und Miss Chloe teilte ihr den Entschluss mit.»

«Und die passenden Eltern wollte Mrs Barnes finden?», hakte Gilbert nach. Er hatte Mühe zu verbergen, wie aufgewühlt er war.

«Nein, sie stellte nur den Kontakt zu den Jugendämtern her», antwortete Father Henry. «Zweimal in meinem Leben habe ich adoptierte Kinder segnen dürfen, die ihre Existenz meinen früheren Gesprächen mit ihren leiblichen Müttern verdankten. Natürlich durften die Kinder das nie erfahren.» Er wandte sich an seinen Kirchenoberen. «Und glauben Sie mir, Herr Bischof, glücklicher als in diesen Momenten bin ich nie gewesen.»

Der Bischof ging über Father Henrys demonstrativen Stolz hinweg. Sachlichkeit wäre ihm lieber gewesen. Gilbert wusste, dass auch sein Cousin – entsprechend der Kirchenlehre – gegen Abtreibung war. Aber er gehörte zu denen, die in der Synode erfolgreich für gewisse Ausnahmen von der strikten Haltung kämpften, etwa im Fall von Fötusfehlbildungen.

Gilbert hatte das Bedürfnis, das Gespräch nicht mit dem Standpunkt des Geistlichen enden zu lassen. Alles, was sie jetzt noch erfahren mussten, war, wo Chloe ihr Kind zur Welt gebracht hatte.

«Pippa Barnes hat meiner Tochter gegenüber erwähnt, dass Chloe nach Sussex in eine Pension gefahren war. Halten Sie für möglich, dass dort auch die Geburt stattfand?»

«Durchaus», antwortete Father Henry. «Sie wollte ins Seebad Brighton. Dort gab es eine private Geburtsklinik mit angeschlossener Pension. Mrs Barnes schickte alle Frauen da hin, die mit ihren Schwangerschaftsbäuchen nicht in Truro gesehen werden wollten und bis zur Geburt Ruhe brauchten.»

Mit *alle Frauen* waren offensichtlich jene Schwangere gemeint, die einer Adoptionsfreigabe zugestimmt hatten.

Francis und Gilbert schauten sich sorgenvoll an. Es war unfassbar. Wie verzweifelt musste Chloe damals gewesen sein? Das hieß aber auch, folgerte Gilbert für sich, dass Pippa Barnes neben Chloe die Einzige war, die ihnen jetzt noch über die späteren Eltern des Kindes Auskunft geben konnte. *Das Kind* musste inzwischen siebenundzwanzig Jahre alt sein …

Plötzlich fiel Gilbert ein, dass Kate erwähnt hatte, dass Mrs Barnes heute zur anglikanischen Gebetswoche nach Canterbury reisen wollte und bereits ihren Koffer packte. Auch Cousin Francis wurde dort am Wochenende erwartet, um als Bischof von Truro vor dem Auditorium eine richtungsweisende Rede zu halten.

Jetzt musste Kate schnell sein, wenn sie Pippa Barnes noch zu Hause antreffen wollte. Er zog sein Handy aus der Hosentasche, um ihr sofort eine SMS zu schicken.

35.

Noch vom bischöflichen Büro aus hatte Gilbert mit einem Jugendfreund telefoniert und um einen schnellen Gefallen gebeten. Worum es ging, verriet er noch nicht.

Der Mann, der ihm helfen sollte, trug den Namen Horatio Attenborough. Mit diesem Namen hätte Gilberts Freund alles werden können – Admiral, Vorstandsvorsitzender, Hollywoodproduzent oder Nobelpreisträger. Doch die Natur hatte ihn körperlich und in seiner Wirkung auf andere sehr bescheiden ausfallen lassen, sodass der wohlklingende Name wie ein schlecht erfundenes Pseudonym wirkte. Horatio war ein unscheinbarer, fast schüchterner Mann mit dünnem grauem Haar, runder Brille und viel zu durchgedrücktem Rücken. Er gehörte zu Gilberts ältesten Schulfreunden. Im Internat galt er als schlaues Köpfchen, vor allem auf dem Gebiet der englischen Literatur. Damals hinkte er noch (später befreite ihn eine Operation davon) und wurde von ihrem Englischlehrer *Unser Lord Byron* genannt. Byron hatte bekanntermaßen einen Klumpfuß. Heute hätte die Schule zu Recht eine saftige Anzeige wegen Diskriminierung am Hals.

Nach der Schule hatte Horatio sich dann für eine Beamtenlaufbahn entschieden. Heute war er immerhin der Leiter des Cornwall Councils in Truro. Gerade hatte man ihn für ein weiteres Jahr in seinem Amt bestätigt.

Jetzt stand Gilbert in Horatios Vorzimmer und klopfte an die halb offene Bürotür. Die Sekretärin befand sich gerade im Flur und quälte den Kopierer.

Horatio kam nach draußen und schüttelte Gilbert erfreut die Hand. Für seine Verhältnisse war das fast schon Überschwang. Offensichtlich erinnerte er sich noch gut daran, dass Gilbert ihm früher bei Kabbeleien auf dem Schulhof beiseitegestanden hatte. «Gilbert! Was kann ich für dich tun? Möchtest du ein Mineralwasser?»

Gilbert lehnte dankend ab. Er wollte keine Zeit verlieren. Ohne großes Vorgeplänkel kam er auf seinen Wunsch zu sprechen, aus rein privaten Gründen eine halbe Stunde lang ungestört in das britische Geburtsregister blicken zu dürfen. Ein offizieller Antrag an das Council wäre intensiv geprüft worden, während das Sterberegister seltsamerweise kein großes Geheimnis darstellte. Tote konnten sich eben schlecht über Indiskretion beschweren.

«Aus privaten Gründen?» Horatio legte nachdenklich einen Finger über seine Lippen. «Verstehe. Ich nehme an, es ist was Delikates …»

«Ja», sagte Gilbert schnell, «es betrifft ein Familienmitglied.»

Vermutlich dachte Horatio an ein uneheliches Kind, vielleicht sogar von Gilbert selbst. Solange es ihn dazu beflügelte, Gilbert den Blick in das Geburtsregister zu erlauben, war das keine schlechte Annahme.

Die Sekretärin kam zurück ins Büro. Sie betrachtete Gilbert mit skeptischem Blick, er hatte sich vorhin an ihr vorbeigeschmuggelt.

Horatio löste die Situation mit einer Selbstverständlichkeit, die Gilbert ihm gar nicht zugetraut hatte. «Ich bringe Mr Doyle schnell zum Aktenzimmer zwei», verkündete er. «Bitte stören Sie ihn dort nicht. Er muss für Mount Edgcumbe historische Unterlagen auf dem Computer einsehen.»

«Von mir aus», antwortete die Sekretärin schnippisch.

Horatio führte Gilbert zu einem fensterlosen Kämmerchen am Ende des Flurs. Der Ausdruck *Aktenzimmer* war übertrieben, tatsächlich standen dort nur ein Dutzend Aktenordner in einem Wandschrank. Die restlichen Fächer waren mit Vorräten von Tonerkartuschen, Druckerpapier, Lochern, Stiften und anderem Büromaterial vollgestopft. Auf dem ansonsten leeren Schreibtisch, der vor dem Fenster stand, wartete ein alter Laptop auf Beschäftigung. Das war für Gilbert das Wichtigste.

Horatio schaltete den Laptop ein und gab mehrmals hintereinander Passwörter ein. «Wir sind technisch noch nicht ganz auf dem neuesten Stand», entschuldigte er sich. «Aber wir arbeiten dran. Das Geld für das Council fließt spärlich. Welches Jahr, meintest du, willst du aufrufen?»

Gilbert sagte es ihm. Tröstend fügte er hinzu: «Ich kenne das Problem mit den Mitteln. Ohne EU-Gelder sehen wir verdammt mager aus.»

«Gott ja.» Die politische Vorsicht der britischen Verwaltungsbeamten war auch Horatio in die Knochen gesickert. «Früher hat England sich auch selbst ernähren müssen.» Er zeigte mit ausgestreckter Hand auf den Bildschirm. «So, bitte! Lass dir Zeit.»

Gilbert setzte sich auf den Drehstuhl. «Danke, Horatio. Wenn ich mich mal revanchieren kann …»

«Klar, klar.» Horatio Attenborough blieb stehen und legte die Finger zusammen. Das hatte er schon in der Schule gemacht, wenn er zu einem schwierigen Gedanken ausholte. «Vielleicht gäbe es da sogar etwas, Gilbert. Gwendolyn, meine Tochter, möchte Archäologin werden. Ihr fehlt noch ein Praktikum, und sie liebt Mount Edgcumbe. Falls es dir recht wäre, würde sie dich mal anrufen …»

«Aber immer», sagte Gilbert freundlich. Was hatte er erwartet? Dass Horatio das hier nur aus reiner Freundschaft für ihn arrangierte?

«Dann viel Glück.» Horatio lächelte. Er schien mit dem Arrangement glücklich zu sein. «Und bitte mach danach das Licht aus. Wir wollen zehn Prozent Energie einsparen.» Dann ließ er seinen Gast allein.

Ohne abzuwarten, bis Horatios Schritte im Flur verklungen waren, beugte Gilbert sich vor und blickte gespannt auf den Bildschirm. Horatio hatte bereits die Gliederung des Zentralregisters aufgerufen, sodass er – gesondert nach Jahren – die Geburten aus allen englischen Grafschaften aufrufen konnte.

Father Henry hatte davon gesprochen, dass Chloe ihr Kind in einer Klinik in Brighton zur Welt bringen wollte. Brighton gehörte zur Grafschaft Sussex. Gilbert zögerte nicht lange und gab in der Suchmaske die Stichworte *Sussex*, den Namen der Mutter, *Chloe Doyle*, und *das Jahr der Geburt* ein.

Das System reagierte erstaunlich schnell. Es dauerte nur zwei Sekunden, bis die Antwort da war: *Kein passender Eintrag gefunden.*

Enttäuscht wiederholte Gilbert die Suche für die *Grafschaft Cornwall*. Vielleicht hatte Chloe am Ende ja doch in Dr. Barnes' Klink entbunden. Wieder huschten auf dem Bildschirm Zahlen durch die symbolische Lupe, bis das Ergebnis kam: *Kein passender Eintrag gefunden.*

Was hatte das zu bedeuten?

War die selbstbewusste Aussage von Father Henry, er hätte Chloe überreden können, ihr Kind zur Adoption freizugeben, in Wirklichkeit nur die getrübte Erinnerung eines alten Mannes? Ein Wunschdenken?

Sicherheitshalber wiederholte Gilbert die Suche unter dem Stichwort *alle Grafschaften/Schottland* für ganz Großbritannien. Doch auch diesmal wurde er nicht fündig. Er war froh, dass Kate gerade bei Mrs Barnes saß und dort hoffentlich neue Hinweise erhielt. Seine Suche jedenfalls schien zum Scheitern verurteilt zu sein – entweder gab es dieses Kind gar nicht, oder ... Gilbert stutzte.

Hatte Chloe das Baby vielleicht unter einem anderen Namen zur Welt gebracht?

Einen letzten Versuch wagte er noch. Diesmal tippte er erneut *Sussex* ein, aber keinen bestimmten Familiennamen, sondern lediglich den *vermuteten Geburtszeitraum Mai bis Juli*. Wie Gilbert beim MI5 gelernt hatte, entfernten sich Menschen, die einen Aliasnamen benötigten, meistens nicht allzu weit von ihren wahren Initialen. Oft behielten sie ihren Vornamen bei. Hatte Chloe das damals auch getan?

Der Computer brachte eine Ergebnisliste hervor, die Gilbert erschreckte. Es waren viele Namen. Im ersten Moment überlegte er, ob er das Material nicht ausdrucken und mit nach Hause nehmen konnte. Doch Horatios Aktenzimmer besaß keinen eigenen Drucker. Also blieb ihm nichts anderes übrig, als tatsächlich Name für Name am Computer durchzusehen.

Es war sehr mühsam. Die Neonlampe an der Decke flackerte, sodass Gilbert seine angestrengten Augen hin und wieder für ein paar Sekunden vom Bildschirm abwenden musste. Dann fand er heraus, dass er die Schrift noch einen Tick vergrößern konnte, was das Lesen angenehmer machte. Mit einem Klick öffnete er die nächste Seite.

Als er die oberste Zeile las, traute er seinen Augen nicht. Der Junge, der vor siebenundzwanzig Jahren am einunddreißigsten Mai um 23:05 Uhr im Küstenort Brighton zur Welt gekommen war, trug einen Namen, den Gilbert nicht übersehen konnte. Er hieß Benjamin Harold Barnes. Als stolze Eltern waren Pippa Barnes und Dr. Frederick Barnes vermerkt.

Gilberts plötzlich trockener Mund fühlte sich an, als würde er jeden Moment verdorren. In seiner Brust stach etwas, schmerzhaft und pulsierend. Er las den Namen Barnes drei-, viermal, um sicher zu sein, dass er sich nicht irrte. Dann erst bemerkte er den blauen Stern hinter dem Namen des Kindes. Es war ein Feld, das als Querverweis angelegt war und das man anklicken konnte.

Gilbert tat es.

Schlagartig öffnete sich eine neue Seite. Er brauchte ein paar Sekunden, um sich zurechtzufinden und zu erkennen, in welchem System er sich jetzt befand. Es war das Sterberegister der Gemeinde Truro aus dem vorletzten Jahr, und die Notiz lautete:

Benjamin Harold Barnes, verstorben am 4. Juni in Plymouth
(Sterbebescheinigung Plymouth Hospital)

Entsetzt starrte Gilbert auf den Laptop. Das, was dort auf dem Bildschirm stand, erklärte alles. Warum hatte er bloß zugelassen, dass Kate allein zu Mrs Barnes ging?

36.

Rob Aldrich hatte David in der Scheune überrascht, beim Stapeln der Strohballen. Normalerweise kündigte Rob sich vorher an, diesmal war seine grauhaarige Gestalt unvermittelt im Eingang neben den Säcken mit Kraftfutter aufgetaucht. Als Präsident des *Blackface Sheep Breeders Club* schaute der Siebzigjährige zwar mindestens einmal im Jahr auf den Schaffarmen der Mitglieder vorbei, doch sein letzter Besuch war erst vor acht Wochen gewesen.

David hatte die Heugabel ins Stroh geworfen und war Rob lächelnd entgegengegangen.

«Hallo, Rob! Haben wir was verbrochen?»

«Im Gegenteil!» Rob hatte David freundschaftlich auf die Schulter gehauen. «Es gibt gute Nachrichten.»

«Erzähl.»

«Nicht für dich.» Robs breites Grinsen ging fast von Ohr zu Ohr. «Für deine Frau. Du darfst eifersüchtig sein.»

«Da wird in unserem Fall nichts draus», hatte David munter gekontert. «Gute Nachrichten für Kate sind auch gute Nachrichten für mich.»

«Dachte ich mir schon bei euch Turteltauben.» Der Züchterpräsident hatte sich suchend umgeschaut. «Ist Kate nicht da?»

«Nein, sie hat Termine, müsste aber bald kommen.»

«Ich muss leider gleich wieder weg.» Behutsam zog Rob einen

weißen Briefumschlag aus der Innentasche seiner Jacke hervor. Auf ihm prangte das runde Emblem des Züchterverbandes. «Gib ihr das hier. Mit schönen Grüßen vom Vorstand. Sie kann stolz auf sich sein.»

David hatte den Atem anhalten müssen, als er den Umschlag entgegennahm. «Ist es das, was ich denke?»

«Kannst ja mal reinschauen», hatte Rob Aldrich zwinkernd gesagt. «Ist nicht zugeklebt.»

David hatte Rob noch auf einen Schluck Whisky einladen wollen, den der gebürtige Schotte auch tagsüber liebte, aber es war nichts zu machen. Aldrich musste dringend weiter zu einer Landwirtschaftsmesse.

David hatte die Scheune zusammen mit Aldrich verlassen und lehnte inzwischen am Gatter der Weide. Vor Freude las er den Brief zweimal. Jetzt hatte Kate es schwarz auf weiß: Der britische *Blackface Sheep Breeders Club* hatte sie ganz offiziell als eigenständiges Züchtermitglied aufgenommen. Das war eine große Ehre, weil der Verband jedes neue Mitglied äußerst kritisch unter die Lupe nahm. Oder wie Rob Aldrich einmal mit schottischem Humor gesagt hatte: «Wir wollen schließlich keine schwarzen Schafe in unseren Reihen.»

Kate hatte ihre freiwilligen Kurse zur perfekten Schafspflege mit Bravour bestanden. Die Mehrzahl der Züchter hatten diese Dinge durch *learning by doing* aufgesogen und waren später über ihre prämierten Züchtungen in den Breeders Club gelangt.

Zufrieden steckte David das zusammengefaltete Schreiben in seine Hemdtasche und ging in den Keller, um den alten Picknickkorb zu holen. Das Letzte, was er von Kate gehört hatte, war, dass sie zu einem Treffen mit Anne und Peggy an den Strand fahren wollte. Er rechnete damit, dass sie in der nächsten halben Stunde zurückkam. Folglich musste er sich beeilen, wenn er noch eine

Überraschung für sie hinkriegen wollte. Voller Vorfreude begann er, vor sich hin zu pfeifen.

Den aufklappbaren Picknickkorb hatte er schon ewig nicht mehr benutzt. Jetzt war die Gelegenheit, das gute Stück mit Leben zu füllen. Genauer gesagt mit einer gekühlten Flasche Sekt, Schinken und Käse aus dem Kühlschrank und dem französischen Weißbrot, das er vom Markt in Plymouth mitgebracht hatte. Teller, Gläser und Besteck klemmten im Deckel des Korbs.

Als er zehn Minuten später aus dem Haus ging und Richtung Weide marschierte, war er bepackt wie ein Lastesel. Unter seinen Achselhöhlen klemmten zwei leichte Camping-Klappstühle, dazu schleppte er in der rechten Hand den gefüllten Picknickkorb und in seiner linken den Campingtisch. Als er an den Schafen vorbeikam, hatte er das Gefühl, dass die Tiere ihn auslachten. Macht nichts, dachte David amüsiert, aus Liebe darf man sich auch mal zum Kasper machen.

Für sein Vorhaben hatte er eine der leeren Koppeln ausgewählt, die mit den meisten blühenden Kräutern. Dort – genau in der Mitte – baute er seinen wackeligen Campingtisch und die Klapphocker auf. Das sah doch schon ganz ansprechend aus. Romantische Momente mussten etwas Großes haben. Kate sollte spüren, dass er ihr dafür danken wollte, dass es sie in seinem Leben gab. Seine Liebe zu ihr war immer weiter gewachsen, gerade weil sie ihm stets so viel Verständnis entgegengebracht hatte. Als Farmer wusste man nie, was nächste Woche kam: Virusinfektionen der Tiere, Hautparasiten, Sturmschäden … Kate hatte mit angepackt, wo sie konnte, und war genauso mit dem Leben der Farm und den Tieren verbunden wie er selbst. Verrückterweise hatten ihm gerade diese ereignisreichen, dramatischen, ja beängstigenden letzten Tage gezeigt, wie nahe sie sich fühlten und wie sehr sie sich aufeinander verlassen konnten.

Nachdem die Campingmöbel standen, zauberte David eine

weiße Tischdecke aus dem Picknickkorb und breitete sie aus. Obendrauf kam der Korb selbst.

Dann hatte er noch eine Idee. Vergnügt ging er zurück zu der Weide, auf der die Schafe heute grasten. Als er durch die Gattertür trat, nahm das Blöken kein Ende. Geschickt separierte er mit ausgebreiteten Armen Kates *Muntere Vier*, also Camilla, Susan, Pearl und Monty. Camilla schien sofort zu spüren, dass etwas Neues auf sie zukam, und nahm die anderen im Schlepptau mit. David musste wieder staunen, wie diese vier eine eigene Truppe bildeten.

Blökend ließen sie sich zur Picknickweide bringen, Camilla immer voran. Ihre Hörner überragten die von Pearl und Susan um etliche Zentimeter.

Kaum waren sie auf der neuen Koppel, stürmten sie auf den Picknickkorb zu. David hatte ihn wohlweislich verschlossen gelassen; er würde ihn erst öffnen, wenn Kate im Anmarsch war.

Vorsichtshalber rief er auf Kates Handy an, doch sie ging nicht dran. Sicher saß sie gerade im Auto und würde jeden Moment den Hügel herauffahren.

«Amüsiert euch noch ein bisschen», rief er den vier Schafen zu. Natürlich waren auch Leckerli für sie im Korb, sie hatten sie nur noch nicht gerochen. David nahm am Tisch Platz, stibitzte schon mal ein Stück Weißbrot und lehnte sich kauend zurück, den Kopf zufrieden in die Sonne haltend.

Jetzt kannst du kommen, liebe Kate!

Ja, er liebte sie. Und heute würde er es ihr noch einmal deutlich zeigen.

37.

Mrs Barnes hatte sich trotz ihres fertig gepackten Koffers die Zeit genommen und Kate gebeten, auf dem gelben Sessel Platz zu nehmen. Lächelnd brachte sie ihr ein Glas hausgemachten Birnensaft aus der Küche mit. Sie selbst hatte ihr Glas bereits in der Hand. Sie setzte sich gar nicht, sondern lief ständig herum, um mal aus dem Bücherschrank, mal aus einer Schublade alte Prospekte über das St. Thomas Hospital herauszusuchen.

«Warten Sie», rief sie Kate vom Flur aus zu. «Ich habe bestimmt auch noch einen Ordner mit alten Patientenlisten.»

«Lassen Sie nur, Mrs Barnes», sagte Kate. «Wir können uns doch auch so unterhalten.»

Die ehemalige Oberschwester kehrte ins Wohnzimmer zurück. «Na gut, Sie sollen nur wissen, dass mein Mann und ich immer sehr pingelig mit allem waren.»

«Das glaube ich Ihnen gerne. Tante Anne hat Ihre Klinik sehr gelobt.»

«Danke, das freut mich.»

Pippa Barnes sah ganz anders aus, als Kate sie sich am Telefon vorgestellt hatte. Sie hatte kurze graue Haare und eine schlanke Figur. Der biedere beigefarbene Glockenrock und die blaue Seidenbluse, die sie trug, waren offensichtlich ihrem bevorstehenden Besuch bei der Gebetswoche in Canterbury geschuldet. Im Flur standen ein Lederköfferchen und eine Tasche mit Schuhen bereit. Ansonsten war im Wohnzimmer des Bungalows nicht viel von Religiösität zu sehen. Außer einem alten Stich von Golgatha an der Wand und zwei Bibelausgaben im Bücherschrank erspähte Kate nichts Auffälliges. Über der abgenutzten Sitzecke hingen mehrere Aquarelle mit Palmenlandschaften und asiatischen Kindern als Motive.

«Was kann ich nun konkret für Sie tun, Miss Doyle?», wollte Pippa Barnes wissen. «Geht es immer noch um die liebe Chloe?»

«Ja. Mein Vater hatte Gelegenheit, mit Father Henry zu sprechen, den Sie gestern erwähnt haben. Der Bischof hat ihn tatsächlich ausfindig machen können.»

«Ach, das freut mich.» Mrs Barnes lächelte. «Geht es ihm gut?»

«Ja, offensichtlich. Er kam mit dem E-Bike. Und er konnte sich noch gut an Chloe erinnern.»

«Erzählen Sie, was hat er gesagt?» Pippa Barnes zog einen der Holzstühle vom Esstisch in Kates Nähe und nahm dort Platz. Sie setzte sich breitbeinig hin, mit dem Gesicht zur Rückenlehne, was seltsam burschikos wirkte und gar nicht zu ihrer vermeintlichen Biederkeit passte. Vielleicht brauchte sie die Lehne, um sich festzuhalten, weil sie ahnte, dass Kates Fragen unangenehm werden würden.

«Er sagte …» Kate überlegte, wie sie jetzt taktisch vorgehen wollte. «… er sagte, er wäre sich absolut sicher, dass Chloe bereit war, ihr Kind zur Adoption freizugeben. Auch Sie hätten wohl in diese Richtung tendiert.»

«Schon möglich.» Mrs Barnes Gesicht war ernst geworden. Sie hob hilflos die Arme. «Wissen Sie, wenn man täglich weinende Schwangere erlebt und weiß, wie viele unfruchtbare Paare nur darauf warten, mit so einem Würmchen glücklich zu werden – muss man da nicht helfen? Damals steckte die Reproduktionsmedizin noch in den Kinderschuhen, müssen Sie wissen.»

«Und Chloe? Bekam sie ihr Kind in Brighton?», fragte Kate.

«Mein Gott, wie soll ich das nach so vielen Jahren noch wissen?» Pippa Barnes biss sich auf die Unterlippe. «Nein, ich glaube nicht, dass sie es dort bekam. Sie könnte eine der Frauen gewesen sein, die ich nach Irland schickte, damit die Geburt dort stattfand.»

«Und dort wurde das Kind dann adoptiert?»

«Möglicherweise … Ich habe Chloe ja nie wiedergesehen.» Pippa Barnes sprang von ihrem Stuhl auf. «Nein, es hilft nichts, Miss Doyle, so kommen wir nicht weiter. Ich brauche meine Unterlagen aus dem Keller.» Sie schob den Stuhl wieder an seinen alten Platz und probierte ein Lächeln. «Darf ich Kate sagen? Sie könnten meine Tochter sein.»

«Natürlich, gerne.»

«Dann gehe ich jetzt mal nach unten, Kate», verkündete Mrs Barnes und verschwand in den quadratischen Flur. Dort, so hatte Kate beim Betreten des kleinen Bungalows gesehen, befand sich eine offene Treppe, die in den Keller führte. Bevor sie nach unten ging, rief Pippa Barnes noch: «Auf dem Tisch liegen medizinische Zeitschriften. Wenn Sie so was interessiert …»

«Danke, Mrs Barnes.»

Doch Kate hatte andere Pläne. Sobald sie allein war, kippte sie den Rest des Birnensafts hinunter und stand auf, um sich ein wenig umzusehen. Sie war fest davon überzeugt, dass Pippa Barnes nicht nur aus Nettigkeit Babys zur Adoption vermittelt hatte. Vor zwanzig, dreißig Jahren wurden Säuglinge häufig aus Asien und Südamerika importiert. Besonders begehrt blieben jedoch *weiße* Babys von europäischen Müttern.

Kates kritischer Gang am Wohnzimmerschrank vorbei hatte Erfolg. Der linke Teil des Schranks fungierte als Bücherwand; hier befanden sich auch gut zwei Dutzend medizinischer Fachbücher. Zwischen zwei Buchrücken schaute der vergilbte englischsprachige Prospekt eines Kinderheimes in Sri Lanka hervor. Kate wollte gerade einen schnellen Blick darauf werfen, als sie etwas entdeckte, was noch aufschlussreicher sein konnte. Eine der Schrankschubladen war nicht ganz zugeschoben worden, die helle Ecke eines Fotos lugte hervor.

Kate lauschte aufmerksam Richtung Flur. Im Keller wurde offenbar herumgeräumt, es klang, als würde Mrs Barnes Kartons hin- und herschieben. Sobald sie nach oben kam, würde Kate ihre Schritte auf der Treppe hören.

Vorsichtig zog Kate die Schublade ein Stück heraus. Sie hatte sich nicht getäuscht. Auf einer Rolle Verlängerungskabel lagen ein ungerahmtes Foto sowie drei silbern gerahmte Fotografien. Das Ganze wirkte wie hastig hineingeschoben.

Vorsichtig nahm Kate das ungerahmte Bild in die Hand. Es zeigte ein frisches Grab voller Blumen, aber noch ohne Grabstein. In der Mitte der Blumen steckte ein kleines weißes Holzkreuz mit gerundeten Enden.

War es *das* weiße Holzkreuz?

Kate spürte, wie ihre Haut schweißnass wurde. Hastig nahm sie nun auch die gerahmten Fotos in die Hand. Das erste zeigte einen jungen sportlichen Mann, vielleicht Anfang zwanzig, mit strahlenden blauen Augen, blonden Haaren und einem scheuen Lachen. Auf dem zweiten Foto war er im Sportdress auf einem Kricketplatz zu sehen. Auf dem dritten silbern gerahmten Bild hätte sie den jungen Mann fast nicht wiedererkannt. Er lag in einem Krankenhausbett, wirkte abgemagert und hatte einen Atemschlauch in der Nase. Trotzdem hob er lächelnd eine Hand und machte das Victory-Zeichen.

Erschien ihr schon dieses Bild erschreckend genug, so schockiert war Kate über das, was alle vier Fotos verrieten. Mit den blauen Augen, dem schön geschnittenen Mund und den auffälligen Wangenknochen blickte Kate unübersehbar Chloe entgegen.

Chloes Sohn!

Er ist Chloes Sohn, und Pippa Barnes hat ihn großgezogen! Selbst die buschigen Augenbrauen von Chloes Vater hatte der junge Mann geerbt!

Zitternd legte Kate die Fotos in die Schublade zurück. Das Handy in der Hosentasche ihrer Jeans vibrierte. Als sie es herausholte, sah sie, dass der Anrufer ihr Vater war. Sie meldete sich flüsternd. «Ja?»

«Ich bin gerade im Council», sagte Gilbert Doyle hastig. «Chloes Sohn ist von Pippa Barnes adoptiert worden. Er hieß Benjamin Harold Barnes und ist vor zwei Jahren im Plymouth Hospital verstorben. Verlass sofort das Haus! Mrs Barnes könnte in die Morde verwickelt sein.»

«Ich weiß», flüsterte Kate aufgeregt. «Sie ist gerade im Keller. Ich habe Fotos von dem Jungen gefunden.»

«Geh!», flehte ihr Vater. «GEH!»

«Ja, das werde ich tun.»

Sie wollte gerade die Schublade zuschieben, als ihr etwas Dunkles, Geriffeltes auffiel. Es lag unter dem Verlängerungskabel.

«Warte, Dad, hier ist noch was ...»

Ihre Finger schienen ihr vor Aufregung gar nicht mehr gehorchen zu wollen. Hektisch blickte sie Richtung Flur, aber noch war Mrs Barnes nicht zu sehen. Kurz entschlossen hob sie das Verlängerungskabel an. Sie brauchte nur zwei Sekunden, um zu erkennen, dass darunter ein Revolver lag. Auf dem mattsilbernen Lauf war der Name Smith & Wesson eingraviert.

«Kate? Was hast du gefunden?»

«Einen Revolver. *Den* Revolver! Sie ist die Mörderin, Dad!»

Von der Kellertreppe kam ein Schnaufen, auch tapsende Schritte wurden hörbar. Kate stellte ihr Handy abrupt aus und ließ es in ihrer Hosentasche verschwinden, die Schublade drückte sie zu. Ihr war klar, dass sie ab jetzt keinen Fehler begehen durfte, wenn sie ungeschoren hier herauskommen wollte. Am besten vermittelte sie den Eindruck, dass sie sich mit ihren bisherigen Auskünften über Chloes Schwangerschaft zufriedengab.

Sie hörte, wie Pippa Barnes im Flur etwas klirrend auf die Fliesen stellte, erst danach trat sie ins Wohnzimmer. Den erwarteten Karton brachte sie nicht mit, dafür aber eine ausgebeulte Plastiktüte. Kate hatte sich inzwischen vor eines der Aquarelle mit asiatischen Motiven gestellt. Wie beiläufig drehte sie sich zu Mrs Barnes um.

«Haben Sie die Bilder von Ihren Reisen mitgebracht?», fragte sie lächelnd. Das Lächeln fiel ihr schwer, aber es musste sein.

Mrs Barnes legte die Tüte auf dem dekorativen Eisentischchen neben dem Kamin ab. «Ja. Besonders gerne haben wir in Indonesien Urlaub gemacht.» Sie ging zum Kamin weiter, während Kate das nächste Aquarell anpeilte und dabei krampfhaft überlegte, wie sie sich jetzt am besten verabschieden könnte.

«Wenn Sie sich bitte mal zu mir umdrehen wollen, Kate», hörte sie Mrs Barnes liebenswürdige Stimme. «Ich möchte Ihnen etwas zeigen.»

Kate tat wie geheißen. Pippa Barnes stand direkt vor der Feuerstelle, die mit blauen Kacheln umrandet war. In der erhobenen Hand hielt sie ein verblichenes Farbfoto, auf dem ein fescher junger Mann im Arztkittel und sie selbst zu sehen waren.

«Das waren mein Mann und ich in der Zeit, über die wir gerade reden. Die Gynäkologie hatte damals knapp zwanzig Betten.» Lächelnd zeigte sie zu Kates leerem Glas auf dem Tisch. «Soll ich Ihnen noch etwas Saft holen?»

«Sehr freundlich, Mrs Barnes, aber nein danke.»

In diesem Moment begann das Foto in Mrs Barnes' Hand unscharf zu werden. Auch Pippa Barnes selbst wurde unscharf und wirkte seltsam verzerrt, während Kates Kopf dumpfe Geräusche an ihr Ohr sendete. Verzweifelt versuchte sie, sich gerade zu halten und einen Schritt nach vorne zu gehen, auf den Kamin zu, doch ihr wurde schwindelig.

«Bleiben Sie einfach stehen, bis der Saft ganz wirkt», sagte Mrs Barnes mit kühlem Lächeln, während sie vor Kate trat und sie an der Schulter packte. «Es kann nur noch Sekunden dauern.»

Voller Todesangst hämmerte Kate mit ihren Fäusten gegen Pippa Barnes' Brust. Sie wollte schreien, sie wollte mit ihrem rechten Fuß zutreten, sie wollte …

Dann fiel sie und fiel und fiel, fühlte noch einmal den unerbittlichen Griff – und flog in wohlige Stille davon.

38.

Gilbert Doyle wusste aus Erfahrung, wie schnell die Angstlosigkeit von Psychopathen in Brutalität umschlagen konnte. Meist waren solche Menschen nur Millimeter von kalten, empathielosen Entscheidungen entfernt. Sie sahen sich als Puppenspieler, eine Schnur hier und eine dort ziehend, so wie es ihnen gerade passte. Vor mehreren seiner MI5-Einsätze war Gilbert auf die Unberechenbarkeit dieser Täter vorbereitet worden.

Mit verkrampften Händen saß er am Steuer seines Wagens und raste Truros Lemon Street hinunter. Gerade hatte er sich von Anne die Adresse des Barnes-Bungalows geben lassen. Über die Polizeizentrale war auch Chief Inspector Scott alarmiert. Sogar David hatte er noch beim Fahren die Nachricht auf WhatsApp gesprochen, dass Kate in Gefahr sei und er dringend mit DCI Scott Kontakt aufnehmen müsse.

Dass in Mrs Barnes' Schublade eine Smith & Wesson lag – vermutlich die Tatwaffe –, zeigte, wie gefährlich die Frau war. Der Tod ihres Sohnes musste Verheerendes in ihr ausgelöst haben. Nur sie konnte die Auftraggeberin von Chapman gewesen sein. Alle Verdachtsparameter stimmten: Die beiden kannten sich seit Jahrzehnten. Sie wusste von seinen menschlichen Schwächen, seinem Hang zum Sadismus und dass er sich permanent in Geldnot befand. Für sie musste er der perfekte Auftragskiller gewesen sein.

Aber warum hasste Pippa Barnes Chloe so sehr? Chloe hatte ihr doch zu einem Sohn verholfen.

Der Bungalow war nur noch drei Straßen entfernt. In halsbrecherischem Tempo bog Gilbert nach rechts ab. Dass er dabei eine rote Ampel überfuhr, ignorierte er. Jetzt kam es auf jede Sekunde an. Er betete inständig, dass Kate Glück gehabt und den Bungalow noch rechtzeitig verlassen hatte, bevor Pippa Barnes Verdacht schöpfen konnte.

Doch dann entdeckte er Kates Mini Cooper. Er stand am Anfang der Sackgasse, nur ein paar Schritte von der Hausnummer neun entfernt. Konnte ein Auto naiv und ahnungslos wirken? Gilbert kam es so vor. Sicherheitshalber parkte er in der Straße davor und ging zu Fuß weiter.

Als er im Schutz des Nachbarhauses auf den Bungalow zuschlich, einem typischen Bau aus den Achtzigerjahren – Flachdach, unscheinbare Haustür, Fensterrahmen aus Aluminium –, wusste er sofort, was ihn auf diesem Grundstück erwartete. Ein Fünfzimmerhaus mit Kellerausgang auf der Rückseite und einer schlichten Terrasse zum Garten. Nirgendwo gab es etwas Schmückendes, keine Blumen, keine leuchtenden Farben. Pippa Barnes schien ein eher nüchterner Mensch zu sein. Das kleine Grundstück war zur Straße hin nicht eingezäunt, sodass sich der Vorgarten mit seinen Bodendeckern und einer alten Kiefer nahtlos zum rückseitigen Garten hin öffnete. Die beiden Fenster zur Straße, rechts und links neben der Haustür, hatten eine längliche Form. Vermutlich befanden sich dahinter die obligatorische Gästetoilette und die Küche.

Gilbert trat schnell neben die Kiefer und schlich von dort aus in gebückter Haltung an der fensterlosen Seite des Hauses entlang, vorbei an der Außentreppe zum Keller, bis er die Terrasse vor sich hatte. Vor dem Terrassenfenster waren von innen Stores zugezogen.

Vorsichtig trat Gilbert einen Schritt vor und schielte für zwei, drei Sekunden neben der Fensterlaibung durch den seitlichen Spalt der Stores ins Innere. Wie erwartet blickte er ins Wohnzimmer. Was er dort sah, bestätigte seine schlimmsten Befürchtungen.

Kate war mit schwarzem Klebeband an einen Sessel gefesselt. Mrs Barnes stand vor ihr und schien zu reden. Eine Waffe konnte Gilbert nicht erspähen.

Er hatte genug gesehen. Ihm blieb nur eine Möglichkeit, um Kate herauszuholen. Er musste unbemerkt ins Haus gelangen und Mrs Barnes überraschen. Jeder andere Versuch einzugreifen wäre für Kate zu gefährlich.

Die Außentreppe zum Keller.

Die Schwachstelle aller alten Häuser.

Lautlos löste Gilbert sich von der Hauswand und schlich leise die wenigen Meter bis zur Kellertreppe zurück. Auf ihren Stufen lag nasses Laub, auf dem man leicht ausrutschen konnte. Umsichtig setzte er seine Füße auf die wenigen trockenen Stellen, bis er vor der Kellertür stand. Sie aufzubekommen, war für Gilbert kein großes Problem. Was hatte Anne neulich noch gefragt: «Konntest du nicht auch wunderbar lautlos einbrechen, Gilbert?»

Ja, diese Kunst beherrschte er immer noch. Er griff in die Hosentasche und zog sein Taschenmesser hervor. Keine Minute später stand er im Keller. Aus dem Auto hatte er seine Mini-Taschenlampe mitgenommen, die ihm jetzt gute Dienste leistete. Trotz der niedrigen Decke wirkte der Keller geräumig; er war aufgeräumt, nur an einer Seite stapelten sich alte Gartenstühle und ein paar Kartons. In der hintersten Ecke gab es ein Waschbecken, darunter stand ein Putzeimer. Ohne sich aufzuhalten, schlich Gilbert bis zu der Betontreppe, die vom Keller in die Wohnung führte. Er schaute nach oben. Da es dort keine Tür gab, konnte er die Flurgarderobe sehen, an der ein paar Kleiderbügel hingen, und sogar einen Teil der Haustür. Also mündete die Treppe in den Eingangsbereich. Gleichzeitig bedeutete das, dass er sich ab jetzt völlig geräuschlos bewegen musste. Er vermutete, dass aus seinem Blickwinkel links vom Flur das Wohnzimmer lag. Und wenn es schon zwischen Kellertreppe und Flur keine Tür gab – hatte der Architekt vielleicht das ganze Gebäude mit offener Raumgestaltung konzipiert? Er musste vorsichtig sein.

Lautlos setzte er einen Fuß nach dem anderen auf die Stufen und stieg langsam nach oben.

Stimmen waren zu hören. Eine klang scharf und unbarmherzig, die andere gehörte Kate.

«Das hätten Sie sich vorher überlegen müssen, Herzchen. Jetzt ist es zu spät.»

«Es gibt doch immer eine Lösung.» Kates Antwort klang matt, aber mutig. Gilbert spürte, dass ihm die Tränen kamen, als er seine Tochter sprechen hörte. «Es hätte sicher auch eine Lösung gegeben, um Ihren Konflikt mit Chloe beizulegen. Ich weiß, dass Sie ihr Kind adoptiert haben.»

«Oh, das wissen Sie!», spöttelte Pippa Barnes. «Aber von Chloes Herzlosigkeit wissen Sie sicher nichts, oder?»

«Was meinen Sie damit?»

Gilbert beschloss, die Treppe ganz hochzuschleichen. Vielleicht gelang ihm ein kurzer Blick ins Wohnzimmer, um die Situation besser einschätzen zu können.

«Ich werde es Ihnen erzählen.» Mrs Barnes klang jetzt hart und voller Bitterkeit. «Als Chloe damals von Father Henry zurückkam, war sie tatsächlich fest entschlossen, auf die Abtreibung zu verzichten. Henry hatte die Gabe, den Frauen Zuversicht zu schenken, selbst wenn sie nicht besonders gläubig waren. Durch ihn begriff sie, welch wertvolles Geschenk dieses Baby für ein kinderloses Paar sein konnte. Also setzten sie, mein Mann und ich uns hier im Bungalow zusammen und besprachen alles.

Ich selbst konnte nach einer Unterleibsinfektion keine Kinder bekommen. Und plötzlich war der Gedanke da – wäre Chloe Doyles Kind nicht genau richtig für uns? Eine gesunde und intelligente junge Mutter, ein guter familiärer Background. Auch der Zeitpunkt für uns als Paar stimmte perfekt.»

«Und Chloe war sofort einverstanden?», hörte Gilbert seine Tochter fragen.

«Sie war ja clever», kam die Antwort mit einem Hauch von Hohn. «Wir boten ihr zehntausend Pfund, damit sie in London einen ordentlichen Neustart hinlegen konnte. Sie akzeptierte. Wir wussten, dass sie einen Kunsthandel eröffnen wollte.»

«Und dann fuhr sie nach Brighton?»

Kates Hinhaltetaktik durch Fragen war geschickt, stellte Gilbert fest. Jetzt musste er es nur noch schaffen, ihr zu zeigen, dass er sich in ihrer Nähe befand. Das würde ihr Mut machen.

Inzwischen hatte er den obersten Treppenabsatz erreicht. Vorsichtig schob er seinen Kopf nach links um die Ecke. Als Zierde des Flurs machte sich dort eine bauchige Bodenvase voller langstieliger Trockenblumen breit, fast einen Meter hoch, wie gemacht als Sichtschutz für ihn, solange er auf dem Boden lag.

Er konnte sehen, dass Mrs Barnes in einigem Abstand vor Kate stand, mit dem Rücken zu ihm. Kate war nur mit dem Oberkörper an den gelben Sessel gefesselt, ihre Beine waren frei. Neben Mrs Barnes stand ein schwarzer, angerosteter Kanister aus Metall auf dem Parkett. Was wollte sie denn damit?

Da Gilbert sich genau auf der Sichtachse von Kates Augen befand und Pippa Barnes ihm so perfekt den Rücken zuwandte, schob er sich blitzschnell nach vorne, zeigte sich Kate für zwei, drei Sekunden und bewegte dabei mit einer kurbelnden Bewegung seine rechte Hand. Sie sollte besagen: unbedingt weiterreden!

Kate bemerkte ihn sofort – und verstand. Erleichtert schloss sie die Augen, was Mrs Barnes offenbar als Resignation verstand.

«Nein, nein, hören Sie sich ruhig auch den Rest an, liebe Kate.» Pippa Barnes bückte sich und drehte beim Sprechen langsam den Deckel des Kanisters auf. «Es war dumm von mir, Ihnen überhaupt von Sussex und Father Henry zu erzählen. Ich hätte wissen müssen, dass man einer Doyle nicht vertrauen darf. Aber nun ist es mit der Reue leider zu spät.» Sie richtete sich wieder auf. «Die gynäkologische Klinik in Brighton gehörte Dr. Hearst, einem Studienfreund meines Mannes. Wir arbeiteten oft zusammen. Wir weihten Hearst ein, und er war einverstanden. Ich mietete in Brighton eine kleines Strandhaus für Chloe und finanzierte ihr den Aufenthalt bis zum Geburtstermin. Während der letzten drei Monate zog ich zu ihr. Zu Hause hatte ich allen erzählt, dass ich nun endlich, endlich auch guter Hoffnung war, aber wegen der Gefahr einer Komplikation bei Dr. Hearst bleiben wollte. Hearst hatte in Birmingham über Frühgeburten geforscht, das wusste jeder in der Gynäkologie.» Es schien, als würde ihre Stimme für einen Moment wärmer klingen. «Dann, am einunddreißigsten Mai abends, hatte Chloe die ersten Wehen. Dr. Hearst kam zu uns, natürlich ohne Hebamme, und Chloe brachte mit seiner Hilfe das Kind zur Welt. Am nächsten Tag reiste auch mein Mann an. Er war genauso glücklich wie ich. Mit der Geburtsbestätigung von Dr. Hearst meldeten wir unseren kleinen Benjamin in Brighton an.»

Gilbert hörte in seinem Versteck fassungslos zu.

«Und Chloe?» Kate schien zu spüren, dass Pippa Barnes' Redefluss besonders beim Thema Benjamin nicht stoppen würde.

«Mein Gott, ja – natürlich heulte sie die ganze Nacht. Mein Mann gab ihr starke Beruhigungstabletten. Mitleid hatte ich nicht mit ihr, wenn Sie das wissen wollen. Wer sich im Zeitalter der Pille schwängern lässt, hat selbst schuld.»

Gilbert schob erneut seinen Kopf um die Ecke. Er sah, wie sie jetzt den Kanister hob und damit begann, vor Kates Füßen die ersten ein, zwei Liter einer bläulichen Flüssigkeit auszugießen.

Benzin!

«Warum tun Sie das?» Gilbert konnte hören, wie brüchig Kates Stimme war.

«Keine Sorge, wir werden beide tot sein, bevor das Feuer richtig brennt. Wenn schon alles vorbei ist, soll auch von diesem Haus nichts mehr bleiben.»

Diese Frau war wahnsinnig! Er musste eingreifen. Jetzt! Aber wie? Während Gilbert noch überlegte, was er tun konnte, war das Gespräch, das er mithörte, noch nicht zu Ende.

«Hätte das Ihr Sohn gewollt?», versuchte Kate, das Unglück aufzuhalten. «Er sah so freundlich und sensibel aus. Ich habe ein Foto von ihm gesehen …»

«Wo?», fragte Pippa Barnes scharf.

«Im Internet, bei einem Kricketturnier …» Kates Stimme wurde flehend. «Bitte, Mrs Barnes, stellen Sie das Benzin weg! Ich habe Ihnen doch nichts getan.»

«Nichts getan? *Sie* wollen doch, dass ich im Gefängnis lande. Oder? Obwohl ich nur für Gerechtigkeit gesorgt habe.» Als wäre ein Damm in ihr gebrochen, begann sie zu schluchzen. «Benjamin war das Glück unseres Lebens. Er hatte eine so stille, liebevolle Art.»

Gilbert zog sich zur Treppe zurück, stand dort auf und schlich zurück in den Keller. Er hatte sich an den Wassereimer unter dem Spülbecken erinnert. Als er ihn aufhob und das Wasser als dünnes Rinnsal hineinfließen ließ, zitterten seine Hände so stark, dass er befürchtete, man könne es oben im Wohnzimmer hören. Doch der Eimer schepperte nicht, das Wasser floss leise, und es rauschte auch nicht in der Leitung.

Als der Eimer endlich gefüllt war, trug er ihn die Treppe hoch.

Vorsichtig stellte er ihn auf der obersten Stufe ab. Dann legte er sich wieder hinter die Bodenvase, bereit, Mrs Barnes sofort zu überwältigen, falls sie wider Erwarten noch einmal in den Flur kommen sollte.

Doch sie sprach immer noch über ihren Sohn. Chloes Sohn.

«Nachdem er beim Tennisspielen zusammengebrochen war, erfuhren wir von seiner chronischen Niereninsuffizienz. Die Ärzte meinten, es könnte durch eine Infektion in Asien passiert sein. Wissen Sie, was das heißt, Kate? Krankenhaus, Dialyse, Schmerzen. Nur eine Nierenspende hätte ihn retten können. Er kam auf die Warteliste des Transplantationszentrums. Wir wussten, dass es Jahre dauern konnte, bis er an der Reihe war. Also versuchte ich, Chloe in London ausfindig zu machen. Mit ein bisschen Glück hätte sie als leibliche Mutter die perfekte Spenderin sein können. Ich bezahlte einen Privatdetektiv, der zwei Adressen von ihr fand, an die ich meine Bittbriefe schickte. Angeblich waren die Adressen nicht mehr gültig. Dabei bin ich mir sicher, dass Chloe sich nur weggeduckt hatte, so als gäbe es Benjamin nicht!» Wütend trat Mrs Barnes nach dem Benzinkanister. Er rutschte ein Stück weiter, fiel aber nicht um. «Seine leibliche Mutter tat nichts. Sie ließ *meinen* Jungen sterben, Kate! Er schlief ein, während ich gerade wieder auf dem Weg zu ihm war.»

Kates Gesicht spiegelte ihre Betroffenheit. «Das tut mir unendlich leid, Mrs Barnes. Aber Chloe lebte damals in Frankreich und war selbst sehr krank.»

«Blödsinn!», herrschte Pippa Barnes sie an. «Sie hat lieber Hugh Carrington in Zürich eine Niere gespendet. Ihrem Lover. Ich besitze alle Unterlagen darüber, es gibt keine Entschuldigung! Ich habe die beiden im Plymouth Hospital entdeckt, wo sie sich nach ihren OPs vom Chefarzt hofieren ließen. Einmal die Woche helfe ich dort in der Nephrologie aus, seit Benjamin tot ist. Da sehe ich Chloe und Carrington plötzlich Hand in Hand über den Flur laufen.» Mrs Barnes schluchzte. «Ist das gerecht, Kate? IST DAS GERECHT?»

Gilbert bewunderte seine Tochter, die dieser Wut standhielt und das Gespräch scheinbar unbeirrt fortsetzte.

«Haben Sie deshalb Dan Chapman engagiert? Um sich an Chloe zu rächen? Ich weiß, dass Sie ihm das weiße Kreuz mitgegeben haben, das auf Benjamins Sarg lag. Chloe sollte beim Anblick des Kreuzes sterben, oder? Aber dann hat Hugh Carrington sich zu stark gewehrt – und musste dafür büßen.»

«Sie haben gründlich geschnüffelt, was?» Die Stimme wurde wieder hart. «Immerhin – dass ich Chapman bezahlt habe, weiß bis heute nicht mal die Polizei. Ich habe ihm den alten Revolver meines Vaters gegeben. Nachdem der Idiot das Kreuz verloren hatte, bot ich ihm weitere fünftausend Pfund, wenn er es mir zurückbringt oder wenn er es schafft, dass es in die Seemannskirche gebracht wird. Sie ist zwar katholisch, aber Benjamin hat die Kapelle am Meer geliebt.»

«Und dann … dann haben Sie Dan Chapman erschossen?»

«Ja, es ging nicht anders. Einmal musste dieses schmutzige Kapitel doch beendet sein», sagte Pippa Barnes. «Wie fanden Sie eigentlich meinen irischen Akzent?»

«Sehr überzeugend», sagte Kate tonlos.

«Ich hätte besser gleich eure Farm abbrennen sollen, so wie Chapman das wollte», fuhr Pippa Barnes fort. «Nur deshalb kam er mit zu den Weiden. Aber wenigstens ist Chloe jetzt tot, ich sollte zufrieden sein.»

Gilbert fixierte intensiv seine Tochter. Sag es ihr jetzt, dachte er, sag ihr die Wahrheit, es wird sie aus dem Konzept bringen.

Als hätte Kate ihn verstanden, erklärte sie, so ruhig es ging: «Chloe ist nicht tot, Mrs Barnes. Die Todesanzeigen waren ein Fake. In Wirklichkeit steht Chloe unter Polizeischutz. Ihre Morde waren also vergeblich.»

«Das erfinden Sie jetzt. Hören Sie auf, solchen Unsinn zu reden!»

«Es ist aber wahr», wiederholte Kate. «Sie lebt. Und sie wird gegen Sie aussagen, Mrs Barnes. Alles, was Sie jetzt noch tun sollten, ist, sich zu stellen.»

«Das werden wir ja sehen.» Sie bückte sich nach der Plastiktüte zu ihren Füßen und zog zu Gilberts Entsetzen eine medizinische Spritze heraus. Sie hielt sie hoch. «Sehen Sie das hier, Kate? Es wird unsere Schlussmelodie sein. Eine Ampulle für Sie und eine für mich. Ich werde meine über einen Tropf zu mir nehmen. Pentobarbital, schon unsere Hunde sind damit sanft entschlafen. Mein Mann bewahrte immer etwas davon in seiner Apotheke auf.»

Während sie mit ihrer linken Hand die Spritze für Kate hielt, verschüttete sie mit der rechten den Rest des Benzins auf dem Boden.

Gilbert war nass geschwitzt. Er musste eingreifen, bevor die Wahnsinnige sich zu ihm umdrehte.

So lautlos, wie er es beim MI5 gelernt hatte, griff er nach dem Wassereimer und zog ihn zu sich heran. Als er ihn sicher am Rand gepackt hatte, machte er sich zum Sprung bereit.

In diesem Augenblick stellte Mrs Barnes den Kanister wieder ab und griff nach einem Feuerzeug, das auf dem Couchtisch lag. Dann trat sie ganz nah an Kate heran, die aufgezogene Spritze immer noch in der linken Hand. «Bringen wir's hinter uns», sagte sie in entschlossenem Ton. «Bleiben Sie ganz ruhig, Kate, dann wird es nicht so schlimm.»

Jetzt!

Gilbert sprang zwei Schritte nach vorne und schleuderte einen Schwall Wasser über den Wohnzimmerboden.

Erschrocken fuhr Mrs Barnes herum. Hastig versuchte sie, das Feuerzeug zu entzünden, doch es rutschte ihr aus den Fingern und fiel unangezündet auf den nassen Boden. Im selben Moment hob Kate ihre Beine an und trat nach Pippa Barnes. Diese taumelte und knallte gegen den Couchtisch.

Gilbert war bereits bei ihr. Mit eisernem Griff umfasste er ihren Arm und bog ihn so fest nach hinten, dass sie auch die Spritze fallen ließ.

Dann passierte alles gleichzeitig.

Die Haustür flog auf, und drei Kriminalbeamte in Zivil stürmten herein, in den Händen die gezückten Waffen. Ihnen folgte DCI Scott, ebenfalls bewaffnet. Als die Polizisten Mrs Barnes entdeckten, die noch immer von Gilbert festgehalten wurde, rannten sie zu ihm und übernahmen. Kurz darauf klickten Handschellen. Und während Mrs Barnes mit gebeugtem Rücken nach draußen geführt wurde, war Gilbert bereits dabei, seiner Tochter die schwarzen Fesseln zu durchschneiden. Ihre verängstigten Augen zeigten nur zu deutlich, welche Todesangst sie durchgestanden hatte.

«Komm, Kate», sagte er sanft und half ihr hoch. «Es ist vorbei. Du warst unglaublich tapfer.»

Sie brauchte ein paar Sekunden, um wieder fest stehen zu können. Zitternd hielt sie sich an ihrem Vater fest. Gilbert hatte Mühe, nicht zu weinen.

«Danke, Dad», flüsterte sie. «Danke.»

Als er sie stumm an sich drückte, spürte er ihre tiefe Erschütterung. Das Beben ihres Körpers wollte gar nicht aufhören. Reden konnte sie nicht. So standen sie eine Weile zusammen, während er sie schaukelte wie damals als Kind. Es schien ihr gutzutun, irgendwann hörte sie auf zu weinen. Gilbert wollte sie noch mit einem Satz trösten, aber er ließ es. Das, was sie noch wissen musste, konnte er ihr auch später sagen. Dass sie alle, jeder Einzelne in der Familie, ihrer zupackenden Kate viel zu viel aufgeladen hatten.

DCI Scott räusperte sich. Kate löste sich von ihrem Vater und blickte Kirstie Scott fragend an. «Ja?»

«Sorry», sagte Scott leise. «Aber ich bräuchte Sie nach der ärztlichen Untersuchung noch für die Vernehmung.»

«Natürlich», antwortete Kate.

Gilbert bemerkte, dass sich etwas an der Haustür tat. Jemand drängte sich unerbittlich durch die hereinströmende Menge von Sanitätern und Polizisten.

David!

Kate ließ Scott und ihren Vater stehen und lief David entgegen, immer noch humpelnd, aber mit einem Strahlen im Gesicht. Er schloss sie erleichtert in die Arme und küsste sie immer wieder, während sie erneut von Schluchzern geschüttelt wurde. Kate drückte sich ganz fest an ihn, als könnte sie Unmengen an Kraft aus dieser Umarmung ziehen.

«Ich weiß schon alles», flüsterte David. «Du sollst sehr stark gewesen sein.»

Kate löste sich ein wenig von ihm. «Wer hat dich angerufen?» Mit zittrigen Fingern wischte sie ihre Tränen ab.

«Dein Vater», sagte David. «Ihr beide habt alles richtig gemacht.»

«Ja», antwortete Kate leise. «Aber jetzt will ich zurück. Zurück auf unsere Farm.»

39.

Nach Chloes Rückkehr aus London konnte sich Emily Doyle endlich wieder entspannen, der Spuk war vorbei. Endgültig. Mit der Festnahme von Pippa Barnes hatte sich jeder Verdacht gegen Chloe erledigt. Ihr Anwalt hatte es sogar hingekriegt, dass sie künftig als Beraterin für Scotland Yard arbeiten sollte.

Ja, Alan Dumfield, dieser wunderbare Riese – er ist schon eine Persönlichkeit, dachte Emily im Taxi nach Mount Edgcumbe. Vielleicht sollte sie Chloe und ihn mal unauffällig gemeinsam zum Essen ausführen …

Gilbert hatte dafür gesorgt, dass der Taxifahrer Emily wie eine echte Queen Mum direkt vor der Orangerie von Mount Edgcumbe absetzen durfte, aber sie wollte lieber die letzten Meter laufen. Auch, damit sich ihr vorhin aufgebügeltes beigefarbenes Kostüm wieder etwas glättete. Kate hatte gemeint, dass sich heute alle etwas schicker kleiden würden.

Im Italienischen Garten, wo sich die Orangerie befand, blühten die Blumen in den Rabatten um die Wette. Vor allem die Pracht der alten englischen Rosensorten war unschlagbar. Das komplett mit einem riesigen Sprossenfenster versehene Gebäude der Orangerie beherbergte das Café und die Hochzeitsräume von Mount Edgcumbe. Auf der Rückseite floss der River Fal vorbei, der Cornwall und Devon sauber voneinander trennte.

Emily stieg ein Stück vor der Orangerie aus, bei einer Gruppe Palmen. Von hier aus konnte sie den Trubel auf der Café-Terrasse bereits sehen und hören. Vor den Tischen unter den weißen Schirmen versammelte sich nach und nach die Familie. Als Geschenk für Chloe gab es einen blauen Himmel über Cornwall.

Chloe hatte die Familie als Dankeschön eingeladen und die gesamte Orangerie für den Nachmittag gemietet. Jetzt stand sie vor dem ersten der Tische und begrüßte in einem bezaubernden jadefarbenen Kleid ihre Gäste. Sie sah gut aus und lächelte charmant. Nur wenn man sie sehr gut kannte, fiel einem auf, dass ihre Augen noch nicht wieder mitlachten. Gerade umarmte sie sehr, sehr lange Kate, dann folgte David. Zu Emilys Erleichterung wirkte auch Kate wieder fröhlich. David hatte erzählt, dass sie sich auf ihre eigene Weise Kraft bei den Schafen geholt hatte.

Mein Gott, dachte Emily, wie ich sie alle kenne, die Kinder. Mit ihren Stärken und Schwächen, aus denen sich am Ende bei jedem überraschende Eigenschaften entwickelt hatten. Meine Meute! Dennoch werde ich mich heute im Hintergrund halten, schwor sie sich, man darf nicht nur kommandieren, sonst nehmen sie einen nicht mehr ernst.

Hinter Chloe stand plaudernd Peggy mit Gilbert zusammen. Beide hatten schon Gläser in der Hand, der Champagner darin perlte. Peggys raffinierter Hut mit der breiten Krempe hätte problemlos nach Ascot gepasst, sie hatte einfach im Blut, wie man Wirkung erzielte. Über der Terrasse schwebte wie eine luftige Bewegung Swingmusik.

Anne war diesmal in merkwürdigem Kanariengelb erschienen, stellte Emily seufzend fest. Aber vielleicht waren sie alle zu streng mit der Guten. Emily nahm sich vor, ihrer Tochter auch mal wieder über die Seele zu pusten. Gerade näherte Anne sich gut gelaunt ihrem Bruder Brian, der einen schicken hellen Zweireiher passend zum Martiniglas trug …

La félicité est dans le goût et non pas dans les choses, hatte Emily als junge Tänzerin in Paris und London gelernt, *das Glück liegt im Geschmack, nicht in der Sache.* Sie straffte sich und wollte gerade lächelnd mit der weißen Handtasche über dem Arm auf die Terrasse zumarschieren, als ihr Handy klingelte.

Es war Henry Fernsby in London.

«Ich wollte dir nur einen schönen Nachmittag wünschen», hörte sie seine beruhigende, tiefe Stimme sagen. «Du kannst zufrieden sein!»

«Meinst du? Ich gebe zu, es ist schön, sie wieder alle zusammen zu sehen.»

«Wird Chloe in Cornwall bleiben? Weißt du das schon?»

«Ja, sie will sich ein Cottage im Polperro kaufen, an der Küste, ganz in meiner Nähe.»

«Ich kenne ja deine Ungeduld», meinte Henry Fernsby. «Aber es hat sich gelohnt, du hast deine Kinder inspiriert.»

Emily musste lächeln. «Eher wohl drangsaliert. Kate hat mich neulich mit einem Hütehund verglichen. Das gefällt mir besser. Auch ihr Bild mit der Herde ist passend. Jedes Schaf zieht für sich allein über die Weide, aber alle wissen, wo sich ihr Stall befindet. Genau so muss man sich die Doyles vorstellen.»

«Hat Chloe die Sache von früher erwähnt?»

«Nur ein Mal. In einem Satz am Telefon.» Emily zögerte leicht. «Wir haben gemeinsam darüber geweint. Meinst du, wir müssen das *aufarbeiten*? So heißt das doch bei euch Psychologen.»

Henrys tiefe Stimme versuchte, sie zu beruhigen. «Lass es ruhen, Emily. Ich bin sicher, dass Chloe mit Kate darüber gesprochen hat.»

Emily reagierte erschrocken. «Wie kommst du darauf?»

Aus Henry wurde wieder der erfahrene Gerichtspsychologe. «Nach schwierigen Situationen haben Menschen oft den Wunsch, ihrem Retter etwas anzuvertrauen. Du sagtest, dass Kate die Erste war, mit der Chloe länger geredet hat. Ich bin sicher, dass sie Kate von der Sache erzählt hat. Damit ist Chloe jetzt frei.»

«Und ich? Bin ich auch frei?», fragte Emily.

«Frei wie ein Vogel», bestätigte ihr Henry amüsiert. «Flieg los!»

«Neulich war ich noch eine alte Schildkröte», sagte Emily fröhlich. «Aber das erkläre ich dir ein anderes Mal.»

«Dann mach es gut. Glückwunsch, du hast was aus deinem angebrannten Kuchen gemacht, das muss ich schon sagen.»

«Ja, ich hab's versucht.»

Nachdem sie ihr Handy in der Handtasche verstaut hatte, richtete Emily noch kurz ihr Kostüm. Auf der Palme, unter der sie stand, ließ sich eine Möwe nieder. Emily trat schnell zwei Schritte zur Seite, man wusste ja nie.

Jetzt konnte es losgehen.

Erhobenen Hauptes steuerte sie auf die Terrasse der Orangerie zu. Inzwischen durchpflügten das Gewühl der Doyles sogar Familienmitglieder, die man lange nicht gesehen hatte. Das versprach, amüsant zu werden.

Chloe hatte Emily bereits entdeckt. Fröhlich winkend kam sie ihr zwischen den Buchsbaumtöpfen mit einem kühlen Glas Champagner entgegen. Mit der leichten Brise vom Fluss konnte der Sommernachmittag seinen Lauf nehmen.

Nachwort

Von Leo Tolstoi stammt die kluge Erkenntnis, dass sich alle glücklichen Familien einander gleichen, aber jede unglückliche Familie auf ihre Weise unglücklich ist. Die Doyles darf man sicher zu den glücklichen Familien zählen, weil sie in der Lage sind, ihre Konflikte oder familiären Irritationen auf ihre Weise auszuräumen oder zu glätten. Denn sie haben einen ganz besonderen Anker – ihre tiefe Verbundenheit mit der abgelegenen Grafschaft Cornwall. In den Küstenorten und kleinen Dörfern zwischen Plymouth und Land's End bin ich ihnen oft begegnet, diesen bodenständigen Familien mit tief wurzelnden kornischen Stammbäumen, Fischern und Handwerkern, Künstlern und Intellektuellen, eigenwillig, mit trockenem Humor, aber immer hilfsbereit. Und sie können feiern, dass es eine Freude ist. Ihnen ist dieses Buch gewidmet, auch wenn natürlich alle vorkommenden Figuren und Geschehnisse fiktiv sind.

Die anderen Helden sind für mich Cornwalls Schafe, jene sanften wolligen Geschöpfe, die in großen Herden über die hügeligen Weiden ziehen. Ihre erwiesene Klugheit lassen sie sich nicht anmerken. Mit großer Bescheidenheit schauen sie als still vor sich hin grasende Beobachter dem Treiben der Welt zu, obwohl die Menschheit ihnen doch seit Jahrtausenden ihr Überleben verdankt.

Alles, was ich bei meinen Recherchen über das Wesen und

Verhalten von Schafen lernen durfte, verdanke ich zwei überaus erfahrenen Schafskennern. Isabella Mehringer und ihre wunderbare Herde haben mir sehr viel über den Alltag einer Schafzucht beigebracht, über die engen Beziehungen zwischen Mensch und Tier, aber auch über die Unwägbarkeiten, die dazugehören. Für diese *Weidegänge* bin ich Isabella – und natürlich den Schafen – von Herzen dankbar.

Mein anderer Lehrmeister war Matt Smith, dessen eintausend Schafe in der Nähe von Bodmin, Cornwall, über die Weiden ziehen und der sich sogar Weltmeister im Schafescheren nennen darf. Matt, deine Erkenntnisse über die Intelligenz von Schafen und dein Credo, dass Schafzucht nur funktionieren kann, wenn auch die Tiere glücklich sind, haben mich sehr beeindruckt.

Bekanntlich werfen Autoren beim Schreiben viele Ideen-Bälle in die Luft, die darauf warten, von den richtigen Partnern aufgefangen zu werden. Nur so kommen gute Geschichten an ihr Ziel. Meine Bälle werden seit vielen Jahren von drei besonders kreativen Menschen aufgefangen.

Der erste Leser meiner Manuskripte ist seit über zwanzig Jahren mein Agent Thomas Montasser. Dein freundschaftlicher Rat, lieber Thomas, ist selbst im kritischen Diskurs immer eine Freude, denn er entspringt deiner langen treffsicheren Erfahrung und deinem unglaublichen Ideenreichtum. Was kann sich ein Autor mehr wünschen?

Auch dieser Roman verdankt seine Entstehung Katharina Dornhöfer, Programmleiterin Belletristik bei Rowohlt Polaris. Mit ihrem perfekten Gespür für die Entwicklungsmöglichkeit ungewöhnlicher Themen und Charaktere hat sie mich vom ersten Exposé an ermutigt. Nicht jeder hätte an meine *Schafsgespräche* geglaubt!

Last not least geht mein Dank an die beste Sparringspartnerin, die man sich als Autor wünschen kann, an HBE, meine Lektorin

Heike Brillmann-Ede. Ihre Anregungen sind immer eine wichtige Quelle für Neues.

Und schließlich frage ich mich, wie wohl Kate Doyle ihrem Lieblingsschaf Camilla einen Schriftsteller erklären würde. Vermutlich so:

Kate: Das sind Menschen, deren Fantasie saftige Wiesen erfindet, die es nicht gibt, aber irgendwo geben könnte.
Camilla: Wie kompliziert! Fressen diese Menschen auch mal?

Thomas Chatwin, April 2023